DE
LA LITTÉRATURE
DU MIDI
DE L'EUROPE.

—

TOME I.

Ouvrages du même auteur, publiés par la Librairie TREUTTEL *et* WÜRTZ.

HISTOIRE DES RÉPUBLIQUES ITALIENNES DU MOYEN AGE, nouvelle édition, revue et corrigée, 16 vol. in-8°; ouvrage complet. Paris, 1826.   112 fr.

HISTOIRE DES FRANÇAIS, in-8°, tomes I à XII. Paris, 1821 à 1828.   93 fr.

— Le même ouvrage, sur papier vélin.   186 fr.
   Cet ouvrage formera 24 vol. in-8°, et paraît par livraisons de 3 vol.

JULIA SÉVÉRA, OU L'AN QUATRE CENT QUATRE-VINGT-DOUZE (Tableau des mœurs et des usages à l'époque de l'établissement de Clovis dans les Gaules), 3 vol. in-12. Paris, 1822.   7 fr. 50 c.

DE L'IMPRIMERIE DE CRAPELET,
RUE DE VAUGIRARD, N° 9.

DE
LA LITTÉRATURE
DU MIDI
DE L'EUROPE,

Par J. C. L. SIMONDE DE SISMONDI,

De l'Académie et de la Société des Arts de Genève, Correspondant de
l'Institut de France et de l'Académie royale des Sciences de Prusse,
Membre honoraire de l'Université de Wilna, des Académies italienne,
des Georgofili, de Cagliari, de Pistoia, etc.

TROISIÈME ÉDITION, REVUE ET CORRIGÉE.

TOME PREMIER.

A PARIS,

Chez TREUTTEL et WÜRTZ, Libraires,
RUE DE BOURBON, N° 17;

A Strasbourg et à Londres, même Maison de Commerce;
A Bruxelles, à la Librairie Parisienne, rue de la Madeleine, 438.

1829.

AVERTISSEMENT.

Dès l'origine du travail que je publie aujourd'hui, et long-temps avant de pouvoir connaître l'existence du bel ouvrage de M. Ginguené sur la Littérature italienne, j'avais pris une direction différente de celle qu'il a suivie; en sorte que, malgré un rapport de titres entre nos deux livres, je n'aurai point à soutenir une aussi redoutable concurrence. Je ne me suis point proposé de porter la lumière dans les antiquités d'un peuple célèbre, fort au-delà de ce qu'ont pu faire les écrivains nationaux, comme il l'a fait avec tant de succès, mais seulement de rassembler et de présenter aux gens de goût ce qu'il leur convient de savoir sur les littératures étrangères. Je n'ai point cherché à faire de nouvelles découvertes dans un champ si vaste: j'ai suivi la renommée, sans prétendre la devancer; et c'était déjà une assez grande tâche que celle de connaître par moi-même les écrivains de diverses langues qui ont exercé quelque influence sur le goût de leur nation, sur leur siècle, ou sur l'esprit humain. J'ai tenté d'apprécier le mérite réel de ces écrivains, de le faire goûter, en écartant les préjugés nationaux qui pouvaient rendre insensible aux charmes d'une poésie différente de la nôtre; j'ai cherché à remonter des règles conventionnelles de chaque littérature aux règles fondamentales, que le sentiment et le goût ont rendues communes à tous les hommes; j'ai surtout voulu montrer partout l'influence réciproque de l'histoire politique et religieuse des peuples sur leur littérature, et de leur littérature sur leur caractère ; faire sentir le rapport des lois du juste et de l'honnête avec celles du beau ; la liaison enfin de la vertu et de la morale avec la sensibilité et l'imagination. C'était, en quelque sorte, écrire l'histoire de l'esprit humain chez plusieurs peuples indépendans, et le montrer partout soumis à des phases régulières et correspondantes.

Je n'ai pu cependant exécuter qu'une partie du plan que je m'étais d'abord proposé. Il s'étendait à toute l'Europe, et je n'ai parlé que des peuples du midi de cette contrée. Mais ces derniers forment un ensemble que j'ai cru pouvoir détacher des peuples du Nord. Du moins j'ai cherché à montrer les rapports qu'eurent entre elles la Littérature romane et la Littérature teutonique, et à faire prévoir leur influence réciproque. Ces rapports seront plus évidens encore dans la seconde division de mon travail, si je puis l'achever et traiter aussi de la Littérature du Nord ; alors je m'efforcerai de faire sentir ce que l'une des deux grandes races d'hommes qui se partagent l'Europe civilisée a appris de l'autre, et j'aurai ébauché l'histoire des plus brillantes facultés de l'esprit humain, depuis la renaissance des lettres.

On remarquera peut-être dans cet ouvrage un genre de réserve que je dois expliquer. Rendant compte de la poésie de peuples voluptueux, et souvent corrompus, j'ai évité toute image, tout souvenir qui ne s'allierait pas à la modestie la plus scrupuleuse. Entre les bornes étroites que je me suis prescrites et celles que l'honnèteté peut permettre, il y a encore beaucoup d'espace. Mais cet ouvrage a été composé pour être récité publiquement à Genève, où les fonctions de l'enseignement se considèrent encore comme une magistrature primitive. Dans une ville renommée pour les vertus domestiques, pour la pureté de ses mœurs, pour l'austère décence du langage, des demoiselles de la première jeunesse suivaient mes leçons, mêlées parmi des écoliers d'un autre sexe. Je me serais reproché devant elles un mot, une pensée qui leur aurait causé un moment d'embarras. Leur souvenir ne s'est point effacé de ma mémoire; en rédigeant de nouveau cet ouvrage, j'aime à penser qu'il peut rendre témoignage de l'étendue d'esprit, de la variété de connaissances qu'on leur suppose dans ma patrie. La réserve sur un seul objet fait foi du respect qu'on doit à leur sexe et à leur âge, et le libre examen de toutes les questions qui importent à la félicité humaine, l'analyse du cœur et de l'esprit, de l'imagination et de la pensée, la connaissance des langues étrangères et de la poésie de tous les peuples nos rivaux dans les lettres, montrent en même temps que rien n'est jugé chez nous trop relevé pour elles.

Octobre 1826. En préparant pour le public, après plus de quinze ans d'intervalle, une troisième édition de cet ouvrage, je me suis contenté de le corriger aussi bien que j'en suis capable, soit pour les idées, soit pour le langage; de suppléer aux omissions que j'y ai reconnues, ou que quelques amis plus versés que moi dans les littératures du Midi m'ont fait remarquer; d'apporter enfin un soin tout nouveau à rétablir dans leur pureté les textes en langue étrangère, et en particulier ceux des poésies portugaises, où beaucoup de fautes s'étaient glissées. Sous ces rapports divers, je me flatte que cette édition sera regardée comme supérieure aux précédentes. Cependant on me demandera peut-être pourquoi je n'ai pas suivi les littératures du Midi dans la période nouvelle qui a commencé pour elles avec les révolutions auxquelles l'Italie, l'Espagne, le Portugal et l'Amérique ont été et sont encore en proie; pourquoi je n'ai pas mieux profité de tous les ouvrages qui ont paru récemment sur les sujets que j'avais déjà traités; pourquoi je n'ai pas complété par de plus vastes recherches un livre que j'annonçais moi-même être incomplet. A ces demandes je n'aurais à opposer que l'immensité même du travail qu'elles exigeraient de moi, ma faiblesse, mon âge, toujours moins propre à des études si variées, et mon espérance qu'un autre entreprendra avec plus de succès ce que je ne me suis point senti la force d'accomplir.

DE

LA LITTÉRATURE

DU MIDI

DE L'EUROPE.

CHAPITRE PREMIER.

Introduction; corruption de la Langue latine;
formation des Langues romanes.

L'ÉTUDE des littératures étrangères n'a point
dans tous les temps une même importance, ou
un même degré d'intérêt. A l'époque où les
nations, encore jeunes, sont animées d'un génie
créateur, qui leur donne une poésie et une littérature originales, en même temps qu'il les
rend propres aux grandes entreprises, susceptibles des grandes passions, et disposées aux
grands sacrifices, il n'existe pour elles aucune
littérature étrangère; chacune tire de son propre sein ce qui est le plus en harmonie avec sa

nature. L'éloquence est, pour une telle nation, l'expression de ses propres sentimens; la poésie est le jeu de son imagination encore libre. Chez elle, on n'écrit point pour écrire; on ne parle point pour parler; on n'a point besoin, pour faire une impression profonde, ou de règles ou d'exemples : mais l'orateur arrive jusqu'au fond de l'âme de celui qui l'écoute, parce que tout ce qu'il dit part du fond de la sienne propre : le prêtre ébranle les consciences, il éveille tour à tour l'amour ou la terreur, parce qu'il est pénétré de la vérité des dogmes qu'il annonce, qu'il voit le Dieu qu'il prêche, et qu'il ne fait que répéter ses inspirations. L'historien place sous les yeux de ses lecteurs les événemens des temps passés, parce qu'il est encore agité par les passions qui les firent naître, parce que la gloire de sa patrie est le premier désir de son cœur, parce qu'il veut la conserver par ses écrits, comme il a contribué par son bras à l'acquérir; le poète épique donne plus de durée à ces souvenirs historiques, en les revêtant d'un langage plus conforme à son inspiration intérieure, plus analogue avec les émotions qu'il veut réveiller; le poète lyrique s'abandonne à des transports qu'il ressent en effet; le tragique même remet sous les yeux le tableau qu'il a en entier dans l'imagination. La forme, le langage, ne sont, pour ces génies créateurs, que des moyens de rendre l'émotion plus populaire; chacun cherche en soi, chacun trouve en soi la touche harmonique qui doit répondre à tous les cœurs; chacun ébranle les autres en cherchant seulement ce qui l'ébranle lui-même : l'art n'est alors point nécessaire, parce que tout se trouve dans la nature et dans le sentiment.

Telle fut la Grèce dans son origine; telles furent peut-être aussi les nations européennes dans leurs premiers développemens au moyen âge; telles sont toutes celles qui, par leurs propres forces, sortent de la barbarie, et en qui l'esprit d'imitation n'a point étouffé la vigueur naturelle. A cette époque de la civilisation, la connaissance des langues étrangères, des littératures étrangères, des règles étrangères, ne saurait être que nuisible. Il faut se garder d'offrir à ces génies ardens des modèles qu'ils s'efforceraient peut-être d'imiter en tout, avant d'être en état de les apprécier; il faut les laisser à eux-mêmes. Le sentiment devance en eux le jugement, et peut les conduire aux plus grandes choses; mais ils sont toujours prêts à l'abandonner pour l'art qu'ils ne connaissent point encore, et qui leur apparaît cependant comme s'il était d'une nature supérieure. Ils demandent avec avidité des règles, tandis que c'est eux-mêmes dont l'exemple servira de règle aux siècles postérieurs. Plus l'esprit humain a de vigueur, et plus il est disposé à se donner des entraves ; il tourne presque toujours sa force contre lui-même, et le premier usage qu'il fait de sa puissance est bien souvent de s'anéantir. Le fanatisme semble être la maladie propre à cette période de la société humaine ; la violence des institutions politiques ou religieuses qui y sont nées, est proportionnée à la violence des caractères qui s'y sont développés ; et souvent des nations douées des facultés les plus puissantes, n'ont occupé aucune place dans l'histoire du monde ou dans celle des lettres, parce qu'elles ont dépensé toute leur énergie pour se dompter elles-mêmes. On voit des exemples frappans de cet anéantissement de l'esprit humain dans l'histoire politique, et surtout dans l'histoire religieuse des hommes ; l'histoire littéraire en présente aussi quelques uns. Ainsi, c'est parce que les Spartiates se sentaient doués d'une grande vigueur de caractère, d'une grande violence de passion, parce qu'ils jouissaient de la plénitude des forces de la liberté et de la jeunesse, qu'ils employèrent toute cette énergie de volonté à se soumettre eux-mêmes, et qu'ayant appris à connaître d'autres législations hautement sévères, comme celle des Crétois ou des Égyptiens, ils ne crurent l'œuvre de la politique accompli, que lorsqu'ils eurent profité de leur liberté pour s'ôter tout libre arbitre. Ainsi, dans la ferveur

d'une conversion nouvelle, les passions religieuses se tournent également contre ceux qu'elles
dévorent, et les ordres monastiques s'imposent
d'autant plus de rigueur, d'autant plus de pé-
nitences, que la foi et le zèle ont développé dans
l'âme des moines plus d'impétuosité. Ainsi, enfin, dans cette effervescence de l'âme qui fait les
poètes, on voit souvent les jeunes gens abandonner l'étude du vrai et de la nature, pour se
soumettre à toutes les gênes arbitraires d'une
versification plus recherchée; on les voit inventer à plaisir des retours de mots, des retours
de rimes qui entravent leur pensée, et donner
pour ornement à leur poésie la difficulté qu'ils
vont braver, de préférence à la chaleur qu'ils
possèdent. Dans ces trois carrières de l'esprit
qu'on croirait si dissemblables, en politique, en
religion, en poésie, on voit également l'impétuosité du caractère se manifester par l'amour
de la gêne et de la contrainte, et l'énergie de
l'homme se retourner contre elle-même.

Une littérature étrangère a souvent été adoptée par une nation nouvelle avec un tel fanatisme d'admiration; le génie d'autrui a si bien
été donné comme le modèle parfait de toute
grandeur, de toute beauté, que tout mouvement spontané a été réprimé pour faire place à
une imitation servile, et que tout développement national d'une essence nouvelle a été sa-

crifié au désir de reproduire un tout conforme
au modèle qu'on avait déjà sous les yeux. Ainsi
les Romains s'arrêtèrent dans la vigueur de leurs
créations, pour n'être plus que les émules des
Grecs; ainsi les Arabes posèrent des bornes à
leur pensée, pour rendre un culte à Aristote;
ainsi les Italiens au seizième siècle, et les Français au dix-septième, ne consultèrent point assez
dans leur art poétique leur religion, leurs mœurs,
leur caractère, et songèrent seulement à copier
les anciens; ainsi les Allemands, pendant une
période qui n'a pas été longue, les Polonais et
les Russes encore aujourd'hui, ont étouffé l'esprit qui leur était propre, pour recevoir des lois
littéraires de la France, et se faire une littérature de copies et de traductions.

Mais la période dans laquelle l'esprit humain
est doué de tant d'énergie n'est jamais, pour
chaque nation, d'une longue durée; la réflexion
succède bientôt à cette bouillante effervescence;
on s'examine soi-même, on se demande compte
des effets qu'on a produits, on se complaît à
voir naître en soi l'enthousiasme, qui n'est pas
fait pour soutenir des regards curieux; on découvre toutes les règles de tous les genres de
création, à mesure qu'on perd la force de les
suivre; l'esprit d'analyse refroidit l'imagination
et le cœur, et ne laisse plus d'essor au génie.
Nous ne pouvons pas nous dissimuler que nous

sommes dès long-temps parvenus à cette seconde
période : l'esprit ne s'ignore plus lui-même; son
essor est prévu, ses effets sont calculés; le génie
a perdu ses ailes et sa puissance, et nous ne devons attendre de notre siècle aucune de ces productions qu'on peut nommer inspirées, dans lesquelles le génie, au lieu d'entrer en compte avec
lui-même, avance vers son but sans calculer
d'effets, sans s'imposer de règles, sans avoir
d'autre guide que sa propre supériorité. Nous
sommes arrivés au temps de l'analyse et de la
philosophie; tout est matière d'observation, jusqu'à la manière d'observer; tout est soumis à
des règles, jusqu'à l'art lui-même d'en donner.
L'esprit a gagné les devans sur le talent; celui-
ci ne peut marcher séparé des connaissances:
il faut savoir pour sentir, savoir pour penser,
savoir pour parler. Il faut toujours comparer
soi-même, puisqu'on sera sans cesse comparé ;
il faut étudier ce qui existe, non pour l'imiter,
mais pour rester indépendant; car l'habitude,
l'éducation, les demi-connaissances, ayant déjà
donné une certaine direction à notre esprit, nous
suivrons d'autant plus servilement cette direction commune, que nous nous serons élevés
moins haut; et au contraire, nous aurons d'autant plus d'originalité, que nous connaîtrons
mieux tout ce qui existe. Le génie de l'homme
ne peut se rapprocher de sa noble origine, et se

retrouver tel qu'il était avant la naissance des préjugés, qu'en s'élevant assez au-dessus d'eux pour les comparer tous, et les réduire à leur juste valeur.

C'est demeurer dans un état de demi-connaissances, que de s'arrêter à l'étude de notre littérature seule. Ceux qui l'ont formée avaient en eux une inspiration qui s'est éteinte; ils ont trouvé dans leur cœur des règles dont ils ne se sont pas même rendu compte; ils ont produit des chefs-d'œuvre; mais il ne faut point confondre les chefs-d'œuvre avec les modèles, car il n'y a de modèles que pour ceux qui veulent se réduire au triste métier d'imitateur. Les critiques qui sont venus après eux ont découvert dans leurs ouvrages la direction propre à leur esprit, peut-être à l'esprit français; ils ont montré par quelle route ces grands hommes sont arrivés aux effets qu'ils ont produits, comment une autre route les aurait détournés de leur but; quelles convenances ils ont voulu garder, quelles convenances ils ont rendues respectables aux yeux du public pour lequel ils travaillaient; ils nous ont fait connaître nos préjugés en les fortifiant. Ces préjugés sont légitimes : ils sont pris dans la pratique des plus grands hommes de notre langue : seulement il nous importe de ne point en faire des règles essentielles à l'esprit humain. D'autres grands hommes ont existé dans d'autres langues;

ils ont donné de l'éclat à d'autres littératures; ils ont aussi remué l'âme avec puissance, et produit tous les effets que nous sommes accoutumés d'attendre de l'éloquence et de la poésie. Étudions leur manière; jugeons-les, non point d'après nos règles, mais d'après celles qu'ils ont suivies; apprenons à distinguer l'esprit humain de l'esprit national, et élevons-nous assez haut pour discerner les règles qui découlent de l'essence de la beauté, et qui sont communes à toutes les langues, d'avec celles qu'on a prises dans de grands exemples, que l'habitude a sanctionnées, que l'esprit a justifiées, que les convenances maintiennent; mais qui cependant ont pu, chez d'autres peuples, faire place à d'autres règles, reposant sur d'autres convenances et d'autres habitudes, sanctionnées par d'autres exemples, et justifiées par une autre analyse non moins spirituelle.

Nous croyons donc qu'on trouvera de l'utilité comme de l'intérêt à passer en revue la littérature moderne étrangère à la France, à examiner sa première origine chez les diverses nations de l'Europe, l'esprit qui l'a animée, et les divers chefs-d'œuvre qu'elle a produits. Sans doute il faudrait, pour rendre complet un Cours semblable, une étendue de connaissances, et surtout une facilité pour les langues à laquelle je suis loin de pouvoir prétendre. Je ne sais aucune des langues orientales, et cependant c'est l'arabe qui, dans le moyen âge, a donné une impulsion toute nouvelle à la littérature de l'Europe, et a changé la direction de l'esprit humain. Je ne sais aucune des langues slaves, et cependant les Polonais et les Russes vantent des richesses littéraires dont je ne pourrai entretenir brièvement mes lecteurs que sur la foi d'autrui. Parmi les langues teutoniques, je ne sais que l'anglais et l'allemand; et la littérature des Hollandais, des Danois, des Suédois, ne pourra m'être accessible que d'une manière imparfaite, au travers des traductions allemandes. Cependant les langues dont je puis rendre un compte sommaire, sont celles où il existe le plus grand nombre de chefs-d'œuvre, celles en même temps dont l'esprit est le plus original et le plus nouveau, et la carrière que je me propose de parcourir est encore suffisamment étendue.

Je partagerai la littérature moderne en deux classes, qui feront l'objet de deux Cours : l'un sur les langues romanes, l'autre sur les langues teutoniques. Dans le premier, après avoir jeté un coup d'œil sur la brillante période de la littérature arabe, je passerai successivement en revue les peuples du Midi, qui formèrent leur poésie à l'école des Orientaux, et d'abord les Provençaux, les premiers-nés de l'Europe pour la poésie romantique. Je chercherai à familiariser mes lecteurs avec leurs troubadours, si renommés et si peu connus, et à montrer ce que la poésie de toutes les nations modernes doit à ces premiers maîtres. A leur occasion, je parlerai aussi des trouvères, poètes des pays situés au nord de la Loire, auxquels l'Europe a dû les fabliaux, les romans chevaleresques, et les premières représentations dramatiques. C'est de leur langage, le roman wallon ou langue d'oil, que le français est né dans la suite. Après ces langues mortes, quoique modernes, je rendrai compte de la littérature italienne, celle entre les langues du Midi qui a eu la plus grande influence sur les autres. Je la prendrai dès sa première origine vers le temps du Dante, et je la conduirai jusqu'à nos jours. Je suivrai de la même manière l'espagnol dans toute sa durée : ses premiers monumens sont antérieurs de plus d'un siècle aux premières poésies italiennes, cependant sous le règne de Charles-Quint, les Castillans s'efforcèrent d'imiter les grands modèles qu'ils avaient appris à connaître en Italie ; et nous devons ranger les nations, non point d'après l'antiquité de leurs premiers essais, mais d'après l'influence que la culture des unes a exercée sur celle des autres : enfin nous terminerons notre Cours par la littérature portugaise, que la plupart de mes lecteurs ne connaissent sans doute que par le chef-d'œuvre du Camoëns, mais qui n'était point arrivée à produire un si grand homme sans l'entourer de poètes et d'historiens distingués, dignes de former sa cour.

J'ai dessein de passer en revue de la même manière, dans un second Cours, la littérature anglaise et allemande, et de donner quelques aperçus sur celle des autres nations teutoniques, aussi-bien que sur celle des peuples issus des Slaves, les Polonais et les Russes.

Dans un plan si vaste et si fort au-dessus des forces d'un homme, je n'aurai point la prétention de ne parler que d'après moi-même. Je profiterai avec empressement des recherches et des travaux des historiens de la littérature et des critiques; je serai même plus d'une fois obligé d'emprunter d'eux des jugemens sur des ouvrages que je n'ai point lus, et que je ne ferai qu'indiquer (1). Mais comme je me suis proposé

---

(1) Je ne connais que deux ouvrages qui comprennent l'histoire de toute la partie de la littérature dont je parlerai dans ce Cours : le premier, dont le plan est bien plus vaste encore, est celui d'Andrés, jésuite espagnol, professeur à Mantoue : *Dell' Origine e. de' Progressi d'ogni Letteratura,* 5 *vol. in-4°. Parme,* 1782. Il esquisse l'histoire de toutes les sciences humaines dans toutes les langues et dans tout l'univers; et avec une vaste érudition, il développe d'une manière philosophique la marche générale de l'esprit humain; mais comme il ne donne jamais d'exemple, qu'il n'analyse point le goût particulier de chaque nation, que ses jugemens ra-

bien plus de faire connaître les chefs-d'œuvre des langues étrangères, que de les juger d'après des règles arbitraires, ou de donner l'histoire de leurs auteurs, j'ai recouru aux originaux toutes les fois que j'ai pu les atteindre, et que leur réputation les rendait dignes d'une analyse; et je présenterai ici plus souvent des extraits et des traductions de tout ce que j'ai pu recueillir de plus beau dans les langues du Midi, que les jugemens toujours suspects d'un critique.

Les langues que parlent les peuples du midi de l'Europe, depuis l'extrémité du Portugal jusqu'à

---

pides ne sont presque jamais motivés, il ne laisse aucune idée nette des écrivains et des ouvrages dont il a rassemblé les noms, et il ne met jamais son lecteur à portée de juger par lui-même. Il y a beaucoup plus d'instruction pratique à retirer de l'ouvrage de Boutterwek, professeur à Gottingue, qui a entrepris l'histoire de la littérature proprement dite dans l'Europe moderne. (*Friedrich Boutterwek*, *geschichte der Schönen Wissenschaften*, 8 *vol. in*-8°. 1801-1810.) Il n'a encore écrit que l'histoire des littératures d'Italie, d'Espagne, de Portugal, de France et d'Angleterre; mais il l'a fait avec une étendue d'érudition, et une loyauté dans la manière d'en faire profiter ses lecteurs, qui semblent propres aux savans allemands : c'est, de tous les ouvrages de critique, celui dont j'ai tiré le plus grand parti, et auquel j'ai emprunté le plus de faits et de connaissances. Pour l'histoire particulière de chaque langue, j'ai eu de plus amples secours. Millot (*Histoire littéraire des Troubadours*) a été mon principal guide pour la littérature provençale; Tiraboschi, et dans les trois

celle de la Calabre ou de la Sicile, et qu'on désigne sous la dénomination commune de langues romanes, sont toutes nées du mélange du latin avec le teutonique, et des peuples devenus Romains avec les peuples barbares qui renversèrent l'empire de Rome. Des circonstances accidentelles, plutôt qu'une diversité dans les races d'hommes, ont fait toute la différence entre le portugais, l'espagnol, le provençal, le français et l'italien. Dans chacune de ces langues le fond est latin, la forme souvent barbare; un grand nombre de mots ont été importés dans la langue

---

premiers volumes de son excellent ouvrage, M. Ginguené, pour l'italienne; Nicolas Antonio, Velasquez, avec les commentaires de Dieze, et Diogo Barbosa, pour l'espagnole et la portugaise; Aug. Will. Schlegel enfin, pour la littérature dramatique de toutes ces nations. Je reconnais ici, d'une manière générale, mes obligations à tous ces critiques, parce que dans un ouvrage nécessairement rapide, et qui a été composé pour être récité, j'ai profité souvent de leurs recherches, quelquefois même de leurs pensées sans les citer. Si j'avais voulu, comme dans une histoire, invoquer pour chaque fait et pour chaque opinion mes autorités, il aurait fallu multiplier mes notes presque à chaque ligne, et suspendre, d'une manière fatigante, la lecture ou l'attention. Dans la critique littéraire, ce serait une prétention bien ridicule que de ne vouloir jamais répéter ce qui a été dit, et une affectation bien vaniteuse, que de s'efforcer de séparer dans chaque pensée ce qui est à soi, de ce qu'on doit à un autre.

par les conquérans; mais un nombre infiniment plus grand appartenait au peuple vaincu. La grammaire fut aussi la conséquence de concessions réciproques; plus compliquée que chez les nations purement teutoniques, plus simple que chez les Grecs et les Romains; elle n'a, dans aucune des langues du Midi, conservé les cas dans les nôms; mais choisissant entre les terminaisons diverses du mot latin, elle a fait le mot nouveau avec le nominatif en italien, avec l'accusatif en espagnol, avec une contraction qui s'éloigne de tous deux en français (1). Cette première différence donne une couleur générale au langage, mais n'empêche pas qu'on ne reconnaisse partout une origine commune. Sur les bords du Danube, les Valaques et les Bulgares parlent aussi une

---

(1) Cette règle doit s'entendre surtout du pluriel. Voici quelques exemples de ces contractions :

Oculi, lat.; *occhi*, ital.; *ojos*, espag.; *oilhos*, portug.; *huelhs*, prov.; *yeux* (œils), franç.

Cœli, lat.; *cieli*, ital.; *cielos*, espag.; *ceos*, portug.; *ceus*, prov.; *cieux*, franç.

Gaudium, lat.; *godimento*, *gioia*, ital.; *gozo*, espag.; *gozo*, port.; *gaug*, prov.; *joie*, franç.

Depuis la publication de cet ouvrage, M. Raynouard, dans la grammaire qui précède son *Choix des Poésies originales des Troubadours*, montre que, dans leur langue, les noms furent formés des substantifs latins, en retranchant toutes les désinences caractéristiques qui désignaient les cas, parce que

langue qu'on reconnaît pour fille du latin, et que ses rapports nombreux avec l'italien rendent aisée à comprendre; mais des deux élémens qui la composent, l'un est le même, le latin; l'autre est tout nouveau, c'est l'esclavon au lieu de l'allemand.

Les langues teutoniques elles-mêmes ne sont pas absolument exemptes de ce mélange primitif : ainsi l'anglais, qui est originairement un dialecte allemand corrompu, a été mêlé, d'une part avec le breton ou gaélique, de l'autre avec le français, qui lui a donné quelques analogies avec les langues romanes. Il porte dans son origine l'empreinte d'une plus grande rudesse que l'allemand; sa grammaire est plus simple, et l'on pourrait dire plus barbare, si la culture posté-

---

les Barbares, ignorant les déclinaisons et les règles de la grammaire, ne savaient plus comment les employer. Le plus souvent c'était de l'accusatif qu'ils retranchaient la désinence. *Abbatem* devient *abbat; infantem, infant; florem; flor.* Les exemples de cette contraction méthodique qu'il a recueillis se présentent en foule long-temps avant l'an 1000, et comme cette première modification du latin est en même temps la plus naturelle et la plus méthodique, il en conclut non seulement que la langue romane des troubadours naquit avant toutes les autres, mais qu'elle commença par être uniforme chez tous les peuples qui abandonnaient l'usage du latin; que ce n'est que long-temps après qu'elle se partagea en dialectes, et que toutes les autres langues du Midi se sont formées immédiatement de celle-là.

rieure que cette langue a reçue n'avait pas tiré de cette barbarie même, de nouvelles beautés. L'allemand enfin n'est pas resté tel qu'il était parlé par les peuples qui envahirent l'empire romain; il paraît avoir emprunté pendant quelque temps, et reperdu ensuite, une partie de la syntaxe latine. Dans le temps où l'étude des lettres commença à se répandre dans le Nord avec le christianisme, les Allemands essayèrent de donner à leurs noms une terminaison différente pour chaque cas, comme on le faisait en latin : leur langue devint plus sonore, elle admit plus de voyelles dans la construction de ses mots; mais ces modifications, contraires sans doute au génie du peuple qui devait la parler, furent abandonnées dans la suite, et l'allemand s'est de nouveau éloigné du latin.

Ainsi, d'un bout à l'autre de l'Europe, le choc de deux immenses nations, le mélange de deux langues mères confondait tous les idiomes pour en reformer de nouveaux. Un long espace de temps s'écoula, pendant lequel on pourrait presque assurer que les nations européennes n'eurent point de langue. Du cinquième au dixième siècle de l'ère chrétienne, des races différentes, et toujours nouvelles, se mêlèrent sans cesse sans se confondre; chaque village, chaque hameau contenait quelque conquérant teutonique, quelques uns de ses soldats barbares, et quelques vas-

saux, restes du peuple vaincu. Leurs rapports
entre eux étaient ceux du mépris, d'une part;
de la haine, de l'autre; jamais de la confiance
ou de l'abandon. Ignorant les uns et les autres
tout principe de grammaire générale, ils ne son-
geaient point à étudier la langue de leurs ennemis; ils s'accoutumaient seulement à entendre
réciproquement le jargon dans lequel ils cherchaient à se rencontrer. Ainsi nous voyons encore aujourd'hui les gens du peuple, transportés
dans un pays étranger, se faire, avec ceux dont
ils ont besoin, un patois de convention qui n'est
ni le leur, ni celui de leurs hôtes, mais que tous
deux comprennent, et qui les empêche tous deux
d'arriver à la langue de l'un ou de l'autre. Ainsi,
dans les bagnes de l'Afrique et de Constantinople,
les esclaves chrétiens de toutes les parties de
l'Europe, mêlés avec les Maures, n'ont point
enseigné à ceux-ci leur langage, n'ont point
appris celui des Maures; mais ils se rencontrent
avec eux dans un jargon barbare qu'on nomme
langue franque; il est composé des mots romans
les plus nécessaires à la vie commune, dépouillés
des terminaisons qui marquent les temps et les
cas, et unis ensemble sans syntaxe. Ainsi, dans
les colonies d'Amérique, les planteurs s'entendaient avec les Nègres dans la langue créole,
qui est de même le français mis à la portée d'un
peuple barbare, en le dépouillant de tout ce qui

lui donne de la précision, de la force ou de la souplesse. Le manque d'idées, conséquence de l'ignorance universelle, ne laissait point la tentation d'augmenter le nombre des mots dont se composait ce jargon; le manque de communication d'un village avec l'autre lui ôtait toute uniformité; les révolutions continuelles qui amenaient de nouveaux peuples barbares à la place des premiers, qui substituaient de nouveaux dialectes de la Germanie à ceux avec lesquels les méridionaux avaient commencé à se familiariser, ne permettaient point au langage d'acquérir aucune espèce de fixité; enfin ce patois informe, qui variait avec chaque canton, avec chaque peuplade, qui variait d'année en année, et auquel le caprice seul des Barbares ou le hasard servait de règle, n'était pas même écrit par le petit nombre de ceux qui savaient écrire; il était dédaigné comme le langage de l'ignorance et de la barbarie par tous ceux qui auraient pu le former, et le don de la parole, qui a été accordé aux hommes pour étendre et éclaircir leurs idées en les communiquant, multipliait entre eux les barrières, et était pour eux une source de confusion.

Pendant ces cinq siècles qui précédèrent et préparèrent l'origine des langues modernes, l'Europe ne pouvait avoir aucune littérature. Chez des peuples barbares, où très peu de gens possé-

daient le talent de lire ou d'écrire, où les matériaux mêmes pour l'écriture manquaient, car le
parchemin était d'un prix exorbitant, le papyrus
d'Égypte, depuis la conquête des Arabes, n'ar-
rivait plus en Europe, et le papier n'avait pas
encore été inventé ou porté dans l'Occident par
le commerce; les traditions seules auraient dû
conserver la mémoire des événemens passés, et
pour les graver dans le souvenir, on leur aurait
volontiers donné la forme métrique : telle a été
peut-être dans l'antiquité l'origine de la versification; et la poésie n'était d'abord qu'un appui
donné à la mémoire. Mais chez les peuples méridionaux, le jargon qui venait à peine de se
former, était compris dans un rayon trop peu
étendu; il était trop souvent variable pour qu'on
essayât de lui confier rien de ce qui était destiné
à une autre génération. Il était bon tout au plus
pour donner et recevoir des ordres, pour communiquer brutalement entre le vainqueur et le
vaincu; mais dès qu'on voulait être entendu
après quelques années, ou à quelque distance
de son domicile, on s'efforçait de faire passer ses
pensées dans le latin, qu'on ne maniait cependant
qu'avec peine. Toutes les chroniques informes,
dans lesquelles on consignait de loin en loin le
souvenir de quelques événemens, étaient en
latin; tous les contrats de mariage, d'achat, de
prêt, d'échange, étaient dans la même langue,

ou plutôt dans le jargon barbare que les notaires croyaient latin, et qui était aussi éloigné de la langue parlée que de la langue écrite. Le prix excessif du parchemin sur lequel on devait écrire, forçait à couvrir les marges des anciens livres de ces contrats informes, souvent à gratter les caractères qui nous auraient transmis peut-être les plus sublimes ouvrages de la Grèce et de Rome, pour y substituer des conventions pri-vées ou des légendes absurdes. (1)

Pendant ces cinq siècles, cependant, il s'est élevé de loin en loin, dans tous les pays romans, mais surtout en France et en Italie, quelques historiens judicieux, dont le style a de la viva-cité, et dont les tableaux sont animés; quelques philosophes subtils, qui étonnent par la finesse de leurs aperçus, plus que par la justesse de leurs raisonnemens; quelques théologiens savans, même quelques poètes. Les noms de Paul War-

_____

(1) Le prix du parchemin avait engagé nos ancêtres à une singulière économie de paroles. On peut voir, au dépôt de la Tour, à Londres, dans les *rolls of fines*, que chaque contrat pour la vente des terres est toujours compris en une seule ligne; et du huitième au dixième siècle, toutes les annales des Francs, écrites dans les couvens, sont soumises à la même règle. Quel que fût le nombre ou l'importance des événemens, le même annaliste ne devait pas passer la ligne pour chaque année. On comprend que des hommes si avares de leur par-chemin devaient écrire peu de vers.

nefrid, de Liutprand, d'Alcuin, d'Éginhard, sont encore aujourd'hui universellement respectés; mais tous écrivaient en latin : tous, par la force de leur esprit et des circonstances heureuses, avaient appris à connaître la beauté des modèles qu'a laissés l'antiquité ; ils s'étaient pénétrés de l'esprit d'un autre siècle, ils en avaient adopté la langue, ils ne nous représentent point leurs contemporains, on ne peut reconnaître à leur style le temps dans lequel ils ont vécu, mais seulement le plus ou moins d'étude et de bonheur avec lesquels ils ont imité le langage et les pensées des temps passés : aussi n'appartiennent-ils point à la littérature moderne; ils sont les derniers monumens de l'ancienne civilisation, les derniers d'une race de grands hommes qui, après une longue dégénération, s'éteignait enfin en eux.

Ce qui doit être considéré comme plus national, ce sont les chansons populaires qui, dans quelque langue qu'elles fussent composées, appartenaient bien réellement à leur siècle, et non point à l'antiquité. Quelques unes de ces chansons, que le hasard a conservées, sont dignes de remarque; bien moins pour leur mérite poétique, que pour le jour qu'elles jettent sur l'étrange destruction de toute langue nationale; elles sont en latin barbare; on n'en trouve aucune dans les patois qui devaient bientôt prendre rang comme langues nouvelles; ces patois n'auraient

point été entendus d'une ville à l'autre ; et le
poète, pour faire un effet populaire, aimait
mieux recourir à une langue que tout le monde
savait imparfaitement, que d'employer son langage journalier, qui aurait à peine été entendu
dans le plus prochain village. Il n'est point étrange
que les chants d'église composés à cette époque
fussent en latin, c'était le langage du culte ; que
les essais de poëmes des savans fussent en latin,
c'était le langage des études ; mais le choix du
latin pour des chansons de soldat, montre l'impossibilité où l'on se trouvait d'employer aucune
autre langue.

Une de ces chansons fut composée en Italie,
en 871, par les soldats de l'empereur Louis ii,
pour s'exciter les uns les autres à le tirer de sa
captivité. Ce monarque, qui avait été dans le
midi de l'Italie faire la guerre aux Sarrasins,
était devenu bientôt plus à charge à son hôte,
Adelgise, duc de Bénévent, que les ennemis
qu'il venait combattre. Adelgise ne pouvant plus
supporter les exactions et l'insolence de l'armée
qu'il avait reçue dans ses murs, prit le parti té-
méraire d'arrêter l'empereur dans son palais, le
25 juin 871. Il le retint en prison pendant près de
trois mois ; mais les soldats impériaux, répandus dans toute l'Italie, s'animèrent à la vengeance par la chanson que nous allons rapporter ; ils s'avancèrent vers le duché de Bénévent,

et ils déterminèrent Adelgise à remettre son prisonnier en liberté. Cette chanson est en longs
vers de quinze ou seize syllabes, sans mesure
sensible de quantité, mais avec une césure au
milieu; ils sont accolés trois par trois, et dans un
latin tellement barbare, qu'ils pourraient servir
d'exemples pour toutes les fautes de grammaire.
En voici la traduction :

« Écoutez, limites de la terre, écoutez avec
« horreur, avec tristesse, quel crime a été com-
« mis dans la ville de Bénévent. Ils ont arrêté
« Louis, le saint, le pieux Auguste. Les Béné-
« ventins se sont assemblés en conseil, Adalfieri
« parlait, et ils ont dit au prince : Si nous le ren-
« voyons en vie, sans doute nous périrons tous.
« Il a préparé de cruelles vengeances contre cette
« province : il nous enlève notre royaume, il
« nous estime comme rien, il nous a accablés de
« maux : il est bien juste qu'il périsse. Et ce
« saint, ce pieux monarque, ils l'ont fait sortir
« de son palais; Adalfieri l'a conduit au prétoire,
« et lui, il paraissait se réjouir de sa persécution
« comme un saint dans le martyre. Sado et Sa-
« ducto sont sortis en invoquant les droits de
« l'empire; lui-même il disait au peuple, vous
« venez à moi comme au-devant d'un brigand
« avec des épées et des massues; un temps était
« où je vous ai soulagés, mais à présent vous
« avez comploté contre moi, et je ne sais pour-

« quoi vous voulez me tuer : je suis venu pour
« détruire la race des infidèles ; je suis venu pour
« rendre un culte à l'église et aux saints de Dieu ;
« je suis venu pour venger le sang qui avait été
« répandu sur la terre. Le tentateur a osé mettre
« sur sa tête la couronne de l'empire ; il a dit au
« peuple : Nous sommes empereur, nous pou-
« vons vous gouverner, et il s'est réjoui de son
« ouvrage ; mais le démon le tourmente, et l'a
« renversé par terre, et la foule est sortie pour
« être témoin du miracle. Le grand maître Jésus-
« Christ a prononcé son jugement : la foule des
« païens a envahi la Calabre ; elle est parvenue à
« Salerne pour posséder cette cité ; mais nous
« jurons sur les saintes reliques de Dieu de dé-
« fendre ce royaume, et d'en conquérir un
« autre. » (1)

_____

(1) Voici le texte de cette chanson barbare, dont je ne
suis pas sûr d'avoir toujours deviné le sens.

Audite omnes fines terre errore cum tristitia,
    Quale scelus fuit factum Benevento civitas,
    Lhuduicum comprenderunt, sancto pio Augusto.
Beneventani se adunarunt ad unum consilium,
    Adalferio loquebatur et dicebant Principi :
    Si nos eum vivum dimittemus, certe nos peribimus.
Celus magnum preparavit in istam provintiam,
    Regnum nostrum nobis tollit, nos habet pro nihilum.
    Plures mala nobis fecit, rectum est ut moriad.
Deposuerunt sancto pio de suo palatio ;
    Adalferio illum ducebat usque ad Pretorium,
    Ille vero gaude visum tanquam ad martyrium.

On conserve une autre chanson également militaire, mais postérieure de près d'un siècle. Elle
fut écrite vers l'an 924 pour être chantée par les
soldats modénois, comme ils gardaient leurs murailles contre les Hongrois. Le latin en est beaucoup plus grammatical, et le langage plus correct. On voit aussi qu'elle est l'ouvrage d'un
homme qui connaissait l'antiquité; cependant
elle se rapproche davantage de la poésie moderne
qui allait bientôt commencer. Les vers, de douze
syllabes, sont divisés inégalement par une césure
après la cinquième : ils sont tous rimés, ou plutôt en assonnances, comme dans la poésie espa-

---

Exierunt Sado et Saducto, invocabant imperio :
    Et ipse sancte pius incipiebat dicere :
    Tanquam ad latronem venistis cum gladiis et fustibus.
Fuit jam namque tempus vos allevavit in omnibus,
    Modo vero surrexistis adversus me consilium,
    Nescio pro quid causam vultis me occidere.
Generacio crudelis veni interficere,
    Eclesie que sanctis Dei venio diligere,
    Sanguine veni vindicare quod super terram fusus est.
Kalidus ille temtator, ratum adque nomine
    Coronam Imperii sibi in caput ponet et dicebat Populo :
    Ecce sumus Imperator, possum vobis regere.
Leto animo habebat de illo quo fecerat;
    A demonio vexatur, ad terram ceciderat,
    Exierunt multæ turmæ videre mirabilia.
Magnus Dominus Jesus Christus judicavit judicium :
    Multa gens paganorum exit in Calabria,
    Super Salerno pervenerunt, possidere civitas.
Juratum est ad Sancte Dei reliquie
    Ipse regnum defendendum, et alium requirere.

gnole, c'est-à-dire que la rime n'est que dans les voyelles, et qu'elle se prolonge pendant presque toute la pièce. La voici :

« O toi qui, par tes armes, conserves ces mu-
« railles, garde-toi de dormir, veille, réveille-
« toi. Tant qu'Hector veilla dans Troie, les
« Grecs astucieux ne purent la soumettre ; mais
« tandis que Troie dormait de son premier som-
« meil, le trompeur Sinon ouvrit la porte per-
« fide, et les bataillons, introduits par des échelles
« de corde, envahirent la ville, et incendièrent
« Pergame. — C'est par sa voix vigilante que
« l'oiseau blanc du Capitole mit en fuite les Gau-
« lois autour de la forteresse de Romulus. Les
« Romains firent de lui un simulacre d'argent, et
« adorèrent l'oie comme une déesse ; nous ado-
« rons la divinité du Christ ; c'est pour lui que
« nous chantons des cantiques retentissans ; c'est
« en nous fiant à sa garde puissante que nous
« répétons ici ces chants de nos veilles. O Christ !
« roi des mondes, conserve sous ta garde divine
« ces camps où nous veillons ; tu es pour les tiens
« un mur inexpugnable ; tu es aux ennemis le
« plus redoutable ennemi : aucune force ne peut
« nuire à ceux pour qui tu veilles, car tu chasses
« loin d'eux toutes les armes guerrières. O
« Christ ! entoure nos forteresses, défends-les
« par ta lance vaillante ; et toi, sainte et brillante
« mère du Christ, Marie, obtiens pour nous son

« appui; avec saint Jean dont nous vénérons ici
« les saintes reliques, et auquel ces murs sont
« consacrés. Sous sa conduite, notre droite sera
« victorieuse à la guerre; sans lui, les javelots
« que nous lançons demeurent sans effet.—Vail-
« lante jeunesse, lustre audacieux de la guerre,
« qu'on entende retentir vos chants autour de
« nos murs. Tour à tour relevez-vous en veillant
« sous les armes, pour que les fraudes ennemies
« ne pénètrent point dans cette enceinte. Que
« l'écho, notre compagnon, retentisse : *holà,*
« *veillez!* que l'écho, le long des murailles, ré-
« pète : *veillez!* » (1)

Ces chansons populaires ne sont dépourvues

---

(1)   O tu qui servas armis ista moenia
Noli dormire, moneo sed vigila !
Dum Hector vigil extitit in Troia
Non eam cepit fraudulenta Graecia.
Prima quiete dormiente Troia
Laxavit Sinon fallax claustra perfida :
Per funem lapsa occultata agmina
Invadunt urbem et incendunt Pergama.
Vigili voce avis anser candida
Fugavit Gallos ex arce Romulea,
Pro qua virtute facta est argentea,
Et a Romanis adorata ut Dea.
Nos adoremus celsa Christi numina,
Illi canora demus nostra jubila;
Illius magna fisi sub custodia
Haec vigilantes jubilemus carmina.
Divina mundi Rex Christe custodia,
Sub tua serva haec castra vigilia,

ni d'éloquence, ni d'une certaine poésie; elles ont bien plus de vie et de mouvement que les poëmes que les savans du temps s'efforçaient de faire à l'imitation des anciens. Mais l'état littéraire d'une nation est bien misérable, lorsqu'elle est obligée, même pour ses chansons populaires, de recourir à une langue étrangère.

Dans le même temps, et au milieu des mêmes peuples, il se conservait, il est vrai, une autre poésie; c'était celle des vainqueurs. Les peuples du Nord, qui avaient une langue à eux, qui étaient sûrs d'être entendus de leurs contemporains, et qui comptaient sur une postérité qui respecterait leur mémoire, avaient des tradi-

---

Tu murus tuis sis inexpugnabilis
Sis inimicis hostis tu terribilis :
Te vigilante nulla nocet fortia .
Qui cuncta fugas procul arma bellica.
Cinge hæc nostra tu Christe munimina
Defendens ea tua forti lancea.
Sancta Maria mater Christi splendida,
Hæc cum Johanne Theotocos impetra,
Quorum hic sancta veneramur pignora,
Et quibus ista sunt sacrata mœnia,
Quo duce victrix est in bello dextera
Et sine ipso nihil valent jacula.
Fortis juventus, virtus audax bellica,
Vestra per muros audiantur carmina :
Et sit in armis alterna vigilia,
Ne fraus hostilis hæc invadat mœnia;
Resultet echo comes : eja vigila.
Per muros eja ! dicat echo vigila !

tions, s'ils n'avaient point de poésie écrite. Les dogmes les plus importans de leur religion, les faits les plus brillans de leur histoire, servaient de matière aux chansons qu'ils se transmettaient de bouche en bouche : ces chansons conservaient en même temps l'amour de la gloire, l'enthousiasme pour les grandes actions, et cette vivacité d'imagination, cette croyance au merveilleux, qui rendaient poétique la nation tout entière, qui faisaient au héros un devoir de rechercher les aventures, et qui préparaient l'esprit de chevalerie qui se développa plus tard. On rencontre souvent dans l'histoire, des traces de ces chansons que les peuples du Nord avaient portées, comme une partie de leur héritage, dans les pays qu'ils avaient conquis. Cependant les vainqueurs oubliaient bientôt parmi leurs vassaux la langue de leurs pères, qu'aucun enseignement régulier ne maintenait; et, après le cours de deux ou trois générations, ces chansons patriotiques se perdaient dans le Midi, et n'étaient plus conservées que dans le Nord. Charlemagne, qui tenait à la gloire de sa race, fit recueillir, au rapport d'Eginhard, ces chansons si glorieuses pour ses ancêtres; Louis-le-Débonnaire, son fils, chercha au contraire à les replonger dans l'oubli. De nos jours, les Allemands ont retrouvé un grand poëme épique, dont ils croient pouvoir faire remonter l'origine jusqu'au temps de la première conquête de l'Empire romain par les Barbares ; c'est celui des Nibelungen. Le lieu de la scène est à la cour d'Attila, le roi des Huns, vers l'année 430 ou 440. Le sujet est la destruction de la nation des Bourguignons, qui servaient dans l'armée de ce monarque, et qui furent victimes de la vengeance d'une de ses femmes. Celles-ci, bourguignone elle-même, attira cette calamité sur sa nation, pour venger le meurtre de son premier mari, tué long-temps auparavant par ses frères. Parmi les héros de ce poëme épique, on voit figurer Dietrich von Bern, ou le grand Théodoric, fondateur du royaume des Ostrogoths en Italie ; Siegfried ou Sigefroi, qui paraît être un des ancêtres des rois francs de la première race ; un margrave Ruddiger, ancêtre de la première maison d'Autriche ; les chefs enfin de toutes ces familles de conquérans qui renversèrent l'Empire romain. Les événemens de ce poëme sont historiques ; les littérateurs allemands affirment qu'ils sont rapportés avec une telle vérité, une telle connaissance des mœurs de la cour d'Attila, qu'on ne peut les avoir écrits pour la première fois dans un temps fort éloigné de ces événemens. Le poëme des Nibelungen a peut-être en effet existé dès la génération qui suivit celle d'Attila ; peut-être fut-il un de ceux que Charlemagne avait pris à tâche de conserver ; mais malheureusement nous

ne l'avons pas sous sa forme antique et originale.
Retravaillé à plusieurs reprises pour lui faire
suivre les variations de la langue, et pour flatter
la vanité des familles nouvelles par des inter-
polations, il fut composé tel que nous l'avons
aujourd'hui, seulement vers la fin du douzième
ou le commencement du treizième siècle : nous
y reviendrons quand nous traiterons de la littérature allemande.

L'abandon de la langue allemande par les vainqueurs, dans les pays du Midi, n'est point facile
à assigner à une époque fixe. On la conservait
encore probablement à la cour des souverains
et dans les assemblées de la nation, long-temps
après que les feudataires, disséminés dans leurs
châteaux, et obligés de s'entendre avec leurs
paysans, en eurent abandonné l'usage. Ainsi les
noms et les surnoms des rois lombards dans le
septième et le huitième siècle, et même des ducs
de Bénévent dans le neuvième, indiquent une
connaissance de la langue allemande, qui se conservait tout au moins à la cour, tandis que les
lois et tous les actes de ces mêmes monarques
sont écrits en latin, et que le langage habituel du
peuple était déjà un jargon roman. Les lois des
Visigoths d'Espagne et le mélange de mots allemands dans leur texte latin, donnent lieu à la
même observation. Charlemagne et toute sa cour
parlaient allemand, tandis que le roman était

déjà le dialecte du peuple dans toute la France méridionale. Rien ne saurait donner une plus juste idée de cette formation d'une langue nouvelle par un peuple barbare qui hérite des institutions d'un peuple civilisé, que ce que nous voyons se passer aujourd'hui même à Saint-Domingue, où le français joue le rôle du latin au huitième siècle, les langues africaines celui des langues teutoniques, et le créole celui de la langue romane. Si dans les siècles à venir le créole devient une langue policée, où l'on trouve des orateurs et des poètes, son histoire, dans le temps où nous vivons, présentera la même obscurité, les mêmes contradictions qui nous arrêtent dans l'origine de la langue romane. On voit de même à Saint-Domingue la langue jaloffe, la mandingue, et les autres langues d'Afrique abandonnées par les vainqueurs, dont ce sont les langues maternelles, le créole universellement employé sans être jamais écrit, et le français réservé pour tous les actes du gouvernement, ses proclamations et ses journaux.

C'est ainsi que les invasions des Barbares, la misère des peuples, l'esclavage, les guerres civiles, et tous les malheurs qui peuvent affliger la société, avaient détruit la langue latine et corrompu l'allemande. Les pays les plus fertiles, après avoir vu tous leurs habitans massacrés, étaient devenus la retraite des loups et des sangliers; les fleuves s'étaient débordés, et changeaient les plaines en marécages; les forêts, descendant des hautes montagnes, couvraient toutes les collines; quelques hommes de race différente, errans dans ces vastes déserts, se craignant, se fuyant, ou ne s'approchant que pour se combattre, n'avaient pu conserver un idiome commun. Lorsque les Barbares, en affermissant leur domination, commencèrent à regarder comme une patrie le pays qu'ils avaient conquis; lorsqu'ils en défendirent les frontières, et qu'ils en cultivèrent le sol, l'ordre commença à renaître, et avec lui la population. Au bout de quelques générations, elle combla le vide immense qu'avaient laissé la tyrannie, la guerre, la peste et la faim. L'aurore d'une prospérité nouvelle parut avec le règne de Charlemagne et de ses successeurs. Cette prospérité fut troublée, il est vrai, par l'invasion de nouveaux Barbares, les Normands, les Sarrasins et les Hongrois; mais, malgré leurs dévastations, les habitans du pays acquirent de nouvelles forces : ils se rallièrent pour se défendre; ils enfermèrent de murailles leurs villes, leurs bourgades, leurs châteaux; ils se promirent des secours mutuels, et leurs relations, devenues journalières, les forcèrent à perfectionner le langage. Alors, c'est-à-dire probablement dans le dixième siècle, naquirent proprement les langues qui

se partagent aujourd'hui l'Europe méridionale.
Mais tandis que, dans la période qui précède,
on ne peut reconnaître que deux langues mères,
et le produit informe de leur mélange, dès-lors
les dialectes se séparèrent; ils se formèrent avant
les langues mêmes auxquelles ils appartenaient;
chaque district, chaque ville, presque chaque
village eut un patois qui lui était propre, et
que les habitans s'efforçaient de parler purement, et de conserver sans mélange. Dans les
pays à dialectes, ces patois sont encore fortement caractérisés : le Lombard de Milan ne
parle point comme celui de Pavie ou celui de
Lodi, et il est reconnu immédiatement par une
oreille exercée; même dans la Toscane, où la
langue est si pure, celle de Florence, de Pise,
de Sienne et de Lucques ne saurait être confondue. En Espagne, indépendamment du catalan
et du galicien, qui sont des langues à part, l'aragonais est aisément distingué d'avec le castillan,
et celui-ci d'avec l'andalous. Dans les pays qui
désignent eux-mêmes leur patois par le nom de
langue romane, les mêmes différences étaient
autrefois très marquées entre ces divers patois
de Savoie et de Suisse; mais cette ancienne
langue ayant été abandonnée pour le français
par tous les gens instruits, les journaliers, en
passant fréquemment d'un pays à l'autre, ont
confondu les dialectes, et leur ont fait perdre
leur ancienne originalité locale.

Autrefois, l'esprit de corporation, l'esprit d'association, conséquence d'une longue faiblesse et du besoin urgent de se réunir pour résister à de nouvelles vexations, retenait chaque famille dans son village ou sa ville natale, chaque individu dans sa famille. Les campagnards eux-mêmes allaient tout armés travailler le jour dans les champs, et se renfermaient le soir dans leur bourgade avec leurs concitoyens; ils évitaient presque de parler aux peuplades voisines, qu'ils regardaient comme ennemies; ils ne s'unissaient jamais à elles par des mariages; ils considéraient tout voyage chez elles comme dangereux : et en effet, la moindre offense privée pouvant allumer une guerre, celui qu'un mariage, une possession lointaine aurait conduit dans le village voisin, qui était devenu ennemi, ne pouvait guère manquer d'être victime d'une querelle imprévue, et à laquelle il était étranger. Ainsi, les races se renouvelèrent par le mariage constant, et pendant plusieurs générations, des mêmes familles entre elles; et tandis que, dans l'origine, les habitans d'un même village, achetés des soldats qui ramenaient des esclaves de chacune de leurs expéditions, étaient peut-être descendus des Romains, des Grecs, des Étrusques, des Goths, des Lombards, des Hongrois, des Slabes et des Alains, ces individus, rassemblés des extrémités de la terre, s'étaient si bien fondus, avec la suite des siècles, en une seule famille, qu'ils regardaient comme étranger tout ce qui était né à deux lieues de chez eux, et qu'ils différaient des habitans de tout le reste de la contrée par leurs opinions, leurs mœurs, leurs vêtemens et leur langage. Cet esprit de corporation est sans doute ce qui a le plus contribué à produire un phénomène étrange sur la frontière des deux langues mères. Le passage de l'allemand à la langue romane est aussi tranché que si les deux peuples étaient séparés par plusieurs centaines de lieues : un village n'entend pas le village voisin ; et il y en a quelques uns, comme Fribourg et Morat, en Suisse, où les deux races, ayant été accidentellement réunies, ne se sont jamais mêlées, et ont habité pendant des siècles la même ville, sans passer jamais d'un quartier à l'autre, et sans pouvoir s'entendre mutuellement.

Quelques unes des villes cependant, quelques unes des provinces, protégées par un gouvernement plus ferme et plus juste, arrivèrent avant les autres à élargir le cercle de ce que les habitans regardaient comme leur patrie ; elles oublièrent un intérêt purement local pour celui de l'État ; elles abandonnèrent le patois de chaque bourgade pour un dialecte entendu de tous les membres de la communauté ; et c'est ainsi que naquirent les premières langues cultivées de l'Europe moderne. Le règne de Bozon, fondateur du royaume d'Arles (877-887), peut être considéré comme marquant cette époque heureuse pour le provençal, qui devança ainsi toutes les langues de l'Europe. Les ducs de Normandie, successeurs de Rollo, dans le dixième et le onzième siècle, paraissent avoir favorisé de même la naissance du français, ou roman-wallon. Le règne du grand Ferdinand, et les exploits du Cid dans le onzième siècle, en excitant l'enthousiasme national, donnèrent, de la même manière, un centre à la langue castillane, et firent oublier les dialectes de chaque village pour la langue de la cour et de l'armée. Henri, le fondateur de la monarchie portugaise, et son fils Alphonse, obtinrent, dès la fin du onzième siècle, le même avantage en Portugal par leurs rapides conquêtes. La naissance de l'italien est reconnue pour postérieure, quoique déjà préparée par l'administration sage et bienfaisante des ducs de Bénévent. Ce ne fut qu'à la cour des rois de Sicile, dans le douzième siècle, que ce qui était auparavant un patois, devint une langue soumise à des règles. (1)

---

(1) En rapportant la naissance de chaque langue au premier règne où chaque nation sembla acquérir de la consistance, nous rangerons les langues romanes dans l'ordre suivant :

Provençal, à la cour de Bozon, roi d'Arles... 877-887;

CHAPITRE II.

Littérature des Arabes.

L'OCCIDENT était tout entier plongé dans la barbarie; la population et la richesse avaient disparu; les habitans, dispersés en petit nombre dans de vastes contrées, avaient assez à faire à lutter contre des fléaux toujours renaissans, les invasions des Barbares, les guerres intestines, et la tyrannie féodale; ils avaient peine à sauver leur vie, toujours menacée par la faim ou par l'épée; et dans cet état continuel de violence ou de crainte, il ne leur restait point de loisir pour les jouissances de l'esprit. L'éloquence demeurée sans but était impossible, la poésie inconnue, la philosophie interdite comme une révolte contre la religion; le langage même était détruit; les dialectes barbares et provinciaux

Langue d'Oïl, d'Oui, roman wallon, ou Français, à celle de Guillaume-Longue-Épée, fils de Rollo, duc de Normandie............ 917-943;
Castillan sous le règne de Ferdinand-le-Grand. 1037-1065;
Portugais, sous Henri, fondateur de la monarchie......................... 1095-1112;
Italien, sous Roger Ier, roi de Sicile........ 1129-1154.

avaient pris la place de cette belle langue latine,
qui avait formé long-temps le lien des nations
occidentales, et qui conservait pour elles tant
de trésors de la pensée et du goût. Mais à cette
même époque, une nation nouvelle qui, par ses
conquêtes et son fanatisme, avait contribué plus
qu'aucune autre à détruire le culte des sciences
et des lettres, affermie désormais dans son empire, cultivait à son tour la littérature. L'Arabe,
maître d'une grande partie de l'Orient, de la
contrée des anciens mages et des Chaldéens, d'où
les premières connaissances avaient été répan-
dues sur la terre; de la fertile Égypte, long-temps
le dépôt des sciences humaines; de la riante
Asie mineure, où la poésie, le goût et tous les
beaux-arts s'étaient développés; de la brûlante
Afrique, patrie de l'éloquence impétueuse et
de l'esprit le plus subtil; l'Arabe semblait réunir
les avantages de toutes les contrées qui lui étaient
soumises. Il avait obtenu par les armes tous les
succès qui pouvaient assouvir l'ambition la plus
démesurée; les extrémités de l'Orient, comme
celles de l'Afrique, étaient soumises à l'empire
des khalifes; d'immenses richesses avaient été le
fruit de leurs conquêtes; un luxe sans bornes
s'était développé chez les Arabes, autrefois rudes
et sauvages, mais devenus voluptueux depuis
qu'ils dominaient sur les plus heureuses contrées
de l'univers, sur celles où la mollesse avait

exercé de tout temps le plus d'empire. A toutes les jouissances que peut procurer l'industrie humaine, excitée par des richesses immenses ; à toutes celles qui peuvent flatter les sens et enivrer de la vie, les Arabes voulurent joindre tous les plaisirs de l'esprit, la fleur de tous les arts, de toutes les sciences, de toutes les connaissances humaines ; le luxe de la pensée et celui de l'imagination. Dans cette nouvelle carrière, leurs conquêtes ne furent pas moins rapides qu'elles l'avaient été dans celle des armes ; l'empire qu'ils y fondèrent ne fut pas moins vaste ; il ne s'éleva pas avec une célérité moins surprenante à une grandeur moins gigantesque ; mais sans doute il ne fut pas assis sur des fondemens plus solides, et il ne dura pas plus longtemps.

La fuite de Mahomet de la Mecque à Médine, qu'on a nommée l'Hégire, répond à l'année 622 de notre ère ; l'incendie prétendu de la bibliothéque d'Alexandrie par Amrou, général du khalife Omar, répond à l'année 641 ; c'est l'époque de la plus haute barbarie des Sarrasins ; et cet événement, quelque douteux qu'il soit, atteste du moins ce que l'on augurait de leur mépris pour les lettres : un siècle s'était à peine écoulé depuis l'époque à laquelle on rapporte cette exécution barbare, et la famille des Abassides, en montant, en 750, sur le trône des khalifes, y porta l'a-

mour passionné des arts, des sciences et de la
poésie. Dans la littérature grecque, le siècle de
Périclès avait été préparé par près de huit siècles
de culture progressive depuis la guerre de Troie
(de 1209 avant J.-C. à 431). Dans la latine, le
siècle d'Auguste était aussi le huitième depuis la
fondation de Rome. Dans la française, le siècle
de Louis XIV est le douzième depuis Clovis, le
huitième depuis les premiers rudimens de la
langue romane ou française; mais dans le rapide
accroissement des Arabes, le siècle d'Al-Mamoun, le père des lettres, et l'Auguste de Bagdad, n'est pas éloigné de cent cinquante ans de
la première origine de la monarchie.

Toute la littérature des Arabes a porté des
traces de ce rapide accroissement; et celle de
l'Europe moderne, formée à l'école des Arabes
et enrichie par eux, laisse encore souvent entrevoir d'anciens vestiges d'un développement
trop prompt, d'une première ivresse de l'esprit,
qui avait égaré l'imagination et le goût des peuples de l'Orient.

Ce n'est qu'un léger aperçu de la littérature
arabe que je me propose de présenter ici, afin
de faire connaître son esprit, et pressentir l'influence qu'elle a exercée sur les peuples de l'Europe; afin encore de faire comprendre de quelle
manière le style oriental, emprunté d'elle par les
Espagnols et les Provençaux, s'est répandu dans

toutes les langues romanes. Sans doute, si nous pouvions nous plonger plus avant dans la littérature arabe, si nous pouvions dérouler aux yeux des lecteurs ces brillantes fictions qui firent de l'Asie un pays de féerie; si nous pouvions leur faire goûter les charmes de cette poésie inspirée, qui, exprimant les passions les plus impétueuses, employait pour son langage les figures les plus ingénieuses et les plus hardies, et communiquait à l'âme un ébranlement que nos poètes plus timides ne connaissent plus, nous trouverions, dans un goût si nouveau et si différent, d'amples dédommagemens pour les défauts qui pourraient nous frapper; mais nous ne pouvons nous flatter de faire passer dans l'âme d'un autre l'impression des beautés d'une langue étrangère, qu'autant que nous l'avons ressentie nous-mêmes; il faut que nous soyons émus pour émouvoir, et que nous jugions d'après notre sentiment pour inspirer quelque confiance. Je ne sais point l'arabe, je ne sais aucune des langues de l'Orient, et c'est à des extraits, plus encore qu'à des traductions, que je dois me borner aujourd'hui.

Ali, quatrième khalife après Mahomet, fut le premier dans l'empire des Arabes qui accordât quelque protection aux belles-lettres; son rival et son successeur Moaviah, le premier des Ommiades (661-680), leur fut plus favorable encore; il appela à sa cour les hommes les plus distingués

dans les sciences; il s'entoura de poètes; et
comme il avait déjà soumis à son empire plusieurs îles et plusieurs provinces grecques, les
sciences des Grecs commencèrent, sous lui, à
exercer leur première influence sur les Arabes.

Après l'extinction de la dynastie des Ommiades,
celle des Abassides fut bien plus favorable encore
aux lettres. Al-Manzor ou Mansour, le second
de ces princes (754-775), appela auprès de lui
un médecin grec, nommé George Backtischwah,
qui, le premier, donna aux Arabes des traductions des plus savans ouvrages des Grecs sur la
médecine. Backtischwah ou Bocht Jésu était
descendu de ces chrétiens persécutés dans l'empire grec, pour leur attachement aux dogmes
des nestoriens, qui avaient été chercher la sûreté et la paix chez les Perses, et qui y avaient
fondé, dans la province de Gondisapor, une
école de médecine, déjà fameuse dans le septième
siècle. Nestorius, patriarche de Constantinople,
de 429 à 431, qui séparait trop, au gré des orthodoxes, deux personnes comme deux natures
dans le Christ, avait manifesté un zèle persécuteur, dont il fut bientôt victime à son tour : des
milliers de nestoriens, ses disciples, avaient péri
par le fer et le feu, après les conciles d'Éphèse et
de Chalcédoine; à leur tour ils firent massacrer
en Perse, vers l'an 500, sept à huit mille de leurs
adversaires, les uns orthodoxes, les autres mo-

nophysites ; mais après ces premières représailles, ils se vouèrent aux sciences avec plus d'ardeur et en même temps plus de charité que les membres des autres Églises chrétiennes, et ils conservèrent dans la langue syriaque les lettres grecques, à l'époque où la superstition les écrasait dans l'empire d'Orient. De leur école de Gondisapor est sortie une foule de savans nestoriens et juifs, qui, obtenant du crédit par leur science médicale, ont transmis aux Orientaux tout le riche héritage des connaissances grecques.

Le célèbre Aaroun-al-Raschild, qui régna de 786 à 809, se fit un titre de gloire de la protection qu'il accordait aux lettres; et l'historien Elmacin assure qu'il n'entreprenait jamais de voyage sans mener tout au moins cent savans à sa suite. La nation arabe lui doit les progrès rapides qu'elle fit dans les sciences et les lettres, parce qu'Aaroun se fit une loi de ne bâtir jamais une mosquée sans y attacher une école; ses successeurs l'imitèrent, et en peu de temps les sciences cultivées dans la capitale furent portées jusqu'aux extrémités de l'empire des khalifes. Partout où les croyans se rassemblaient pour adorer Dieu, ils trouvaient dans son temple l'occasion de lui rendre le plus noble hommage qui soit permis à la créature, celui de cultiver les facultés qu'a mises en elle le Créateur. Du reste, Aaroun-al-Raschild était assez supérieur au fa-

natisme qui précédemment animait sa secte,
pour ne point mépriser les connaissances acquises
dans une autre religion. Le chef de ces écoles,
et le grand directeur des études dans son empire,
était un chrétien nestorien de Damas, nommé
Jean Ebn Messua.

Mais le vrai protecteur, le père des lettres
arabes, fut Al-Mamoun (Mohammed-Aben-
Amer), septième khalife abasside, et fils d'Aaroun-al-Raschild. Déjà, du vivant de son père,
et pendant son voyage au Khorasan, il choisit
pour l'accompagner les hommes les plus célèbres
par leurs connaissances, entre les Grecs, les
Persans et les Chaldéens. Devenu souverain
(813-833), il fit de Bagdad la capitale des lettres.
Les études, les livres, les savans étaient l'objet
presque unique de son attention. Les lettrés devenaient ses favoris; ses ministres n'étaient occupés que des progrès de la littérature, et l'on
eût dit que le trône des khalifes avait été élevé
pour les Muses. Il appelait à sa cour, de toutes
les parties du monde, tous les savans dont il dé-
couvrait l'existence; il les y retenait par des récompenses, des honneurs, des distinctions de
tout genre; il rassemblait des provinces sujettes,
de la Syrie, de l'Arménie, de l'Égypte, tous les
livres importans qu'on pouvait y découvrir:
c'était le plus précieux des tributs que deman-
dait le souverain; et tous les gouverneurs de

province, tous les employés de l'administration étaient chargés, avant toute chose, de recueillir les richesses littéraires des pays conquis, pour les porter au pied du trône. On voyait entrer dans Bagdad des centaines de chameaux chargés uniquement de papiers et de livres, et tous ceux qu'on croyait propres à augmenter l'instruction publique, étaient aussitôt traduits en arabe, pour être mis à la portée de tout le monde. Des maîtres, des censeurs, des traducteurs, des commentateurs de livres, formaient la cour d'Al-Mamoun, qui paraissait bien plutôt une docte académie, que le centre du gouvernement d'un empire guerrier. Lorsque ce khalife dicta la paix en vainqueur à l'empereur grec Michel-le-Bègue, il lui demanda comme tribut une collection de livres grecs. Les sciences étaient avant tout favorisées par le khalife; le philosophie spécula-tive pouvait s'exercer sur les plus hautes questions, malgré la défiance jalouse de quelques Musulmans fanatiques, qui accusaient Al-Mamoun d'ébranler ainsi l'islamisme. La médecine compta sous son empire plusieurs de ses plus illustres docteurs; le droit lui avait été enseigné par le célèbre Kossa, et comme c'était, aux yeux des Musulmans, de toutes les sciences la plus religieuse, c'était celle à laquelle ses sujets se livraient avec le plus d'ardeur; tandis qu'Al-Mamoun était dominé par son goût pour les mathématiques, qu'il étudia avec de brillans succès. Il entreprit la grande opération de mesurer la terre, et il la fit accomplir à ses frais par ses mathématiciens. Les élémens d'astronomie d'Alfragan (Fargani), et les tables astronomiques d'Al-Merwasi furent l'ouvrage de deux de ses courtisans. Ce même Al-Mamoun, non moins généreux qu'éclairé, lorsqu'il pardonna à un de ses parens qui s'était révolté contre lui pour usurper le trône, s'écria : « Ah! si l'on savait combien « j'ai de plaisir à pardonner, tous ceux qui « m'ont offensé viendraient me confesser leurs « fautes! »

Les progrès de la nation dans les sciences furent proportionnés au zèle de son chef; de toutes parts, dans toutes les villes, on vit s'élever des écoles, des collèges et des académies; de partout on vit sortir des savans : Bagdad était la capitale des lettres comme celle des khalifes; mais Bassora et Cufa égalaient presque cette ville en célébrité, et ne produisirent guère moins d'ouvrages distingués en prose, ou de poëmes fameux. Balkh, Ispahan et Samarcande étaient également des foyers de science. Le même zèle avait été porté par les Arabes loin des frontières de l'Asie. Le juif Benjamin de Tudele rapporte, dans son Itinéraire, avoir trouvé à Alexandrie plus de vingt écoles pour l'enseignement de la philosophie. Le Caire contenait aussi un grand nombre

de colléges, et celui de Betzuaila, un des fau-
bourgs de cette capitale, était si fortement bàti,
que dans une rébellion il servit de citadelle à
une armée. Dans les villes de Fez et de Maroc,
on avait également destiné aux études les plus
magnifiques bâtimens; on les soutenait par les
institutions les plus sages et les plus bienfaisantes.
Les riches bibliothéques de Fez et de Larace
ont sauvé pour l'Europe un grand nombre de
livres précieux qui avaient disparu partout ailleurs. Mais l'Espagne surtout fut le siége des
sciences arabes; c'est là qu'elles brillèrent du plus
vif éclat, et c'est là qu'elles firent les progrès les
plus rapides. Cordoue, Grenade, Séville, et
toutes les villes de la Péninsule, le disputaient
les unes aux autres par la magnificence de leurs
écoles, de leurs colléges, de leurs académies et
de leurs bibliothéques. L'académie de Grenade
eut pour préfet Schamseddin de Murcie, si célébré par les Arabes. Metuahel-al-Allah, qui
régnait à Grenade au douzième siècle, possédait
une magnifique bibliothéque; et l'on conserve
à l'Escurial un grand nombre de manuscrits
transcrits pour son usage. Alhaken, fondateur
de l'académie de Cordoue, donna six cents volumes à la bibliothéque de cette ville. Dans différentes cités d'Espagne, soixante et dix bibliothéques étaient ouvertes pour l'usage du public,
précisément à l'époque où tout le reste de l'Eu-

rope, sans livres, sans science, sans culture,
était plongé dans la plus honteuse ignorance. Le
nombre des auteurs arabes que produisit l'Espagne était si prodigieux, que plusieurs biblio-
graphes arabes écrivirent de savans traités sur
les auteurs nés dans une seule ville, comme Séville, Valence et Cordoue, ou sur ceux parmi
les Espagnols qui s'étaient consacrés à une seule
science, comme la philosophie, la médecine,
les mathématiques, et surtout la poésie. Ainsi,
dans la vaste étendue de la domination arabe,
dans les trois parties du monde, le progrès des
lettres avait suivi celui des armes, et la littérature conserva tout son éclat pendant cinq ou six
siècles, depuis le neuvième de notre ère, jusqu'au quatorzième ou au quinzième.

Un des premiers soins des Arabes au renouvellement des lettres, avait dû être de perfectionner l'instrument même de la pensée et de
l'imagination; et en effet, la culture de la langue
avait été chez eux l'objet des travaux d'un grand
nombre de savans. Ils se partagèrent en deux
écoles rivales, celle de Cufa et celle de Bassora,
et il sortit de ces écoles un grand nombre
d'hommes distingués, qui ont analysé avec la
plus grande subtilité toutes les règles de la langue
arabe.

L'étude de la rhétorique fut unie à celle de
la grammaire; et, comme il arrive dans toutes

les littératures, les préceptes pour bien dire vinrent après les modèles. Le Koran n'avait point été écrit d'après les règles des rhéteurs; un désordre de pensées produit par un enthousiasme trop élevé, l'obscurité, la contradiction, conséquences de la vie agitée et des plans variés de l'auteur, détruisent l'unité et même l'intérêt de ce livre. D'ailleurs ses chapitres furent rangés, après coup, non d'après leur date ou leur connexion, mais d'après leur longueur, commençant par le plus long et finissant par le plus court; et un ouvrage dont les idées seraient moins gigantesques et moins désordonnées deviendrait encore souvent inintelligible par un si bizarre arrangement. Cependant aucun autre, dans la langue arabe, ne présente des passages écrits avec une plus sublime poésie, avec une éloquence plus entraînante. De même, les premiers discours qui furent adressés aux peuples et aux armées, pour les pénétrer de la foi nouvelle et les faire soupirer après les combats, avaient sans doute bien plus de véritable éloquence que tous ceux qui furent composés ensuite dans les écoles des plus fameux rhéteurs arabes. Ceux-ci cependant s'empressèrent de traduire les livres les plus célèbres des Grecs sur la rhétorique, de les adapter à leur langue, dont le génie était si différent, et d'en former ainsi un art nouveau qui fit l'illustration de plusieurs Quintiliens arabes.

Après le temps de Mahomet et de ses premiers successeurs, l'éloquence populaire ne put
plus être cultivée par les Arabes ; le despotisme
oriental ayant pris la place de la liberté du désert,
les chefs de l'État et de l'armée regardèrent
comme au-dessous d'eux de haranguer le peuple
ou les soldats ; ils n'attendaient plus rien de leurs
délibérations ou de leur zèle, et ils n'en appelaient qu'à leur obéissance. Mais si l'éloquence
politique n'eut pas une longue durée chez les
Arabes, ils furent, en revanche, les inventeurs
de celle que nous cultivons le plus aujourd'hui.
Ils s'exercèrent alternativement dans l'éloquence
académique et dans celle de la chaire ; leurs philosophes, si enthousiastes de la beauté de leur
langue, saisissaient avec empressement l'occasion de développer, dans les assemblées savantes,
tout ce qu'elle avait de nombre et d'harmonie.
C'est dans cette carrière que Malek fut considéré
comme le plus entraînant de leurs orateurs ; que
Schoraïph fut reconnu pour savoir mieux qu'aucun autre unir le brillant de la poésie à la vigueur
de la prose ; qu'Al-Harisi enfin fut mis par eux
au rang de Démosthènes et de Cicéron. D'autre
part, Mahomet avait ordonné que sa foi fût prê-
chée dans toutes les mosquées ; le nom d'orateur,
khateb, fut spécialement affecté par l'usage aux
orateurs sacrés ; et celui d'un discours, *khotbah,*
à leurs sermons. On en a conservé un très grand

nombre dans la bibliothéque de l'Escurial, et
l'on y voit que leur marche est fort semblable à
celle des orateurs chrétiens. Les prédicateurs
commencent par des actions de grâce, la profession de foi, et les prières pour le roi et la félicité
du royaume; l'orateur expose ensuite son texte,
et développe son sujet; il s'appuie sur l'autorité
du Koran et des docteurs; et il s'efforce d'é-
mouvoir le peuple en faveur de la vertu, contre
le vice.

La poésie, bien plus encore que l'éloquence,
avait été l'occupation favorite des Arabes dès
leur première origine. On assure que cette nation seule a produit plus de poètes que toutes les
autres réunies. La poésie arabe a commencé
avant même que l'usage de l'écriture fût devenu
universel; et de toute ancienneté, un concours
de poètes et des jeux académiques étaient célébrés chaque année dans la ville d'Ocadh. Mahomet les interdit, comme un reste d'idolâtrie.
Sept des plus fameux parmi les anciens poètes
sont désignés par les écrivains orientaux sous le
nom de Pléiade arabique; et leurs ouvrages
étaient suspendus autour de la Caaba, ou temple
de la Mecque. Mahomet lui-même cultiva la
poésie, aussi-bien qu'Ali, Amrou, et quelques
uns des plus célèbres parmi ses premiers compagnons; mais après lui, il semble que les muses
arabes furent muettes jusqu'au règne des Abas-

sides. C'est sous Aaroun-al-Raschild et son successeur Al-Mamoun, c'est plus encore sous les
Ommiades d'Espagne, que la poésie arabe est
arrivée à sa plus haute splendeur. C'est alors qu'a
paru ce grand nombre de poètes, d'amans chevaleresques, de princesses filles de roi, que les
orientalistes comparent à Anacréon, à Pindare
et à Sapho. Leurs noms, que j'ai vainement
cherché à graver dans ma mémoire lorsque je ne
connaissais point leurs ouvrages, échapperaient
probablement aussi à la plupart de mes lecteurs.
La plus haute célébrité dans ces langues si loin
de nous, si différentes d'écriture et d'orthographe, est tellement fugitive, que je ne retrouve
plus dans d'Herbelot ceux qu'Andrès mettait au
premier rang, tels qu'un Al-Monotabbi de Cufa,
qu'il nomme le prince des poètes. Je ne chercherai donc pas à les classer selon leur mérite, puisque je ne suis pas même assez avancé dans cette
étude pour adopter des opinions étrangères; je
présenterai plutôt ici deux fragmens traduits
sur d'autres traductions et de l'arabe et du persan, et je les accompagnerai de réflexions géné-
rales sur la poésie asiatique.

Le premier des sept poëmes suspendus au
temple de la Mecque était une idylle ou *casside*
d'Amralkeisi. La composition et le plan de cet
ancien monument de la poésie arabe peuvent
donner quelque idée de ce qui a été fait depuis.

Le héros conduit deux de ses amis au lieu qu'occupait son harem, aujourd'hui désert, et il y pleure le départ de ses maîtresses. En voyant leurs traces, il soupire, il gémit, il se désespère, il repousse toutes les consolations que ses amis lui présentent. « Vous avez, disent-ils, éprouvé « d'autres fois des malheurs non moins grands. « — Sans doute, répond-il : mais alors le parfum « que mes maîtresses laissaient derrière elles « charmait encore mon cœur et enivrait mes « sens; alors mes yeux se remplissaient de lar- « mes, mais c'étaient celles des désirs; elles inon- « daient mes joues et mon sein, et mon baudrier « même en était arrosé. — Du moins, repren- « nent ses amis, que le souvenir d'un bonheur « passé calme aujourd'hui votre douleur; pensez « combien elles ont répandu pour vous de char- « mes sur la vie. » Le héros, soulagé par ce souvenir, rappelle en effet les jours heureux qu'il a passés, les délices de ses entretiens avec Oneiza, avec Fathima, les plus belles entre les belles; il se glorifie d'avoir aimé une vierge qu'au- cune n'égalait en beauté. « Son cou, dit-il, était « celui de la gazelle lorsqu'elle le soulève pour « regarder au loin; comme lui il était orné de « colliers élégans; ses cheveux flottaient sur ses « épaules; ils étaient d'un noir d'ébène, et non « moins épais que les rameaux ondoyans du pal- « mier; sa taille n'était pas moins fine ou moins

« souple qu'un cordon ; et son visage éclairait
« les ténèbres de la nuit, comme la lampe du sage
« solitaire qui travaille dans ses veilles ; ses ha-
« bits enfin retraçaient l'azur du ciel, et leur bro-
« derie de pierres fines était telle que les Pléiades
« lorsqu'elles se lèvent sur l'horizon. » Il assure
que, pour l'obtenir, il a pénétré au travers des
lances, il a bravé les dangers les plus effrayans ;
il loue alors et sa propre bravoure, et la constance avec laquelle il parcourt de nuit les vallées
incultes et ténébreuses ; il en prend occasion de
faire l'éloge de son cheval, qu'il dépeint avec la
plus brillante poésie. Il fait ensuite le tableau
d'une chasse, puis celui d'un festin ; et il termine
son poëme par une admirable description de la
pluie qui vient rafraîchir des déserts brûlans. (1)

Pour mettre aussi sous les yeux du lecteur
quelque chose de persan, je traduirai, d'après
une traduction latine de Fred. Wilken, un fragment du Schâh-Namah de Ferduzi. En persan,
les vers de ce poëme sont rimés deux par deux,
comme nos vers héroïques. C'est un héros qui
parle, et qui exprime son amour pour la fille
d'Afrasiab.

« Voyez comme les champs étincellent de
« rayons rouges et jaunes ! Quel est le cœur
« noble d'un homme qui ne ressentirait pas de

---

(1) William Jones ; *Poeseos asiaticæ Commentarii*, page 84.

« la joie? Que les astres sont beaux! comme
« l'eau murmure doucement! N'est-ce pas ici
« le jardin du palais d'un empereur? Les cou-
« leurs de la terre sont variées comme celles
« des tapis du roi d'Hormuz; l'air est parfumé
« de musc; les eaux de ce ruisseau ne sont-elles
« pas de l'essence de roses? Ce jasmin accablé
« sous le fardeau de ses fleurs, ce buisson de
« roses qui répand son parfum, semblent les
« dieux de ce jardin. Le faisan s'avance majes-
« tueusement, et il s'enorgueillit de sa parure,
« tandis que la tourterelle et le rossignol descen-
« dent en tremblant sur les plus basses branches
« des cyprès. Aussi loin que s'étend la vue le
« long de ce ruisseau, on ne découvre qu'un pa-
« radis. La plaine et les collines ne sont-elles pas
« couvertes de jeunes filles plus belles que des
« anges? Partout, en effet, où paraît Menis-
« cheh, fille d'Afrasiab, on doit voir des hommes
« heureux : c'est elle qui rend ce jardin non
« moins éclatant que le soleil; la fille d'un roi
« auguste n'est-elle pas un nouvel astre? celle-
« ci a répandu sur cette plaine ses richesses et
« sa splendeur : c'est un astre brillant qui s'élève
« au-dessus des roses et du jasmin. Beauté sans
« pareille! son visage est voilé, mais l'élégance
« de sa taille égale celle des cyprès, et son ha-
« leine répand l'ambre autour d'elle; sur ses

« joues repose la rose; ses yeux sont remplis
« de sommeil; ses lèvres ont reçu leur couleur
« du vin le plus pur, mais leur odeur est celle
« de l'essence de roses. Plût à Dieu que nous
« puissions nous rendre au lieu de ce bonheur
« suprême, et que ce ne fût que le voyage d'un
« jour! »

Après ces deux fragmens, qui sans doute sont
bien peu de chose, si on les considère comme
échantillon d'une littérature non moins riche que
celle de l'Europe tout entière, j'ajouterai seulement, d'après William Jones, que les Orientaux, et surtout les Arabes, ont eu des poëmes
héroïques, destinés à chanter leurs grands hommes, et à animer leurs soldats; mais que les
Arabes n'ont eu aucun poëme épique, quoiqúe
W. Jones donne ce nom à l'histoire de Timour
ou Tamerlan, écrite en prose poétique par Ebn
Arabschâh. Avec plus de raison, ce semble,
il range parmi les poëmes épiques l'ouvrage du
Persan Ferduzi, intitulé *Schâh-Namah,* dont je
viens de rapporter un morceau. C'est un poëme
en soixante mille distiques, sur tous les héros
et tous les rois de la Perse, dont la première
moitié, la seule qu'on puisse considérer comme
une épopée, décrit la guerre antique entre Afrasiab, roi de la Tartarie transoxiane, et Caïkhosru,
que nous connaissons sous le nom de Cyrus. Le

héros de ce poëme est Rustem, l'Hercule de la Perse. (1)

Excepté ce seul ouvrage, la poésie orientale est tout entière lyrique ou didactique. Les Arabes ont écrit sans fin des poésies d'amour; des poésies funèbres sur la mort de leurs héros ou de leurs belles; des poésies morales, parmi lesquelles on peut ranger les fables; des éloges, des satires, des descriptions, et surtout des poëmes didactiques sur toutes les sciences, même les plus sèches, comme la grammaire, la rhétorique ou le calcul; mais entre tant de poëmes arabes, dont le catalogue seul forme, à l'Escurial, une collection de vingt-quatre volumes, il n'y a pas un poëme épique, pas une comédie, et pas une tragédie.

Dans ces poëmes divers, les Orientaux montrent une grande subtilité, une grande finesse de pensée; leur expression est gracieuse et élégante, les sentimens sont nobles, et l'on peut croire, sur l'assurance des orientalistes, que, dans la langue originale, il règne une harmonie dans les vers, une justesse dans les expressions, une grâce dans tout l'ensemble, qui sont nécessairement perdues pour nous. Mais comment ne pas reconnaître aussi que l'éclat de ces com-

_____

(1) Ferduzi, l'auteur du *Schâh-Namah*, mourut l'an 411 de l'hégire, ou 1019 de Jésus Christ.

positions lyriques repose en partie sur des métaphores hardies, des allégories démesurées, des
hyperboles excessives! comment ne pas sentir
que ce qui caractérise le goût oriental, c'est
l'abus de l'imagination et l'abus de l'esprit? Les
Arabes ont dédaigné la poésie des Grecs, qui
leur paraissait timide, froide et compassée; entre
tous les livres qu'ils ont empruntés à la Grèce
avec un culte presque superstitieux, il n'y a pas
un seul poëme : aucun de ces ouvrages du génie
classique n'avait été jugé par eux digne d'une
version; et, en effet, ni Homère, ni Sophocle, ni
même Pindare, ne peuvent entrer en comparaison
avec leurs poètes. Les Arabes veulent briller
par les images les plus hardies, les plus gigantesques; ils veulent toujours étonner le lecteur
par l'inattendu de l'expression; ils accablent par
leur richesse, et ne croient jamais que ce qui
est beau puisse être superflu. Ils ne se conten-
tent pas d'une comparaison, ils les entassent les
unes sur les autres, non pour qu'on saisisse leur
idée, mais pour qu'on en admire le coloris. Ce
n'est point des sentimens naturels dont ils s'occupent, ils veulent que l'art paraisse; et plus
l'art a multiplié les ornemens, plus ils le trouvent admirable. De là aussi la recherche de toutes
les difficultés vaincues, quoiqu'elles n'ajoutent
rien au développement de l'idée, ni à l'harmonie
du vers.

L'imitation de la nature avait fait découvrir aux peuples dont la poésie est classique le genre épique et le genre dramatique, dans lesquels le poète s'efforce de prêter aux sentimens le vrai langage du cœur. Les peuples de l'Orient n'ont point eu cette prétention; leur poésie est toute lyrique; elle doit sembler inspirée, pour sortir tout-à-fait du langage de la nature; et, sous quelque nom qu'elle soit connue, à quelque règle qu'elle s'asservisse, elle doit toujours paraître le chant des passions.

La poésie des Arabes est rimée comme la nôtre; la rime s'étend même plus avant dans la construction des vers, et l'uniformité de son se retrouve souvent dans la phrase tout entière. De plus, la poésie lyrique est soumise à des règles particulières, ou sur la forme des strophes, ou sur l'ordre des rimes, ou sur la longueur des poëmes; elles étendent à toute la période cette harmonie poétique qui régit déjà chaque phrase ou chaque vers. Deux formes de versification sont plus usitées que les autres par les Arabes et les Persans : ce sont la *ghazèle* et la *casside;* l'une et l'autre sont composées de distiques; tous les seconds vers de chaque distique riment entre eux dans toute la longueur du poëme; les premiers vers sont sans rimes. Ainsi, dans l'espèce de versification que les Espagnols nomment assonances, et qu'ils ont apparem-

ment empruntée des Arabes, la même rime as-
sonnante, ou des voyelles, se répète de deux
vers l'un pendant plusieurs pages, tandis que le
premier de ces vers accouplés n'est point rimé.
La casside est une idylle amoureuse et guerrière, dont la longueur est limitée de vingt à
cent distiques; la ghazèle est une ode amoureuse, qui ne peut pas avoir moins de sept distiques ni plus de treize. La première est tout-
à-fait dans le genre des canzoni de Pétrarque, et
la seconde, de ses sonnets : et de même que Pétrarque a composé un canzonière, c'est-à-dire
une collection de canzoni et de sonnets sur différens sujets, et que tous les autres poètes provençaux, italiens, espagnols et portugais, ont
aussi un canzonière, dont le mérite principal
doit être la variété d'images dans le même
sentiment, et la variété d'harmonie dans la même
mesure de vers, les Arabes et les Persans ont
leur divan, qui est une collection de ghazèles
différentes par la terminaison ou la rime. Un
divan parfait à leurs yeux est celui où le poète
a régulièrement suivi dans ses rimes toutes les
lettres de l'alphabet : car ils ont le goût de la gêne
sans harmonie, goût que nous retrouverons dans
toute la poésie romantique, et chez toutes les
nations formées à leur école.

Mais si les Orientaux n'ont point de poésie
épique ou dramatique, ils sont, en revanche,

les inventeurs d'un genre qui tient de l'épopée, et qui remplace chez eux le spectacle. Nous leur devons ces contes dont la création est si brillante, où l'imagination est si riche et si variée, contes qui ont fait les délices de notre enfance, et que nous ne lisons jamais dans un âge plus avancé, sans nous sentir de nouveau séduits, entraînés par eux. Chacun connaît les *Mille et une Nuits;* mais s'il en faut croire le traducteur, ce que nous possédons en français n'est que la trente-sixième partie du grand recueil arabe. Ce recueil immense n'est pas seulement consigné dans des livres, c'est la richesse d'une classe nombreuse d'hommes et de femmes, qui, dans toute l'étendue de la domination de Mahomet, en Turquie, en Perse et jusqu'à l'extrémité des Indes, font métier de charmer par leurs contes un public qui aime à ensevelir, dans les doux rêves de l'imagination, les sensations souvent douloureuses du présent. Au milieu des cafés du Levant, un homme rassemble la foule muette; quelquefois il excite la terreur ou la pitié; plus souvent il promène sous les yeux de ses auditeurs ces brillantes visions fantastiques, patrimoine de l'imagination orientale; quelquefois même il excite le rire; et le front sévère des farouches osmanlis ne se déride que dans cette occasion. C'est le seul spectacle de tout le Levant, et les conteurs y remplacent partout nos

comédiens. La place publique elle-même a souvent aussi ses conteurs ; les conteuses remplissent les longs loisirs du sérail ; les médecins
ordonnent souvent aux malades de faire venir
des conteurs, pour assoupir les douleurs, cal-
mer l'agitation, et rendre le sommeil après de
longues insomnies ; et ces conteurs, accoutumés
à la souffrance, savent moduler leur voix, en
adoucir le ton, et la suspendre doucement pour
céder au sommeil.

L'imagination arabe, qui brille de tout son
éclat dans ces contes, se distingue aisément de
l'imagination chevaleresque ; mais il est facile
de voir aussi combien elle a de rapports avec
elle. Le monde surnaturel est le même pour
toutes deux, le monde moral est différent. Les
contes arabes nous introduisent dans le pays des
fées, comme les romans de chevalerie ; mais
les personnages humains qu'ils y produisent sont
tout autres. Ces contes sont nés depuis que les
Arabes, cédant le pouvoir du glaive aux Tartares, aux Turcs et aux Persans, ne se sont
plus occupés que du commerce, des lettres et
des arts. On y reconnaît un peuple marchand,
comme on reconnaît un peuple guerrier dans
les romans de chevalerie. Les richesses et le luxe
des arts le disputent en éclat aux dons splen-
dides des fées ; les héros parcourent sans cesse
de nouveaux pays, et l'intérêt du négoce n'exerce

pas moins leur activité curieuse, que le besoin d'éveiller la renommée n'excitait nos anciens chevaliers. On ne voit dans ces contes, outre les femmes, que quatre classes de personnes, des princes, des marchands, des moines ou calenders, et des esclaves. Les soldats n'y jouent presque aucun rôle ; la valeur et les hauts faits militaires, comme dans les fastes de l'Orient, y portent l'épouvante, y causent une désolation rapide, mais n'excitent point d'enthousiasme. Il y a donc dans les contes arabes quelque chose de moins noble, de moins héroïque que nous ne sommes accoutumés à désirer. Mais, en revanche, ce sont leurs conteurs que nous devons considérer comme nos maîtres dans l'art de faire naître, de soutenir l'intérêt, et de le varier sans cesse ; dans celui de créer cette brillante mythologie des génies et des fées, qui agrandit le monde, qui multiplie les richesses et les forces humaines, et qui nous fait vivre dans le merveilleux, dans l'inattendu, sans nous glacer de terreur. C'est d'eux que nous sont venus encore cet enivrement d'amour, cette tendresse, cette délicatesse de sentiment, cette religion, ce culte des femmes, tour à tour esclaves et déesses, qui ont eu une si grande influence sur notre chevalerie, et que nous retrouverons dans la littérature de tout le Midi, à laquelle ces traits donnent un caractère oriental. Les récits eux-mêmes ont pénétré dans notre poésie long-temps avant la traduction des *Mille et une Nuits*. On en retrouve plusieurs dans nos vieux fabliaux, dans Boccace, dans l'Arioste ; et ces mêmes contes, qui ont charmé notre enfance, passant de langue en langue, et de nations en nations par des canaux souvent inconnus, se trouvent liés à présent à tous les souvenirs, à toutes les jouissances d'imagination des habitans de la moitié du globe.

Mais l'influence que les Arabes ont exercée sur les lettres en Europe, n'a pas été proportionnée à la seule admiration que pouvait exciter leur poésie ; les rapides progrès qu'ils avaient faits dans les sciences leur donnaient une autorité universelle dans tout l'empire de l'esprit ; et ceux que les savans européens étaient accoutumés à regarder comme leurs maîtres dans les sciences de calcul, l'étude de la nature, les connaissances d'histoire ou de géographie, leur paraissaient devoir être également les oracles infaillibles du goût. C'est donc sous le rapport des lettres européennes elles-mêmes, qu'il est important de savoir quel était l'état des sciences chez les Arabes au moment où nos pères firent les premiers pas pour sortir de la barbarie.

Toutes les branches de l'histoire furent cultivées avec un vif intérêt par les Arabes ; plusieurs d'entre eux, parmi lesquels le plus célèbre est Aboul-Féda, prince de Hamah, écrivirent des histoires universelles depuis le commencement du monde jusqu'à leurs jours. Chaque État, chaque province, chaque ville a eu chez eux ses chroniqueurs et ses historiens particuliers. Plusieurs, à l'imitation de Plutarque, ont écrit les vies des grands hommes qui s'étaient distingués par leurs vertus, leurs hauts faits ou leurs talens. Il y avait même chez les Arabes une telle passion de tenter toutes les voies, et de ne laisser aucun sujet en arrière, que Ben-Zaïd de Cordoue et Aboul-Monder de Valence ont écrit sérieusement l'histoire des chevaux célèbres, tout comme Alasueco, celle des chameaux qui s'étaient illustrés. Les dictionnaires historiques avaient été inventés par les Arabes, et Abdel-Maleck avait donné aux peuples qui parlaient sa langue, ce que Moreri a donné aux Européens. De même, il y avait des dictionnaires géographiques d'une extrême exactitude, des dictionnaires critiques et bibliographiques; toutes ces inventions, enfin, qui facilitent le travail, qui dispensent des recherches, et qui souvent soulagent la paresse, étaient déjà à l'usage des Arabes. La numismatique était cultivée par eux, et Al-Namari écrivit l'histoire des monnaies d'Arabie. Chaque art et chaque science avait son histoire; et leur recueil est plus complet chez les Arabes que chez aucun autre peuple ancien ou moderne. Al-Assaker écrivit des commentaires sur les premiers inventeurs des arts ; Al-Gazel, dans ses Antiquités arabes, traita, avec une connaissance profonde, des études et des inventions de ses compatriotes : la médecine et la philosophie eurent un plus grand nombre d'historiens que les autres sciences ; toutes se trouvaient réunies dans le Dictionnaire historique des Sciences de Mohammad-Aba-Abdallah, de Grenade.

La philosophie fut cultivée avec passion par les Arabes, et fit la gloire de beaucoup d'hommes ingénieux et subtils, dont le nom est encore révéré en Europe, comme Averrhoès, de Cordoue, le grand commentateur d'Aristote (mort en 1198); Avicenne, du voisinage de Chyraz (mort en 1037), non moins profond philosophe que célèbre médecin; Al-Farabi, de Farab, dans la Transoxiane (mort en 950), qui parlait soixante-dix langues, qui a écrit sur toutes les sciences, et qui les a réunies dans une Encyclopédie; Al-Gazeli, de Thous (mort en 1111), qui a soumis les études religieuses à la philosophie. Les savans arabes ne se bornaient point aux études qu'ils pouvaient faire dans leur cabinet; ils entreprenaient, pour l'avancement des sciences, les voyages les plus pénibles et les plus périlleux; ils entraient dans le conseil des princes, et ils étaient souvent enveloppés dans les révolutions si violentes et presque toujours si cruelles de l'Orient ; aussi leur histoire privée est-elle plus variée, plus semée d'événemens, et plus romanesque que celle des philosophes et des savans de tous les autres peuples.

De toutes les sciences arabes, la philosophie est celle qui pénétra le plus rapidement en Occident, et qui eut la plus grande influence sur les écoles de l'Europe ; c'est cependant aussi celle dont les progrès avaient le moins de réalité. Les Arabes, plus ingénieux que profonds, s'attachèrent aux subtilités et non à l'enchaînement des idées : ils eurent plus encore le dessein de briller que de s'instruire ; l'obscurité ténébreuse leur donnait, aux yeux du vulgaire, l'air de la profondeur ; ils cherchèrent des mystères dans leur imagination ; ils rassemblèrent des nuages sur la science, au lieu de pénétrer jusqu'au centre dans la nature des choses, et de dissiper l'obscurité qui s'y rencontre par la grandeur du sujet et la faiblesse humaine ; obscurité qui n'est point l'ouvrage du philosophe, mais au contraire l'obstacle dont il veut triompher. Plus enthousiastes que hardis, ils se plurent à considérer un homme comme l'oracle de toutes les connaissances humaines, plutôt que de les puiser dans la nature, et ils rendirent un culte presque divin à Aristote. A leurs yeux toute philosophie devait se trouver

dans ses écrits, toute métaphysique devait être
expliquée par la méthode scolastique.

Une traduction exacte, une illustration subtile de l'ouvrage du Stagyrite, paraissait le terme
le plus sublime auquel pût arriver le génie des
philosophes; dans ce but, ils lisaient, ils expli-
quaient, ils comparaient tous les commentaires
des premiers disciples d'Aristote; mais ce qui
est bien étrange, c'est que des hommes aussi
subtils, avec tant d'études, tant de secours, et
l'application de tant d'années, ne soient jamais
arrivés à comprendre et à expliquer avec clarté
les livres qui faisaient l'objet de tous leurs travaux. Tous se sont égarés, quelquefois grossiè-
rement. Averrhoès, dans ses traductions et ses
commentaires, n'a souvent plus aucun rapport
avec l'original, et la manie de vouloir trouver
des mystères dans les choses simples, des révé-
lations cachées dans les phrases les plus claires,
aurait rendu l'école d'Aristote, chez les Arabes,
inintelligible pour ce philosophe, s'il avait pu
renaître parmi eux.

Les sciences naturelles furent cultivées par
les Arabes, non point avec plus d'ardeur, mais
avec une plus juste appréciation de la marche
qu'il fallait suivre pour les posséder. Abou-
Ryhan-al-Byrouny, mort en 941 de Jésus-Christ,
voyagea quarante ans pour étudier la lithologie,

et son Traité de la connaissance des pierres précieuses est un riche recueil de faits et d'observations. Ibn ou Aben-al-Beïthar, de Malaga, qui s'était livré avec la même passion à la botanique, parcourut d'abord les montagnes et les campagnes de l'Europe, pour en connaître les végétaux; il traversa ensuite avec un courage indomptable les sables et les déserts brûlans de l'Afrique, pour recueillir ou décrire toutes les plantes qui peuvent supporter l'ardeur enflammée du soleil; il passa enfin dans les contrées les plus éloignées de l'Asie. Dans les trois parties du monde alors connu, il observa de ses propres yeux tout ce que la nature, dans ses trois règnes, présente d'étrange et de rare; les animaux, les végétaux, les fossiles, tout fut soumis à son examen; il revint ensuite dans sa patrie, riche des dépouilles de l'Orient et du Midi, et il publia l'un après l'autre trois livres, l'un sur les vertus des plantes, l'autre sur les pierres et les métaux, et le troisième sur les animaux, qui contenaient plus de vraie science qu'aucun naturaliste n'en eût encore développé. Il mourut en 1248 de Jésus-Christ, à Damas, où il était retourné, et où il fut fait intendant des jardins du prince. D'autres encore, comme Al-Rasi, Ali-Ben-al-Abbas, et Avicenne, ont, parmi les Arabes, mérité la reconnaissance des siècles à venir. La chimie, dont les Arabes furent en quelque sorte les inventeurs, leur donna une

connaissance de la nature, bien plus profonde
que n'avaient pu l'avoir les Grecs ou les Romains,
et elle reçut d'eux les applications les plus vastes
et les plus utiles à tous les arts nécessaires à la
vie. Avant tout, l'agriculture fut étudiée par eux
avec cette connaissance parfaite du climat, du
terrain et de l'accroissement des plantes et des
animaux, qui peut seule réduire une longue
pratique en science. Aussi aucune nation civilisée de l'Europe, de l'Asie ou de l'Afrique, antique ou moderne, n'a possédé un code de lois
rurales plus sage, plus juste, plus parfait que
celui des Arabes d'Espagne; aucun pays encore
ne fut élevé par ses sages lois, l'intelligence,
l'activité et l'industrie de ses habitans, à un plus
haut degré de prospérité agricole, que l'Espagne
Maure, et surtout le royaume de Grenade. Les
arts ne furent pas cultivés avec moins de succès,
et pas moins enrichis par le progrès des sciences
naturelles. Un grand nombre des inventions qui
rendent aujourd'hui la vie facile, de celles mêmes
sans lesquelles les lettres n'auraient jamais pu
fleurir, sont dues aux Arabes. Ainsi le papier,
si nécessaire aujourd'hui à la culture de l'esprit,
le papier, dont la privation plongea l'Europe,
du septième au dixième siècle, dans un tel degré
d'ignorance et de barbarie, est une invention
arabe. De toute antiquité, il est vrai, on en faisait à la Chine avec de la bourre de soie; mais

vers l'année 30 de l'hégire (649 de J.-C.), cette industrie fut introduite à Samarcande; et lorsque cette ville florissante fut conquise par les Sarrasins, l'an 85 de l'hégire, un Arabe, nommé Joseph Amrou, transporta le procédé par lequel on faisait le papier à la Mecque sa patrie; il y employa le coton, et le premier papier, semblable à peu près à celui dont nous nous servons, y fut fabriqué l'an 88 de l'hégire (706 de J.-C.). De là cette fabrication se répandit assez rapidement dans tous les États des Arabes, et surtout en Espagne, où la ville de Sativa, dans le royaume de Valence, aujourd'hui San-Filippo, fut renommée dès le douzième siècle pour ses belles papeteries. Il paraît qu'à cette époque les Espagnols avaient substitué, pour la fabrication du papier, le lin qui croissait en abondance chez eux, au coton qui y était plus rare et plus cher. Ce ne fut qu'à la fin du treizième siècle que, par les soins d'Alfonse X, roi de Castille, des papeteries furent établies dans les États chrétiens de l'Espagne, d'où elles passèrent, au quatorzième siècle seulement, à Trévise et à Padoue.

La poudre, dont on a attribué l'invention à un chimiste allemand, était connue des Arabes au moins un siècle avant les premières indications qu'on en trouve dans les historiens européens : on la voit fréquemment employée dans les guerres des Maures d'Espagne au treizième siècle, et quelques monumens paraîtraient en indiquer la connaissance dès le onzième. La boussole, dont l'invention a été attribuée alternativement aux Italiens et aux Français dans le treizième siècle, était déjà connue des Arabes dès le onzième. Le géographe de Nubie, qui écrivait dans le douzième, en parle comme d'une chose universellement usitée. Les chiffres que nous appelons arabes, mais qui, peut-être, doivent à plus juste titre être appelés indiens, nous ont du moins été communiqués incontestablement par les Arabes; sans eux aucune des sciences de calcul n'aurait pu être poussée au degré où elles sont parvenues de nos jours, et dont les grands mathématiciens, les grands astronomes de l'Arabie s'étaient déjà fort approchés. Le nombre des inventions arabes dont nous jouissons sans nous en douter, est immense; mais elles se sont introduites en Europe de plusieurs côtés à la fois, lentement et sans faire de sensation, parce que celui qui les importait ne s'attribuait point la gloire de les avoir inventées, et qu'il rencontrait dans chaque pays des gens qui, comme lui, les avaient vues pratiquées en Orient. C'est un caractère particulier à toutes les prétendues découvertes du moyen âge, qu'au moment où l'histoire en fait mention la première fois, c'est déjà comme d'une chose universellement usitée. Ni la poudre à canon, ni la boussole, ni les chiffres, ni le papier ne sont indiqués nulle part comme des découvertes, et cependant ils devaient changer l'essence de la guerre, de la navigation, des sciences et de l'éducation. Quel doute que l'inventeur, s'il avait existé, n'eût tiré vanité d'une innovation aussi importante? et s'il ne l'a pas fait, n'en doit-on pas conclure que toutes ces choses ont été lentement importées par des gens obscurs, non par des hommes de génie, et qu'elles venaient d'un pays où elles étaient déjà universellement connues?

Tel fut l'éclat dont brillèrent les lettres et les sciences, du neuvième au quatorzième siècle de notre ère, dans les vastes contrées qui se soumirent à l'islamisme. Les plus tristes réflexions s'attachent à cette longue énumération de noms inconnus pour nous, et qui cependant furent illustres; d'ouvrages ensevelis en manuscrit dans quelques bibliothèques poudreuses, et qui cependant influèrent puissamment pendant un temps sur la culture de l'esprit humain. Que reste-t-il de tant de gloire? Cinq ou six hommes seulement sont à portée de visiter les trésors de manuscrits arabes renfermés à la bibliothèque de l'Escurial; quelques centaines d'hommes encore, disséminés dans toute l'Europe, se sont mis en état, par un travail opiniâtre, de fouiller dans les mines de l'Orient;

mais ceux-là n'obtiennent que péniblement
quelques manuscrits rares et obscurs, et ils ne
peuvent s'élever assez haut pour juger toute la
littérature, dont ils n'atteignent jamais qu'une
partie. Cependant les vastes régions où dominait
et où domine encore l'islamisme, sont mortes
pour toutes les sciences. Ces riches campagnes
de Fez et de Maroc, illustrées il y a cinq siècles
par tant d'académies, tant d'universités, tant de
bibliothéques, ne sont plus que des déserts de
sable brûlant que des tyrans disputent à des ti-
gres; tout le riant et fertile rivage de la Mauritanie, où le commerce, les arts et l'agriculture
s'étaient élevés à la plus haute prospérité, sont
aujourd'hui des retraites de corsaires, qui répandent la terreur sur les mers, et qui se dé-
lassent de leurs travaux dans de honteuses dé-
bauches, jusqu'à ce que la peste vienne chaque
année marquer parmi eux des victimes, et venger l'humanité offensée. L'Égypte est peu à peu
engloutie par les sables qu'elle fertilisait autrefois; la Syrie, la Palestine sont désolées par des
Bédouins errans, moins redoutables encore que
le pacha qui les opprime. Bagdad, autrefois le
séjour du luxe, de la puissance et du savoir,
est ruiné; les universités si célèbres de Cufa et
de Bassora sont fermées; celles de Samarcande
et de Balkh sont également détruites. Dans cette
immense étendue de pays, deux ou trois fois

plus grande que notre Europe, on ne trouve plus qu'ignorance, qu'esclavage, que terreur et que mort. Peu d'hommes sont en état de lire quelques uns des écrits de leurs illustres ancêtres; peu d'hommes pourraient les comprendre; aucun n'est à portée de se les procurer. Cette immense richesse littéraire des Arabes que nous n'avons fait qu'entrevoir, n'existe plus dans aucun des pays où les Arabes et les Musulmans dominent. Ce n'est plus là qu'il faut chercher ni la renommée de leurs grands hommes, ni leurs écrits. Ce qui s'en est sauvé est tout entier entre les mains de leurs ennemis, dans les couvens des moines, et les bibliothéques des rois de l'Europe. Et cependant ces vastes contrées n'ont point été conquises; ce n'est point l'étranger qui les a dépouillées de leurs richesses, qui a anéanti leur population, qui a détruit leurs lois, leurs mœurs et leur esprit national. Le poison était au-dedans d'elles, il s'est développé par lui-même, et il a tout anéanti.

Qui sait si, dans quelques siècles, cette même Europe, où le règne des lettres et des sciences est aujourd'hui transporté, qui brille d'un si grand éclat, qui juge si bien les temps passés, qui compare si bien le règne successif des littératures et des mœurs antiques, ne sera pas déserte et sauvage comme les collines de la Mauritanie, les sables de l'Égypte, et les vallées de l'Anatolie? Qui sait si, dans un pays entièrement neuf, peut-être dans les hautes contrées d'où découlent l'Orénoque et le fleuve des Amazones, peut-être dans cette enceinte jusqu'à ce jour impénétrable des montagnes de la Nouvelle-Hollande, il ne se formera pas des peuples avec d'autres mœurs, d'autres langues, d'autres pensées, d'autres religions, des peuples qui renouvelleront encore une fois la race humaine, qui étudieront comme nous les temps passés, et qui, voyant avec étonnement que nous avons existé, que nous avons su ce qu'ils sauront, que nous avons cru comme eux à la durée et à la gloire, plaindront nos impuissans efforts, et rappelleront les noms des Newton, des Racine, des Tasse, comme exemples de cette vaine lutte de l'homme pour atteindre une immortalité de renommée que la destinée lui refuse?

CHAPITRE III.

Naissance de la Langue et de la Poésie Proven-
çale; influence des Arabes sur le talent et le
goût des Troubadours.

LORSQUE, dans le dixième siècle, les peuples du
midi de l'Europe essayèrent de donner de la consistance aux patois informes qui avaient été produits par le mélange du latin avec les langues
du Nord, un langage nouveau parut dominer
par-dessus tous les autres. Le premier formé,
le plus généralement répandu, le plus rapidement cultivé, il sembla devoir prendre la place
du latin qu'on abandonnait ; des milliers de
poètes fleurirent presqu'en même temps dans
cette langue nouvelle ; ils lui donnèrent un caractère propre, celui d'une littérature tout-à-fait
originale, qui n'empruntait rien aux Latins et
aux Grecs, ou à tout ce qu'on nomme classique ;
ils étendirent sa réputation des extrémités de
l'Espagne à celles de l'Italie; ils servirent de modèles à tous les poètes qu'on vit bientôt après se
former dans toutes les autres langues, même
dans celles du Nord, chez les Anglais et les Allemands. Mait tout à coup cet éclat éphémère

s'évanouit ; les troubadours se turent, le provençal fut abandonné ; cette langue, en subissant
de nouveaux changemens, redevint un patois,
et après trois siècles d'une existence brillante,
toutes ses productions furent rangées avec celles
des langues mortes : on cessa de rien ajouter à
ses richesses.

La haute réputation des poètes provençaux,
et le rapide déclin de leur langue, sont deux
phénomènes également frappans dans l'histoire
de la culture de l'esprit humain. La littérature
qui a servi de modèle à toutes les autres, et qui
cependant, parmi des milliers de poésies agréables, n'a pas produit un chef-d'œuvre, pas un
ouvrage de génie dont le nom soit arrivé à l'immortalité, est d'autant plus digne de fixer notre
attention, qu'elle est tout entière l'ouvrage du
siècle, et non celui des individus ; elle nous ré-
vèle les sentimens, l'imagination, l'esprit des nations modernes, à leur naissance ; ce qui était
dans tous, ce qui était partout, et non ce
qu'un génie supérieur à son siècle a pu inspirer
à un seul homme. Ainsi, le retour des beaux
jours nous est annoncé au printemps par l'éclat
des fleurs des champs, par le luxe des prairies,
mais non par quelque prodige des jardins, pour
lequel l'art et la puissance de l'homme ont secondé la nature.

Il est malheureusement très difficile d'atteindre les poésies des troubadours et de s'en former une juste idée. Un savant français, M. de la Curne de Sainte-Palaye, a consacré, il est vrai, sa vie entière à recueillir tous leurs ouvrages, à les expliquer, à les commenter; mais son immense collection, qui se compose de vingt-cinq volumes *in-folio* de manuscrits, n'a point été imprimée, et ne saurait l'être. Rien n'y est terminé, rien n'y est mis en ordre; les pièces de plusieurs centaines de poètes s'y trouvent entremêlées dans chaque volume, et le travail de les classer et d'en faciliter l'intelligence est tout entier à faire. La Bibliothéque du Roi contient des trésors de manuscrits provençaux; mais il est plus difficile encore d'en faire usage : il faut feuilleter ces volumes d'un bout à l'autre pour savoir ce qu'ils contiennent; la difficulté d'une antique écriture et les abréviations rendent ce travail pénible dans une langue peu connue; d'ailleurs les manuscrits ne sont jamais à la portée que d'un très petit nombre de personnes. On annonce, il est vrai, les ouvrages de quelques savans distingués sur l'influence des troubadours en Europe. Jusqu'à présent il n'en a paru aucun, aucun texte n'a été publié (1); on ne trouve

---

(1) Trois ans seulement après la publication de la première édition de cet ouvrage, M. Raynouard a publié, en 1816, un premier volume intitulé : *Choix de Poésies originales des*

que de loin en loin, dans des ouvrages de but
différent, quelques fragmens dispersés, qui peuvent faire connaître les formes de la versification
provençale, mais qui ne familiarisent point assez
avec cette langue pour qu'on puisse en goûter
les beautés. On est donc obligé de se contenter,
pour les troubadours, des extraits de l'abbé Millot, qui, travaillant sur la grande collection de
Sainte-Palaye, nous a donné, en trois volumes
in-12, des Vies de Poètes provençaux, quelques
notices sur leurs ouvrages, et de courtes traductions de ce qui le frappait le plus; encore son
style est-il presque toujours traînant et plat.

On a bien plus d'ouvrages sur la vie des trou-

Troubadours. Il s'est ainsi préparé à remplir une lacune que
l'on reproche aux Français d'avoir laissé subsister trop long-
temps dans leur littérature et leur histoire ; mais jusqu'à
présent ce volume, qui ne contient que des recherches sur la
formation de la langue romane et sa grammaire, n'a point
été suivi du Recueil de pièces originales que le public attend
avec impatience : un second volume contiendra, dit-on, plusieurs monumens de la langue romane antérieurs à l'an 1000,
que M. Raynouard a découverts : le troisième et le quatrième
contiendront à peu près tout ce qui reste des chants d'amour,
de politique et de satire des troubadours. Leur publication
seule mettra les littérateurs à portée de juger une langue et
une poésie que jusqu'à présent on devine plutôt qu'on ne
l'étudie; en même temps cet ouvrage doit répandre un grand
jour sur l'histoire et les mœurs de l'ancienne France.

1826. — L'ouvrage de M. Raynouard est aujourd'hui

badours que de recueils de leurs poésies; et ces
vies elles-mêmes, indépendamment de leurs
vers, pourraient donner une idée assez piquante
et assez neuve de leur siècle, si elles méritaient
plus de confiance. Malheureusement elles ont été
écrites sans critique et sans amour pour la vérité, avec le désir de frapper l'imagination par
des aventures brillantes, comme dans les romans,
plutôt que de s'attacher aux faits, ou de suivre
les bornes du possible. Pour la biographie de ces
poètes, les monumens originaux, mais qui restent en manuscrit, sont deux recueils faits par
des moines : l'un, dans le douzième siècle, par
Carmentière, moine des îles d'Hyères, qui tra-

---

achevé, mais, je l'avoue, il laisse beaucoup à désirer. C'est
un choix de ce que M. Raynouard a jugé le plus élégant, le
plus poétique entre les restes des troubadours; il est imprimé
avec luxe, sans doute avec correction, mais sans notes, sans
commentaire, sans traduction. On ne peut se flatter que les
poésies obscures des troubadours deviennent jamais un livre
de goût à placer sur la toilette des dames; il fallait donc songer
davantage aux érudits; il fallait conserver les pièces entières
qui peignent le siècle et les mœurs, au risque d'offenser plus
d'une fois le goût ou la modestie; il fallait donner le mauvais
aussi-bien que le bon, car c'est l'ensemble qui fait connaître
l'homme. Il fallait enfin aider l'intelligence de ces poëmes
obscurs par une traduction, par des notes, et sur les auteurs
et sur leurs ouvrages. Personne n'était plus en état de remplir
cette tâche que M. Raynouard.

vaillait d'après les ordres d'Alphonse II, roi
d'Aragon et comte de Provence; l'autre, par un
Génois de la famille Cibo, qui est connu sous le
nom de *Monge des îles d'Or*, et qui, à la fin du
quatorzième siècle, corrigea et perfectionna le
manuscrit de Carmentière, qu'il dédia au comte
de Provence alors régnant, Louis II, roi de Naples, de la seconde maison d'Anjou. En 1575,
Jean Nostradamus, procureur au parlement de
Provence, publia ses Vies des Poètes provençaux, ouvrage dépourvu de toute critique, et
qui, cependant, fait aujourd'hui le fondement
de leur histoire. Il était père de ce fameux médecin et astrologue Michel Nostradamus, dont
les obscures centuries ont été si souvent appli-
quées à tous les grands événemens, et oncle de
César Nostradamus, auteur d'une Histoire de
Provence (1 vol. *in-fol.*, 1614), où les mêmes
vies ont été insérées. Les Italiens, avec moins
de secours pour faire connaître les troubadours,
y avaient mis plus de zèle que les Français. Crescimbeni a consacré un volume aux Vies des
Poètes provençaux, qu'il a tirées de Nostradamus. Tous les poètes d'Italie ont parlé d'eux
avec respect, et toutes les histoires littéraires de
ce pays reconnaissent leur puissante influence.
Les Espagnols ne leur ont pas moins rendu hommage; Sanchez, le père Sarmiento, Andrès, le
marquis de Santillane, ont éclairci leur his-

toire, et fait voir la liaison de la poésie provençale avec la poésie arabe, et toutes les poésies romanes.

En Italie, au renouvellement du langage, chaque province, chaque petit district avait un dialecte particulier ; ce grand nombre de patois divers était dû à deux causes : le grand nombre de peuples barbares auxquèls les Romains avaient été successivement mêlés par de fréquentes invasions de leur pays, et le grand nombre de souverainetés indépendantes qui s'y étaient maintenues. Ni l'une ni l'autre de ces causes n'agit sur les Gaules dans la formation de la langue romane. Trois peuples s'y établirent presque en même temps : les Visigoths, les Bourguignons et les Francs; et depuis la conquête des derniers, aucun des peuples barbares du Nord ne put plus s'y former d'établissement fixe, à la réserve des Normands, dans une seule province; aucun mélange des peuples germains, encore moins des Slaves ou des Scythes, ne vint plus altérer le langage ou les mœurs. Les Gaulois avaient donc employé à se consolider en une seule nation et une seule langue, quatre siècles, pendant lesquels l'Italie avait été successivement la proie des Lombards, des Francs, des Hongrois, des Sarrasins et des Germains. Aussi la naissance de la langue romane dans les Gaules précéda-t-elle celle de la langue italienne. Elle se divisa en deux principaux dialectes : le roman provençal, parlé dans toutes les provinces au midi de la Loire, qui avaient été originairement conquises par les Visigoths et les Bourguignons; et le roman wallon, dans les provinces au nord de la Loire, où les Francs dominaient. Les divisions politiques étaient demeurées conformes à cette première division des nations et des langues. Malgré l'indépendance des grands feudataires, la France septentrionale formait toujours un seul corps politique; les habitans des différentes provinces se trouvaient réunis dans les mêmes assemblées nationales et dans les mêmes armées. La France méridionale, de son côté, après avoir été le partage de quelques uns des successeurs de Charlemagne, avait été élevée, en 879, au rang de royaume indépendant par Bozon, qui se fit couronner à Mantes, sous le titre de roi d'Arles ou de Provence, et qui soumit à sa domination la Provence, le Dauphiné, la Savoie, le Lyonnais, et quelques comtés de Bourgogne. Le titre de royaume fit, en 943, place à celui de comté, sous Bozon II, sans que pour cela la Provence fût démembrée, ou sortît de la maison de Bourgogne, dont Bozon I avait été le fondateur. Cette maison s'éteignit, en 1092, dans la personne de Gilibert, qui ne laissa que que deux filles, entre lesquelles il partagea ses États. L'une, Faydide, épousa Alphonse, comte de Toulouse; et l'autre, Douce, épousa Raymond Bérenger, comte de Barcelonne.

L'union de la Provence, pendant deux cent treize ans, sous une suite de princes qui ne jouèrent pas un rôle brillant au-dehors, et qui sont presque oubliés par l'histoire, mais qui ne souffrirent aucune invasion, qui, par une administration paternelle, augmentèrent la population et les richesses de l'État, et favorisèrent le commerce, auquel les appelait leur situation maritime, suffit pour consolider les lois, les mœurs et la langue des Provençaux. Ce fut à cette époque, mais dans une obscurité profonde, que le roman provençal prit complétement, dans le royaume d'Arles, la place du latin. On faisait encore usage du dernier dans les actes; mais le premier, parlé universellement, commença aussi à servir à la littérature.

La succession à la souveraineté de Provence du comte de Barcelonne, Raymond Bérenger, époux de Douce, donna un nouveau mouvement à l'esprit national, par le mélange des Catalans avec les Provençaux. Des trois langues romanes que parlaient alors les peuples chrétiens d'Espagne, le catalan, le castillan, et le galicien ou portugais, la première était presque absolument semblable au provençal; et quoiqu'elle s'en soit fort éloignée dans la suite, surtout dans le royaume de Valence, elle a toujours été désignée par le nom d'une province française. Les gens du pays l'appellent *Llemosi* ou Limousin. Les Catalans s'entendaient donc parfaitement avec les Provençaux, et leur réunion dans la même cour servit à polir les uns par les autres. Les premiers avaient déjà reçu beaucoup de développemens, soit par leurs guerres et leur mélange avec les Maures d'Espagne, soit par la grande activité du commerce de Barcelonne. Cette ville jouissait des plus amples priviléges; les citoyens y sentaient leur liberté, et la faisaient respecter par leurs princes : en même temps que les richesses qu'ils avaient acquises rendaient les impôts productifs, et permettaient à la cour des comtes une magnificence inconnue chez les autres souverains. Raymond Bérenger et ses successeurs apportèrent en Provence, tout ensemble, l'esprit de liberté et celui de chevalerie, le goût de l'élégance et des arts, et les sciences des Arabes. De cette réunion de sentimens nobles, naquit la poésie, qui, dans les comtés de Provence, de Poitiers, de Toulouse, et dans tout le midi de l'Europe, brilla en même temps, comme si une étincelle électrique avait, au milieu des plus épaisses ténèbres, allumé partout à la fois des flammes éclatantes.

La chevalerie naquit avec la poésie provençale; elle fut en quelque sorte l'âme de toute la nouvelle littérature. Cette institution, différente de toutes celles de l'antiquité, cette invention si riche en effets poétiques, est le premier sujet d'observations que nous présente l'histoire littéraire moderne. Il ne faut point confondre la féodalité avec la chevalerie ; la féodalité est le monde réel à cette époque, avec ses avantages et ses inconvéniens, ses vertus et ses vices ; la chevalerie est ce même monde idéalisé, tel qu'il a existé seulement dans l'invention des romanciers : son caractère essentiel, c'est le culte des femmes et le culte de l'honneur ; mais les poètes ne furent point les seuls inventeurs de cette perfection idéale qu'ils prêtèrent au chevalier et à la dame de leurs romans, ils donnèrent seulement un corps aux vertus que le peuple chérissait, ils firent comprendre quels seraient les héros que les mœurs pourraient admettre ; et les sentimens populaires auxquels ils avaient donné plus de consistance par leurs chants héroïques, réagirent à leur tour sur le peuple chez qui ils étaient nés, et rapprochèrent la féodalité réelle de la chevalerie idéale.

C'était déjà sans doute une assez belle chose que cette vie forte et active qui animait les temps féodaux ; cette existence indépendante de chaque seigneur dans son château, cette persuasion où il était que Dieu seul était son juge et son maître, cette confiance dans ses propres forces, qui lui faisait braver toute oppression, offrir un

asile inviolable aux faibles et aux malheureux,
partager avec ses amis les seuls biens dont on
connût le prix, des armes et des chevaux, et
attendre de soi-même sa liberté, sa gloire et son
salut. Mais dans ce temps même, les vices du
caractère humain avaient acquis un développement proportionné à la vigueur des âmes : parmi
la noblesse, que les lois semblaient protéger
seule, le pouvoir absolu avait produit son effet
le plus habituel. Un enivrement qui tient de la
folie, et une férocité dont les histoires modernes
ne présentent plus d'exemples ; la tyrannie d'un
baron ne s'étendait, il est vrai, qu'à quelques
lieues autour de son château ou de sa ville : si
l'on franchissait cette enceinte, on était sauvé ;
mais dans ce parc où il retenait ses sujets comme
des bêtes fauves, il se livrait, dans sa toute-
puissance, aux caprices les plus bizarres, et il
soumettait ceux qui lui avaient déplu aux supplices les plus épouvantables. Ses vassaux, qui
tremblaient sans cesse devant lui, avaient perdu
tous les droits de l'espèce humaine ; et dans toute
cette classe, on ne vit peut-être aucun individu
développer pendant plusieurs siècles aucune
grandeur ou aucune vertu. La franchise et la
loyauté, qui sont essentiellement les vertus chevaleresques, sont bien, en général, les conséquences de la force et du courage ; mais pour en
rendre la pratique générale, il faut que le châ-

timent ou la honte soient attachés à leur viola-
tion. Or, les seigneurs étaient, dans leurs châteaux, au-dessus de toute crainte, et l'opinion
était sans force contre des hommes qui ne connaissaient point la vie sociale; aussi l'histoire du
moyen âge rapporte-t-elle un plus grand nombre
de perfidies scandaleuses qu'aucune autre période. Enfin, l'amour avait pris, il est vrai, un
caractère nouveau, et qui est bien le même dans
la féodalité et dans la chevalerie : il n'était pas
plus tendre et plus passionné que chez les Grecs
et les Romains, mais il était plus respectueux ;
quelque chose de mystique s'était mêlé au sentiment. On conservait aux femmes quelques restes
de ce respect religieux que les Germains ressentaient pour leurs prophétesses : on les considérait
comme des êtres angéliques plutôt que dépendans
et soumis; on s'honorait de les servir, de les
défendre, presque comme des organes de la divinité sur la terre; et en même temps on joignait
à ce culte une chaleur de sentimens, une turbu-
lence de passions et de désirs, que les Germains
avaient peu connue, mais qui est propre aux
peuples du Midi, et dont on empruntait l'expression aux Arabes. Mais dans la chevalerie, l'amour
conservait toujours ce caractère pur et religieux ;
dans la féodalité, le désordre était extrême, et
la corruption des mœurs a laissé, dans la littérature, des traces plus scandaleuses que dans

aucune autre période de la société. Ni les *sir-ventes,* ni les *canzos* des troubadours, ni les fabliaux des trouvères, ni les romans de chevalcrie ne peuvent être lus sans rougir; la grossièreté licencieuse du langage y est jointe à chaque page avec la profonde corruption des caractères et l'immoralité des événemens. Dans le midi de la France en particulier, la paix, la richesse et la vie des cours avaient introduit parmi la noblesse un extrême relâchement. On aurait dit qu'on ne vivait que pour la galanterie; les dames, qui ne paraissaient guère dans le monde que mariées, s'enorgueillissaient de la réputation que leurs amans faisaient à leurs charmes; elles se plaisaient à être célébrées par leur troubadour; elles ne s'offensaient point des poésies galantes, souvent licencieuses, qui se répandaient sur elles; elles professaient aussi la gaie science (*el gai saber*); c'est ainsi qu'on appelait la poésie; et elles exprimaient à leur tour leurs sentimens dans des vers tendres ou passionnés : elles avaient institué des cours d'amour, où des questions de galanterie étaient débattues gravement, et décidées par leurs suffrages; enfin elles avaient donné à tout le midi de la France un mouvement de carnaval, qui contraste singulièrement avec les idées de retenue, de vertu et de modestie que nous attribuons au bon vieux temps.

Plus on étudie l'histoire, et plus on voit que la

chevalerie est une invention presque absolument poétique : on n'arrive jamais à trouver par des documens authentiques le pays où elle régnait ; toujours elle est représentée à distance et pour les lieux et pour le temps ; et, tandis que les historiens contemporains nous donnent une idée nette, détaillée, complète des vices des cours et des grands, de la férocité ou de la corruption de la noblesse, et de l'asservissement du peuple, on est tout étonné de voir, après un laps de temps, les poètes animer ces mêmes siècles par des fictions toutes resplendissantes de vertus, de grâces et de loyauté. Les romanciers du douzième siècle plaçaient la chevalerie du temps de Charlemagne ; François Ier la plaçait de leur temps : nous croyons encore la voir fleurir dans Du Guesclin et dans Bayard auprès du roi Charles V et François Ier. Mais quand nous étudions l'une ou l'autre époque, encore que nous trouvions dans toutes quelques héros, nous sommes bientôt forcés de convenir qu'il faut renvoyer la chevalerie à trois ou quatre siècles avant toute espèce de réalité.

Nous reviendrons à l'invention des fictions chevaleresques, lorsque nous parlerons de la littérature des pays où les premiers romans de chevalerie ont été composés, de la France septentrionale, et surtout de la Normandie. Les Provençaux, au commencement de leur période poétique, ne les connaissaient point encore : les compositions de leurs troubadours étaient lyriques et nullement épiques; ils chantaient et ne contaient point, et la chevalerie existait pour eux dans la galanterie, dans les sentimens, plus que dans l'imagination; il fallait qu'ils en connussent toutes les maximes pour placer leurs tableaux dans ce cadre. Dans les occasions les plus solennelles, dans les disputes de gloire, dans les jeux appelés *tensons*, où des troubadours combattaient en vers devant de grands princes ou des cours d'amour, ils étaient appelés à traiter toutes les questions de la délicatesse la plus scrupuleuse, de la galanterie la plus désintéressée. On les voit discuter tour à tour par quelles qualités un amant se rend plus digne de sa dame; comment un chevalier l'emporte sur tous ses égaux ; quelle est la plus grande douleur de perdre une amante par la mort ou l'infidélité. C'est dans ces tensons que la bravoure redevenait désintéressée, que l'amour se montrait pur, délicat et tendre; que le service des dames semblait un culte; que le respect pour la vérité devenait la religion de l'honneur. Ces maximes élevées, ces sentimens délicats se mêlaient, il est vrai, avec tous les raffinemens du bel esprit; les comparaisons les plus extravagantes devenaient des exemples; les antithèses, les jeux de mots les plus recherchés étaient donnés comme des preuves :

et souvent aussi, comme il arrive à tous ceux qui font de la morale avec du bel esprit, et qui ne la fondent point sur l'expérience, les sentimens les plus pernicieux, les principes les plus incompatibles avec l'ordre de la société ou l'observation des autres devoirs, étaient rangés au nombre des lois de la galanterie. Cependant c'est un mérite de la poésie provençale d'avoir rendu un culte à cette beauté chevaleresque, et d'avoir conservé, au milieu des vices du siècle, le respect pour ce qui est honnête, et l'amour des sentimens élevés.

Cette délicatesse de sentimens des troubadours, ce mysticisme de l'amour, a un rapport plus intime avec la poésie arabe et les mœurs de l'Orient qu'on ne le croirait en pensant à la jalousie féroce des Musulmans, et aux suites cruelles de la polygamie. Les femmes des Musulmans sont des divinités à leurs yeux, aussi-bien que des esclaves, et le sérail est bien autant un temple qu'une prison. La passion de l'amour a, chez les peuples du Midi, une plus vive ardeur, une plus grande impétuosité que dans notre Europe. Le Musulman ne laisse approcher de sa femme aucun des soucis de la vie, aucune des peines, aucune des souffrances qu'il affronte seul. Son harem est consacré uniquement au luxe, aux arts et aux plaisirs : des fleurs, des encens, de la musique, des danses entourent sans cesse son

idole; jamais il ne lui demande, jamais il ne lui
permet aucune espèce de travail; les chants par
lesquels il célèbre son amour respirent cette
même adoration, ce même culte que nous trou-
vons dans la poésie chevaleresque, et les plus
belles ghazèles des Persans, les plus belles cassides des Arabes, semblent des traductions de
chansons ou de vers provençaux.

Il ne faut point juger les mœurs des Musulmans d'après celles des Turcs de nos jours. De
tous les peuples qui suivent la loi du Koran,
ceux-ci sont les plus sombres et les plus jaloux.
Les Arabes, en aimant avec autant de passion
leurs femmes, les laissaient jouir de plus de liberté; et de tous les pays soumis aux Arabes,
l'Espagne fut celui où leurs mœurs parurent se
rapprocher le plus de la galanterie, de la chevalerie européenne; ce fut aussi celui qui influa
le plus puissamment sur la culture de l'esprit
dans le midi de l'Europe chrétienne.

Abdérame I, qui détacha l'Espagne de l'empire des Abassides, et qui y fonda celui des Ommiades, avait commencé à régner à une époque
où le fanatisme religieux des Musulmans s'était
déjà affaibli; il avait porté avec lui, dans l'Occident, les lettres et les arts, qui parvinrent en
Espagne à une plus haute prospérité que dans
tout le reste des pays musulmans. Une tolérance
complète avait été accordée par les premiers

conquérans aux chrétiens goths, qui, sous le nom de Moçarabes (mêlés aux Arabes), étaient demeurés au milieu des Musulmans. Abdérame, qui obtint et mérita le surnom de Juste, fit respecter les droits de ses sujets chrétiens, et ne chercha à les attacher à son empire que par la prodigieuse supériorité dans les arts, les lettres, les sciences, et la culture d'esprit, qui était alors le partage de sa nation. Les chrétiens qui vivaient au milieu des Arabes s'efforcèrent bientôt de suivre la carrière dans laquelle ils voyaient ceux-ci se distinguer. Abdérame, contemporain de Charlemagne, protégeait comme lui les lettres; mais, bien plus éclairé que ce prince, il a eu, sur la culture des chrétiens eux-mêmes, une influence plus bienfaisante et plus durable que lui (1). L'étude de la langue arabe fut con-

---

(1) Quatre princes du nom d'Abdérame ont joué un rôle brillant en Espagne, depuis le milieu du huitième siècle jusqu'au commencement du dixième, et pourraient aisément être confondus entre eux. Le premier (Abdoul-Rahman-Ben-Abdoullah) n'était qu'un lieutenant ou vice-roi du khalife Yesid; c'est cependant celui qui mit la France en danger, et qui, après l'avoir plus qu'à moitié envahie, fut défait dans les plaines de Tours par Charles-Martel, en 733. C'est probablement encore celui que l'Arioste, imitant d'anciens romanciers, a fait paraître, par un anachronisme, comme l'antagoniste de Charlemagne, sous le nom d'Agramant. Le second, dont il s'agit ici (Abdoul-Rahman-Ben-Moaviah),

sidérée par les chrétiens moçarabes comme le seul moyen de développer leur esprit. Dès le milieu du neuvième siècle, Alvaro de Cordoue, dans son *Indiculus luminosus*, se plaignait de ce que ses compatriotes abandonnaient l'étude de leurs saintes lettres, pour ne connaître que celles des Chaldéens. Jean de Séville, pour la commodité des chrétiens qui savaient mieux l'arabe que le latin, écrivit dans cette langue une exposition des saintes Écritures. On traduisit vers le même temps, en arabe, la collection des canons à l'usage de l'Église d'Espagne; d'autre part, quelques livres de droit et de religion arabes, furent écrits en langue espagnole : ainsi, dans toute l'étendue de la domination arabe en Espagne, les deux langues arabe et romane étaient universellement parlées; ce fut de cette manière que les lettres arabes parvinrent à la

---

avait seul échappé, en 749, au massacre de sa famille, lorsque les khalifes Ommiades, ses ancêtres, perdirent le trône de Damas. Il avait erré six ans en fugitif dans les déserts de l'Afrique, lorsque l'Espagne se déclara pour lui. Il y régna avec gloire de 756 à 787. Deux de ses descendans, Abdérame II (822-852) et Abdérame III (912-961), ne portèrent pas avec moins de bonheur et de vertus les titres de khalifes d'Occident, et d'Emir-el-Moumenym (prince des croyans), en sorte que les plus brillans exploits, comme la plus haute prospérité des Maures en Espagne, se rattachent au nom d'Abdérame.

connaissance des chrétiens occidentaux, souvent sans que ceux-ci fussent obligés d'apprendre l'arabe. Les collèges et les universités, fondés par Abdérame et ses successeurs, furent fréquentés par tout ce qu'il y avait en Europe d'hommes avides de savoir. L'un des plus distingués fut Gerbert, qui paraît avoir étudié à Séville et à Cordoue, et qui en rapporta un si grand fonds de connaissances arabes, et une si grande supériorité sur tout son siècle, qu'après avoir fait successivement l'admiration de la France et de l'Italie, et avoir été élevé par tous les degrés de la hiérarchie ecclésiastique, il fut enfin élu pape, de l'an 999 à 1003, sous le nom de Sylvestre II. Un grand nombre d'autres, et surtout les restaurateurs des sciences exactes en France, en Angleterre et en Italie, dans le onzième siècle, avaient mis le sceau à leurs études par un séjour plus ou moins long dans les universités du midi de l'Espagne. Campanus de Novare, Gérard de Carmone, Atelard, Daniel Morley, et plusieurs autres, confessent dans leurs écrits qu'ils ont appris des Arabes tout ce qu'ils enseignent au public.

Cependant la monarchie des Ommiades avait fait place en Espagne à un grand nombre de petites souverainetés maures, qui, renonçant à se combattre, ne rivalisaient presque que par la culture des arts et des lettres. Un grand nom-

bre de poëtes étaient attachés aux cours des
princes de Grenade, de Séville, de Cordoue,
de Tolède, de Valence et de Saragosse; un
grand nombre d'astronomes, de médecins, de
conteurs d'histoire, y jouissaient de la faveur
et d'un rang distingué. Parmi ces favoris des
cours plusieurs étaient chrétiens et Moçarabes,
plusieurs appartenaient ainsi, par leur religion
et leur naissance, à deux langues et à deux
patries. Dès qu'ils recevaient quelques mortifi-
cations à la cour des rois maures, dès qu'ils
avaient à craindre pour leur liberté ou pour
leurs biens, ils s'enfuyaient chez les chrétiens;
ils y portaient leurs talens et leur industrie, et
ils y étaient reçus comme des frères malheureux. Les petits princes des royaumes naissans
de l'Espagne, ceux surtout de Catalogne et
d'Aragon, au milieu desquels demeura enclavé,
jusqu'en 1112, le royaume musulman de Saragosse, attachèrent à leurs personnes des mathématiciens, des philosophes, des médecins et des
troubadours, ou inventeurs de nouvelles et de
chansons, qui avaient reçu leur première éducation dans les écoles de l'Andalousie, et qui
entretenaient ces petites cours par des récits et
des jeux d'imagination qu'ils empruntaient à la
littérature orientale. L'union des souverainetés
de Catalogne et de Provence fit arriver ces
mêmes savans et ces mêmes troubadours dans

les nouveaux États de Raymond Bérenger. Les divers dialectes de la langue romane n'étaient point encore aussi séparés qu'ils le sont aujour-d'hui, et les troubadours passaient facilement du castillan au provençal, qui était alors réputé le plus élégant des langages du Midi. (1)

C'est ainsi que la poésie fut enseignée aux nouvelles nations de l'Europe, et les règles mêmes qu'elle s'imposa firent aisément reconnaître l'école où elle s'était formée. La première,

(1) Dans un petit ouvrage publié en 1818, sur *la Langue et la Littérature provençale*, M. A. W. Schlegel cherche à infirmer cette influence des Arabes sur la civilisation et la poésie des Provençaux. Il prête aux Espagnols du moyen âge, et il l'avait déjà fait dans d'autres occasions, l'intolérance et les haines religieuses que leurs descendans ont manifestées sous le règne des trois Philippe. L'histoire ne nous montre point cette aversion entre les peuples des deux dominations. Jusqu'au temps d'Alphonse X de Castille, il n'y a pas de règne où l'on ne voie quelque prince chrétien fugitif à la cour d'un roi maure, quelque prince maure réfugié à la cour d'un roi chrétien. De même, pendant cent cinquante ans, on avait vu à la cour des deux Roger et des deux Guillaume de Sicile, comme à celle de Frédéric II, les courtisans arabes mêlés aux courtisans italiens, et les juges de toutes les provinces des deux Siciles, pris parmi les Sarrasins. Le mélange des deux nations fut intime dans tout le midi de l'Europe, au moins pendant cinq siècles. M. Raynouard a produit des preuves de l'existence de la langue romane à Coïmbre en Portugal, dès l'an 734, dans une ordonnance d'Alboacem, fils de Ma-

et celle qui caractérise en quelque sorte la poésie moderne, fut la rime. Cette recherche de la consonnance des fins de vers, ou du milieu des vers avec la fin, inconnue au Grecs, se trouve à la vérité quelquefois dans les poésies latines même classiques; mais elle paraît y être toujours admise avec un but différent de celui que nous nous proposons dans la rime. Il s'agit moins de marquer le vers que de marquer le sens; c'est une ressemblance dans la construction de la

---

homet Alhamar. A cette époque même, toutes les provinces du midi de la France avaient été conquises par Abdérame : ce n'est donc pas la prise de Tolède, en 1085, que le père Andrès, M. Ginguené ou moi, avons fixé comme l'ère de la poésie provençale; et la découverte du poëme roman de Boëce, antérieur à l'an 1000, ne nous *porte point le coup de grâce*. La prise de Tolède mit seulement sous la domination des chrétiens l'école la plus célèbre des Arabes. Elle contribua à répandre leurs sciences dans l'Occident long-temps après que le mélange des cours avait répandu leur poésie.

On reconnaît l'influence des Maures sur les Latins dans l'étude des sciences, la philosophie, les arts, le commerce, l'agriculture, et même la religion ; il serait bien étrange qu'elle ne se fût pas étendue aux chansons qui animaient toutes les fêtes où les deux peuples se rencontraient, tandis qu'on sait que tous deux étaient également passionnés pour la musique et la poésie. Le même air employé tour à tour pour des paroles arabes et romanes, devait appeler nécessairement la même coupe de la strophe, le même enchaînement de rimes.

phrase qui donne la rime; les verbes rencontrent des verbes, les noms des noms, et l'effet de cette répétition est d'indiquer par l'oreille seule, que le poëte suit pendant deux ou trois vers des idées analogues, après quoi il ne rime plus. Les poésies latines du moyen âge sont beaucoup plus fréquemment rimées, même dès le huitième et le neuvième siècle; mais après tout, le grand mélange des Arabes avec les Latins, commença dès le huitième siècle, et il serait difficile de savoir si les premières rimes latines n'étaient pas déjà empruntées d'eux. On en peut dire autant des rimes allemandes, puisque les plus anciens vers allemands que l'on trouve rimés de deux en deux, ne sont pas, à beaucoup près, aussi anciens que les vers arabes, rimés de la plus haute antiquité, ni même que la première communication connue entre les Arabes et les Allemands. Il est très possible que les Goths, dès leur première entrée en Europe, aient apporté l'usage de la rime des pays de l'Orient, d'où ils venaient. Mais la forme essentielle et antique de la versification chez les nations teutoniques, se retrouve chez les Scandinaves, et c'est l'allitération, non la rime; c'est la répétition triple des mêmes consonnes au commencement des mots, et non les mêmes sons à la fin. Les *Nibelungen*, écrits dans les premières années du treizième siècle, sont rimés par distiques, et je dirais presque à

la française ; mais le même poëme, qui se retrouve dans les traditions islandaises, versifié au
neuvième ou dixième siècle, n'est pas rimé. (1)

Les consonnes tiennent une place beaucoup
plus importante dans les langues du Nord, qui
en sont remplies, et les voyelles dans celles du
Midi ; aussi l'allitération, qui est la répétition
des consonnes, est-elle l'ornement des langues
du Nord, et l'assonnance, ou la rime dans les
voyelle seules, est-elle propre à toutes les
chansons populaires des langues du Midi, quoiqu'elle n'ait été soumise à des règles qu'en espagnol.

Mais la rime, essentielle à toute la poésie des
Arabes, et combinée par eux de différentes manières pour plaire à l'oreille, fut importée par
les troubadours dans la langue provençale, avec
le même jeu dans les sons. La forme la plus commune de la poésie arabe, est de rimer par distiques, non point de telle sorte que les deux vers

----

(1) Voici un exemple des allitérations qui tiennent lieu de
rimes, pris dans l'imitation allemande de Fouqué.

> *H*ell ver*h*eissen
> *H*at's mein o*h*eim,
> *K*urz mein *L*eben *k*ühn mein *L*ust ;
> *R*asch mein *r*ache,
> *R*aub der ausgang,
> *Fli*essend blut im Ni*flu*ngenstam.

accolés riment entre eux sans être liés aux précédens et aux suivans, comme dans le poëme
des *Nibelungen*, ou dans nos vers héroïques
alexandrins ; mais de telle sorte que les seconds
vers riment ensemble, et que la même rime soit
soutenue pendant toute la strophe, ou toute la
durée du poëme. C'est aussi la forme la plus
ancienne de la poésie espagnole. Un dizain bien
connu, de l'empereur Frédéric Ier, prouve que
le même ordre dans les rimes fut usité en provençal. Cet empereur, qui parlait presque toutes
les langues de son temps, avait rencontré à Tu-
rin, en 1154, Raymond Bérenger II, comte de
Provence, et lui avait donné l'investiture de ses
fiefs. Le comte était accompagné par un grand
nombre de poètes de sa nation, qui presque tous
étaient des premiers seigneurs de sa cour. Ils
charmèrent Frédéric par la richesse de leur imagination et l'harmonie de leurs vers ; Frédéric
répondit à leurs complimens par le dizain suivant :

> J'aime le cavalier françois,
> J'aime la dame catalane,
> La civilité des Génois,
> La courtoisie castillane,
> J'aime le chanter provençois,
> Comme la danse trévisane,
> La taille des Aragonois,
> La perle fine juliane,

La main et le visage anglois,
Et le jouvenceau de Toscane. (1)

Mais très souvent aussi, dans la poésie arabe, le second vers de chaque distique se termine toujours par le même mot, et cette répétition a été également usitée par les Provençaux. On en trouve un exemple remarquable dans quelques vers de Jauffred de Rudel, gentilhomme de Blieux en Provence, l'un de ceux qui avaient été présentés à Frédéric Barberousse en 1154. L'occasion pour laquelle ils furent faits est extraordinaire, et peint toute la bizarrerie de l'imagination et des mœurs des troubadours. Les croisés qui revenaient de la Terre-Sainte, parlaient avec enthousiasme d'une comtesse de Tripoli, qui leur avait accordé une hospitalité généreuse, et dont les grâces et la beauté égalaient les vertus. Jauffred Rudel, sur cette description, devint éperdument amoureux d'elle sans l'avoir jamais vue. Il engagea un de ses amis, Bertrand

---

(1)   Plas mi cavalier francez,
                   E la donna catalana,
              E l' onrar del Ginoes,
                   E la court de castellana,
              Lou cantar provençalez,
                   E la danza trevisana,
              E lou corps aragones,
                   E la perla juliana,
              La mans e kara d'Angles,
                   E lou donzel de Toscana.

d'Allamanon, troubadour comme lui, à l'accompagner dans le Levant. Il quitta en 1162 la cour
d'Angleterre, où il avait été conduit par Geoffroi, frère du roi Richard, et il s'embarqua pour
la Terre-Sainte. Cependant il tomba grièvement
malade en voyage, et déjà il avait perdu la parole, lorsqu'il arriva au port de Tripoli. La
comtesse, avertie qu'un poète célèbre mourait
d'amour pour elle dans le vaisseau qui venait
d'entrer en rade, se rendit à bord, lui prit la
main, et s'efforça de ranimer son courage. Rudel, à ce qu'on assure, recouvra la parole assez
long-temps pour remercier la comtesse de son
humanité, et lui exprimer sa passion ; mais son
discours fut interrompu par les convulsions de
la mort. Il fut enseveli à Tripoli, dans un tombeau de porphyre que la comtesse lui fit élever
avec une inscription arabe. Voici les vers sur ces
amours lointaines, qu'il fit avant d'entreprendre
ce dernier voyage. Il ne faut point considérer la
version française que je joins à ce fragment provençal, comme de la poésie, quand même je
m'efforce de conserver la même mesure et les
mêmes rimes. C'est le provençal lui-même, avec
ses répétitions, sa recherche, et quelquefois son
obscurité, mais aussi sa naïveté, que je cherche
à mettre ainsi sous les yeux, selon les règles qui
lui sont propres, et qui nous sont étrangères. Si
l'on voulait traduire les vers provençaux en vers

français, il faudrait s'asservir bien autrement à
. notre langue et à la poétique qui lui est propre :

> Irrité, dolent partirai,
>> Si ne vois cet amour de loin;
>> Et ne sais quand je le verrai,
>> Car sont par trop nos terres loin.
> Dieu, qui toutes choses as fait,
>> Et formas cet amour si loin,
>> Donne force à mon cœur, car ai
>> L'espoir de voir m'amour au loin.
> Ah! Seigneur, tenez pour bien vrai
>> L'amour qu'ai pour elle de loin,
>> Car pour un bien que j'en aurai,
>> J'ai mille maux, tant je suis loin.
> Ja d'autre amour ne jouirai,
>> Sinon de cet amour de loin,
>> Qu'une plus belle je n'en sais,
>> En lieu qui soit ni près ni loin. (1)

---

(1) Irat et dolent m'en partray
> S'ieu non vey cet amour de luench,
> Et non say qu'oura la veray,
> Car sont trop noutras terras luench.
Dieu que fez tout quant van e vay
> Et forma aquest amour luench,
> My don poder al cor, car hay
> Esper vezer l'amour de luench.
Segnour, tenes mi pour veray
> L'amour qu'ay vers ella de luench;
> Car pour un ben que m'en esbay
> Hay mille mals, tant soy de luench.
Ja d'autr' amour non jauzirai
> S'ieu non jau dest' amour de luench,
> Qu'una plus bella non en say
> En luec que sia ny pres ni luench.

Mais les troubadours ne s'en sont pas tenus à cette forme essentiellement arabe, ils ont varié leurs rimes de mille manières, ils ont croisé et entrelacé leurs vers, de sorte que le retour d'une même consonnance règle toute une strophe, et ils ont compté sur une langue assez harmonieuse, sur des oreilles assez exercées, pour que l'attente de la rime, et son retour après plusieurs vers, fissent toujours un même plaisir. C'est en quoi ils me paraissent user de la rime en maîtres, et comme d'un bien propre, tandis que les Allemands, qui prétendent la leur avoir communiquée, la maniaient timidement dans le douzième siècle, accolaient toujours ensemble, et deux par deux, les vers qui devaient rimer entre eux, et semblaient craindre que dans une langue aussi sourde que la leur, une rime croisée ne fût pas sentie, et moins encore le retour d'une consonnance après plusieurs rimes différentes. Il est vrai que plus tard, et au treizième siècle, les *minne singer* (chanteurs d'amour ou troubadours allemands) imitèrent tous les jeux de la rime, tous les entrelacemens difficiles qu'ils voyaient pratiquer par les Provençaux.

La rime fut le fondement de la poésie provençale, et elle est restée dès-lors dans toutes les poésies de l'Europe moderne; mais elle ne fit pas à elle seule le vers. Le nombre et l'accentuation des syllabes furent substitués par les

Provençaux, d'après l'exemple des Arabes, autant qu'on en peut juger, à la quantité ou la durée du son qui faisait la base des vers latins et grecs. Dans les langues de l'antiquité, chaque syllabe avait dans la prononciation un son dont la durée était terminée d'une manière invariable; le rapport entre ces durées avait de même été fixé par une évaluation précise, et tandis que toutes les syllabes avaient été partagées en longues et brèves, la versification avait été fondée sur cette première classification, et rendue pleinement semblable au rhythme dans la musique. Le vers avait été formé d'un certain nombre de mesures qu'on nomme pieds, qui marquaient le levé et le battu d'un air toujours renfermé dans des temps égaux, toujours semblable à lui-même pour le mouvement, quelque différence qu'il pût y avoir dans les sons. Le mélange de ces différens pieds a donné aux Grecs et aux Romains un nombre prodigieux de vers, de longueur et de mouvemens différens, dans lesquels il est toujours essentiel de ranger les mots de telle sorte, que dans toute la durée du vers l'oreille soit frappée à temps égaux, par des sons tous conformes à une même cadence. Dans toutes les langues romanes, l'oreille ne peut point distinguer les syllabes en longues ou brèves, et surtout leur assigner une quantité précise et proportionnée; mais l'accent y tient

la place de la quantité. Dans toutes, le français
excepté, il y a dans chaque mot quelque syllabe sur laquelle porte l'effort de la prononciation, et qui semble déterminer le son le plus
important du mot. La langue des Provençaux
est en particulier fortement accentuée; les troubadours le sentirent, et, peut-être sans connaître l'harmonie des vers latins, ils donnèrent
un mouvement analogue à leurs vers, par le
seul mélange des syllabes accentuées avec celles
qui ne le sont pas. L'oreille seule les avait gui-
dés, sans qu'ils eussent cherché à fixer leur poétique par l'exemple des auteurs classiques; aussi
connaissaient-ils mal eux-mêmes les règles qu'ils
suivaient, et dont ils n'auraient pu rendre compte.
Mais l'organisation de leurs vers fut plus simple
que celle des anciens ; ils n'employèrent que la
mesure à deux syllabes inégalement accentuées,
qui n'a que deux espèces, le trochée (longue
et brève), et le ïambe (brève et longue), et ils
préférèrent, pour l'usage habituel et pour le
fond du vers, le ïambe, comme firent après eux
les Italiens; tandis que les Espagnols, dans leur
ancienne poésie, avaient fait choix du trochée,
et qu'ils avaient aussi conservé, pour la poésie
héroïque, *los versos de arte mayor,* le dactyle,
composé d'une longue et deux brèves, ou l'am-
phibraque, d'une longue entre deux brèves.
Mais il ne faut pas croire que les Provençaux,

les Espagnols, les Italiens, en faisant des vers, ni même autrefois les Latins et les Grecs, choisissent péniblement leurs syllabes, pour que les longues et les brèves fussent placées alternativement, et dans l'ordre convenable; de certaines places dans le vers requéraient un accent ou une syllabe longue; il y en avait ainsi deux ou trois dans chaque vers, savoir : la 4ᵉ ou la 6ᵉ, la 8ᵉ et la 10ᵉ, dont la quantité et la position étaient déterminées; et d'après la proportion habituelle dans les langues modernes, entre les syllabes accentuées et celles qui ne le sont pas, celles-là appelaient les autres à leur place, et donnaient le mouvement à tout le vers.

Ces syllabes, dont la quantité est essentiellement fixée dans les langues modernes, sont celles sur lesquelles repose la césure, sa correspondante, et la fin du vers. La césure est un repos que l'oreille fixe, d'accord avec le sens, vers le milieu du vers, et qui le divise en deux parties d'un mouvement uniforme. Dans le vers de dix syllabes, celui dont l'usage est le plus fréquent dans toutes les langues romanes, ce repos, qui doit naturellement tomber sur la quatrième syllabe, peut aussi, au gré du poète, tomber quelquefois sur la sixième; c'est même un art que de mêler ensemble ces vers inégalement partagés, pour sauver à l'oreille la monotonie d'un mouvement trop uniforme. Cependant lorsque la césure est placée régulièrement et sur la quatrième syllabe, cette syllabe doit être pleinement accentuée; la huitième, qui lui correspond à une distance égale, doit l'être aussi; et la dixième, qui prépare le repos de la fin du vers, doit l'être également. Dans les vers dont le mouvement est inverse, le premier hémistiche étant plus long que le second, la césure tombe sur la sixième syllabe, qui doit être accentuée, aussi-bien que la dixième. Lorsque toutes ces syllabes paires sont accentuées, il arrive presque nécessairement que les impaires ne le sont pas, et le vers se divise naturellement en cinq ïambes; seulement le poète peut substituer quelquefois un trochée à la place du premier et du troisième pied, ou à la place du premier et du second; et le vers n'est faux par la quantité, que lorsque la quatrième, la huitième et la dixième syllabe, ou la sixième et la dixième ne sont pas accentuées. (1)

---

(1) Quelque fatigans que puissent paraître déjà ces détails, je crois nécessaire d'y ajouter encore, en note, des exemples tirés de diverses langues, pour ceux-là seulement qui veulent sérieusement faire une étude des lois des versifications étrangères. En effet, la prosodie que les Provençaux inventèrent est universellement adoptée dans les langues modernes, le français seul excepté. Les Français, auxquels ces règles sont étrangères, sont disposés à en nier l'existence; ils jugent les vers des autres nations d'après les leurs; ils

J'ai besoin de réclamer de l'indulgence pour ces détails arides et fatigans, dans lesquels je me

comptent les syllabes et ils observent la rime; mais aussi long-temps qu'ils négligent d'étudier aussi la prosodie, ils ne peuvent sentir cette harmonie du langage à laquelle la poésie doit ses plus puissans effets.

On emploie pour la prosodie deux signes, le – qui désigne la syllabe longue ou accentuée, et le ◡ la brève; nous les placerons sur les syllabes correspondantes, et nous séparerons l'hémistiche, après la césure, par deux tirets ═.

Lo jorn que us vi ═ o donna primament

Quant à vos plac ═ que us mi laisest vezer

Parti mon cor ═ tot autre pensamen,

E foram ferm en vos ═ tuit mei voler.

Que sim passet ═ Donna en mon cor l'enveia

A un dolz riz ═ et ab un dolz esgard

Mie quant es ═ mi fezes oblidar.

Arnaud de Marveilh.

Dans les vers provençaux de moins de dix syllabes, la quantité est plus difficile à fixer, parce que le poète peut choisir entre une plus grande variété de mesures, et qu'il n'y a qu'un, ou tout au plus deux pieds par vers, dont la quantité soit invariable. Cependant c'est toujours le jeu seul de l'accentuation qui donne au vers de l'harmonie.

Les mêmes règles s'appliquent, sans exception, à toutes les autres langues modernes, et les vers italiens, par exemple, doivent être scandés, d'après le principe inventé par les Provençaux, ainsi :

Miser chi mal o pran ═ do si con fida

suis cru obligé d'entrer ; les lois de la versification, que les troubadours découvrirent, sont

---

Ch' ognor star deb = bia il maleficio occulto,
Che quando ogn' altro tac = cia intorno grida
L'aria e la terra stes = sa in ch' è sepulto.

Ariosto.

Il faut remarquer que la césure coupe souvent un mot
par le milieu, mais après l'accentuation ; de sorte que la
syllabe muette qui suit, étant à peine comptée, se rattache
à l'hémistiche, comme au sens suivant. Les vers italiens se
terminent presque toujours par une syllabe muette, en sorte
qu'ils sont composés de cinq iambes et demi. Les vers espagnols et portugais, depuis le règne de Charles-Quint, sont
parfaitement semblables.

Solo y penso = so en prados y desiertos
Mis passos doy = cuy dosos y cansados
Y entrambos o = jos traygo levantados
A ver no vea alguie = mis desconciertos.

Boscan.

De tamanhas victo = rias triumphava
O velho Afon = so Principe subido
Quando quem tudo em fim = vencendo andava
Da larga e muita ida = de foi vencido.

Camões.

Mais la redondilha espagnole ou portugaise, employée
pour les romances, les chansons et le dialogue du théâtre,

d'une application générale ; elles s'étendent à
toute la littérature, dont nous aurons occasion

---

est composée de trochées, dont le mouvement est inverse de
celui des iambes.

> Sentose el conde a la mesa
> No cenava ni podia
> Con sus hijos al costado.
> Que muy mucho los queria
>
> *Romance d'Alarcos.*

> Canta o caminhante ledo
> No caminho trabalhoso
> Por entre o espesso arvoredo
> E de noite o temeroso
> Cantando refrea o medo.
>
> *Camoëns*, Redondilhas.

L'ancien vers héroïque des Espagnols et des Portugais,
qu'ils nommaient *verso de arte mayor*, était composé de
quatre dactyles ou amphibraques, ou de trois dactyles et un
spondée.

> Como no creo que fossen memores
> De los Africanos los hechos del Cid?
> Ni que feroces menos en la lid
> Entrassen los nuestros que los Agenores?
>
> *Juan de Mena*, Labyrintho.

Enfin le vers héroïque anglais, et le vers dramatique alle-

de parler ; elles ont été adoptées par toutes les nations du Midi, et par la plupart de celles du nord de l'Europe. D'ailleurs, cette structure du vers, cette partie mécanique en quelque sorte de la poésie, est liée, par des accords secrets et mystérieux, avec nos sensations, avec nos émotions, avec tout ce qui parle à notre imagination et à notre cœur. Ce serait mal connaître le langage divin des poètes, que de le regarder seulement comme une contrainte imposée à la pensée.

---

mand, sont complétement conformes au ïambe de dix syllabes provençal et italien, que j'ai scandé le premier.

> Now morn her rosy steps = in th'eastern clime
>
> Advancing sowed = the earth with orient pearl
>
> When Adam wak'd = so custom'd, for his sleep
>
> Was airy light = from pure digestion bred.

Cependant Milton n'est pas toujours si facile à scander, parce qu'il a voulu souvent imiter la prosodie latine dans les vers anglais. De toutes les prosodies modernes, l'allemande est enfin la plus invariable, parce qu'elle est toujours d'accord avec la grammaire.

> Ha welche wonne fliesst = in diesem blick
>
> Auf einmal mir = durch alle meine Sinnen !
>
> ch fühle inn' = ge heil'ges Lebens gluck,
>
> Neu glühend mir = durch nerv und adern rinnen.
>
> Goethe, Faust.

Les vers n'ébranlent nos âmes, n'éveillent ou
ne captivent nos passions, que parce qu'ils sont
quelque chose de plus intime encore que la
prose, quelque chose qui saisit notre être tout
entier, par les sens comme par l'âme, et qui
nous porte des impressions plus complètes que
le langage seul ne pourrait le faire. La symétrie
est une des formes de notre esprit; c'est une idée
qui précède en nous les connaissances, et qui,
s'appliquant à tous les arts, se lie toujours à
notre sentiment de la beauté. C'est par un principe antérieur à toute réflexion que nous cher-
chons dans les édifices, dans les meubles, dans
tous les produits de l'art humain, cette même
symétrie que la main de Dieu a imprimée d'une
manière si constante sur la figure de l'homme
et sur celle des animaux. Cette symétrie, fondée
sur le rapport harmonieux des parties avec le
tout, et si différente de l'uniformité, se retrouve
dans le retour régulier des strophes d'une ode,
comme dans la correspondance des ailes d'un
palais. Elle est plus marquée dans la poésie moderne que dans l'antique, par la rime, parce
que celle-ci harmonise davantage les parties
diverses d'une même strophe. La rime est un
appel au souvenir et à l'espérance; elle réveille
une sensation passée, et elle en fait désirer une
nouvelle: elle rehausse l'importance des sons,

et attache, en quelque sorte, une couleur aux paroles. Dans notre poésie moderne, les syllabes ne sont pas considérées seulement quant à leur durée, mais aussi quant à leurs accords ; et ces voyelles, tour à tour légères, sensibles ou retentissantes, ne passent plus ignorées, lorsque la rime les fait attendre, et détermine leur situation. Que deviendrait la poésie provençale, si nous n'y cherchions que la pensée, telle qu'une prose languissante pourrait la rendre ? Il y avait autre chose que le simple sens des mots, lorsque le troubadour accordait son beau langage avec les sons mélodieux de sa harpe ; lorsque l'inspiration guerrière lui fournissait des rimes fortes, nerveuses et retentissantes ; lorsqu'il exprimait l'ivresse de l'amour par des sons tendres et voluptueux. La prosodie, aussi-bien que la rime, s'accordait avec les émotions de son âme, plus encore que ne pouvait faire le sens de ses paroles ; l'accentuation répétée et précipitée, qui frappait chaque seconde syllabe dans les vers ïambiques, semblait correspondre aux pulsations de son cœur, et le mouvement du langage rendait à lui tout seul le mouvement de l'âme. Ce fut par cette sensibilité exquise pour les impressions musicales, ce fut par cette organisation délicate que les troubadours inventèrent un art dont ils ne pouvaient eux-mêmes se rendre raison, et

qu'ils trouvèrent moyen de communiquer, par
une harmonie nouvelle, cette émotion de l'âme,
que tous les poètes ont cherchée, et qu'ils n'obtiennent plus désormais qu'en suivant les traces
de ces inventeurs de notre prosodie.

———

CHAPITRE IV.

*De l'état des Troubadours, et de leurs Poésies
amoureuses et guerrières.*

LES comtes de Provence n'étaient point les seuls
souverains du midi de la France à la cour desquels on parlât la langue d'Oc, ou romane provençale, et chez qui les conteurs et les poètes,
formés à l'école des Maures, pussent trouver un
accueil flatteur et une protection assurée. A la
fin du onzième siècle, une moitié de la France
était gouvernée par des princes indépendans,
dont le seul lien était la langue provençale qu'ils
parlaient tous également. Les plus renommés
parmi eux étaient les comtes de Toulouse, les
ducs d'Aquitaine, de la maison de Poitou; les
dauphins de Viennois et ceux d'Auvergne, les
princes d'Orange, de la maison des Baux, et les
comtes de Foix. Après eux venait un nombre
infini de vicomtes, de barons et de seigneurs,
qui, dans une petite province, dans une ville,
dans un château même, jouissaient de toutes
les prérogatives de la souveraineté. C'est à ces
petites cours qu'arrivaient, à la poursuite de la
fortune, les médecins, les astrologues et les con-

teurs, qui portaient au nord les connaissances
et les arts de l'Espagne. Ils n'avaient peut-être
d'autre ambition que celle d'amuser les loisirs
des grands, et de leur plaire par des flatteries :
la récompense qu'ils s'étaient promise, et qu'ils
obtenaient des princes chrétiens comme des arabes, c'était de prendre part aux festins, qu'ils
animaient par leurs récits et leurs chants, et de
recevoir des présens d'habits et de chevaux :
mais c'était à des héros qu'ils s'adressaient; en
leur parlant de gloire et d'amour, ils pénétraient
jusqu'au fond de leurs âmes, et ils leur commu-
niquaient toute l'émotion poétique qu'ils ressentaient eux-mêmes. C'est ainsi que le sujet de
leurs chants releva leur propre caractère, et
que les transfuges des Maures devinrent les instituteurs des princes. A peine l'art des chansons
fut-il introduit dans la France méridionale, à
peine les règles de la versification furent-elles
inventées, que la poésie devint le délassement
des hommes les plus illustres de l'État. La forme
toute lyrique que lui avaient donnée les Arabes
ne la rendait propre à exprimer que les passions
les plus nobles; les poètes chantaient leur amour,
leur ardeur guerrière, ou leur indépendance;
aucun prince n'était d'un rang si élevé, qu'il ne
dût s'honorer de savoir exprimer lui-même de
semblables sentimens. Les rois amoureux célé-
brèrent dans leurs vers leur maîtresse; et, lors-

que les premiers souverains de l'Europe eurent
pris rang parmi les poètes ou troubadours, il n'y
eut plus de. baron ni de chevalier qui ne crût
devoir joindre à la réputation de bravoure et de
galanterie, celle de *trouver gentiment en vers*. Ce
n'étaient point des études qui étaient nécessaires
pour la poésie, mais un sentiment musical, une
disposition harmonique, qui rangeait sans effort les paroles dans l'ordre où elles flattaient
l'oreille, et qui donnait de même aux pensées,
aux images, aux sentimens, cet accord, cet ensemble mélodieux qui vient de l'âme, et auquel
l'étude ne saurait suppléer. On est étonné de
voir combien les poésies des troubadours supposent peu de connaissances; aucune allusion à
l'histoire ou la mythologie, aucune comparaison
empruntée à des mœurs étrangères, aucun souvenir des sciences et de tout ce qu'on enseignait
dans les écoles ne vient se mêler à l'effusion simple du sentiment : aussi comprend-on comment
des princes et des chevaliers, qui souvent ne savaient pas lire, pouvaient cependant se ranger
parmi les plus ingénieux troubadours.

Quelques événemens publics contribuèrent à
élargir le cercle des idées des chevaliers de la
langue d'Oc, à les faire agir d'après l'enthousiasme plus que d'après l'intérêt, à leur faire
voir un monde nouveau pour eux, et à frapper
leur imagination d'objets inattendus : et jamais

une nation ne revêt un caractère plus poétique, que lorsque de grandes images émeuvent des âmes douées de toute la vigueur de la jeunesse.

Le premier de ces événemens fut la conquête de Tolède et de toute la Castille nouvelle, par Alphonse VI, roi de Castille. Ce monarque, qui était alors secondé par le héros de l'Espagne, le Cid Rodrigue ou Ruy Diaz de Bivar, invita à l'expédition qui, de 1083 à 1085, fit plus que doubler ses États, et qui assura aux chrétiens la prépondérance en Espagne, un grand nombre de chevaliers français, provençaux, gascons, qui avaient quelque relation avec lui par sa femme, Constance de Bourgogne. C'était, après un intervalle de deux cents ans, la première guerre contre les infidèles où les Français se trouvassent engagés; elle précédait de quatorze ans la prédication de la première croisade. Ces guerriers, d'États différens, réunis dans une même armée, en s'observant au milieu des nations étrangères, en devinrent plus sensibles à la gloire. Celle du Cid, qui s'élevait au-dessus de celle de tous les hommes de son temps, et que des poètes maures et castillans commençaient déjà à chanter, leur apprit à connaître combien les chants populaires pouvaient étendre la renommée des héros. D'ailleurs la conquête de Tolède mêla d'une manière plus intime les Maures avec les chrétiens: une entière tolérance fut accordée aux Maures qui demeurèrent sujets du roi de Castille; Alphonse s'engagea même, par serment, à leur laisser pour mosquée la cathédrale, qu'il leur reprit cependant ensuite à la sollicitation de sa femme, et d'après un miracle supposé. Dès-lors, jusqu'au règne de Philippe III, pendant 530 ans, une nombreuse population maure a toujours vécu dans Tolède, mêlée avec les chrétiens. Cette ville, une des plus fameuses universités des Arabes, conserva ses écoles et toutes ses doctes institutions, et elle répandit chez les chrétiens les connaissances des Orientaux. Les Moçarabes prirent rang dans la cour et dans l'armée; et les chevaliers français se trouvèrent appelés à vivre avec des hommes dont l'imagination, l'esprit et le goût avaient été développés chez les Sarrasins. Quand, après la prise de Tolède, le 25 mai 1085, ils revinrent de cette expédition glorieuse, ils rapportèrent dans leur patrie quelque chose de cette culture d'esprit qu'ils avaient trouvée en Espagne.

Le second événement qui contribua à donner un caractère poétique au onzième et au douzième siècle, ce fut la prédication de la croisade en 1095, et la communication continuelle qui s'établit dès-lors entre la chrétienté et le Levant. La prédication de la croisade semble avoir agi puissamment sur les pays de la langue d'Oc: Clermont d'Auvergne, où se réunit le concile, appartenait à cette langue. Le légat du pape à la croisade, évêque du Puy, le comte de Toulouse, Raymond de Saint-Gilles, et le duc d'Aquitaine, Guillaume IX, comte de Poitou, étaient en même temps les principaux souverains de la France méridionale, et les plus distingués parmi les croisés. De tous les événemens de l'histoire du monde, aucun n'est peut-être plus hautement poétique que la croisade; aucun ne présente de plus grands effets de l'enthousiasme, de plus grands sacrifices de l'intérêt, qui toujours est prosaïque, à la croyance, au sentiment, à la passion, qui sont du ressort de la poésie. Plusieurs des troubadours partagèrent l'enthousiasme de leurs compatriotes, et marchèrent avec eux à la croisade. Le plus distingué des poètes comme des guerriers était Guillaume IX, comte de Poitou et duc d'Aquitaine, le plus ancien parmi ceux dont M. de La Curne de Sainte-Palaye a recueilli les ouvrages. Il était né en 1071, il mourut en 1127. La fameuse Éléonore, reine de France, puis d'Angleterre, qui, répudiée par Louis-le-Jeune, porta, en 1151, la souveraineté de la Guienne, du Poitou et de la Saintonge à Henri II Plantagenet, était petite-fille de ce Guillaume. Cette succession des rois d'Angleterre à la souveraineté d'une partie considérable des pays de la langue d'Oc, fut le troisième grand événement

politique qui influa sur les mœurs et les opinions du peuple, et par là, sur les troubadours,
en mêlant des races d'hommes différentes, en
introduisant les poètes à la cour des plus puissans monarques, et en attachant à la littérature
l'intérêt national de la longue rivalité des rois de
France et d'Angleterre. D'autre part, l'introduction des troubadours à Londres, auprès des rois
de la maison Plantagenet, influa sur la formation
de la langue anglaise, et fournit à Chaucer, le
père de cette littérature, les premiers modèles
qu'il ait imités.

Cette langue, qui fut adoptée en même temps
par les souverains d'une moitié de l'Europe, car
on vit faire des vers provençaux à l'empereur
d'Allemagne Frédéric Barberousse, à Richard Ier,
roi d'Angleterre, à Alphonse II et Pierre III, rois
d'Aragon, à Frédéric III, roi de Sicile, au
dauphin d'Auvergne, au comte de Foix, au
prince d'Orange, au marquis de Montferrat, roi
de Thessalonique; cette langue méritait bien la
préférence qu'on lui accordait sur les autres; sa
grammaire était régulière et complète; les verbes
avaient les mêmes flexions qu'ont aujourd'hui
ceux de la langue italienne, et même quelques
unes de plus (1). La régularité de leurs modes

---

(1) Comme un gérondif particulier. *Tout-barjan*, durant l'action de babiller; *tout-espandiguen*, durant l'action d'étendre.

permettait de supprimer les pronoms, et aidait
ainsi à la rapidité de l'expression. Les substantifs
avaient la faculté propre à cette langue, de pouvoir être employés au masculin ou au féminin,
au choix de l'écrivain (1); et cette flexibilité des
substantifs donnait quelque chose de beaucoup
plus figuré au langage; les êtres inanimés semblant revêtir un sexe à la volonté du poète, et
prendre tour à tour quelque chose de plus mâle
et de plus fier, ou de plus doux et de plus voluptueux, selon le genre qu'on voulait leur don-
der. Les substantifs, comme les adjectifs, recevaient aussi de la terminaison toutes les modifications qui augmentent ou qui diminuent, qui
attachent des idées agréables ou désagréables, de
mépris, de ridicule, ou d'approbation, comme

---

(1) Ainsi l'on pouvait dire *lou cap*, ou *la capa*, la tête;
l'os ou *l'ossa*, l'os; *un fais* ou *una faissa*, un fardeau; *lou
rusc* ou *la rusca*, l'écorce; *lou ram* ou *la rama*, le feuillage;
un fielh ou *una fielha*, une feuille, etc.

Une autre particularité de cette langue, qui ne se trouve
dans aucune autre, c'est d'avoir conservé, au lieu des déclinaisons, un signe qui distingue le sujet, nominatif ou vocatif,
du régime, génitif, datif, accusatif ou ablatif. En général, le
nominatif singulier se termine par un *s*, qu'il perd pour indiquer les autres cas, tandis que le nominatif pluriel n'a point
de *s*, et le prend aux autres cas; mais quelques mots prennent
une terminaison en *aire* au nominatif, en *ador* au régime. *El
trobaire diz al trobador*, le troubadour dit au troubadour.

on le pratique encore en italien et en espagnol ;
tandis qu'en français les diminutifs sont devenus
ridicules, et les augmentatifs ne sont pas connus.
La langue provençale, telle que nous la voyons
écrite, paraît hérissée de consonnes ; mais la
plupart de celles qui terminent les mots étaient
supprimées dans la prononciation. D'autre part,
presque toutes les diphthongues étaient pronon-
cées avec les deux sons réunis dans une même
syllabe (par exemple, *daürada* et non *dorada*),
ce qui donne plus de plénitude et de moelleux au
langage ; un grand nombre de mots étaient figurés,
et portaient dans leur son même leur image avec
eux ; un grand nombre étaient propres à la langue, et ne peuvent se traduire dans aucune autre
que par des périphrases. (1)

Cette belle langue fut employée exclusivement pendant long-temps à ce à quoi elle était le
plus propre, à des chants d'amour et à des chants
de guerre ; cette multitude de poëmes qui nous
sont restés des Provençaux peut se réduire à
ces deux classes ; ils portent des noms différens,
mais ils rentrent tous dans le genre lyrique. L'a-
mour et la guerre étaient les seules occupations,
les seules joies des rois et des soldats, des plus
puissans barons et des plus simples chevaliers :
tour à tour soumis aux pieds de leur maîtresse à

(1) M. Fabre d'Olivet, préf. de ses Poésies occitaniques.

laquelle ils adressaient presque le même langage qu'à la divinité, et menaçans avec leurs ennemis, leurs vers portaient la double empreinte de l'orgueil de leur caractère, et de la puissance supérieure de l'amour. Les poésies provençales, selon qu'elles exprimaient l'une ou l'autre de ces passions, se divisaient en *chanzos* et en *sirventes;* les premiers n'avaient pour objet que la galanterie, les seconds la guerre, la politique, ou la satire. La structure des uns et des autres était la même; les chants provençaux étaient, en général, composés de cinq strophes et d'un envoi; la forme des strophes était parfaitement régulière, et souvent si uniforme, que la même rime revenait à la même place dans chaque couplet. Ces rimes distinguées, comme en français, en masculines et féminines, c'est-à-dire, accentuées sur la dernière syllabe ou sur la pénultième, étaient artistement croisées, non point de manière à se suivre dans l'ordre régulier que nous avons adopté, mais de sorte cependant que leur mélange produisît toujours l'harmonie la plus conforme au sens du discours et au mouvement de l'âme. Ce premier sentiment musical fit place, il est vrai, dans la suite, à la recherche de la difficulté vaincue, et les troubadours, en s'imposant les règles les plus bizarres et les plus pénibles à suivre sur le retour des mêmes rimes ou des mêmes mots à la fin des vers, tombèrent

dans des jeux de mots puérils, auxquels ils sa-
crifièrent trop souvent la pensée et le sentiment.
Ils montrèrent un goût plus délicat et plus sûr
dans le choix des mètres divers qu'ils employèrent, dans le mélange des grands et des petits
vers, depuis le traînant alexandrin jusqu'au vers
d'une et de deux syllabes, et dans l'usage habile
des repos réguliers de la strophe. Tout ce que
nous savons dans ce genre, nous le devons à leur
expérience : ce sont eux qui inventèrent les
coupes variées des strophes, qui donnèrent tant
d'harmonie aux *canzoni* de Pétrarque. Nous leur
devons également toutes les formes de l'ode française, et particulièrement la belle strophe de dix
vers, en un quatrain et deux tercets, que J.-B.
Rousseau a réservée pour les sujets les plus sublimes. On trouve aussi quelques sonnets dans
leur langue ; mais il est vrai qu'ils me paraissent
tous postérieurs à ceux des Italiens, et même de
Pétrarque. Enfin la ballade, dont le premier vers
sert de refrain à tous les couplets, et à laquelle
ce retour d'une même pensée donne tant de
grâce et de naïveté, est encore de leur invention.

Je voudrais familiariser mes lecteurs avec les
troubadours, et les faire connaître eux-mêmes
dans leurs poésies, au lieu de ne parler que des
jugemens qu'on a portés sur eux, et des romans
dont ils sont les héros. Mais de tous les poëmes

que nous aurons à passer en revue, les leurs
sont les moins propres à faire impression dans
une traduction. Il ne faut point y chercher de
l'esprit, cette invention moderne, qui répand
du brillant sur quelques pensées par des oppo-
sitions habiles et d'heureux reflets de lumière;
il ne faut point y chercher de la profondeur,
ils étaient trop jeunes encore; ils avaient trop
peu vu, trop peu analysé, trop peu comparé,
pour que l'empire de la pensée pût leur appartenir; il peut à peine être question pour eux
d'invention dans un champ aussi borné, et dans
des vers qui ne roulaient jamais que sur deux
sentimens. Leur mérite est tout entier dans une
certaine harmonie, dans une certaine naïveté
d'expression que rien ne peut rendre. Je suis
donc obligé, soit que je veuille rappeler leur
imagination ou leur sensibilité, ou le charme et
l'élégance de leur style, de ramener sans cesse
la pensée sur leur personne; il ne dépend point
de moi de réveiller pour leur talent une admiration qu'on ne peut ressentir qu'en entendant
pleinement leur langue, mais même sans les
juger comme poètes, leurs aventures peuvent
encore exciter notre intérêt. D'ailleurs, sans
doute ce rapport d'une vie romanesque avec
l'imagination rêveuse d'un poète, n'est pas absolument idéal. Ceux parmi les troubadours,
que leur siècle regarda comme les plus dignes

de gloire, sont aussi ceux dont on raconte les aventures les plus brillantes; le poète est toujours devenu un héros pour son biographe; ce dernier a toujours cru que les plus beaux vers étaient adressés aux plus belles princesses; et à mesure que les siècles s'écoulent, le troubadour-chevalier grandit dans l'imagination.

Aucun peut-être n'a éprouvé cette haute fortune à l'égal de Sordello de Mantoue, dont le mérite le plus réel est dans l'harmonie et la sensibilité de ses vers. Il fut un des premiers à manier la ballade; dans une de celles que Millot a traduites, il sut faire contraster avec grâce, par un doux refrain, les pompes de la nature, et la douleur toujours renaissante d'un cœur amoureux (1). Sordel ou Sordello était né à Goïto, près de Mantoue; long-temps il fut attaché au comte de Saint-Boniface, chef du parti guelfe dans la Marche trévisane; il passa ensuite au service de Raymond Bérenger, dernier comte de Provence, de la maison de Barcelonne. Quoique Lombard, il avait adopté la langue provençale pour ses compositions, et plusieurs de ses compatriotes firent de même : ils ne croyaient point alors que l'italien fût susceptible de devenir jamais une langue cultivée. Le siècle de Sor-

---

(1)   Aylas! e que m'fan miey buelh,
       Quar no vezon so qu'ieu vueilh.

dello était celui des plus brillantes vertus chevaleresques et des crimes les plus atroces ; il avait
vécu au milieu des héros et des monstres : l'imagination du peuple était encore frappée du souvenir du féroce Eccelino, tyran de Vérone, avec
qui Sordello avait dû lutter, et qui était sans
doute rappelé souvent dans ses vers ; cependant
les monumens historiques de ce règne de sang
étaient peu connus, et le peuple mêlait le nom
de son poète favori à toutes les révolutions qui
l'avaient frappé de terreur. On disait qu'il avait
enlevé la femme du comte de Saint-Boniface,
souverain de Mantoue, qu'il avait épousé la fille
ou la sœur d'Eccelino ; qu'il avait ensuite combattu ce monstre avec gloire, qu'il avoit joint
les plus brillans exploits militaires au talent le
plus distingué pour les vers ; qu'au jugement de
Saint-Louis même il avait été reconnu dans un
tournoi pour le plus vaillant et le plus galant
chevalier ; qu'enfin la souveraineté de Mantoue
avait été décernée à ce premier des poètes et des
guerriers du siècle. Des historiens estimés ont
recueilli, trois cents ans plus tard, ces brillantes
rêveries, qui sont démenties par le témoignage
des écrivains contemporains. La gloire de Sordel
est bien plus attachée à l'admiration que témoigne
pour lui le Dante, lorsqu'il le trouve à l'entrée
du purgatoire, qu'il est pénétré de respect pour
sa noble fierté, qu'il le compare à un lion qui se

repose majestueusement, et qu'à son nom seul
Virgile se précipite dans ses bras. M. de La Curne
de Sainte-Palaye a recueilli trente-quatre pièces de Sordello; il y en a quinze qui sont des
chansons pleines d'amour, et souvent de délicatesse; parmi les autres pièces, il y a un éloge
funèbre du chevalier de Blacas, troubadour aragonais, dont Sordel voudrait partager le cœur
entre tous les monarques de la chrétienté, pour
leur rendre le courage qui leur manque. Mais
l'on trouve aussi, entre les œuvres de Sordel,
quelques pièces peu dignes de l'admiration qu'on
a témoignée pour son caractère personnel, et
peu d'accord avec la délicatesse de tout chevalier et de tout troubadour. Dans l'une, il parle
de ses succès auprès de toutes les femmes avec
une suffisance brutale, bien éloignée du culte
que leur devait tout chevalier; dans une autre,
il répond à Charles d'Anjou, qui le pressait de
le suivre à la croisade : « Seigneur comte, vous
« ne devez point exiger que j'aille ainsi chercher
« la mort; si vous voulez un marin bien expert,
« emmenez Bertrand d'Alamanon, qui connaît
« les meilleurs vents, et qui ne demande pas
« mieux que de vous suivre. Par la mer, tout le
« monde gagne son salut; mais moi je ne suis
« point pressé de l'obtenir : je veux arriver le
« plus tard qu'il me sera possible à la vie éter-
« nelle. » Enfin, dans une *tenson* où il paraît

comme interlocuteur, il soutient la cause la moins héroïque. Les *tensons*, ou jeux partis, étaient des chansons à deux personnages, où chaque interlocuteur récitait à son tour une strophe sur les mêmes rimes. Celui qui, dans cette *tenson*, dispute avec Sordel, est le même Bertrand d'Alamanon qu'il conseillait d'emmener à la guerre; la voici :

. « SORDEL. S'il vous fallait perdre la joie des « dames, renoncer aux amies que vous avez jamais eues, que vous aurez jamais; ou sacrifier « à la dame que vous aimez le mieux, l'honneur « que vous avez acquis, ou que vous acquerrez « par la chevalerie, lequel des deux choisiriez- « vous?

« BERTRAND. Les dames que j'aimais m'ont « si long-temps refusé, j'ai reçu si peu de bien « d'elles, que je ne puis les comparer à la cheva- « lerie : que votre part soit la folie d'amour, dont « la jouissance est si vaine; courez après ces plai- « sirs qui perdent leur prix dès qu'on les obtient; « mais dans la carrière des armes, je vois tou- « jours devant moi de nouvelles conquêtes à « faire, une nouvelle gloire à acquérir.

« SORDEL. Où donc est la gloire sans amour? « comment abandonner la joie et la galanterie « pour les blessures et les combats? La soif, la « faim, l'ardeur du soleil ou les rigueurs du froid, « sont-elles préférables à l'amour? Ah! c'est vo-

« lontiers que je vous cède ces avantages pour
« les joies souveraines que j'attends de ma belle.

« BERTRAND. Quoi donc! oserez-vous paraî-
« tre devant votre amie, si vous n'osez prendre
« les armes pour combattre? Il n'y a point de
« vrai plaisir sans la vaillance; c'est elle qui élève
« aux plus grands honneurs; mais les folles joies
« d'amour entraînent l'avilissement et la chute
« de ceux qu'elles séduisent.

« SORDEL. Pourvu que je sois brave aux yeux
« de celle que j'aime, peu m'importe d'être mé-
« prisé des autres; que je tienne d'elle tout mon
« bonheur, je ne veux point d'autre félicité. Al-
« lez, renversez les châteaux et les murailles, et
« moi je recevrai de mon amie un doux baiser;
« vous gagnerez l'estime des grands seigneurs
« français; mais combien je prise davantage ses
« innocentes faveurs, que les plus beaux coups
« de lance !

« BERTRAND. Mais, Sordel, aimer sans va-
« leur, c'est tromper celle qu'on aime. Je ne
« voudrais pas de l'amour de celle que je sers, si
« je ne méritais pas son estime; un bien si mal
« acquis ferait mon malheur; gardez donc les
« tromperies d'amour, et laissez-moi l'honneur
« des armes, puisque vous êtes assez insensé
« pour mettre en balance un bonheur faux avec
« une joie légitime. »

Cette *tenson* peut donner un exemple de ces

luttes poétiques, qui faisaient le plus bel ornement des festins. Lorsque le haut baron avait invité à sa cour plénière les seigneurs du voisinage
et les chevaliers ses vassaux, trois jours étaient
donnés aux joûtes et aux tournois, images de la
guerre : les jeunes gentilshommes, qui, sous le
nom de pages, s'exerçaient au métier des armes,
combattaient le premier jour ; le second était
destiné aux chevaliers nouvellement armés ; le
troisième, aux vieux guerriers ; et la dame du
château, entourée de jeunes beautés, distribuait
les couronnes aux vainqueurs qui lui étaient désignés par les juges des combats. Elle ouvrait
ensuite à son tour son tribunal, formé à l'imitation des justices seigneuriales ; et comme le baron s'entourait de ses pairs pour rendre la justice,
elle aussi formait sa cour, la cour d'Amour, des
plus jeunes dames, les plus brillantes par leur figure et leur esprit. Une nouvelle carrière était
ouverte à ceux qui osaient combattre, non plus
par les armes, mais par les vers ; et le nom de
tenson, donné à ces combats dramatiques, signi-
fie en effet une lutte. Souvent même les chevaliers qui avaient remporté le prix de la valeur,
se présentaient pour disputer aussi celui de la
poésie. L'un deux, une harpe entre les bras,
après avoir préludé, proposait l'objet de la dispute ; un autre s'avançait à son tour, et chantant
sur le même air, répondait par une strophe de

même mesure, et le plus souvent sur les mêmes
rimes ; ils alternaient ainsi en improvisant, et la
dispute était ordinairement renfermée en cinq
couplets. La cour d'Amour délibérait ensuite
gravement ; elle discutait, non seulement le mérite des deux poètes, mais le fond même de la
question ; et elle rendait, le plus souvent en vers,
un arrêt d'amour, par lequel elle prétendait la
trancher. Nous sommes aujourd'hui toujours en-
clins à croire que ces dialogues, quelque peu
semblables à ceux de Tityre et de Mélibée,
étaient de la même manière faits par un poète,
dans son cabinet, à tête reposée ; mais, outre
qu'on sait historiquement que les troubadours
avaient ce même talent d'improvisation que les
Italiens conservent aujourd'hui, plusieurs des
tensons qui nous sont restées d'eux portent des
traces évidentes de la rivalité et de l'animosité
des deux interlocuteurs. Les égards mutuels
qu'une civilisation raffinée nous inspire les uns
pour les autres, étaient alors peu en usage ; la
délicatesse du point d'honneur n'était pas dans
ce siècle facilement offensée, et quand on avait
rendu injure pour injure, on se croyait lavé de
tout reproche. Il nous reste une *tenson* entre le
marquis Albert Malespina et Rambaud de Vaqueiras, deux des plus grands seigneurs et des
plus vaillans capitaines du commencement du

treizième siècle, dans laquelle ils se reprochent mutuellement d'avoir volé sur les grands chemins, et d'avoir trompé leurs alliés par de faux sermens. Il faut supposer charitablement que la difficulté de la rime et la chaleur de l'inspiration poétique, excusaient des sarcasmes qu'on n'aurait point laissé passer en prose.

Plusieurs des dames qui siégeaient dans ces cours d'Amour, savaient répondre elles-mêmes aux vers qu'elles inspiraient. Il ne nous reste qu'un très petit nombre de leurs compositions, mais presque toujours elles y ont l'avantage sur les troubadours; la poésie n'aspirait alors, ni à la force créatrice, ni à la sublimité de pensée, ni à la variété. Ces fortes conceptions du génie, qui ont donné naissance plus tard au drame et au poëme épique, étaient encore inconnues, et dans l'expression du sentiment, une inspiration plus tendre et plus délicate devait donner aux poésies des femmes un mouvement plus lyrique. Une des plus jolies chansons est celle de Clara d'Anduse, qui n'est point terminée : la voici, autant du moins qu'une traduction en prose peut rendre une impression qui tient si essentiellement à l'harmonie des vers.

« En quel trouble cruel, en quelle tristesse « profonde, les médisans et les jaloux ont jeté « mon cœur ! Avec quelle mauvaise foi ces per-

« fides destructeurs de toute joie m'ont persécu-
« tée ! Ils vous ont forcé à vous éloigner de
« moi, ô vous que j'aime plus que ma vie ! Ils
« m'ont privée du bonheur de vous voir, de
« vous revoir sans cesse ! Ah ! j'en meurs de
« douleur, de fureur et de rage !

« Mais que la calomnie s'arme contre moi :
« l'amour que vous m'inspirez brave ses traits :
« mon cœur ne saurait en recevoir les atteintes,
« rien ne peut augmenter sa tendresse, ni don-
« ner de nouvelles forces aux désirs dont il est
« rempli. Il n'est personne, fût-ce mon ennemi,
« même, qui ne me devînt cher, en disant du
« bien de vous; mais mon meilleur ami cesse de
« l'être, dès qu'il ose en dire du mal.

« Non, bel ami, non, ne craignez pas que
« j'aie pour vous un cœur trompeur; ne crai-
« gnez pas que je vous abandonne jamais pour
« un autre amant, quand même j'en serais sol-
« licitée par toutes les dames de la contrée; l'a-
« mour qui me tient dans vos chaînes, veut que
« mon cœur vous soit dévoué, et je jure qu'il le
« sera. Ah! si j'étais aussi-bien maîtresse de ma
« main, tel la possède aujourd'hui qui ne l'aurait
« jamais obtenue.

« Ami, telle est la douleur que j'éprouve d'être
« séparée de vous, tel est mon désespoir, que
« lorsque je crois chanter, je pleure et je sou-
« pire; je ne puis achever ce couplet. Hélas !

« mes chants ne sauraient faire obtenir à mon
« cœur ce qu'il désire. » (1)

Nous avons dit que les sirventes, qui forment
la seconde classe des poésies provençales, étaient
des chants de guerre et de politique; et dans le
temps où presque tous les poètes étaient aussi
des chevaliers, où l'amour des combats, l'ivresse
des dangers, était le grand besoin de leurs âmes,
c'était dans les chants de guerre qu'on devait
trouver la plus forte inspiration. Ainsi Guillaume de Saint-Grégory, dans un sirvente harmonieux, en strophes de dix vers, semblables
à celles de nos odes, chante son amour pour
la guerre, et semble inspiré sur le champ même
de bataille :

« Combien j'aime ce temps si gai des fêtes de
« Pâques, qui revêt nos campagnes de feuilles
« et de fleurs ! Combien j'aime ce doux mur-
« mure des oiseaux, qui font retentir leurs chants
« dans les bocages ! Mais combien il est plus
« beau encore de voir sur ces prairies planter
« les tentes et les pavillons ! Combien je sens re-
« hausser mon courage, quand je vois sur leurs
« chevaux en longue ordonnance, les chevaliers
« armés !

« J'aime à voir les cavaliers mettre en fuite

_____

(1) Traduction de M. Fabre d'Olivet, *Poésies occitaniques*,
tom II, page 32. Le texte est imprimé par lui.

« le peuple, qui emporte ses effets les plus pré-
« cieux; j'aime à voir les épais bataillons de
« soldats qui s'avancent après les fuyards, et
« mon allégresse redouble quand je vois mettre
« le siége devant les plus forts châteaux, et que
« j'entends abattre avec fracas leurs murailles;
« l'armée entoure les fossés vainement soutenus
« par des murs, et clos de fortes palissades.

« Surtout j'aime à voir le seigneur, quand il
« est le premier à l'attaque; il s'avance sur son
« cheval sans connaître la crainte; il commu-
« nique sa hardiesse aux siens, à tout son vail-
« lant vasselage; aussitôt que la mêlée com-
« mence, chacun ne sent plus que l'empresse-
« ment de le suivre, et l'homme dès-lors n'est
« estimé qu'en raison des coups qu'il reçoit et
« qu'il porte.

« Des masses d'airain, des glaives, des casques
« de diverses couleurs, des écus étincelans, qui
« se brisent en pièces, couvrent déjà le champ
« de bataille, et maint vaillant soldat frappe
« à l'envi. Cependant, sur la prairie on voit
« errer les chevaux des morts et des blessés, et
« la fureur du combat redouble encore. Le
« chevalier de haut parage jonche, autour de
« lui, la terre de têtes et de bras; il préfère la
« mort à la honte d'une défaite.

« Oui, je vous le dis encore, les plaisirs de la
« table et de la mollesse n'égalent point pour moi

« ceux de l'ardente mêlée ; lorsque j'entends
« hennir les chevaux sur la verte prairie, et que
« de toutes parts on répète le cri : A l'aide, à
« l'aide ! que les grands et les pètits jonchent la
« terre de leurs corps, ou se roulent mourans
« dans les fossés, et que les larges blessures des
« coups de lance signalent les victimes de l'hon-
« neur. »

Cette ode guerrière est dédiée à Béatrix de
Savoie, femme de Raymond Bérenger IV, dernier comte de Provence. Béatrix fut mère des
quatre reines de France, d'Allemagne, d'Angleterre et de Naples ; elle avait été, ainsi que
son mari, grande protectrice des troubadours,
et l'on conserve quelques vers de ces deux illustres époux, qui ne manquent ni de nombre, ni
de délicatesse. Ceux de la comtesse sont adressés
à son amant, à qui elle reproche d'être trop réservé et trop timide : ceux qui ne se permettent
jamais un doute sur l'honneur d'une princesse,
peuvent croire que ce reproche n'est de sa part
qu'un jeu d'esprit.

Mais la guerre de toutes la plus faite pour
inspirer les poètes, était la croisade. Tandis que
tous les prédicateurs, du haut de toutes les
chaires, annonçaient le salut aux hommes qui
braveraient la mort pour délivrer le tombeau
du Christ, les troubadours, qui partageaient le
même enthousiasme, étaient encore séduits par

les aventures si étranges et si nouvelles que leur promettaient les royaumes de féerie de l'Orient. Leur imagination s'égarait avec joie dans ces contrées romanesques, et ils soupiraient également pour la conquête du Paradis terrestre, et de celui qu'on leur promettait dans le ciel. Plusieurs cependant étaient retenus sur la terre d'Europe par les engagemens de l'amour, et la lutte entre les deux passions, les deux religions de leur cœur, donne souvent beaucoup de piquant aux poésies qu'ils ont faites pour exciter à la croisade. Cette lutte n'est nulle part plus agréablement représentée que dans une *tenson* entre Peyrols et l'Amour. Peyrols était un chevalier sans fortune, du voisinage de Roquefort en Auvergne. Son talent distingué pour les vers le fit accueillir à la cour du dauphin d'Auvergne. Il y devint passionnément amoureux de la sœur de ce prince, la baronne de Mercœur, et le dauphin engagea sa sœur à répondre à la passion de son troubadour, de manière à encourager un talent pour les vers qui faisait l'ornement de sa cour. Ni la baronne ni le troubadour, ne surent observer rigoureusement cette ligne délicate d'un amour tout poétique; et Peyrols, qui, pendant long-temps, n'avait parlé dans ses vers que des rigueurs de sa belle, chanta plus tard les victoires et l'ivresse d'un amant heureux. Le baron de Mercœur se fâcha; le dauphin d'Auvergne ressentit l'injure qu'il crut faite à son beau-frère, et Peyrols fut exilé. D'autres amours succédèrent à cette première flamme, et il les a aussi célébrées dans ses vers. Cependant la prédication de la seconde croisade changea tout à coup ses projets. Voici son dialogue avec l'Amour, dont l'original a été publié par M. Fabre d'Olivet, qui a entremêlé assez heureusement dans sa Cour d'Amour plusieurs fragmens antiques à ses propres poésies :

« PEYROLS. Amour, je vous ai long-temps « servi, sans faillir, sans pécher contre vous, et « vous savez combien peu vous m'avez donné « de jouissances.

« AMOUR. Quoi donc, Peyrols! mettez-vous « en oubli cette belle et vaillante dame qui vous « accueillit avec tant de bonté par mes seuls « commandemens? Vos inclinations sont trop « légères, et vous ne le donniez point à con- « naître, lorsque dans vos chansons vous mon- « triez tant de tendresse et d'amour.

« PEYROLS. Amour, jamais je ne vous faillis « encore, et si je vous manque à présent, c'est « par force : que Dieu, que ce bon Jésus me « guide désormais; qu'il rétablisse au plus tôt la « paix entre les rois; déjà leurs secours ont trop « tardé, et les païens s'en réjouissent. Et Sala- « din, rebelle contre lui, ose aujourd'hui se « moquer de la croix.

« Amour. Croyez, Peyrols, que ce ne sera
« point pour votre passage d'outre-mer que les
« Turcs ou les Arabes laisseront la tour de
« David. Croyez-moi plutôt, le conseil que je
« vous donne est bon et doux à suivre : aimez
« et chantez encore. Iriez-vous? les rois n'y
« vont pas. Voyez quels combats ils se livrent;
« voyez à quels prétextes les hauts barons ont
« recours pour se disculper.

« Peyrols. Amour, tous vos pensers sont
« partis du fond de mon cœur, et cependant
« mon amie m'est encore chère, et je l'aime sans
« réserve; mais le temps des erreurs est passé.
« Combien d'amans se séparent aujourd'hui, en
« pleurant, d'avec leurs amies! combien qui,
« si Saladin n'eût jamais existé , chanteraient
« joyeusement leurs amours! »

Peyrols passa en effet à la Terre-Sainte; et
l'on conserve un *sirvente* qu'il écrivit en Syrie ,
après que l'empereur Frédéric Barberousse eut
perdu la vie, et que les rois de France et d'Angleterre eurent abandonné la croisade.

« J'ai vu, dit-il, le fleuve du Jourdain; j'ai
« vu le saint Sépulcre, et je vous rends grâces,
« Seigneur, de m'avoir comblé de joie, en me
« montrant le lieu où vous reçûtes la vie. Ac-
« cordez-nous désormais une bonne mer, un bon
« vent, un bon vaisseau, un bon pilote; tout
« mon désir est de revoir les tours de Marseille.

« Adieu, Sour, Acre et Tripoli; adieu hòspi-
« taliers et sergens du temple; le monde va en
« décadence. Il avait de bons rois et de bons
« maîtres dans Richard et le roi de France (Phi-
« lippe-Auguste); Monferrat avait un bon mar-
« quis (Conrad, défenseur d'Acre); et l'Empire,
« un empereur glorieux (Frédéric Barberousse):
« mais qui sait comment se comporteront ceux
« qui remplissent aujourd'hui leurs places! Ah!
« Seigneur Dieu, *si vous m'en croyiez, vous*
« *prendriez bien garde* à qui vous donneriez les
« empires, les royaumes, les châteaux et les
« tours ; car plus les hommes sont puissans,
« moins ils vous considèrent : n'ai-je pas vu
« l'empereur faire un serment, et ensuite se
« parjurer? Vous, empereur, Damiette attend
« après vous; et la tour blanche pleure votre
« aigle qui en fut chassée par un vautour : bien
« est lâche l'aigle qui se laisse vaincre par un
« tel oiseau. La gloire du soudan vous couvre
« d'ignominie, et votre déshonneur emporte
« notre ruine avec celle de la chrétienté. »

Sans doute que cette violente invective contre
un empereur était motivée par la conduite dé-
loyale de Henri VI, qui retenait dans ses prisons
Richard Cœur-de-Lion, arrêté par Léopold,
duc d'Autriche, en 1192, lorsque, revenant de
la croisade, après avoir fait naufrage sur les
côtes d'Istrie, il traversait l'Allemagne, déguisé

en pélerin. Richard, le héros du siècle, celui qui avait humilié Tancrède et Philippe-Auguste, qui avait conquis en peu de jours l'île de Chypre, et qui avait fait présent de ce royaume au malheureux Lusignan ; qui avait vaincu Saladin en bataille rangée, dispersé ces innombrables armées de l'Orient, et inspiré une si grande terreur aux infidèles, que son nom demeura longtemps chez eux le symbole du plus grand effroi ; Richard, qui, demeuré après tous les autres souverains à la croisade, avait long-temps commandé seul l'armée de la chrétienté, et signé le traité en vertu duquel les pélerins pouvaient accomplir leur long voyage au saint Sépulcre, était cher également à tous les croisés ; on lui pardonnait des vices et une férocité qui étaient dans les mœurs du siècle ; on ne lui reprochait point l'odieux massacre de tous les prisonniers qu'il avait enlevés à Saladin, et l'on semblait croire que tant de bravoure pouvait dispenser de la bonté. Mais surtout Richard était cher aux troubadours ; poète royal et royal chevalier, il réunissait en lui tout l'éclat, tout le brillant de son siècle. Il s'était montré mauvais fils, mauvais mari, mauvais frère, mauvais roi ; mais il était le plus vaillant, le plus intrépide soldat de son armée ; ses compagnons d'armes l'aimaient avec une sorte d'idolâtrie ; le dévouement d'un de ses gentilshommes, Guillaume des Préaux, le sauva, contre toute espérance, de la prison des Sarrasins. Il s'était endormi sous un arbre, en Syrie, avec six de ses chevaliers, lorsqu'il y fut surpris par une troupe ennemie. Il eut encore le temps de monter à cheval et de se défendre avec son intrépidité accoutumée; mais quatre de ses compagnons d'armes étaient déjà tombés, et il allait être pris, lorsque Guillaume des Préaux, voyant le danger de son maître, s'écria en langue arabe : *Épargnez-moi, car je suis le roi d'Angleterre!* Les Sarrasins, qui ne soupçonnaient point qu'un prisonnier d'une si haute importance fût entre leurs mains, se jetèrent aussitôt sur des Préaux, pour avoir tous part à sa capture, et ils ne firent plus aucune attention à Richard, qui s'échappa au galop. Fauchet rapporte encore qu'il dut sa liberté, en Allemagne, au zèle de son ménétrier Blondel; et c'est l'événement qu'on a mis sur notre théâtre. On regrette qu'il soit rangé, par les historiens, parmi les faits apocryphes. Henri VI, dit Fauchet, cachait soigneusement qu'il retenait prisonnier le roi d'Angleterre, pour ne pas encourir l'excommunication protectrice des croisés. Blondel, qui avait fait naufrage avec lui en Istrie, et qui dès-lors le cherchait dans toutes les forteresses d'Allemagne, chanta, au pied de la tour où il était enfermé, une *tenson* que Richard et lui avaient composée en commun. A peine avait-il achevé la première strophe, que

Richard entonna la seconde. Blondel ayant retrouvé son maître, rapporta en Angleterre la
nouvelle de sa captivité, et engagea sa mère à
s'occuper de sa rançon. Si l'on avait conservé
cette *tenson*, qui servit à la délivrance du roi
d'Angleterre, elle confirmerait une anecdote
qu'on aimerait à croire. Voici du moins un *sir-*
vente qu'il écrivit dans sa prison, après quinze
mois de captivité. J'en ai conservé les rimes uni-
formes et toutes masculines, qui sans doute, à
l'oreille de Richard, augmentaient la mélancolie
de sa ballade. J'ai seulement substitué des mots
plus intelligibles à ceux que j'ai crus trop vieillis
pour être communément entendus.

> Si prisonnier ne dit point sa raison
> Sans un grand trouble et douloureux soupçon,
> Pour son confort qu'il fasse une chanson.
> J'ai prou d'amis, mais bien pauvre est leur don ;
> Honte ils auront, si, faute de rançon,
>   Je suis deux hivers pris.
>
> Qu'ils sachent bien, mes hommes, mes barons,
> Anglais, Normands, Poitevins et Gascons,
> Que je n'ai point si pauvres compagnons
> Que pour argent n'ouvrisse leurs prisons.
> Point ne les veux taxer de trahisons,
>   Mais suis deux hivers pris.
>
> Pour un captif, plus d'ami, de parent ;
> Plus que ses jours ils épargnent l'argent :
> Las ! que je sens me douloir ce tourment !
> Et si je meurs dans mon confinement,

Qui sauvera le renom de ma gent?
Car suis deux hivers pris.

Point au chagrin ne voudrais succomber!
Le roi français peut mes terres brûler,
Fausser la paix qu'il jura de garder;
Pourtant mon cœur je sens se rassurer;
Si je l'en crois, mes fers vont se briser,
Mais suis deux hivers pris.

Fiers ennemis, dont le cœur est si vain,
Pour guerroyer attendez donc la fin
De mes ennuis; me trouverez enfin.
Dites-le leur, Chaïl et Pensavin,
Chers troubadours, qui me plaignez en vain,
Car suis deux hivers pris. (1)

---

(1) On ne sait point dans quelle langue cette chanson a été originairement écrite, car les différens manuscrits qui la rapportent, avec beaucoup de variations, nous l'ont conservée en provençal et en langue d'Oïl. Il me semble qu'il y a quelque plaisir à comparer, dans les paroles mêmes du preux roi Richard, les deux langues qui se sont si long-temps partagé la France. Voici donc d'abord les deux premiers couplets en provençal, d'après le manuscrit de M. de La Curne de Sainte-Palaye, puis la chanson entière en vieux français, allongée même d'un sixième couplet et d'un envoi, d'après un manuscrit de la Bibliothéque du Roi, du fonds de Cangé, n° 66.

Jà nul hom près non dirà sa razon
Adreitamen, se come hom doulen non;
Mas per conort pot el faire canson.
Prou ha d'amicz, ma paùre son li don!
Honta y auran se por ma rehezon
Souy fàch dos hivers prez.

Nous n'avons que deux *sirventes* du roi Richard, et le second n'est pas très digne de remarque; mais un chevalier qui eut avec lui les rapports les plus intimes, et dont les passions violentes eurent la plus haute influence sur la destinée de la famille royale d'Angleterre, Bertrand de Born, vicomte de Hautefort, dans le

---

Or sachan ben miei hom e miei baron,
Anglés, Norman, Peytavin et Gascon,
Qu'yeu non hai ja si paûre compagnon
Que per avé, lou laissesse en prezon;
Faire reproch, certas yeu voli non,
     Mas souy dos hivers prez.

La! nus homs pris ne dira sa raison
Adroitement, se dolantement non,
Mais por effort puet-il faire chançon;
Moût ai amis, mais poure sont li don,
Honte i auront se por ma reançon
     Sui ça dos yvers pris.

Ce sevent bien mi home et mi baron,
Ynglois, Normans, Poitevin et Gascon,
Que je n'ai nul si pauvre compaignon
Que por avoir je lessaisse en prison.
Je vous di mie por nule retraçon;
     Car encore sai pris.

Or sai-je bien de voir certeinement
Que je n'ai pu ne ami ne parent,
Quand on me faut por or ou por argent;
Moût m'est de moi, mais plus m'est de ma gent
Qu'après lor mort aurai reprochement
     Si longuement sui pris.

N'est pas mervoilh, se j'ai le cuer dolent
Quand mes sire mest ma terre en torment.

diocèse de Périgueux, a laissé un très grand
nombre de poésies, toutes originales, et que je
regrette vivement de ne pas voir imprimées dans
leur langue (1). Le plus bouillant, le plus impétueux des chevaliers français, ne respirant que
la guerre, excitant, enflammant les passions de
ses voisins, ou de ses supérieurs, pour les en-

S'il li membrast de notre sacrement
Que nos feïsmes à Deus communement,
Je sai de voir que ja trop longuement
   Ne seïrie ca pris.

Que sevent bien Angevin et Lorain,
Al Bacheler qui or sont riche et sain,
Qu'encombrés suis loing d'eux en autre main,
Fort moût m'aidessent, mais n'en vient grain
De belles armes sont ore voit et plain,
   Porce que je suis pris.

Mes compagnons que j'amoie et que j'am,
Ces de Chacu, et ces de Percheram,
Di lor chançon qu'il ne sunt pas certam,
C'onques vers eux ne vi faus cuer ne vam,
S'ils me guerroient il feront que vilam,
   Tant com je serai pris.

Contesse suer votre pris soverain,
Vos saut et guart, al acunement claim,
   Et porce suis-je pris.
Je ne di mie a cele de chartain
   La mere Loeys.

(1) M. Raynouard a publié depuis plusieurs des poëmes
de Bertrand de Born, et M. Thierry, dans son Histoire de la
conquête de l'Angleterre par les Normands, a expliqué le
rôle qu'il jouait entre les fils de Henri II, et la politique par
laquelle il cherchait à sauver l'indépendance de l'Aquitaine.

traîner dans les combats, il troubla par ses intrigues et par ses armes les provinces de Guienne, pendant toute la seconde moitié du douzième siècle, et les règnes des monarques anglais Henri II et Richard Cœur-de-Lion. Dans chaque guerre nouvelle où il était engagé, il animait ses soldats, il encourageait ses alliés, il soutenait ses propres espérances, en exhalant dans un *sirvente* les passions qui lui avaient mis les armes à la main. Il avait commencé par dépouiller son frère Constantin de la moitié de l'héritage paternel. Richard Cœur-de-Lion, qui n'était encore que comte de Poitou, prit la protection de Constantin, et Bertrand de Born, pour cette première guerre, composa le premier de ses *sirventes*, où son âme inflexible, qu'aucun danger ne peut altérer, qu'aucune violence ne peut soumettre, se peint avec une grande vérité. « Que me font, dit-il, les jours heureux « ou malheureux? que me font les semaines ou « les années? en tout temps je veux perdre qui- « conque ose me nuire...... Que d'autres em- « bellissent, s'ils le veulent, leurs maisons; qu'ils « se procurent les commodités de la vie; mais, « pour moi, rassembler des lances, des casques, « des épées, des chevaux, sera l'unique objet « de mes désirs...... Je suis fatigué des avis qu'on « veut me donner, et, par Jésus, je ne sais au- « quel entendre · on m'appelle imprudent, si je

« refuse la paix ; mais si je voulais la faire, quel
« est celui qui ne m'appellerait pas lâche ? » Après
la fin de cette guerre, Bertrand de Born, irrité
contre Richard, qui avait saccagé ses terres,
s'attacha au frère aîné de ce prince, Henri, duc
de Guienne, héritier présomptif de la couronne
d'Angleterre. Il suscita de partout des ennemis
à Richard ; il forma contre lui des ligues puissantes ; et avec l'ardeur belliqueuse de Tyrtée,
il chanta de nouveau les combats où il entraînait ses alliés. « Ventadour et Comborn, Sé-
« gur et Turenne, Montfort et Gordon, ont fait
« ligue avec Périgueux ; les bourgeois travaillent
« aux retranchemens de leurs villes ; ils relèvent
« leurs murailles ; puissé-je affermir leur réso-
« lution par un *sirvente !* Quelle gloire nous est
« offerte !..... On me présenterait une couronne,
« que je rougirais de ne pas entrer dans cette al-
« liance, ou de m'en détacher. » Bientôt abandonné par Henri, il fit un *sirvente* contre lui ; il
en adressa un autre à Richard, qui, après l'avoir
assiégé dans son château, et l'avoir forcé à se
rendre, lui restitua tous ses biens avec généro-
sité. Peu après, Henri mourut en 1183, et Bertrand, qui s'était de nouveau attaché à lui, et
qui l'avait engagé dans une seconde révolte contre
son père, composa à sa louange des *sirventes* qui
respiraient la plus tendre affection. « Je suis dé-
« voré, s'écriait-il, d'un chagrin qui ne finira

« qu'avec ma vie; il n'y a plus pour moi d'allé-
« gresse : j'ai perdu le meilleur des princes.....
« Grand Dieu! vous enlevez tout à ce siècle, et
« notre méchanceté ne l'avait que trop mérité.
« Aimable Henri! c'est à toi qu'il était réservé
« d'être le roi des courtois, et l'empereur des
« preux. » La mort du prince son ami avait
laissé Bertrand exposé au plus extrême danger :
Henri II, avec les forces de deux royaumes,
venait assiéger, dans Hautefort, le sire d'un petit château; Bertrand se défendit cependant à
toute outrance, jusqu'à ce que, ses murailles
étant renversées, il fut pris avec toute sa gar-
nison. Mais lorsque, conduit devant le roi, il
rappela par un mot la tendre amitié qui l'unissait
au jeune Henri, son malheureux père fondit en
larmes, et rendit à Bertrand, au nom du fils qu'il
avait perdu, son château, son fief et ses richesses.

Les revers ne décourageaient point Bertrand
de Born : à peine échappé à un premier danger,
il allait provoquer de nouveaux ennemis. Il
écrivit contre Alphonse II, roi d'Aragon, plusieurs *sirventes,* dans lesquels il cherchait à exciter ses sujets à la révolte. Il prit une part active
à la guerre entre Richard et Philippe-Auguste;
et lorsqu'elle paraissait assoupie, il la rallumait
par ses vers, dans lesquels il faisait tour à tour
rougir l'un ou l'autre monarque de leur préten-
due lâcheté.

Ce bouillant guerrier, qui prodiguait sa vie dans les combats, ne fut point insensible à l'amour, et il y eut des succès dignes de sa gloire dans les armes. Il s'attacha d'abord à Hélène, sœur du roi Richard, qui depuis épousa le duc de Saxe, et fut mère de l'empereur Othon IV. Richard vit avec plaisir sa sœur célébrée par un si vaillant guerrier et un troubadour si illustre. Hélène ne fut point non plus insensible à l'hommage d'un homme que son esprit élevait encore au-dessus de son rang. Il ne reste qu'une seule chanson de celles que Bertrand fit en l'honneur de cette princesse. Il la composa dans les camps, au moment où les vivres manquaient à son armée, et où lui-même il cherchait à distraire la faim par la poésie et l'amour. Plus tard, il ressentit la passion la plus violente pour Maenz de Montagnac, fille du vicomte de Turenne, et femme de Talleyrand de Périgord. Il fut aimé d'elle, et reconnu comme son chevalier; mais la jalousie troubla souvent leurs amours. C'est à elle qu'il adressa, pour se disculper d'une accusation d'infidélité, une chanson qui me paraît avoir le caractère le plus original. On y voit le vrai chevalier des temps antiques, tout occupé de la guerre, de la chasse, des jeux et des travaux de nos pères, qui prend tour à tour à témoin tout ce qui compose sa vie, tout ce qui a fait la seule étude de sa jeunesse et de son âge

mûr, mais qui cependant estime tout cela moins
encore que l'amour.

« Je ne me cache point le mal que m'ont fait
« vos flatteurs en vous parlant de moi; mais
« pour mercy, je vous en prie, faites qu'on ne
« puisse aliéner de moi, en vous contant des
« mensonges, votre cœur si franc, si loyal, si
« véridique, si plein de douceur et de bonté.
« Qu'au premier jet je perde mon épervier,
« qu'un faucon me le vienne ravir sur le poing,
« que je le lui voie plumer sous mes yeux, si
« votre langage seul n'est pas plus doux pour
« moi, que l'accomplissement de tous mes désirs,
« que tous les dons de l'amour auprès d'une
« autre......... Que l'écu suspendu au col, je
« chevauche au fort de la tempête; que mon
« casque m'embarrasse la vue, que des rênes
« trop courtes, des étriers trop longs, un cheval
« du trot le plus dur me tourmentent; qu'à mon
« arrivée le palefrenier soit ivre de fureur, s'il
« n'a pas menti celui qui vous a fait ce conte. Si
« je m'approche de la table du jeu pour jouer,
« que je ne puisse changer un denier, que la
« table soit retenue et que je n'y puisse entrer,
« que tous les dés me soient défavorables, si
« j'aime aucune autre femme, si je me soucie
« d'aucune que de vous seule, que je désire et
« que je chéris. Que, prisonnier d'un seigneur
« de château, je sois mis, moi quatrième, dans

« le fond d'une tour, que nous ne puissions pas
« nous souffrir les uns les autres, ou plutôt que
« je sois en butte à tout le monde, maîtres, ser-
« viteurs, hôtes et jusqu'au portier, si j'ai seule-
« ment un cœur pour aimer une autre femme.
« Que je laisse aimer ma dame par un autre ca-
« valier, et que je ne sache pas la résolution qu'il
« faut prendre; que le vent me manque sur la
« mer, que jusqu'au portier de la cour du roi
« ose me battre; que, dans une rencontre, je
« sois le premier à m'enfuir, s'il n'a pas menti
« celui qui osa m'accuser. » (1)

___

(1) Voici dans son entier cette apologie originale de Bertran
del Born. Malheureusement il y a quelques vers qui ont été
défigurés par les copistes, de manière à ne présenter plus ni
sens, ni même prosodie.

Jeu m'escondic que mal non mier
De so qu' eus an de mi dig lauzengier.
Per merce' us pres c' om nom puezca mezclar
Lo vostre cor fin lial vertadier
Humilz e francz e plazentier
Ab mi Dona per messonjas comtar.

Al premier get perd' ieu mon esparvier,
Que 'l m' ausian al ponh falcon lanier
Et porton l' en qu' iel lor veya plumar,
Si non am mais de vos lo cossirier
No faz d' autra janzir lo desirier
Que 'm don s' amor ni 'm retenh 'al eolcar.

Antr' escondig vos farai pus sobrier
E non m' en puesc onrar, pus encombrier,
S' ieu anc falli ves vos, veys, del pensar.
Can serem sols en cambro dins vergier,

Bertrand de Born fut réconcilié avec Maenz de Montagnac, par une autre femme célèbre à cette époque, dame Natibors ou Tiberge de Montauzier, poète elle-même, et qui fut souvent chantée par les troubadours. Se dégoûtant enfin du monde, il se retira dans un couvent, où il mourut sous l'habit de moine de Cîteaux. Mais l'histoire des grands hommes de ce siècle ne finit point avec leur vie; les terribles fictions du Dante, devant qui ils comparurent en quelque sorte en jugement, ont pris pour eux quelque réalité, et Bertrand de Born qui, comme poète et comme homme de guerre, avait joué un rôle si brillant, et avait eu une si terrible influence sur ses contemporains, ne pouvait être

---

Falham poders de vos mon companhier
De tal guiza que nom puesc aiudar.

   Escut al col cavalq' ieu al tempier,
E port salat capairon traversier,
E regnas brevs que non puesc alongar,
Et estrueps loncs, e caval mal trotier,
Et al ostal truep irat lo stalier.
Si no us menti quien o aves comtar.

   S' ieu per jangar m' asseti al taulier
Ja no y puesca baratar un denier,
Ma ab taula presa non puesca intrar.
Anz giet a dez lo reir azar derrier;
S' ieu mais autra dona am ni enquier
Mais vos, cuy am, e dezir, e tem car.

   Senher sia ieu de Castel parsonier,
Si qu' en la tor siam quatre parsonier,

oublié dans la divine comédie. Le Dante en effet le rencontre en enfer. Ch. xxviii. Il voit avec horreur un buste qui s'avance sans tête, ou plutôt qui supporte de sa main droite sa tête suspendue par les cheveux; ce buste la soulève, et la lui présente pour parler. « Toi qui, respirant en-« core, lui dit-il, visites les royaumes des morts, « vois si tu y trouveras une peine qui égale la « mienne; et pour que tu portes de mes nou-« velles au monde des vivans, sache que je suis « Bertrand de Born, celui même qui donna au « jeune roi (Henri) des conseils funestes. Je fis « révolter un fils contre son père, je fus l'Achi-« tophel de ce nouvel Absalon; c'est pour avoir « séparé ce que Dieu avait joint, que je porte « ainsi ma tête séparée de mes épaules. »

Et l'un l'autre noc aus pusiam amar,
Anz m'aion obs tos temps albalestrier
Mètre, sirvens, e gaïtas, e portier,
S' ieu anc ai cor d'autra dona amar.

Ma Don' aim lais per autre cavayer
E pueis no say a que m'aia mestier,
E falham vens quant iray sobre mar;
En cort de Rey mi batan li portier,
En encocha fasa l'fogir primier,
Si no us menti quien m'an ot encusar.

A als envios se mentitz lauzengier
Pus ab mi dons m'aves encombrier
Ben lauzera quen laisaretz estar.

CHAPITRE V.

De quelques troubadours plus célèbres.

En parcourant la littérature provençale, nous n'avons point l'avantage que nous trouverons dans toutes les autres, d'être appelés par l'opinion publique à nous occuper de quelques auteurs célèbres, de quelques ouvrages rangés déjà parmi les chefs-d'œuvre de l'esprit humain. Tous les troubadours, au contraire, se présentent, comme célébrité, à peu près sur la même ligne. Nous les voyons bien, à la vérité, se partager en deux corps très distincts, les troubadours et les jongleurs ou ménestrels; mais c'est leur rang plutôt que leur talent, leur métier plutôt que leur renommée, qui met entre eux la différence. Les troubadours, comme leur nom l'indique, étaient ceux qui *trouvaient*, qui composaient de nouveaux poëmes; de même les *poètes*, dont le nom a passé du grec dans toutes les langues, étaient ceux qui *faisaient*, qui *créaient*; car à l'origine de la poésie l'invention a toujours été considérée comme son essence. Souvent les troubadours chantaient eux-mêmes leurs *treuves* dans les cours et les fêtes; plus souvent ils les faisaient chanter par leurs jongleurs. Ceux-ci, dans une condition tout-à-fait subalterne, se chargeaient de réjouir les sociétés où ils étaient admis, par leurs contes, par les vers qu'ils avaient appris, et qu'ils accompagnaient sur divers instrumens, et par des tours de joueurs de gobelets et de bouffons. Dans cet avilissement, ils apprenaient cependant aussi à composer eux-mêmes des vers semblables à ceux qu'ils récitaient de mémoire. La poésie provençale étant fondée sur le seul sentiment de l'harmonie, et ne demandant aucune connaissance antérieure, ceux qui ne vivaient que des vers devaient bientôt apprendre à en faire. Aussi la corruption et la bassesse des jongleurs, qui cependant, dès qu'ils étaient poètes eux-mêmes, prenaient le nom de troubadours, contribua-t-elle plus que toute autre chose à avilir leur ordre. Giraud de Calanson, troubadour ou plutôt jongleur de Gascogne, donne, dans un *sirvente* curieux, les conseils suivans à un jongleur.

« Sache, lui dit-il, bien trouver, bien rimer,
« bien proposer un jeu parti; sache jouer du
« tambour et des cymbales, et faire retentir la
« symphonie; sache jeter et retenir de petites
« pommes avec des couteaux, imiter le chant des
« oiseaux, faire des tours avec des corbeilles,
« faire attaquer des châteaux, faire sauter (sans
« doute des singes) au travers de quatre cer-

« ceaux, jouer de la citole et de la mandore,
« manier le manicorde et la guitare, garnir la
« roue avec dix-sept cordes, jouer de la harpe,
« et bien accorder la gigue pour égayer l'air du
« psaltérion. Jongleur, tu feras préparer neuf
« instrumens de dix cordes; si tu apprends à en
« bien jouer, ils fourniront à tous tes besoins; fais
« aussi retentir les lyres et résonner les grelots. »

Après une énumération de romans et de contes
que le jongleur doit pouvoir réciter, le poète
ajoute : « Sache comment l'Amour court et vole,
« comme il va nu et sans habits, comme il re-
« pousse la justice avec ses dards qu'il fait aiguiser,
« et ses deux flèches, dont l'une est d'or fin, qui
« éblouit, et l'autre d'acier, qui blesse si rudement
« qu'on ne peut guérir de ses coups. Apprends
« les ordonnances d'Amour, ses priviléges et ses
« remèdes, et tu sauras expliquer ses divers de-
« grés; comme il va rapidement, de quoi il vit,
« ce qu'il fait quand il part, les tromperies qu'il
« exerce alors, et comment il détruit ses servi-
« teurs. Lorsque tu sauras tout cela, ne manque
« point d'aller vers le jeune roi d'Aragon; car je
« ne connais personne qui apprécie mieux les
« bons exercices : si tu sais bien ton métier, si tu
« te distingues parmi les meilleurs, tu n'auras
« point à te plaindre de ses dons. Si tu restes dans
« la médiocrité, tu mériteras d'être mal accueilli
« du meilleur prince qui soit au monde. »

Mais, tandis que Giraud de Calanson, dans ce *sirvente*, prépare les troubadours aux exercices les plus bas et au métier le plus subalterne, d'autres poètes ressentaient et exprimaient une vive indignation sur la décadence de cet art sublime, sur la corruption du goût, et sur la confusion des états, qui autorisait à désigner par le nom de jongleurs les joueurs de gobelets et les montreurs de singes. Giraud Riquier et Pierre Vidal ont tous deux exprimé les mêmes sentimens.

Parmi les troubadours, quelques uns sortent tout-à-fait de la ligne commune, moins par leurs talens que par leur rang distingué dans la société. Entre ceux dont les manuscrits ont été recueillis par M. de La Curne de Sainte-Palaye, et analysés par Millot, on trouve plusieurs souverains, et d'abord le premier de tous, Guillaume IX, comte de Poitou et duc d'Aquitaine, dont on conserve neuf pièces de vers, remarquables par l'harmonie de la versification, et le mélange gracieux des mesures et des rimes. Il avait partagé sa vie entre le service des femmes et celui de sa religion à la première croisade. Au milieu de la guerre sacrée, il avait conservé son humeur enjouée et souvent licencieuse; et l'on retrouve dans ses vers la trace de ses amours, de ses plaisirs et de sa dévotion. Nous avons parlé des deux *sirventes* de Richard Cœur-de-Lion, roi d'Angleterre; on a une chanson d'amour d'Alphonse II, roi d'Aragon, l'un des plus brillans guerriers d'un siècle fertile en grands hommes, le douzième : on a plusieurs poésies, tantôt politiques, tantôt galantes, du dauphin d'Auvergne, de l'évêque de Clermont, des derniers comte et comtesse de Provence, Raymond Bérenger IV et Béatrix; de Pierre III d'Aragon, le célèbre instigateur des Vêpres siciliennes, et de son plus jeune fils Frédéric II, le héros et le vengeur des Siciliens. Les ouvrages de ces souverains sont tous dignes d'observation, comme monumens historiques, comme faisant connaître et leurs intérêts du moment, et leur caractère propre, et les mœurs du siècle où ils vécurent; mais sous le rapport littéraire, c'est au petit nombre des troubadours dont le nom était demeuré célèbre du temps du Dante et de Pétrarque, que nous croyons devoir nous attacher.

Nous mettrons au premier rang Arnaud de Marveil, quoique Pétrarque, en donnant la préférence à Arnaud Daniel, appelle celui-ci, *il men famoso Arnaldo*. Il était né à Marveil en Périgord, dans une condition pauvre; ses talens l'en sortirent de bonne heure : il fut attaché à la cour de Roger II, vicomte de Béziers, surnommé Taillefer; et l'amour qu'il y conçut pour la femme de ce seigneur, la comtesse Adélaïde, fille de Raymond V, comte de Toulouse, développa

son talent, et fit la destinée de sa vie. Sa versification est coulante, pleine de naturel et de tendresse, et c'est lui qui aurait mérité, entre les Provençaux, d'être appelé le *grand maître d'amour*,
nom que Pétrarque réserve à Arnaud Daniel.

En chantant, sous un nom supposé, la belle
Adélaïde, il dit d'elle : « Tout la peint à mes
« yeux ; la fraîcheur de l'air, l'émail des prai-
« ries, le coloris des fleurs, en me retraçant
« quelques uns de ses appas, m'invitent sans
« cesse à la chanter. Grâces aux exagérations
« des troubadours, je puis la louer autant qu'elle
« en est digne ; je puis dire impunément qu'elle
« est la plus belle dame de l'univers ; s'ils n'avaient
« pas prodigué cent fois cet éloge à qui ne le
« méritait point, je n'oserais le donner à celle
« que j'aime, ce serait la nommer. »

Arnaud de Marveil, exilé de Béziers par la
jalousie, non point du mari de sa belle, mais
d'un autre amant plus illustre et plus heureux,
d'Alphonse IX, roi de Castille, chanta les tourmens de l'absence avec non moins de délicatesse.

« Qu'on ne me dise pas que l'âme n'est tou-
« chée que par l'entremise des yeux, je ne vois
« plus l'objet de ma flamme, je n'en suis que
« plus vivement occupé du bien que j'ai perdu.
« On a pu m'éloigner de sa présence, mais rien
« ne pourra rompre le nœud qui lui attache mon
« cœur. Ce cœur si tendre et si constant, Dieu

« seul le partage avec elle, et la part que Dieu
« en possède, *il la tiendrait d'elle comme mou-*
« *vante de son domaine, si Dieu pouvait être*
« *vassal, et relever de fief.* Lieux fortunés qu'elle
« habite, quand me sera-t-il permis de vous re-
« voir? n'apercevrai-je personne qui arrive de ce
« côté-là? un pâtre qui viendrait de son château
« serait pour moi un personnage d'importance ;
« que ne puis-je être confiné dans un désert, et
« l'y rencontrer! ce désert me tiendrait lieu de
« paradis. »

Arnauld de Marveil a laissé beaucoup de poésies, dont quelques unes sont fort longues : il y
a une pièce de lui de quatre cents vers, et plusieurs de deux cents. Son langage est clair et
facile, et son texte paraît peu altéré ; aussi c'est
un des troubadours dont on pourrait imprimer les œuvres séparément, pour essayer le
goût du public sur la poésie provençale, et satisfaire en même temps les désirs des érudits
dans toute l'Europe, qui regrettent ces monumens de la première littérature moderne, et de
la première civilisation (1). La comtesse de Bé-

---

(1) Ce commencement d'une épître d'Arnaud de Marveil
à sa belle, a de la grâce et de la sensibilité.

> Cel que vos es al cor pus près
> Don'am preguet qu'eus saludes,
> Sel qu'eus amet pus anc nos vi

ziers mourut en 1201, et l'on a lieu de croire qu'Arnaud de Marveil était mort avant elle.

Après un troubadour, qui n'a chanté que l'amour, nous placerons un vaillant chevalier, qui s'acquit autant de gloire par son épée que par ses vers. Rambaud de Vaqueiras était fils

---

Ab franc cor et humil e fi;
Sel que autra non pot amar
Ni auza vos merce clamar,
E vien ses joy ab grant dolor;
Sel que non pot son cor partir
De vos sin s'abia a morir;
Sel que tos temps vos amara
May c'autra, tan can vievra,
Sel que ses vos non pot aver
En est segle joy ni plazer,
Sel que no sap cosselh de se
Si ab vos non troba merce,
Vos saluda; e vostra lauzor,
Vostra beutat, vostra valor,
Vostre solatz, vostre parlar,
Vostr' aculhir e vostr' onrar,
Vostre pretz, vostr' essenhamen,
Vostre saber, e vostre sen,
Vostre gen cors, vostre dos riz,
Vostra terra, vostre pays.
Mas l'erguelh que avetz a lui
Volgra ben ayzas ad altrui;
Quel erguelh Dona e l'espavens,
Quel fezes lestal marrimens
C'anc pueys non ai joy ni deport,
Ni sap en cal guizas conort;
Mas lo melhos conort que a
Es car sap que por vos morra,
E plaits li mais morrir per vos
Que per autra vivre joyoz.

d'un chevalier sans fortune, de la principauté d'Orange. Il s'attacha, dans sa jeunesse, à Guillaume de Baux, premier prince d'Orange, dont il était né sujet : il le servit dans ses guerres en vaillant soldat, et en même temps il chanta ses victoires ; il attaqua ses ennemis dans ses vers, et il célébra jusqu'aux trophées qu'il remportait dans les tournois. D'Orange, Vaqueiras passa au service de Boniface III, marquis de Montferrat, celui même qui conduisit, avec Baudoin et Dandolo, la quatrième croisade ; et qui, après avoir disputé le trône de Constantinople, fut élevé sur celui de Thessalonique. Boniface arma Vaqueiras chevalier. Ce grand juge de la bravoure et du talent militaire combla d'honneurs un poète guerrier, qui lui avait rendu, dans ses guerres continuelles, les plus importans services. Il le vit avec plaisir amoureux de sa sœur Béatrix, et il prit soin lui-même de les réconcilier après une longue brouillerie. Vaqueiras composa plusieurs *chanzos* pour Béatrix, qu'il appelait *Bel Cavalier,* depuis qu'il lui avait vu manier une épée avec grâce. On y trouve l'empreinte de la fierté mâle, de la loyauté de son caractère ; mais des vers d'amour traduits en prose finissent par se ressembler tous, et sont peut-être tous également ennuyeux. Vaqueiras était plus remarquable par son imagination guerrière. La prédication de la troisième croisade l'enflamma d'un nouvel enthousiasme ; il chanta la guerre sacrée dans un *sirvente* adressé au prince, son protecteur et son ami, lorsqu'en 1204, à la mort du comte de Champagne, celui-ci fut choisi pour chef de l'armée chrétienne.

« On peut voir, dit-il, maintenant, que Dieu « se plaît à récompenser les braves ; il a élevé « la gloire du marquis de Montferrat, si haut « par-dessus les plus vaillans, que les croisés de « France et de Champagne l'ont demandé au « ciel, comme le plus propre de tous à recou-« vrer le saint Sépulcre. Ce preux marquis, « Dieu lui a donné de courageux vassaux, de « grandes terres, de grandes richesses, pour lui « assurer plus de succès....

« Celui qui fit l'air, le ciel, la terre, la mer, le « chaud, le froid, le vent, la pluie et le tonnerre, « veut que nous passions tous la mer à sa suite, « comme les mages Gui, Gaspard et Melchior « allèrent à Béthléem.... Puisse saint Nicolas « guider notre flotte ! que les Champenois dres-« sent leur bannière, que le marquis crie Mont-« ferrat, que le comte Baudoin crie Flandre, « que chacun frappe si rudement, qu'il brise les « lances et les épées, nous aurons bientôt mis les « Turcs en déroute. Que le vaillant roi d'Espagne « fasse des conquêtes sur les Maures, tandis que « le marquis tiendra la campagne, et fera des « siéges contre le soudan.

« Envoi. Bel Cavalier, pour qui je fais des
« vers et des chants, je ne sais si pour vous je
« prendrai ou quitterai la croix, tant vous me
« plaisez quand je vous vois, et tant je souffre
« quand je ne vous vois plus. »

Vaqueiras suivit le marquis Boniface en Grèce;
il combattit en preux chevalier à ses côtés, devant le palais de Blacherne, et ensuite à l'assaut
de Constantinople. Après le partage de l'empire
grec, il suivit Boniface dans son royaume de
Thessalonique, et il reçut de lui des fiefs, des
seigneuries et de magnifiques récompenses. Cependant l'ambition ne lui fit point oublier son
amour, et dans ses conquêtes de Grèce il chan-
tait encore ses regrets.

« Que me servent mes conquêtes, mes ri-
« chesses et ma gloire? Je m'estimais bien plus
« riche, lorsque amant fidèle j'étais aimé. Je ne
« connais d'autre plaisir que celui d'amour. Inu-
« tilement ai-je de grands biens, de grandes
« terres; plus ma puissance et ma richesse aug-
« mentent, plus je sens de douleur au fond de
« l'âme, éloigné de mon *Bel Cavalier*. »

Mais le poëme, de beaucoup, le plus curieux
de Vaqueiras, est celui dans lequel retraçant
toute l'histoire de sa vie et celle de Boniface, les
dangers qu'ils avaient courus en commun, les
services qu'ils s'étaient rendus, et leurs victoires, il lui demande avec une noble confiance

la récompense qu'il avait bien méritée par sa fidélité et sa valeur. Je regrette que ce poëme soit trop long pour l'insérer ici ; aucun ne porte plus l'empreinte du caractère chevaleresque, de cette fidélité du vassal qui ne glaçait point l'amitié, de cette subordination qui n'empêchait point les âmes de s'élever au même niveau. Vaqueiras loue son maître, en lui retraçant toutes ses victoires et tous ses dangers ; il lui rappelle ses nombreuses aventures en Piémont, dans l'état de Gênes, en Sicile et en Grèce ; partout il avait été à ses côtés, partout il réclame franchement la part de reconnaissance et la part de gloire qui lui est due. L'anecdote suivante qu'il rapporte entre quelques autres, me paraît peindre les mœurs et le temps : « Qu'il vous « souvienne, dit-il, du jongleur Aimonet ; il « vous apportait des nouvelles de Jacobina, « qu'on voulait emmener en Sardaigne pour la « marier malgré elle ; qu'il vous souvienne « comme elle se jeta dans vos bras en prenant « congé de vous ; comme elle vous pria d'une « manière si touchante de la défendre contre « l'injustice de son oncle. Vous fîtes monter à « cheval cinq écuyers des meilleurs ; nous cou- « rûmes la nuit après soupé ; moi-même je l'en- « levai du parc, et tout le monde poussa de « grands cris ; des fantassins et des cavaliers « nous poursuivirent ; nous nous sauvions à

« toute bride, et nous croyions déjà être hors
« de péril, quand nous fûmes attaqués par ceux
« de Pise. Voyant tant de chevaliers nous serrer
« de près, tant d'écus briller, tant de bannières
« voltiger au vent, il ne faut pas demander si
« nous eûmes peur. Nous nous cachâmes entre
« Albenga et Final, et de notre retraite nous
« entendions de toutes parts sonner des cors et
« des clairons, et répéter des signaux. Nous res-
« tâmes deux jours sans boire ni manger; et
« comme le troisième jour nous nous remet-
« tions en route, nous rencontrâmes douze vo-
« leurs, et nous ne savions quel parti prendre,
« car on ne pouvait les attaquer à cheval. J'allai
« contre eux à pied; je reçus un coup de lance,
« mais j'en blessai trois ou quatre, et je leur fis
« tourner le dos à tous. Mes compagnons me
« joignirent; nous forçâmes les voleurs d'aban-
« donner le défilé, et vous passâtes en sûreté. Il
« vous souvient sans doute comme nous dînâ-
« mes gaîment, quoique nous n'eussions qu'un
« seul pain à manger et rien à boire. Le soir,
« nous arrivâmes à Nice, chez Puiclair, qui
« nous reçut avec tant de joie; et le lendemain,
« vous donnâtes en mariage Jacobina à Anselme,
« et lui fîtes recouvrer son comté de Vintimille,
« en dépit de son oncle, qui voulait l'en dé-
« pouiller. »

Le marquis Boniface III de Monferrat fut tué

en 1207, au siége de Satalie. On ignore si Rambaud de Vaqueiras lui survécut.

Pierre Vidal, de Toulouse, troubadour qui
suivit le roi Richard à la troisième croisade, ne
s'est pas rendu moins célèbre par ses extrava-
gances que par son talent poétique. Il semble
que chez les poètes l'amour et la vanité prennent
tour à tour un tel empire sur tous les sentimens,
qu'ils peuvent l'un et l'autre ébranler la raison.
Aucun poète cependant n'est peut-être arrivé à
une démence plus complète que Pierre Vidal.
Persuadé qu'il était aimé par toutes les belles,
qu'il était le plus preux de tous les chevaliers,
il fut le don Quichotte de la poésie, et ses
bizarres amours, ses extravagantes rodomontades, secondées par les perfides plaisanteries
de prétendus amis, l'exposèrent aux mystifica-
tions les plus étranges. Pendant sa croisade, on
lui fit épouser en Chypre une dame grecque qui
prétendait avoir quelque relation de parenté
avec une des familles qui avaient régné à Constantinople : c'en fut assez pour qu'il se persua-
dât que le trône impérial lui était dû à lui-
même. Il prit le titre d'empereur ; il nomma sa
femme impératrice ; il fit porter un trône devant lui, et il destina ses épargnes et le produit
de ses chansons à la conquête de son empire.
Cependant il n'en demeurait pas moins attaché
à la femme de Barral des Baux, vicomte de Mar-

seille, qu'il avait choisie pour dame de ses pensées, et à qui il adressa de Chypre des vers remarquables par leur harmonie. A son retour en
Provence, un nouvel amour l'entraîna dans une
extravagance plus étrange encore, il s'attacha
à une dame de Carcassonne, nommée Louve
de Penautier : en son honneur, il prit lui-même
le nom de *Loup*, et, pour mériter mieux ce
nom, il se revêtit d'une peau de loup, et il se
fit chasser par des bergers et des chiens au travers des montagnes. Il mit sa persévérance
à supporter jusqu'à l'extrémité cette chasse
bizarre ; on le rapporta comme mort à sa maîtresse, qui fut médiocrement touchée d'un si
singulier dévouement. Mais avec une tête qui
paraissait si mal organisée, Pierre Vidal possédait une sensibilité exquise, une extrême harmonie dans le style, et, ce qui paraîtra plus
bizarre, un jugement juste et sain, toutes les
fois qu'il ne s'agissait ni de son propre mérite,
ni de son amour. Le recueil de ses ouvrages
contient plus de soixante pièces, parmi lesquelles trois longs poëmes, de ceux que les Provençaux appelaient simplement *vers*. Le plus
remarquable des trois est celui où il donne des
conseils à un troubadour sur la manière d'exercer sa noble profession (1). Il considère la poésie

---

(1) Il est traduit en entier dans Millot, t. II, p. 283 à 296.

comme le culte des sentimens élevés, le dépôt
de la philosophie universelle, et les troubadours, comme les instituteurs des nations. Il
rappelle les temps glorieux de sa jeunesse, où
Dieu daigna permettre que l'Europe entière fût
gouvernée par des héros; qu'il y eût en Allemagne un empereur Frédéric Ier, en Angleterre
un Henri II et ses trois fils, à Toulouse un
comte Raymond, en Catalogne un comte Bérenger et son fils Alphonse; il montre ces héros
réunis par la poésie, et il croit qu'il appartient
aux jongleurs de ranimer, dans la génération
suivante, les sentimens élevés qui avaient fait
la gloire de leurs pères. Il donne au jongleur
des conseils de modestie, de décence et de morale, qui honorent son caractère comme son
jugement, et il brille par une noblesse de langage et une sagesse de pensée, qui font un étrange
contraste avec l'extravagance que ses biographes
attribuent à sa conduite.

Un autre de ses vers, ou longs poëmes, est
une nouvelle allégorique, dans laquelle il introduit, comme principaux personnages, Amour,
Mercy, Pudeur et Loyauté, tels que l'Orient
avait fourni ces êtres allégoriques aux Provençaux, et tels encore, à peu près, que Pétrarque
les introduit dans ses triomphes. « Lorsque je
« fus dans la campagne, dit-il, je vis venir à
« moi un jeune chevalier beau comme le jour;

« le chevalier, que je ne connaissais pas encore,
« avait les yeux doux et tendres, le nez bien
« fait, les dents éclatantes comme le pur ar-
« gent, la bouche fraîche et riante, la taille
« svelte et gracieuse; sa robe était parsemée de
« fleurs, et sa tête portait une couronne de
« roses; son palefroi, blanc comme la neige,
« était marqué de diverses taches d'ébène et de
« pourpre; l'arçon de la selle était de jaspe, la
« housse de saphirs, et les étriers de calcé-
« doine.... Pierre Vidal, me dit-il, sachez que
« je suis l'Amour, que cette dame se nomme
« Mercy, cette demoiselle, Pudeur, et cet
« écuyer, Loyauté ». On voit que l'Amour des
Provençaux n'était point Cupidon, le fils de
Vénus, et que ces allégories romantiques ne
sont nullement empruntées de la mythologie
païenne. Le *chevalier Amour*, de Pierre Vidal,
porte le costume du siècle chevaleresque où il
est né; son palefroi est décrit avec autant de
soin que sa propre personne; sa suite est composée des vertus chevaleresques, et non des jeux
et des ris, et l'invention tout entière appartient
à un autre âge. L'Amour, au reste, avait reçu
des Orientaux une autre monture que celle que
lui donne ici notre troubadour; ils le représentent le plus souvent porté sur les ailes d'un per-
roquet, et les Provençaux, à l'imitation des
Arabes, ont souvent introduit dans leurs chants,

comme messager de l'Amour, cet oiseau revêtu de si riches couleurs.

On dit que Pierre Vidal fit dans ses vieux jours un traité sur la manière de réprimer sa langue. Il fit un second voyage dans le Levant, et l'on assure qu'il s'abandonna de nouveau à la folle pensée de conquérir l'empire d'Orient, qui était alors possédé par les Latins. Il mourut en 1229, deux ans après son retour.

Nous avons vu que Pétrarque avait donné le premier rang, parmi les troubadours, à Arnaud Daniel, qu'il mettait au-dessus d'Arnaud de Marveil. Le Dante ne rend pas de lui un témoignage moins avantageux dans son *Traité de l'Éloquence vulgaire;* il le regarde comme le troubadour qui maniait le mieux sa langue, et qui surpassait tous les autres écrivains romans dans les vers tendres et dans la prose. Il l'introduit ensuite dans le chant XXVI du Purgatoire, et il met dans sa bouche quelques terzines en langue provençale, qu'on rencontre avec étonnement dans un poëme tout italien. Mais les dix-sept pièces qui sont demeurées de ce poète ne répondent point à tant d'éloges; l'invention des sextines, qui lui est attribuée, ne lui fait point à nos yeux autant d'honneur qu'elle lui en fit autrefois (1). Il y a lieu de croire que ses meil-

_____

(1) Les sextines, qui ont ensuite été imitées par Pétrarque,

leures productions se sont perdues, et il ne faut pas le juger sévèrement sur celles qui restent.

Amanieu des Escas, qui vivait à la fin du treizième siècle, sous la domination des rois d'Aragon, nous a laissé, parmi plusieurs pièces amoureuses, deux *vers,* ou longs poëmes, sur l'éducation des demoiselles et des damoiseaux, qui, sans être remarquables pour l'invention poétique, sont assez piquans par la peinture naïve qu'ils font des mœurs de ce siècle. La demoiselle, que dans le cours du poëme il appelle deux ou trois fois Marquise, s'est adressée à des

---

et par les principaux poètes italiens, espagnols et portugais, sont des chansons en six strophes de six vers; les vers du premier couplet sont terminés par six substantifs de deux syllabes, qui doivent également terminer tous les vers de tous les autres couplets, mais de telle sorte que, dans chaque couplet, ces mots changent de place. Le même mot doit se trouver successivement à la fin du 1er, du 6e, du 5e, du 4e, du 3e et du 2e vers; de sorte qu'à la fin de la pièce, chaque mot ait occupé chacune des six places dans la strophe. Il ne résulte point de cet ordre, difficile à observer, une harmonie sensible à l'oreille, et le sens est presque toujours sacrifié à la gène des vers; cependant le retour constant de six mots, qui forment nécessairement le fonds des idées, et qui forcent à les représenter et les retourner sous toutes leurs faces, a quelque chose de rêveur et de mélancolique, et plusieurs poètes ont su enfermer dans des sextines, de touchantes méditations.

Escas, qui lui-même était un grand seigneur, pour avoir de lui des conseils sur la manière de se conduire dans le monde. On voit d'abord, avec étonnement, que ceux qu'il lui donne les premiers sont plus faits pour une femme de chambre que pour une dame de condition. Il faut qu'après avoir soigné sa toilette, et le poète entre à cet égard dans les détails les plus minutieux (1), la demoiselle prépare tout pour le lever de sa dame; qu'elle lui donne tout ce dont elle aura besoin pour orner sa tête, ajuster sa robe ou laver ses mains. On regardait alors comme une partie essentielle de l'éducation des demoiselles, d'apprendre à servir pour savoir commander, et on les attachait avec joie à quel-

---

(1)   E cosselh vos premier
         Que siatz matiniera,
         Cascu jorn que premieïra
         Vos levetz que vostra dona,
         En asi que si eus sona
         Vos truep gent adobada,
         E vestida e caussada;
         Et enantz que eus cordetz (*)
         Lau qu'el bras vos lavetz
         E las mas, et la cara.
         Après amiga cara
         Cordatz estrechamen
         Vostre bratz ben e gen,
         I es las onglas dels detz
         Tan longuas non portetz
         Que i paresca del nier.

(*) Avant que vous vous laciez.

que noble dame, pour qu'elles apprissent d'elle,
dans ces offices subalternes, le *beau parler* et
les belles manières. Des Escas instruit ensuite sa
demoiselle sur ce qu'elle devra faire quand on
la requerra d'amour. Il trouve tout-à-fait convenable qu'elle se choisisse un serviteur, pourvu
qu'au lieu de s'attacher à la beauté ou à la richesse, elle accepte les services d'un amant
courtois et d'une naissance honnête. Il permet
qu'elle reçoive de lui des présens et qu'elle lui
en rende ; mais il l'avertit bien de ne pas passer
certaines bornes : « Car s'il vous aime, dit-il, il
« ne doit rien vous demander, *tant que vous*
« *étes fille*, qui puisse vous nuire ou vous dés-
« honorer. » On voit par là que les Provençaux
jugeaient déjà, comme le font aujourd'hui les
Italiens et les Espagnols, que la galanterie dans
le mariage n'était qu'une faute vénielle, tandis
que celle d'une femme encore libre la désho-
norait ; et l'on prévoit quelles conséquences devait avoir une morale aussi fausse. (1)

Les leçons au damoiseau sont à peu près dans
le même genre ; elles sont entremêlées de détails

(1)
　　E si eus ama fort bela
　　De mentre qu'es pieusela
　　El no us den requerer
　　Qu' eus torn a desplaser
　　Ad onta ni a dampnatje
　　De tot vostre linhatje.

domestiques et de maximes de galanterie. Les
jeunes gentilshommes qui n'étaient point assez
riches pour fréquenter les cours à leurs frais, et
qui voulaient cependant s'y former à la galanterie et aux armes, s'attachaient à quelque seigneur qu'ils servaient comme pages à la cour,
ou comme écuyers dans les batailles. Les conseils de des Escas au damoiseau, sont ceux d'un
homme honnête et d'un sens droit, mais ver-
beux, et qui ne croit jamais en avoir assez dit.
Il prend occasion du compliment que lui adresse
le damoiseau, pour le tenir en garde contre l'habitude de flatter ses supérieurs ; il lui fait sentir
par là le tort qu'il fait à son propre caractère,
et le ridicule dont il couvre celui même à qui il
a voulu se rendre agréable. Il s'étend beaucoup
sur l'amour, la grande affaire, presque le devoir des jeunes chevaliers, et la science professée
doctoralement par les troubadours. Les conseils
qu'il lui donne sur l'élégance de ses habits, sa
conduite dans les tournois, sa retenue, sa dis-
crétion, sont conformes aux mœurs de la chevalerie, mais n'ont rien d'assez neuf pour être
rapportés. En voici un sur la conduite qu'il
doit tenir avec sa dame, qui du moins est plus
inattendu : « Au cas qu'elle vous donne des su-
« jets réels de jalousie, et qu'elle vous nie ce
« que vous avez vu de vos propres yeux, dites-
« lui : Dame ! je suis assuré que vous dites vrai :

« mais j'avais cru voir (1). » On se rappelle cette dame de la cour, qui, surprise par son amant avec un autre, répondit à ses reproches furieux : *Je vois bien que vous ne m'aimez plus, puisque vous en croyez plus vos propres yeux que tout ce que je puis vous dire.*

Pierre Cardinal, né d'une famille illustre au Puy en Velay, et mort presque centenaire, au commencement du treizième siècle, occupe une place distinguée parmi les troubadours, bien moins par l'harmonie de son style que par la vigueur et l'âpreté de sa satire : c'est le Juvénal de la poésie provençale. La roideur de son caractère, sa franchise trop rude, sa moquerie trop amère, le rendaient peu propre à avoir des succès auprès des femmes ; aussi quitta-t-il de bonne heure la galanterie pour écrire des sirventes ; car les troubadours donnaient aussi ce nom à des satires, dès qu'elles étaient divisées en strophes comme leurs *chansoz*. Ces sirventes sont dirigés tour à tour contre tous les ordres de la société, le haut clergé, les ordres militaires,

_____

(1)   E se la us fa gelos
      E us en dona razo,
      E us ditz c'ancre no fo
      De so que dels huelhs vis,
      Diguatz Don : Eu suy fiz
      Que vos disetz vertat,
      Mas yeu vay simiat.

les moines, les barons, les femmes. Pierre Cardinal ne voit partout que corruption de mœurs,
cupidité, égoïsme, bassesse. Il y a peu de finesse
dans ses observations, et cependant un grand
air de vérité; le vice excite en lui un emporte-
ment qui n'est pas sans éloquence; et dans la
rapidité de ses invectives, il se mêle rarement
ou des détails oiseux, ou des traits qui manquent de justesse. Sa hardiesse confond dans un
temps où l'inquisition pouvait à toute heure lui
demander raison de ses offenses contre l'Église :
« Indulgences, pardons, Dieu et le Diable,
« ils mettent tout en usage », dit-il des prélats;
« à ceux-là ils accordent le paradis par leurs
« pardons; ils envoient ceux-ci en enfer par
« leurs excommunications; ils portent des coups
« qu'on ne peut parer, et nul ne sait si bien
« forger des tromperies qu'ils ne le trompent
« encore mieux.... Il n'y a point de crimes dont
« on ne trouve l'absolution auprès des moines,
« et pour de l'argent ils donneront à des rené-
« gats, à des usuriers, la sépulture qu'ils refu-
« sent aux pauvres qui n'ont pas de quoi la
« payer. Vivre tranquilles, acheter de bons pois-
« sons, du pain bien blanc, des vins exquis, c'est
« à quoi ils passent l'année entière. Plût à Dieu
« que je fusse de cet ordre, si l'on y fait à ce prix
« son salut ! »

On trouve encore de lui un autre sirvente

contre les prêtres, un contre les barons, un sur la dépravation générale. « De l'orient jusqu'au « soleil couchant je fais au monde un *covenant* « nouveau; à tout homme loyal je donnerai un « besan (1), si le déloyal me donne un clou; au « courtois je donnerai un marc d'or, si le dis- « courtois me donne un tournois (denier); à « l'homme vrai je donnerai un grand monceau « d'or, si je reçois seulement un œuf de tous les « menteurs. Toute la loi que la plupart des gens « observent, je pourrais l'écrire sur un petit « morceau de peau comme la moitié du pouce de « mon gant. Un tourtereau me suffirait à nourrir « tous les hommes preux; car je ne voudrais « pas n'offrir rien aux preux pour toute chère. « Mais si j'étais homme à convier les méchans, « je ferais crier sans regarder où, venez manger, « honnêtes gens du monde. » (2)

Ces satires devaient attirer à Pierre Cardinal

---

(1) Monnaie de Constantinople, valant environ 12 fr.

(2)   D'aus aurien tro al solelh colgan
      Fauc a la gen un covinen novel;
      A lial hom donarai un bezanh
      Si 'l deslial mi dona un clavel;
      Et un marc d'aur donarai al cortes
      Si 'l descauzit mi dona un tornes.
      Al vertadier darai d'aur un gran mont
      Si ay un huovs dels messongiers que son.

        Tota la ley qu'il pus de la gen an
      Escrieur 'ieu en un petit de pel,

la haine de ceux qu'il déchirait; voici comment il représente son isolement : « Une ville fut, ne « sais laquelle, où tomba une pluie telle, que « tous les hommes de la ville qu'elle toucha furent « forcenés. Tous en icelle furent malades, sinon « un, et celui-là échappa, sans plus; car il était « dans une maison où il dormait, quand il en fut « ainsi; il vit, quand il eut dormi, que la pluie « avait cessé. Au-dehors, entre les gens privés « de leurs sens, l'un poursuit, l'autre s'enfuit; « un autre reste stupéfait, ou lance des pierres « contre les étoiles; un autre déchire ses habits: « l'un frappe, et l'autre paye, et l'autre cuide « être roi, et se tient richement par les flancs; « un autre s'assied sur les bancs, l'un menace, « un autre maudit, un autre pleure, un autre « rit; l'un parle, et il ne sait de quoi; un autre « fait métier de soi. Celui qui avait son bon « sens s'émerveille bien fortement; car il voit « qu'ils sont bien éveillés, et il regarde en haut « et en bas. Il s'étonne bien fort sur eux, mais « eux s'étonnent bien plus de lui, en le voyant « demeurer si sage; ils cuident qu'il a perdu son

---

En la meitat del polgar de mon gan ;
El pros homes paisserai d'un tortel,
Car ja pels pros no fara car con res ;
Mais si fos uns que los malvats pogues.
Cridar ferai, e no gardassen on,
Venetz manjar, li pro home del mon.

« sens; car ce qu'ils font, ils ne le lui voient
« point faire. A chacun d'eux il apparaît qu'eux
« sont les sages et les prudens, et c'est lui qu'ils
« tiennent pour insensé. L'un le frappe au corps,
« l'autre sur le col, il ne peut bouger sans être
« attaqué. L'un l'empoigne, l'autre le pousse,
« comme il veut sortir de la foule; l'un le me-
« nace, l'autre le tire; on le soulève, on le laisse
« tomber. Chacun le prend pour son passe-temps.
« Lui s'enfuit à sa maison pour se défendre, fan-
« geux, battu et demi-mort, et joyeux encore
« de leur être ôté.

« Cette fable est dans ce monde semblable aux
« hommes qui l'habitent. Ce siècle même est la
« cité qui est toute pleine d'insensés; car le plus
« grand sens qu'homme pût avoir, serait d'ai-
« mer Dieu et sa mère, et garder ses comman-
« demens. Mais ce sens est perdu aujourd'hui.
« La pluie qui est tombée, c'est une convoitise
« qui est venue, un orgueil, et une malice dont
« toute la race est perplexe; et si Dieu en a pré-
« servé aucun, les autres le tiennent pour in-
« sensé, et ils le méprisent, parce qu'il n'a pas
« le même jugement qu'eux, et le sens de Dieu
« leur paraît folie. L'ami de Dieu connaît qu'ils
« sont tous privés de sens, quand ils ont perdu
« le sens de Dieu; et eux le tiennent pour insensé,
« parce qu'ils ont laissé le sens de Dieu. » (1)

---

(1) J'ai cru devoir donner une traduction littérale de ce

Giraud Riquier de Narbonne, attaché au roi
de Castille, Alphonse X, et vivant à la fin du
treizième siècle, est un des troubadours dont on

---

morceau de poésie provençale que je cite en note. On en suivra
mieux l'original, pour peu qu'on se donne de peine pour le
comprendre; et même sans le tenter, ceux qui se contente-
ront de la version, en connaîtront mieux l'esprit et les tour-
nures de la poésie provençale. Voici le texte que j'ai traduit
mot à mot, autant du moins que m'a permis de le faire ma
connaissance très imparfaite d'une langue dont je n'ai pu
étudier qu'un petit nombre de fragmens manuscrits.

Yssy comensa la faula de la pluya.

Una ciutat fo, no say quals
Hon cazee una plueya tals
Que tuy li home de la ciutat
Que toque, foro forcenat.
Tuy desse n'ero mals, sols us,
Et aquel escapet, ses pus,
Que era dins una mayzo
Que dormia quant aysso fo.
E vet, quant at dormit
Del plueya diquit,
E foras entre la gens
Fero d'essenamens
Arroquet, l'autre foueis,
Utre estupit versus,
E trays peras contre estelas,
L'autre esquisset las gonelas,
Us feric, el autrem peys,
E l'autre cuyet esser Reys,
Et tenc se riquement pels flancx,
E l'autre s'asset per los bancx.
L'us menasec, l'autre maldisz,
L'autre plorec et l'autre riz,

a conservé le plus d'ouvrages. Il fleurit dans un temps où les poètes cherchaient à se distinguer par des innovations, de la foule de leurs devan-

---

L'autre parlec e no saup que;
L'autre se meteys de se.
Aquel que avia so sen,
Meravilha se molt formen,
Que vee que be destatz son,
E garda ad aval ed amon,
E grans meravelha a de lor.
Mas mot l'han ilh de lui mayor;
Qu'el vezon estar saviamen
Cuio que aia perdut so sen,
Car so qu'elh fan no lh vezo fayre
Que a cascu de lores veyaire
Que ilh son savi e assenatz.
Mas lui teno por dessenat
Qui'l fer en gansa, qui en col;
Nos pot mudar que nos degol;
L'us l'empenh, e l'autre le bota,
El cuya isshir de la rota,
L'us l'esquinsa, l'autre li tray,
E pren colos, e leva, e chay;
Cascu'l leva a gran gabantz,
El fuy a sa mayzo deffantz,
Fangos e battutz e mieg mort,
E ac gaug can lor fo estort.
Sest fable es en aquest mon
Semblans als homes que i son.
Aquest seigles es la cictat
Que es tot ples de forsennatz;
Que el mager sen qu'om pot aver
So es amar Dieu et sa mer,
E gardar sos comendamens,
Mas arra es perdutz aquels sens.
La pluya say es casuda,
Una cobeytat qu'es venguda,

ciers. Il a laissé des pastourelles, des aubades. des sérénades, des retrouanges, des épîtres et des discours en vers (1). Il a varié, autant qu'il a pu, la forme de sa poésie ; mais il n'a point su mettre autant de nouveauté dans le fonds ; ses discours en vers, ses poëmes didactiques, ne contiennent guère que des idées communes, et de la morale triviale. Cependant on y reconnaît toujours un homme honnête, et qui ne manquait pas de fierté. Son plus long poëme, de beaucoup. est une supplication adressée au roi Alphonse de

Us erguelh et una maleza
Que tota la gent a perpreza.
E si Dieu n'a alcu gardatz,
L'autru ils teno por dessenat,
E menon lo de tomp en vilh,
Car no es del seu que son ilh.
Qu'el sen de Dieu lor par folia,
E l'amiers de Dieu on que sia
Conoys que dessenatz son tug
Car le sen de Dieu an perdut;
E els an lui per dessenat
Car le sen de Dieu an layssat.

(1) Ces noms divers n'indiquent pas une variété bien réelle dans les poëmes. Les pastourelles étaient des églogues qui représentaient plutôt les entretiens du poète avec des bergères. que ceux des bergers entre eux. Les aubades et les sérénades étaient des hymnes d'amour pour le matin et pour le soir. Les retrouanges et les redondes étaient des ballades d'une construction plus compliquée, et où le refrain était amené d'une manière plus pénible. Le tout ensemble, aux pastourelles près, ne sortait point du genre lyrique.

Castille, pour qu'il relevât l'état de jongleur de l'avilissement où il était tombé, depuis que les charlatans, qui amusent le peuple par leurs bouffonneries, qui font danser des singes et des boucs, et qui chantent sur les places publiques des chansons grossières, portent le même nom que les poètes des cours. Il demande que par son autorité royale, Alphonse sépare tous les hommes, confondus sous le nom de jongleurs, en quatre classes bien distinctes; les docteurs en l'art de trouver, les simples troubadours, les jongleurs et les bouffons. Ce poëme, qui est de l'année 1275, est un des derniers soupirs de la poésie provençale (1). Le troubadour était déjà témoin

---

(1) Cette longue pièce de vers est proprement une épître au roi de Castille. Giraud Riquier en a écrit plusieurs, et il semble avoir assez bien saisi le vrai style épistolaire; mais il est souvent difficile à entendre, et presque toujours cette difficulté me paraît provenir, dans les troubadours, de la corruption du texte. Après avoir montré comment chaque état, dans la société, se divise en plusieurs classes distinguées par les noms, il ajoute :

> Per qnem ai albirat
> Que fora covinen
> De noms entre joglars,
> Que non e ben estars.
> Car entr'els li melhor
> Non an de noms honor
> Atresi com de fach
> Qu'ieu ne teng a maltrags

de la chute de son art ; il survivait à sa gloire, à
sa littérature, à la langue qui l'avait illustré. Sa
situation rappelle celle d'Ossian, dans le dernier
de ses poëmes, lorsqu'il renonce à une harpe.
dont la race des hommes nouveaux ne sait plus
apprécier les sons. Mais quelle différence entre
les deux poëmes ! quelle différence, car le jongleur de Narbonne ne songe qu'à sa vanité, tandis que le chantre de Morven ne voit plus que
ses pertes, Oscar, Malvina, son pays et sa gloire.
auxquels il a survécu.

Nous ne chercherons point à faire connaître
un plus grand nombre de poètes parmi cette
multitude de troubadours, qui se présentent
tous sur un même rang, avec des prétentions

Cus homs senes saber
Ab sotil captener,
Si de qualqu'estrumen
Sab un pauc a prezen
S'en ira el tocan
Per carrieiras sercan
E queren c'omz li do
O autre sez razo.
Cantara per las plassas
Vilmen et en gens bassas ;
Metra queren sa ponha
E totas ses vergonha
Privadas et estranhas,
Pueys iras si en tavernas.
Ab sol qu'en puesc aver
E non auzan parer
En deguna cort bona.

égales à une célébrité qu'ils n'ont point pu obtenir. Une extrême monotonie règne dans leurs
ouvrages, et il serait difficile de faire des portraits individuels, lorsque les mêmes traits con-
viennent à tous. Nous avons vu la poésie provençale, née dans le onzième siècle, se répandre
dans tout le midi de la France, dans une partie
de l'Espagne et de l'Italie, faire le plaisir de
toutes les cours, animer tous les festins, se mettre
à la portée de toutes les classes de la nation, et
nous la voyons parvenue au milieu du treizième
siècle sans avoir fait aucun progrès sensible. Ce
qu'on avait trouvé dans les premières chansons
de Guillaume IX, comte de Poitiers, on le retrouve dans les dernières de Giraud Riquier, ou
de Jean Estève : un langage à peu près toujours le
même, et qui ne semble différer que par la plus ou
moins grande négligence des copistes, ou peut-être
par la plus grande prétention des derniers poètes,
qui, pour se donner le mérite des rimes rares et
difficiles, avaient gâté la langue, et augmenté
son obscurité et ses irrégularités ; une galanterie
toute semée d'hyperboles ; de la tendresse faite
avec de l'esprit plutôt qu'avec du sentiment ; des
chansons d'amour toujours de même nature ;
toujours des portraits d'une belle qui ressemblent à toutes, et qui ne peignent rien ; toujours des exagérations sur son mérite, sur sa
naissance, sur son caractère ; toujours des pleurs,

des soumissions, des prières, qu'on ne saurait distinguer l'une d'avec l'autre, et qui affadissent le
cœur. Des *sirventes* satiriques, où la grossièreté
et l'injure tiennent lieu de nouveauté et d'esprit;
des *tensons,* où les lieux communs de la galanterie sont débattus sans piquant et sans finesse;
des sextines, des retrouanges, des redondes, où
la gêne de la rime chasse la pensée; et jamais
une grande conception poétique, jamais une invention épique ou tragique, jamais un mouvement qui parte d'une vraie sensibilité; jamais
une gaieté franche, ou fondée sur autre chose
que sur des offenses aux bonnes mœurs. On est
vraiment étonné de ce résultat, après avoir parcouru les ouvrages de près de deux cents troubadours, dont les poésies ont été recueillies par
M. de Sainte-Palaye, et extraites par Millot.
Cet enthousiasme de poésie, qui avait saisi tout
une nation, faisait attendre bien autre chose.
L'oreille harmonique qui avait présidé à l'invention de tant de formes de vers, la sensibilité,
la mobilité, qui s'étaient peintes dans les premiers chants des troubadours; la richesse des
images qu'ils avaient empruntées à l'Orient, ou
trouvées dans leur propre imagination; tout faisait espérer qu'un vrai poète ne tarderait pas à
naître au milieu d'eux. L'art de la versification
chez les Italiens, chez les Espagnols, chez toutes
les autres nations, ne commença pas, à beau-

coup près, d'une manière aussi brillante. A mesure qu'on avance, on se détrompe de ses espérances, on se dégoûte de ce qu'on a aimé, et
l'on applaudit presque au jugement du public,
qui, sans connaître les troubadours, leur a
refusé toute célébrité ; qui laisse leurs ouvrages
ensevelis dans des manuscrits de difficile accès,
et en danger de se perdre pour jamais ; qui,
enfin, a condamné leur langue, cette première-
née de l'Europe ; cette langue sonore et harmonieuse, souple comme l'italien, retentissante
comme l'espagnol, mais stérile sans doute, puisqu'un vrai génie n'est jamais venu l'animer. Cette
stérilité des Provençaux, cette décadence si
prompte, et qui a suivi de si près la plus grande
splendeur, demandent cependant à être expli-
qués ; car, après le treizième siècle, les troubadours se turent, et tous les efforts des comtes
de Provence, qui prenaient le titre de rois de
Naples, des magistrats de Toulouse et des rois
d'Aragon, pour réveiller leur talent, par des
cours d'Amour et des jeux floraux, demeurèrent
sans efficace.

Les troubadours ont eux-mêmes atribué leur
décadence à l'avilissement où étaient tombés les
jongleurs, avec lesquels on les confondait. Faire
un métier de l'amusement des riches et des puissans, vendre le rire et les délassemens, c'est toujours dégrader son propre caractère. Lorsqu'on

demande un salaire pour la gaieté et les bons mots, on entre nécessairement en rivalité avec les plus vils bouffons; et ceux-ci, en s'adressant à la populace, réussiront mieux peut-être à se faire admirer, à s'enrichir, que les hommes du talent le plus distingué et le plus fait pour plaire aux gens de goût. Les jongleurs, en effet (*joculatores*), se présentaient dans les carrefours avec des habits grotesques; ils attiraient la foule par des danses de singes, des tours de passe-passe, des grimaces et des lazzis ridicules. C'est ainsi qu'ils préparaient leur auditoire à entendre les vers qu'ils voulaient lui chanter, et ils allaient au-devant de toutes les espèces d'outrages, pourvu qu'ils leur fussent bien payés. Les troubadours les plus distingués, lorsqu'ils se présentaient chez les seigneurs et les princes, y étaient souvent introduits sous le même nom de jongleurs. Si on leur faisait souvent l'accueil dû au talent, si les plus grandes dames les admettaient souvent à leur familiarité, si elles leur accordaient même leur amour, souvent aussi on leur faisait sentir qu'on les regardait comme d'une classe subalterne, et le mécontentement légitime qu'ils excitaient par leurs mauvaises mœurs, leur irritabilité, et leur insatiable avarice; la jalousie, enfin, des époux offensés par leurs intrigues, attiraient souvent sur eux des outrages qui les avilissaient. Dans une situation

si contraire au sentiment de fierté, qui appartient au génie, il était difficile qu'un caractère
vraiment noble pût développer les talens qu'il
avait reçus en partage.

Cependant tous les troubadours ne faisaient
pas métier de l'art des vers : un assez grand nombre de souverains, de hauts barons et de chevaliers s'étaient adonnés à la poésie, pour lui conserver la noblesse de son origine, et cela pendant toute la durée de la littérature provençale;
car Frédéric, roi de Sicile, qui mourut en 1326,
est le dernier des troubadours recueillis par M. de
Sainte-Palaye, comme le comte de Poitou en est
le premier.

Mais l'art des troubadours avait en lui-même
une cause plus immédiate de destruction; c'é-
tait la profonde ignorance de ceux qui le professaient, et l'impossibilité où ils étaient de rattacher leur poésie à rien de plus grand qu'eux-
mêmes. Quelques uns seulement, et en petit
nombre, savaient la langue latine; il est facile
d'en juger par la prétention que ceux-là mettent
à leurs citations, non de traits poétiques, mais
de phrases demi-barbares empruntées à l'école;
aucun ne connaissait les auteurs que nous nommons classiques. Dans le *Trésor* de Pierre de
Corbian (1), où il fait parade de sa science, et

_____

(1) Millot, t. III, p. 227 à 233.

croit étaler la somme de toutes les connaissances
humaines, il ne nomme qu'un seul de tous les
poètes latins, c'est Ovide, qu'il qualifie de men-
teur, et il n'indique nullement qu'il l'ait lu. Dans
les extraits de deux cents troubadours, j'ai à
peine trouvé trois ou quatre passages qui se rapportent ou à l'ancienne mythologie ou à l'histoire ancienne; encore ne rendent-ils témoignage que d'une connaissance vague et incer-
taine, telle que pouvait la donner un sommaire
fait par quelque moine ignorant. Aucun modèle
n'était présenté aux yeux des troubadours, excepté les chants des Arabes, dont leurs premiers
maîtres avaient eu connaissance, et qui avaient
perverti leur goût. Ils n'avaient aucune idée de
l'élégance des anciens, et moins encore de leur
invention, de la nécessité de nourrir leurs chants
par des pensées nouvelles, et de les lier à une
action. Il n'y a pas, dans tous ceux de leurs ouvrages qui se sont conservés, le plus petit essai
dans le genre épique, quoique les grandes révolutions au milieu desquelles ils vivaient, les événemens d'un intérêt général dont ils étaient les
témoins et souvent les acteurs, dussent naturellement les appeler à raconter ces faits d'une
manière animée, à en faire l'histoire comme les
poètes la conçoivent et l'écrivent, pour qu'elle
pût être répétée de bouche en bouche. On cite,
il est vrai, une *Histoire de la Conquête de Jéru-*

salem, par le chevalier Béchada, limousin ; mais elle est perdue, et nous ne pouvons savoir si ce n'était pas tout simplement une chronique rimée, comme on en écrivit plusieurs dans le nord de la France. Un vrai mérite, un vrai talent employé sur un sujet si national, si vivement senti par tous les chevaliers, aurait sûrement sauvé de l'oubli le poëme de Béchada. Les troubadours étaient loin d'avoir une idée du théâtre ou d'aucune représentation dramatique, quoique les deux Nostradamus, avec leur ignorance et leur inexactitude habituelles, donnent le nom de tragédies et de comédies à des ouvrages qui n'étaient pas plus dramatiques que le poëme du Dante intitulé comédie. Privés de toutes les richesses de l'antiquité, les troubadours en avaient très peu à puiser en eux-mêmes. Les Allemands, qui ont nommé la poésie moderne *romantique,* ont regardé toute la littérature des nations romanes comme étant née du christianisme, ou lui étant du moins étroitement alliée ; mais les poëmes provençaux n'indiquent point cette origine. Il y en a très peu de religieux, aucun d'enthousiaste, aucun où les mystères du christanisme soient liés à l'action ou aux sentimens ; et lorsque, par hasard, la religion entre dans des vers qui ne sont pas des hymnes à la Vierge, imités et affaiblis des chants latins de l'Église, c'est toujours comme

profanation. Bernard de Ventadour, en comparant un baiser de sa dame aux plus douces joies
du paradis, ajoute que ses faveurs lui font éprouver ce que dit le Psalmiste, « qu'un jour dans
« ses parvis vaut mieux que cent ailleurs. » Arnaud de Marveil appelle sa dame « parfaite image
« de la Divinité, devant qui tous les rangs s'éga-
« lisent. Si Dieu le laisse jouir de son amour, il
« croira, dit-il, que le paradis est privé de liesse
« et de joie. » Plusieurs se sont fait délier devant l'Église des sermens qu'ils avaient faits à
une maîtresse mariée, et dispenser de l'adultère
par un prêtre; d'autres, au contraire, ont fait
dire des messes, brûler des cierges et des lampes
devant les autels pour se rendre leur dame favorable. Telle est la seule manière dont la religion soit traitée par les poètes provençaux; on
les voit entravés par les chaînes glacées de la
superstition, et jamais animés par le feu de l'enthousiasme. Leur religion était étrangère à leur
cœur; mais la crainte qu'elle inspirait demeurait comme un poids sur leur esprit. Tantôt,
dans une folle sécurité, ils se jouaient de cette
crainte; tantôt elle reprenait tout son empire,
et alors ils n'agissaient plus qu'en tremblant.
Jamais leur croyance ne leur fournissait ni une
image brillante, ni un sentiment animé. J'en
excepte quelques morceaux sur les croisades,
que j'ai déjà rapportés; mais on aura pu obser-

ver que l'enthousiasme militaire, le seul qu'on
y aperçoive, n'a pas plus de chaleur que dans
les chants guerriers de la même époque, dont le
sujet est purement temporel.

Il n'est pas facile d'en rendre raison; mais
l'imagination romanesque elle-même était fort
rare chez les troubadours, tandis que les trouvères, les poètes et les conteurs des pays au
nord de la Loire, ont inventé ou perfectionné
tous les anciens romans de chevalerie. Les
nouvelles des troubadours n'ont rien de romanesque ni de guerrier : ce sont toujours des personnages allégoriques, Mercy, Loyauté, Pudeur, qui viennent parler et non agir. Dans
d'autres inventions poétiques on a soupçonné
l'allégorie, on s'est efforcé de trouver la clef des
fictions; mais ici la morale se montre presque
nue, et elle n'est pas assez piquante pour qu'on
ne lui regrette pas un peu plus de vêtemens.

Ainsi la poésie provençale ne trouvait nulle
part autour de soi de la nourriture, ni connaissances classiques, ni mythologie empruntée, ni
mythologie propre, ni même imagination romanesque; c'est une belle fleur née sur un terrain
stérile; tout autre soin de culture ne peut lui
être avantageux, si on ne lui fournit d'abord des
sucs nourriciers. Les Grecs, il est vrai, qui
n'avaient pas eu de maîtres, avaient tout trouvé
en eux-mêmes; mais, outre qu'il n'appartient pas

à d'autres peuples de se comparer aux Grecs, si richement doués par la nature, la culture de ceux-ci avait été progressive; aucune impulsion étrangère ne les avait fait sortir de la bonne route; la raison, l'imagination et la sensibilité s'étaient développées en même temps, et étaient toujours demeurées dans une heureuse harmonie : tandis que chez les Provençaux l'imagination avait reçu une fausse direction par le premier mélange avec les Arabes : la raison était ou absolument négligée, ou pervertie par l'étude de la théologie scolastique, et d'une philosophie inintelligible; le sentiment abandonné à lui-même, ou s'affadissait par la monotonie de l'expression, ou s'altérait en empruntant un langage précieux et affecté, qui semblait être en harmonie avec celui des écoles.

Cependant il est impossible de prévoir quelle aurait été l'influence d'un seul homme de génie sur la langue et la littérature provençale. Si le Dante était né dans un des pays de la langue d'Oc; s'il avait uni fortement dans un grand poëme toute la haute mythologie du catholicisme, avec les pensées, les intérêts, les passions d'un chevalier, d'un homme d'État, d'un croisé, il aurait révélé des richesses inconnues à ses contemporains; il aurait trouvé de nombreux imitateurs; et, par son impulsion seule, la langue provençale vivrait encore, et serait peut-être aujourd'hui la plus cultivée, comme elle est la plus ancienne de l'Europe méridionale. Mais, dans ces mêmes régions, le fanatisme alluma un incendie qui fit rétrograder l'esprit humain; et la croisade contre les Albigeois, dont nous nous occuperons dans le prochain chapitre, décida des destinées de la Provence.

CHAPITRE VI.

Guerre des Albigeois; derniers Poètes de la Langue provençale en Languedoc et en Catalogne.

La guerre civile la plus meurtrière, la persécution la plus implacable répandirent la désolation dans le pays où florissait la poésie provençale; des haines acharnées y portèrent la dévastation et le carnage : elles accablèrent le peuple chez qui avait fleuri la *gaie science*, et elles exilèrent ainsi la poésie de sa première patrie. Les troubadours, qui comptaient pour vivre sur l'hospitalité et la libéralité des seigneurs, ne trouvaient plus dans les châteaux désolés que des nobles ruinés par la guerre, et souvent réduits au désespoir par le massacre d'une partie de leur famille : ceux même qui s'étaient associés aux vainqueurs, avaient emprunté d'eux leurs haines féroces et leur fanatisme; comme eux, ils s'enivraient de sang humain; les vers n'avaient plus d'attrait pour eux, et le langage de l'amour leur paraissait hors de la nature. Pendant tout le treizième siècle, les chants des troubadours furent pleins des souvenirs de cette fatale guerre: ses

fureurs étouffèrent chez eux le génie, au moment
peut-être où il allait prendre les plus grands développemens, et la langue et la poésie s'éteigni-
rent dans le sang.

L'excessive corruption du clergé avait été,
comme nous l'avons vu, l'objet des satires de
tous les troubadours; sa cupidité, sa fausseté et
sa bassesse l'avaient rendu odieux à la noblesse
et au peuple : on voyait les prêtres et les moines
sans cesse occupés à dépouiller les malades, les
veuves, les orphelins, tous ceux que la faiblesse
de leur âge, ou le malheur des circonstances,
mettait dans leur dépendance. On les voyait
ensuite dissiper dans la débauche et l'ivrognerie
l'argent qu'ils avaient extorqué par de honteux
artifices; aussi le troubadour Raymond de Castelnau s'écrie-t-il : « Le clergé veut chaque jour
« par tromperie, selon sa convoitise, se bien
« chausser et se bien vêtir. Les grands prélats
« veulent si fort s'avancer, que sans raison ils
« étendent leur diocèse. Si vous tenez d'eux un
« fief honorable ils voudront l'avoir, et vous ne
« recouvrerez point la possession allodiale, si
« vous ne leur donnez une somme d'argent, ou
« ne leur faites un marché plus favorable.

« Si Dieu veut que les moines noirs soient
« sans égaux pour bien manger et pour tenir des
« femmes, les moines blancs pour des bulles
« mensongères, les templiers et les hospitaliers

« pour leur orgueil, et les chanoines pour prêter
« à usure ; je tiens pour bien fous saint Pierre et
« saint André, qui souffrirent pour Dieu tant
« de tourmens , puisqu'eux aussi arrivent au
« même salut (1). » Les gentilshommes avaient
tant de mépris pour ce clergé corrompu, qu'ils
ne voulaient jamais destiner leurs enfans à la
prêtrise, et c'étaient leurs valets et leurs fer-
miers auxquels ils accordaient les bénéfices dont
ils avaient le patronage. Dans le peuple, on disait proverbialement, « j'aimerais mieux être
« prêtre, que d'avoir fait une chose aussi hon-
« teuse. » (2)

Pendant que le respect pour l'Église était aussi
fortement ébranlé, les Pauliciens avaient ap-

---

(1)   Clerzia vol cascun jorn per engal
        Ab cobeitat ben caussar e vestir,
        Els gran Prelats volon tant enantir
        Que ses razo alargan lor deital.
        E, si tenet del lor un onrat fieu,
        Volran l' aver, mas nol cobraretz leu
        Si non lor datz una soma d'argen
        O no lor faitz pas estrey covinen.
          Si monges ners vol Dieus que sian ses par,
        Per trop manjar ni per femnas tenir,
        Ni monges blancs per bolas a mentir,
        Ni per erguelh temple ni espital,
        Ni canorgues por prestar a renieu ;
        Ben tenc per fol sant Peyre sant Andrieu,
        Que sofriron per Dieu tan de turmen
        Sais i venon ais' els a salvamen.

(2) *Histoire de Languedoc*, par les PP. Vic et Vaissette.

porté d'Orient une croyance plus simple et des
mœurs plus pures. La secte chrétienne réformée
des Pauliciens s'était répandue, pendant le
septième siècle, d'Arménie dans toutes les provinces de l'empire grec. Les persécutions de
Théodora, en 845, et celles de Bazile le Macédonien (867-886), après en avoir fait périr plus
de cent mille, forcèrent les autres à se réfugier,
partie chez les Musulmans, partie chez les Bulgares. Une fois à l'abri des persécutions, leur
Église fit de rapides progrès; les Bulgares, qui
avaient établi un grand commerce par le Danube
entre l'Allemagne et le Levant, répandirent
leurs opinions dans le nord de l'Europe, et préparèrent les voies aux Hussites de Bohême; les

_____

t. III, p. 129. Des moines peuvent être crus sur parole, lorsqu'ils racontent, dans un ouvrage très religieux, la corruption
de leur propre clergé, et le mépris où il était tombé. Mais
les religieux Bénédictins, de qui nous empruntons et ces détails et la plupart de ceux qui suivent, ont d'autres titres
encore à notre confiance; peu d'hommes ont fouillé toutes les
archives, compulsé toutes les autorités avec un zèle et une
patience plus infatigables; peu d'hommes ont mis plus de
bonne foi dans leurs recherches : l'amour de l'érudition sert
en eux de correctif aux préjugés de leur ordre. On voit quelquefois, il est vrai, qu'ils ont appris des choses que leur
habit ne leur permet pas de dire; mais avec un peu de critique, on peut, d'après leur seul témoignage, asseoir sur toute
l'histoire des Albigeois le jugement le plus équitable.

Pauliciens, sujets des Musulmans, arrivèrent
par l'Espagne dans le midi de la France et en
Italie. On leur donna, en Languedoc et en Lom-
bardie, le nom de Paterins, à cause de leur rési-
gnation à toutes les souffrances qu'on leur infli-
geait partout où s'étendait l'autorité pontificale:
et ensuite le nom d'Albigeois, parce qu'ils se
multiplièrent surtout dans le diocèse d'Alby.
D'après la conférence rapportée par l'abbé de
Foncaude (1), ces sectaires, qu'on avait accusés
d'abord de partager les opinions de Manès sur
les deux principes, différaient seulement de
l'Église romaine, en ce qu'ils niaient la souveraineté du pape, le pouvoir des prêtres, l'efficacité
des prières pour les morts, et l'existence du purgatoire. Persécutés dans les autres parties de la
chrétienté, ils trouvèrent une sage tolérance
dans le comté de Toulouze, la vicomté de Béziers, et l'Albigeois : ils s'y multiplièrent surtout
par les prédications de maître Sicard Cellerier.
un de leurs plus éloquens pasteurs. A cette époque, tous les Provençaux, enrichis par le commerce des Maures et des Juifs, et appelés à con-
verser sans cesse avec eux, respectaient la liberté
de conscience, tandis que les peuples au nord de
la Loire étaient soumis au pouvoir des prêtres,
et dominés par le fanatisme. Les Espagnols, plus

------

(1) Hist. de Languedoc, *supra*.

éclairés encore que les Provençaux, et plus rapprochés aussi du temps où ils avaient dû réclamer pour eux-mêmes la liberté d'opinions sous le joug des Musulmans, étaient aussi plus tolérans. Ils n'avaient pas encore commencé leurs longues guerres avec l'Église; mais un siècle entier avant les Vêpres siciliennes, les rois d'Aragon s'étaient déclarés les protecteurs de tous ceux que les papes persécutaient, et, à l'envi avec les rois de Castille, ils furent tantôt médiateurs pour les Albigeois, tantôt leurs défenseurs à main armée.

Des missions furent entreprises dans le Haut-Languedoc, en 1147 et en 1181, pour convertir ces hérétiques, mais avec peu de succès, aussi long-temps qu'on n'employa pas la force armée. La réforme faisait chaque jour des progrès. Bertrand de Saissac, tuteur du jeune vicomte de Béziers, avait adopté lui-même les opinions nouvelles; elles se répandaient aussi hors du Languedoc, et elles avaient gagné de puissans partisans dans le Nivernois. Le pape Innocent III, résolu à détruire ces sectaires qu'il avait déjà écrasés en Italie, envoya, dès l'an 1198, deux religieux de Cîteaux, avec le pouvoir de légats *à latere*, pour les rechercher et les poursuivre. Ces moines, ambitieux d'étendre le pouvoir déjà inouï qui leur avait été accordé, ne s'attaquèrent pas aux hérétiques seuls, qu'ils punissaient par l'exil et la confiscation des biens, ils se brouillèrent avec tout le clergé régulier, qui cherchait à protéger son pays contre des procédures aussi violentes : ils suspendirent l'archevêque de Narbonne et l'évêque de Béziers; ils déposèrent l'évêque de Toulouse et celui de Viviers, et ils élevèrent au siége de Toulouse Fouquet de Marseille, troubadour qui avait auparavant acquis quelque réputation par ses vers galans ; mais qui, dégoûté du monde, s'était depuis peu jeté dans un cloître, et qui ne respirait plus que fanatisme et persécution (1). Pierre de Castelnau, le plus emporté des légats du pape, étonné de n'avoir pas des succès plus rapides dans la conversion des hérétiques, accusa le comte Raymond VI de Toulouse de les favoriser, parce que ce prince, doux et timide, se refusait aux procédures sanguinaires qu'il lui suggérait. Il s'emporta jusqu'à l'excommunier, en 1207, et mettre l'interdit sur tous ses États. Dans une conférence, tenue au commencement de l'année suivante, il l'outragea de nouveau de la manière la plus violente, et ce fut sans doute à cette occasion qu'il prit querelle avec un gentilhomme du comte : celui-ci le suivit jusqu'au bord du Rhône, comme il s'en retournait, et l'y tua le 15 janvier 1208. Le meurtre de ce moine,

_____

(1) Sur Fouquet, *voyez* Millot, t. 1, p. 179 à 204.

qui s'était déjà souillé de tant de sang, attira les derniers malheurs sur tout le Languedoc. Innocent III écrivit au roi de France, à tous les princes et hauts barons, à tous les métropolitains et les évêques, pour les exhorter à venger le sang qui avait été versé, et à extirper l'hérésie. Toutes les indulgences, tous les pardons de la croisade furent promis à ceux qui extermineraient des hérétiques, pires cent fois que les Sarrasins ou les Turcs. Près de trois cent mille combattans se rassemblèrent pour cette boucherie, et les plus grands seigneurs de la France, les hommes les plus vertueux, et peut-être les plus doux, crurent servir Dieu en s'armant contre leurs frères. Raymond VI, effrayé de cet orage, se soumit à tout ce qu'on exigea de lui ; il livra ses forteresses, il marcha lui-même à la croisade contre ses plus fidèles sujets ; et cependant, par cette honteuse faiblesse, il n'échappa point à la haine ou à la vengeance du clergé. Mais Raymond Roger, vicomte de Béziers, son jeune et généreux neveu, sans partager les opinions des sectaires, ne voulut pas consentir aux atrocités qu'on se proposait d'exercer sur eux dans ses États ; il encouragea ses sujets à la défense ; il s'enferma dans Carcassonne, tandis que ses lieutenans défendaient Béziers, et il attendit avec courage l'attaque des croisés.

Je ne veux point me laisser entraîner à raconter cette affreuse guerre, dont l'intérêt m'attire malgré moi : elle n'appartient à notre sujet qu'autant qu'elle causa la ruine de la poésie provençale. Béziers fut pris d'assaut le 22 juillet 1209; quinze mille habitans, suivant la relation que l'abbé de Cìteaux adressa au pape (1); soixante mille, suivant d'autres contemporains, furent passés au fil de l'épée, et la ville, après un massacre universel, non pas de ses habitans seulement, mais de tous les paysans du voisinage qui s'y étaient enfermés, fut réduite en cendres. L'ancien historien provençal me semble, par son langage naïf, augmenter l'horreur de ce tableau. (2)

« Dans la ville de Béziers sont entrés, où fut « fait le plus grand meurtre de gens que jamais « fut fait en tout le monde; car là ne fut épargné

---

(1) C'est le même Arnold, abbé de Cìteaux, dont nous empruntons la relation, qui, lorsqu'on lui demanda, avant la prise de la ville, comment on pourrait séparer les hérétiques d'avec les catholiques, répondit : *Tuez-les tous; le Seigneur connaîtra bien ceux qui sont à lui.*

(2) Dins la villa de Beziers son intrats, ou fouc fait lo plus grand murtre de gens que jamas fossa fait en tout lo monde; car aqui non era sparniat vieil ni jove; non pas los enfan que popavan; los toavan et murtrisian, la quella causa vesen por los dits de la villa, se retireguen los que poudian dins la grant gleysa de san Nazary, tant homes que femes. La ont los capelas de aquella se retireguen, fasen tirar las campanas.

« vieux ni jeune, non pas même les enfans à la
« mamelle : ils les tuaient et meurtrissaient : la-
« quelle chose vue par lesdits de la ville, se reti-
« rèrent ceux qui le purent dans la grande église
« de Saint-Nazaire, tant hommes que femmes.
« Les chapelains d'icelle, quand ils s'y retirè-
« rent, firent sonner les cloches jusqu'à ce que
« tout le monde fût mort. Mais il n'y eut ni son
« de cloches, ni chapelains en habits pontificaux,
« ni clercs, qui pussent empêcher que tous ne
« passassent par le tranchant de l'épée. Un tant
« seulement ne s'échappa, qu'ils ne fussent tous
« morts et tués. Ce fut la plus grande pitié qui
« jamais depuis se soit ouïe ou faite ; et la ville
« pillée, ils y mirent le feu partout, tellement
« que tout entière elle fut pillée et brûlée avec
« tout ce qui se trouvait dedans comme elle de-

---

quand tout lo monde fossa mort. Mais non y aguet son ni
campana, ni capela revestit, ni clerc, que tout non passis
per lo trinchet de l'espaia, que ung tant solament non scapet,
que non fossen morts et tuats ; que fouc la plus grand pietat
que jamay despey se sie ausida et facha ; et la villa piliada,
meteguen lo foc per tota la villa, talamen que touta es pillada
et arsa, ainsin que encaras de presan, et que non y demoret
causa viventa al mondo, que fouc una cruela vengança, vist
que lo dit Visconte non era Eretge, ni de lor cepte. (*Preuves
de l'Histoire de Languedoc* , t. III, p. 11.) On voit que cette
prose, qui, proprement, est languedocienne, est plus facile
à entendre que les vers des troubadours.

« meure jusqu'à ce jour. Il n'y demeura chose
« vivante au monde, et ce fut une cruelle ven-
« geance, d'autant plus que ledit vicomte n'était
« point hérétique ou de leur secte. »

J'ai rapporté ce fragment pour montrer que
la langue provençale avait alors, non seulement
des poètes, mais des écrivains en prose ; elle se
formait comme l'italien ; comme lui son mérite
était dans la naïveté ; l'historien anonyme, dont
nous empruntons ce passage, rappelle l'historien Florentin Villani, par sa candeur et son
talent de peindre. Peut-être la langue était-elle
au moment de s'épurer et de se fixer, peut-être
des écrivains en prose allaient-ils donner un
nouveau mouvement à la littérature, lorsque
ces massacres et l'asservissement de la Provence
détruisirent le caractère national.

Le vicomte de Béziers ne perdit point courage après cet horrible événement, et les braves
habitans de Carcassonne renouvelèrent le serment de s'attacher à lui, et de se défendre mutuellement. Ils repoussèrent plusieurs assauts
avec avantage : Pierre II, roi d'Aragon, vint
offrir sa médiation, et solliciter l'indulgence des
croisés en faveur du vicomte de Béziers, son
ami et son parent. Tout ce qu'il put obtenir des
prêtres qui dirigeaient l'armée, fut une offre
de le laisser sortir lui treizième. Tout le reste
des habitans de Carcassonne devait être réservé

pour une boucherie semblable à celle de Béziers.
Le vicomte répondit qu'il se laisserait plutôt
écorcher vif que d'abandonner un seul de ses
concitoyens, et il continua à se défendre avec
une valeur indomptable. Il fut enfin trompé
par une négociation perfide; il fut fait prisonnier au mépris du sauf-conduit qui lui avait été
donné pour venir traiter, et livré au comte de
Montfort, il fut ensuite empoisonné dans sa prison. Les habitans de Carcassonne, selon l'anonyme, s'échappèrent de nuit par une casemate :
selon d'autres, on leur permit de sortir en che-
mise, et l'on n'en retint que quatre cents qu'on
fit brûler, et cinquante qu'on fit pendre. Le légat
voulut ensuite donner la vicomté de Béziers à
un nouveau seigneur; mais le duc de Bourgogne,
le comte de Nevers, et le comte de Saint-Paul,
honteux des trahisons et des crimes auxquels
cette acquisition était due, refusèrent ce présent
odieux. Le seul Simon de Montfort, le plus
féroce, le plus ambitieux et le plus perfide des
croisés, consentit à s'en charger; il en fit hommage au pape, il se fit livrer l'ancien vicomte
pour s'en défaire, et il ne tarda pas à chercher
querelle à Raymond VI, comte de Toulouse,
pour le dépouiller à son tour. Nous ne suivrons
pas ce conquérant dans l'affreuse guerre par laquelle il dévasta tout le midi de la France. Ceux
qui avaient échappé au sac des villes étaient ra-

menés sur les bûchers. De 1209 à 1229, on ne vit que massacres et que supplices : et tandis que la religion était écrasée, les lumières étouffées. et l'humanité foulée aux pieds, l'ancienne maison des comtes de Toulouse finit, en 1249, dans la personne de Raymond VII ; et ce comté, autrefois souverain, fut réuni à la France par Saint-Louis. Peu d'années auparavant la maison de Provence s'était éteinte, en 1245, dans la personne de Raymond Bérenger IV ; et Charles d'Anjou, le farouche conquérant du royaume de Naples, avait recueilli son héritage. Les maisons souveraines disparaissaient du midi de la France. Les Provençaux et tous les peuples de la langue d'Oc tombaient dans la dépendance d'une nation rivale, pour laquelle ils montraient alors la plus violente aversion. Dans leur oppression, ils firent entendre encore quelques chants de douleur, et bientôt après les Muses s'envolèrent de cette terre arrosée de sang.

Quelques troubadours s'étaient unis aux persécuteurs ; le plus célèbre est le farouche Fouquet, évêque de Toulouse, qui se rendit plus odieux encore par d'infâmes perfidies, que par les supplices qu'il ordonnait. Trahissant également son prince et son troupeau, il entra dans toutes les intrigues de Simon de Montfort pour dépouiller Raymond VI de ses États. Il forma, dans Toulouse même, une troupe d'assassins, qu'il nomma la Compagnie blanche, à la tête de laquelle il allait massacrer ceux qu'il soupçonnait de favoriser l'hérésie. Il se trouva ensuite dans l'armée de Simon de Montfort, lorsque, par deux fois, elle forma le siége de Toulouse. Au second siége, tous les croisés, tous les alliés de Montfort l'invitaient à la clémence; Fouquet seul le sollicita de dépouiller les habitans de Toulouse de tous leurs biens, et de mettre les plus distingués en prison. Il entre ensuite dans Toulouse, il annonce à ses diocésains qu'il a obtenu leur grâce, il les invite seulement à s'aller jeter aux pieds de Montfort : les Toulousains sortent en foule; mais on les charge de fers, à mesure qu'ils parviennent dans le camp; et Fouquet profite de leur absence pour faire piller la ville par ses soldats. Cependant il s'y trouve encore assez de gens armés pour faire résistance; le combat recommence, et son issue était douteuse : Fouquet se présente de nouveau au peuple furieux; il s'engage solennellement à faire remettre en liberté tous les prisonniers; il donne pour garantie son serment et celui de l'abbé de Citeaux; mais il demande qu'en retour les Toulousains lui livrent leurs armes et leurs tours. Ses diocésains furent assez insensés pour se fier encore une fois aux sermens de leur évêque; mais dès que les armes furent livrées, Fouquet, par son autorité pontificale, délia Simon de Montfort du ser-

ment qu'il avait prêté ; les prisonniers furent
dispersés dans des cachots où ils périrent presque
tous ; et la ville, sous peine d'être rasée, fut for-
cée à payer trente mille marcs d'argent. Fouquel
mourut en 1231 ; ses crimes ont été considérés
comme lui ouvrant l'entrée du ciel. C'est un des
saints dont l'ordre de Cîteaux se glorifie : il est
qualifié de *Bienheureux*. Pétrarque le nomme
avec distinction dans son Triomphe d'Amour :
le Dante le voit en paradis parmi les âmes des
élus. Comme troubadour, il n'est resté de ce fanatique que des vers d'amour, adressés à Azalaïs
de Roquemartine, femme du vicomte de Marseille, qu'il s'efforçait de séduire.

Isarn, missionnaire dominicain et inquisiteur,
conserve mieux le caractère de son état dans ses
poésies. On le voit, dans une pièce de huit cents
vers alexandrins environ, soutenir une contro-
verse avec un Albigeois, qu'il veut convertir (1).
Sa manière de raisonner, c'est de l'accabler des
injures les plus grossières, de lui présenter à la

---

(1) En voici le commencement :

Aiso fou las novas del heretic.

Diguas me tu heretic, parlap me un petit,
Que tu non parlaras gaire, que ja t' sia grazit,
Si per força not ve, segon i aveuz auzit,
Segon lo mien veiaire, ben at Dieu escarnit,
Tan se e ton haptisme renegat e guerpit,
Car crezes que Diables t' a format et bastit,
E tan mal a obrat, e tan mal a ordit

fois tous les dogmes les plus difficiles à comprendre, et d'exiger sa soumission ; enfin de le
menacer à chaque phrase, du bûcher, de la tor-
ture et de l'enfer. « Si tu ne veux pas le croire,
« lui dit-il, vois, ce feu te brûlera, qui brûle
« déjà tes compagnons. » Ou bien : « Et parce
« que tu n'es pas obéissant à cette volonté de
« Dieu et de saint Paul, parce qu'elle ne peut
« entrer dans ton cœur, ni passer par tes dents.
« le feu se prépare, et la poix et les tourmens
« par où tu devras passer (1). » Si l'on pouvait
oublier l'horreur que doit exciter l'inquisition.
cette pièce seule serait suffisante pour la ranimer.

Mais le plus grand nombre des troubadours
détestaient également, et la croisade et la domination des Français. Tomiez et Palazis, deux
gentilshommes de Tarascon, invoquent, dans
leur *sirventes*, les secours du roi d'Aragon pour
le comte de Toulouse ; ils dévouent à l'infamie le prince d'Orange, qui avait abandonné

Por dar salvatio ; falsamen as mentit,
Et de malvais escola as apris e auzit
E ton crestianisme as falsat et delit.

(1) E s'aquest no vois creyre vec t'el foc arzirat
Che art tos companhos. . . . .
Con es de Dieu e San Paul non c'est obediens
Ni 't pot entrar en cor, ni passar per las dens.
Per qu'el foc s'aparelha e la peis el turmens
Per on deu espassar. . . . .

Millot, t. 11, p. 43. Ginguené, t. 1, p. 329.

le comte de Toulouse, son seigneur direct: ils
répètent aux Provençaux qu'il vaut mieux se
défendre que de se laisser tuer en prison. Une
ballade guerrière, dont le refrain est : « Sei-
« gneurs, ayons de la fermeté, et soyons sûrs
« d'être secourus, » transporte en quelque sorte
sur le champ de bataille, parmi les malheureux
Provençaux qui se défendaient contre cette in-
fâme croisade (1). Paulet de Marseille ne pleure
pas sur la croisade, déjà terminée de son temps,
mais sur l'asservissement de la Provence à Charles
d'Anjou. Le poète déplore la honte de la Provence, pour avoir eu part à la guerre de Naples,
souillée par le meurtre juridique de Conradin,
et la prison de Henri de Castille. Enfin, dans une
pastourelle très curieuse, il exprime la haine
universelle du peuple pour ses nouveaux maîtres, son attachement aux Espagnols, et sa persuasion que le roi d'Aragon avait seul droit à la
souveraineté de la Provence (2). Boniface III
de Castellane semble ressentir plus vivement
encore l'affront fait aux Provençaux par cette
domination étrangère, en même temps qu'il les
accuse d'avoir mérité, par leur lâcheté, l'op-
probre d'être soumis à une nation rivale. Il s'efforce, de toute manière, de les faire sortir de

---

(1) Millot, t. III, p. 45, 49 à 51.
(2) Millot, t. III, p. 141 à 145.

cette langueur; il veut animer à la vengeance
Jacques Ier d'Aragon , dont le père , Pierre II ,
avait été tué en 1213 , à la bataille de Muret, où
il prenait la défense du comte de Toulouse et des
Albigeois. Castellane réussit enfin à exciter Marseille à la révolte; il se mit à la tête des insurgés :
mais Charles d'Anjou ayant menacé la ville d'un
siége, Castellane lui fut livré ; il eut la tête tran-
chée , et tous ses biens furent confisqués (1). Enfin, le poète satirique de la langue provençale.
Pierre Cardinal, dont les vers exprimaient toujours les passions impétueuses, semble pénétré
d'horreur par la conduite des croisés. Tantôt il
peint la désolation des pays qui furent le théâtre
de la guerre; tantôt il s'efforce de rendre le courage au comte de Toulouse. « L'archevêque de
« Narbonne, dit-il, et le roi de France ne sont
« point assez habiles pour faire un homme d'hon-
« neur d'un méchant homme (de Simon de
« Montfort). Ils peuvent bien lui donner de
« l'or, de l'argent, des habits, des vins et des
« vivres; mais de la bonté, il n'y a que Dieu qui
« en donne.... Savez-vous quel sera son par-
« tage dans toute cette guerre? les cris, l'effroi,
« le spectacle terrible qu'il aura eu sous les yeux,
« les pertes et les maux qu'il aura soufferts: ce
« sera, je l'assure, l'équipage dans lequel il re-

(1) Millot, t. ii. p. 34 à 41.

« viendra du tournois (1). » Montfort périt, il
est vrai, dans une action devant Toulouse,
le 25 juin 1218; mais ce fut après avoir joui
long-temps des dépouilles sanglantes du comte
Raymond VI.

Pendant que tous les pays de la langue d'Oc
étaient florissans, que les comtes de Provence
et ceux de Toulouse, rivaux en richesse et en
puissance, attiraient à leur cour les poètes les
plus distingués, tous les princes et les peuples
voisins s'étaient efforcés d'apprendre une langue
qui semblait réservée à l'amour et à la galanterie. Les dialectes des autres pays ne s'étaient
point encore fixés, et on les regardait comme

L'arsivesque de Narbona
Nil Rey non an tan de sen
Que de malvaiza persona
Puescan far home valen;
Dar li podon aur o arjen
E draps, e vi e anona,
Mais lo bel essenhamen
Ha sel a cui Dieus lo dona
. . . .
Tals a sus el cap corona
E porta blanc vestimen
Quel' volontatz es felona.
Com de lops e de serpen:
E qui tols ni trai ni men
Ni aussiz ni empoizona (*)
Ad aquo es ben parven
Quals voler hi abotona.

* Allusion à la mort du vicomte de Beziers

des patois, à côté du pur parler provençal. Tout
le nord de l'Italie recevait avec empressement
des leçons des troubadours; Azzo VII d'Este
les appelait à sa cour à Ferrare, et Gérard de
Camino à Trévise; le marquis de Montferrat
les avait introduits jusqu'en Grèce, dans son
royaume de Thessalonique. Mais la croisade des
Albigeois fit perdre entièrement aux Provençaux l'influence qu'ils avaient conservée jusqu'alors dans la civilisation de l'Europe. Le pays
d'où il était sorti tant de poètes gracieux n'était
plus occupé que de carnage et de supplices; car,
après la guerre générale, les massacres et les
persécutions ne cessèrent point, non plus que la
résistance; et ce fut seulement sous le règne de
Louis XIV, que la guerre des Camisards termina
en quelque sorte la longue tragédie des Albigeois.
On avait horreur d'une langue qui ne semblait
plus faite que pour des complaintes funèbres;
peut-être aussi les Italiens craignaient-ils qu'elle
ne servît à répandre le venin de l'hérésie. D'ailleurs, au milieu du siècle, Charles d'Anjou s'était
emparé du royaume de Naples; il y avait attiré
les principaux seigneurs de Provence; et l'italien, qui à cette époque même achevait de se
polir, devint, pour les chevaliers provençaux,
d'un usage habituel. Le farouche Charles d'Anjou aurait peu contribué à l'avancement de la
poésie, soit qu'il eût adopté la langue de sa

femme, le provençal, ou celle de ses nouveaux
sujets, l'italien; mais il avait bien une autre puissance pour détruire que pour édifier; il sacrifia
la prospérité du beau pays qu'il avait reçu en
dot, à sa passion pour la guerre et à son ambition démesurée; il accabla ses peuples d'impôts
excessifs, il détruisit les libertés et les priviléges
de ses barons; il entraîna au fond de l'Italie tous
les hommes en état de porter les armes, et il
laissa la Provence désolée, pour porter la désolation dans de nouveaux États (1). Ce fut pendant son règne que finirent ces Cours d'Amour
qui avaient long-temps excité l'émulation des
poètes, en accordant au talent les plus brillantes

_____

(1) Ce terrible comte d'Anjou était cependant lui-même
poète, tant dans ce siècle que nous nommons barbare, tous
les souverains, tous les grands seigneurs se croyaient obligés
de sacrifier aux Muses. Dans les manuscrits de Cangé, à la
Bibliothèque royale, on trouve une chanson d'amour de lui,
en langue d'Oïl; elle n'est pas bien remarquable, en voici
cependant le dernier couplet :

> Un seul confort me tient en bon espoir,
> Et c'est de ce qu'oncques ne la guerpi (*),
> Servie l'ai tojours à mon pooir,
> N'oncques vers autr ai pensé fors qu'à li;
> Et à tont ce, me met en non châloir;
> Et si, sai bien ne l'ai pas desservi.
> Si me convient attendre son voloir
> Et atendrai come loyal ami
>
> *Par li quens d'Anjou,* p. 148.

(*) Que jamais je ne l'abandonnai (*ma dame*).

récompenses, et contribué à polir les mœurs, en
infligeant, au nom de l'opinion publique, une
peine à ceux qui manquaient aux lois de la délicatesse. Non seulement des Cours d'Amour
temporaires étaient érigées dans tous les manoirs
des hauts barons, après chaque fête et chaque
tournoi, quelques unes semblent encore avoir
reçu une forme plus solennelle, et une existence
plus durable. Ainsi, l'on parle de la Cour d'A-
mour de Pierrefeu, présidée par Stéphanette des
Baux, fille du comte de Provence, et composée
de dix dames les plus considérables de tout le
pays; de la Cour d'Amour de Romanin, présidée par la dame de même nom; de celle d'Aix;
de celle d'Avignon, qui fut établie sous la protection immédiate du pape. Ces quatre Cours
paraissent avoir été des corps permanens qui
s'assemblaient à des époques fixes, et qui avaient
acquis une assez haute réputation de délicatesse
et de galanterie pour qu'on leur soumît des
causes d'amour que des Cours subalternes n'o-
saient décider. On conservait soigneusement leurs
arrêts d'amour; et Martial d'Auvergne fit, en
1480, une compilation de cinquante-un de ces
arrêts, qui ont été ensuite traduits en espagnol
par Diego Grazian. (1)

_____

(1) Les Arrêts d'Amour de Martial d'Auvergne, soit qu'on
les considère comme des monumens réels des anciennes cours.

Mais toute cette solennité, tout cet appareil
mis à la galanterie et à la poésie, cessèrent lorsque le souverain fut absent, qu'il eut adopté une
langue étrangère, et qu'il eut attiré à la cour de
Naples les chevaliers et les dames qui auraient
pu combattre dans les tournois, et siéger dans
les Cours d'Amour. Les successeurs de Char-
les Ier, qui avaient plus que lui des goûts littéraires, furent aussi plus entièrement Italiens:
Charles II, et surtout Robert, favorisèrent la
littérature italienne; le dernier fut l'ami et le
protecteur de Pétrarque, qui le choisit pour
juge avant de recevoir la couronne poétique.
On trouve encore quelques poésies provençales
qui lui sont adressées; Crescimbeni rapporte
entre autres un sonnet en son honneur, de Guillaume des Amalrics (1); mais ce sonnet, fait
sur une mesure empruntée des Italiens, n'a plus
le caractère de l'ancienne poésie provençale.
Jeanne Ire de Naples, petite-fille de Robert, pa-

---

ou comme un jeu d'esprit de leur auteur, ne sont pas faits
pour donner une haute idée du goût ou de la délicatesse des
dames qui siégeaient dans ces bizarres tribunaux. Malheureusement on reçoit une impression semblable de tout ce que
les troubadours nous ont laissé. Ils ont été célébrés par tant
de bouches, ils ont fourni des sujets à tant de fictions brillantes, qu'on arrive à eux tout rempli d'enthousiasme. Il est
rare qu'on se retire sans dégoût.

(1) Vite de' poeti Provenzali, p. 131.

rut, pendant le séjour qu'elle fit en Provence, vouloir ranimer l'ancienne ardeur des troubadours, et donner une nouvelle vie à la poésie provençale. La belle Jeanne, dont le cœur s'était montré si tendre et si passionné, semblait plus faite qu'aucune princesse d'Europe pour présider à des Cours d'Amour, et débattre des questions de galanterie; mais son séjour ne fut pas long en Provence : pendant qu'elle y vécut, elle fut malheureuse et opprimée, et son retour à Naples (1348) la sépara de nouveau des poètes qu'elle avait encouragés. Jeanne, détrônée trente ans plus tard, adopta un prince Français, Louis Ier d'Anjou, à qui elle ne put assurer que la possession de la Provence, tandis que le royaume de Naples passait à la maison de Duraz. Mais quoique la Provence, après un siècle et demi, devînt de nouveau la résidence principale de son souverain, les lettres ne trouvèrent pas en lui un protecteur. Louis d'Anjou parlait la langue d'Oui, ou du nord de la France ; il n'avait point de goût pour la poésie de la langue d'Oc ; quoique portant le nom de roi de Sicile, il ne se regardait que comme un des grands seigneurs de la cour de France, et il y séjournait bien plus qu'en Provence. Il fut, ainsi que son fils Louis II, et son petit-fils Louis III, engagé dans des guerres malheureuses en Italie. Son autre petit-fils, René, qui prit à son tour, au quinzième siècle, le titre de roi de Naples et de comte de Provence, mit, il est vrai, la plus grande ardeur à ranimer la poésie provençale ; mais il était trop tard : la race des troubadours était éteinte, et les guerres des Anglais qui désolaient la France, ne disposaient point les esprits au renouvellement de la gaie science. Cependant c'est au zèle du roi René que nous devons aujourd'hui les *Vies des Troubadours,* qui furent recueillies pour lui par le Monge des îles d'Or.

Si l'établissement du souverain de Provence en Italie avait porté un coup funeste à la langue provençale, l'établissement d'un souverain italien en Provence ne lui fut pas moins fatal. Au commencement du quatorzième siècle, la cour de Rome fut transportée à Avignon. Les papes, il est vrai, qui pendant soixante-dix ans y maintinrent le siége pontifical, étaient tous français de naissance et de la langue d'Oc ; mais comme souverains de Rome et d'une grande partie de l'Italie, ils composaient surtout leur cour d'Italiens, et la langue toscane était devenue d'un usage si habituel dans la ville qu'ils habitaient, que le premier poète du siècle, Pétrarque, vivant à Avignon, et amoureux d'une dame provençale, ne fit jamais usage que de la langue italienne pour chanter ses amours.

Pendant que la poésie, et même la langue provençale, étaient toujours plus abandonnées dans la Provence proprement dite, on faisait dans le comté de Toulouse des efforts réitérés pour réveiller cette antique flamme. La maison de Saint-Gilles, ou des anciens comtes, était éteinte; la plupart des seigneurs feudataires avaient péri dans la croisade, ou y avaient été ruinés. Les châteaux n'étaient plus l'asile des plaisirs et des fêtes chevaleresques ; mais quelques villes s'étaient relevées des calamités de la guerre, et Toulouse avait recouvré une population nombreuse, des richesses, de l'élégance, et le goût des lettres et des vers.

La France méridionale avait, du onzième au treizième siècle, reçu son mouvement et sa vie des seigneurs de châteaux ; les deux siècles qui suivirent furent le règne des villes ; les rois avaient augmenté leurs priviléges ; ils leur avaient accordé des fortifications, des magistrats de leur choix, une milice, soit pour les opposer aux grands barons qu'ils voulaient abaisser, soit pour leur donner les moyens de se défendre dans les guerres entre la France et l'Angleterre, soit enfin pour tirer d'elles des impôts plus considérables, puisqu'elles soutenaient presque seules les finances de l'État. L'esprit des villes était devenu presque absolument républicain; on y voyait dominer les principes de l'égalité, du respect pour les propriétés, d'une protection éclairée pour l'industrie et l'activité. Un grand zèle pour le bien public, un grand esprit de corps, maintenaient l'association de tous les citoyens pour la patrie. L'État était beaucoup mieux gouverné, mais il était devenu moins poétique. Ce n'est pas l'empire des lois les plus sages, ou l'influence des temps d'ordre et de prospérité, qui réussissent le mieux à hâter le développement de l'imagination chez un peuple; la rêverie vaut mieux que l'activité pour faire des poètes, et cette administration vigilante et paternelle qui formait de bons pères de famille, de bons négocians, de bons artisans, d'honnêtes bourgeois, était beaucoup moins propre à développer le génie des troubadours, que la vie errante de châteaux en châteaux, le mélange alternatif avec les grands seigneurs et le peuple, les dames et les bergères, que les jouissances du luxe plus vivement senties dans la pauvreté. Un citoyen de Toulouse ou de Marseille était appelé à avoir un état, un gagne-pain, et si un homme dès sa jeunesse se consacrait à chanter dans les festins, ou à rêver dans les bocages, il était considéré par ses compatriotes comme un fou ou comme un parasite. On n'accordait guère d'estime à celui qui, pouvant assurer par son travail son indépendance, préférait ne devoir sa subsistance qu'aux largesses des seigneurs. La raison, le bon sens, sont alliés de la prose, et les plus brillantes facultés de l'esprit humain ne sont point celles qui sont le plus intimement liées au bonheur.

Cependant les capitouls de Toulouse (c'est ainsi que se nommaient les premiers magistrats de cette ville) auraient voulu, pour l'honneur de leur patrie, conserver cet éclat de poésie qui avait brillé dans leur pays, et qui était près de s'éteindre. Ils n'étaient pas eux-mêmes peut-être très sensibles aux vers et à l'harmonie, mais ils ne voulaient pas qu'on pût dire que sous leur administration s'était perdue cette flamme qui avait illustré le règne des comtes de Toulouse. Quelques rimeurs peu célèbres avaient pris à Toulouse le nom de troubadours; ils s'assemblaient chaque semaine dans le jardin des Augustines, et ils se lisaient leurs vers les uns aux autres. Ils résolurent, en 1323, de former une espèce d'académie, *del gai saber;* ils prirent le titre de *la Sobregaya Companhia dels sept Trobadors de Tolosa*, et les capitouls, les vénérables magistrats de Toulouse, s'associèrent avec empressement à cette *très gaie compagnie,* pour faire renaître par une fête publique l'amour de l'art des vers (1). Une lettre circulaire fut adres-

---

(1) Si la célèbre Clémence Isaure, dont l'éloge est prononcé chaque année dans l'assemblée des Jeux Floraux, et dont la statue, couronnée de fleurs, orne leurs fêtes, n'est pas un être imaginaire, elle était apparemment l'âme de ces

sée à toutes les villes de la langue d'Oc, pour
annoncer que le premier jour de mai 1324, on
décernerait une violette d'or, comme récompense, à l'auteur de la meilleure pièce de vers
en langue provençale. La circulaire est écrite
en vers et en prose, tant au nom de la très gaie
Compagnie des troubadours, que de la très
grave Assemblée des Capitouls. La gravité de
ceux-ci se manifeste par un étalage de connaissances et par des citations; car lorsque la gaie
science passa des châteaux dans les villes, elle se
rattacha aux connaissances antiques, aux études
qu'on recommençait à cultiver, et le sentiment
de l'harmonie ne se suffit plus à lui-même. D'autre
part, les troubadours invoquent l'autorité de
l'Écriture-Sainte pour se réjouir : « et même à
« Dieu, disent-ils, notre souverain Maître, Sei-
« gneur et Créateur, il plaît que l'homme fasse
« son service dans la joie et l'allégresse de cœur,
« ainsi qu'en fait témoignage le Psalmiste, lors-
« qu'il dit : Chantez et réjouissez-vous au Sei-

---

petites réunions, avant que les magistrats les eussent aper-
çues, et que le public fût appelé à y concourir. Mais ni les
circulaires de la *Sobregaya Companhia*, ni les registres de la
magistrature ne parlent d'elle; et malgré le zèle avec lequel,
dans des temps postérieurs, on a cherché à lui attribuer toute
la gloire de la fondation des Jeux Floraux, son existence
même est problématique.

« gneur. » Au reste, le concours annoncé pour
le premier mai 1324, fut prodigieux. Les magistrats, la noblesse des campagnes voisines et
le peuple, se rassemblèrent dans le jardin des
Augustines pour entendre la lecture publique
de toutes les chansons présentées pour disputer
le prix. Il fut adjugé à une chanson, en l'honneur de la sainte Vierge, d'Arnaud Vidal de
Castelnaudary, et l'auteur fut en même temps
déclaré docteur dans la gaie science. Tel fut le
commencement des Jeux Floraux. En 1355, les
capitouls annoncèrent qu'au lieu d'un prix ils
en donneraient trois : la violette d'or fut réservée à la plus belle chanson; une églantine d'argent, non point la rose de l'églantier, mais la
fleur du jasmin d'Espagne, fut promise au plus
beau sirvente ou à la plus belle pastorale; enfin
la *flor de gaug* (*fleur de joie*, *gaggic*, fleur jaune
et odoriférante de l'acacia épineux) fut promise
à la plus belle ballade. Ces fleurs ont un pied de
haut, et sont portées sur un piédestal de ver-
meil aux armes de la ville. Il semble qu'en les
copiant toujours sur un même modèle, on a oublié ce qu'elles représentaient anciennement :
l'églantine est devenue une ancolie, et le gaggie
un souci. Au reste, l'Académie des Jeux Floraux s'est conservée jusqu'à nos jours, quoiqu'elle ne couronne plus guère que des poésies
françaises; son secrétaire est toujours un doc-

teur en droit ; ses réglemens sont toujours nommés *lois d'amour* ; le nom de troubadour s'y fait
encore entendre, et les anciennes formes de la
poésie provençale, la chanson, le sirvente et la
ballade, y sont encore conservées en honneur ;
mais aucun homme d'un vrai talent ne s'est signalé dans cette carrière ; et quant aux troubadours proprement dits, à ces chanteurs de
l'amour et de la chevalerie, qui portaient de
châteaux en châteaux, et de tournois en tournois, leurs poésies et la gloire de leurs belles,
la race en était finie lorsque les Jeux Floraux
ont commencé.

Mais un autre pays encore, un royaume flo-
rissant, et qui faisait tous les jours des pas plus
rapides vers la puissance, la prospérité et la
gloire des armes, l'Aragon avait conservé l'usage
de la langue provençale, et attachait sa gloire
aux progrès de cette littérature ; il a considéré,
presque jusqu'à nos jours, l'emploi de cette
langue dans tous les actes du gouvernement,
comme un de ses plus précieux priviléges. Des
mariages, des successions, des conquêtes,
avaient réuni de riches provinces sous la domination des rois d'Aragon, qui n'étaient d'abord
que les chefs d'un petit peuple chrétien réfugié
dans les montagnes pour échapper aux Maures.
Pétronille avait, en 1137, porté leur couronne
à un Raymond Bérenger, déjà souverain de la

Provence, de la Catalogne, de la Cerdagne et du Roussillon. Leurs descendans avaient conquis sur les Arabes, en 1220, les îles de Majorque, Minorque et Iviça; en 1238, le royaume de Valence; la Sicile s'était donnée à eux en 1282; en 1323, ils avaient conquis la Sardaigne; et tandis que toutes ces couronnes étaient réunies sur la tête de leurs monarques, les Catalans étaient les plus hardis navigateurs de la mer Méditerranée; leur commerce était immense, leurs relations étaient intimes avec l'empire grec: rivaux éternels des Génois, ils étaient aussi les alliés fidèles des Vénitiens; ils avaient brillé dans les armes comme dans les arts de la paix, et non contens des batailles que leur offrait le service de la patrie, ils allaient pratiquer l'art de la guerre chez les peuples étrangers, et exercer leur valeur dans des combats qui leur étaient indifférens. La redoutable milice des Almogavares, sortie d'Aragon, avait fait trembler tour à tour l'Italie et la Grèce; elle avait vaincu les Turcs et humilié l'empereur grec de Constantinople; elle avait conquis Athènes et Thèbes, et détruit, en 1312, dans la bataille du Céphise, le reste de ces chevaliers français, anciens conquérans de l'empire grec. Chez eux, les Aragonais faisaient respecter leurs libertés par les chefs de leur nation; les rois eux-mêmes étaient soumis à un juge suprême, le Justicia, qui ceignait l'épée

pour eux s'ils étaient justes, contre eux s'ils pré-
variquaient; et les quatre membres des Cortès,
en vertu du privilége de l'union, semblable à
celui des confédérations en Pologne, pouvaient
opposer une force et une résistance légale à une
autorité usurpatrice. La liberté religieuse égalait
la liberté civile, et les Aragonais, pour la maintenir, ne craignirent pas de braver pendant deux
cents ans les excommunications des papes. Cette
vie forte et agitée, ces succès dans toutes les
carrières, cette gloire nationale qui s'accroissait
sans cesse, étaient bien plus propres à enflammer
l'imagination et à maintenir l'esprit poétique, que
la vie sage, mais étroite et municipale, des bourgeois de Toulouse. Plusieurs troubadours célèbres étaient déjà sortis du royaume d'Aragon et
de la Catalogne pendant le douzième et le treizième siècle; mais quand le règne des troubadours fut fini, un autre genre de talens se développa chez les Aragonais, et la littérature provençale, ou plutôt catalane, ne finit point avec
les troubadours.

L'un des plus illustres parmi ceux qui cultivèrent la poésie dans cette langue, depuis qu'elle
ne comptait plus de troubadours, fut D. Henri
d'Aragon, marquis de Villena, mort en 1434
dans un âge fort avancé. Son marquisat, le plus
ancien de l'Espagne, était situé aux confins de
la Castille et du royaume de Valence; et en

effet, Villena appartenait aux deux monarchies :
dans toutes deux il exerça les emplois les plus
importans; il gouverna alternativement les deux
royaumes pendant les minorités des princes; et
dans tous deux, après avoir été le favori des
rois, il fut persécuté et dépouillé de ses biens.
Pendant son administration, il s'était efforcé de
ranimer le goût des lettres, et d'unir les études
anciennes à la culture poétique de la langue romane. Il persuada au roi Jean Ier d'Aragon, d'établir dans ses États une académie semblable à
celle des Jeux Floraux de Toulouse, pour ranimer l'ardeur des troubadours, dont on voyait
avec étonnement disparaître la race. L'académie
de Toulouse envoya, en 1390, deux docteurs
d'Amour à Barcelonne, pour fonder une académie qui devait lui être affiliée; elle lui commu-
niqua ses réglemens, ses lois et ses arrêts d'A-
mour, et des Jeux Floraux commencèrent à
Barcelonne; mais ils furent bientôt interrompus
par la guerre civile. Henri de Villena, dès que
la paix fut rétablie, essaya de rouvrir son académie favorite à Tortosa. Au milieu des occupations que lui donnait la carrière politique la
plus agitée, il composa pour cette académié un
traité de poétique, qu'il intitula : *de la Gaya
Ciencia*, dans lequel il exposa, avec plus d'érudition que de goût, les lois que les troubadours
avaient suivies dans la composition de leurs

vers, et que la pratique des Italiens commençait
à rectifier. Malgré tous ses efforts, son académie
n'eut pas une longue durée; elle finit probablement avec lui. Villena avait composé aussi, vers
l'année 1412, un ouvrage plus remarquable:
c'est une comédie, la seule probablement qui ap-
partienne à la langue provençale, et l'une des
premières en date dans la nouvelle littérature. Il
l'avait composée pour le mariage du roi d'Aragon Ferdinand Iᵉʳ. Les personnages étaient tous
allégoriques: c'était la Vérité, la Justice, la Paix
et la Miséricorde, et la pièce avait sans doute
bien peu d'intérêt; mais elle n'en est pas moins
un objet de curiosité, comme ayant contribué,
avec les spectacles français des mystères et des
moralités, à ouvrir aux modernes une carrière
qu'ils ont parcourue avec tant de gloire.

Le second en réputation, parmi les poètes catalans, est Ausias March de Valence, qui mourut vers 1450. Les Catalans le nomment leur Pétrarque: ils assurent qu'il égale le chantre de
Laure en élégance, en brillant d'expression, en
harmonie; que comme lui il forma sa langue, et
la porta au plus haut degré de poli et de perfection; qu'il fut plus vraiment sensible que lui, et
qu'il ne se laissa jamais entraîner par l'amour des
concetti et du faux brillant. Par une étrange con-
formité de circonstances, ajoutent-ils, ses poésies, comme celles de Pétrarque, forment deux

classes : celles qu'il a faites pendant la vie, celles qu'il a faites pour la mort de sa maîtresse. Celle-ci, qui se nommait Thérèse de Momboy, était d'une bonne noblesse de Valence. Comme Pétrarque, encore, Ausias March l'avait vue pour la première fois le Vendredi-Saint, à l'église, si du moins il ne s'est pas plu à supposer des circonstances semblables à celle de la vie du poète qu'il avait pris pour modèle. Sa Thérèse, cependant, diffère de Laure, en ce qu'elle lui fut infidèle ; ce qui suppose aussi qu'auparavant elle l'avait aimé.

Quoique Ausias March soit du petit nombre de poètes catalans que j'ai pu atteindre, une lecture rapide et incomplète de poésies dans une langue aussi étrangère ne me suffit point pour former mon jugement. Cependant je suis étonné des rapports qu'on établit entre lui et Pétrarque. Je trouverais bien plutôt dans Ausias March l'esprit français que le goût romantique. Il me semble rechercher infiniment moins que tous les Italiens le brillant vrai ou faux des tableaux, des comparaisons, des concetti, et emprunter plus d'ornemens à la pensée, à la philosophie. Au lieu de colorer toutes ses idées pour les mettre en rapport avec les sens, il les généralise, il raisonne sur elles, et se perd souvent dans les abstractions. Quoique sa langue soit plus éloignée de la nôtre que celle des troubadours, sa

construction est beaucoup plus claire : dans ses
vers, il a conservé absolument les formes et le
mètre de ces anciens poètes. Le recueil de ses
poésies, qui se divise en trois parties, *OEuvres
d'Amour, OEuvres de Mort* et *OEuvres morales*,
ne contient que des chansons, la plupart en sept
strophes, terminées par un envoi qu'il appelle
tornada. Nous devons, ce me semble, à la haute
réputation, aujourd'hui oubliée, d'Ausias March,
à sa supériorité reconnue sur tous les écrivains
de la langue provençale, et à l'extrême rareté
de ses ouvrages, de le faire connaître par quelques fragmens. Dans le second de ses chants
d'amour, il nous apprend que son cœur avait
flotté long-temps entre deux belles.

« Ainsi que celui qui désire un aliment pour
« apaiser sa faim cruelle, et qui voit suspendues
« à un beau rameau deux pommes que ses sou-
« haits convoitisent également, ne pourra les sa-
« tisfaire jusqu'à ce qu'il ait choisi entre elles, et
« que son désir l'ait entraîné vers l'un des fruits
« plutôt que l'autre : ainsi j'ai été surpris par
« l'amour de deux femmes ; mais j'ai choisi en-
« tre elles pour recevoir la vie de l'amour.

« De même que la mer se plaint d'une manière
« effrayante, et retentit lorsque deux vents vio-
« lens la frappent également, l'un, parti du Le-
« vant, l'autre, des lieux où le soleil se couche ;
« et son gémissement se prolonge jusqu'à ce que

« l'un des vents l'ait subjuguée par l'impétuosité
« du plus puissant des deux : de même deux
« grands désirs ont combattu ma pensée ; mais
« ma volonté s'est arrêtée à n'en suivre qu'un
« seul : je veux qu'il soit public ; c'est celui de
« vous aimer de toute mon âme. » (1)

Il y a presque toujours beaucoup de vérité
dans l'expression d'Ausias March, et cette vérité, loin d'arrêter l'essor du sentiment, ajoute au
contraire à sa vivacité, par les entraves qu'elle
lui donne, plus que ne feraient les plus brillantes métaphores. Cette strophe m'en paraît un
exemple.

« Abandonnons le style des troubadours, qui,
« dans leurs efforts, outrent la vérité ; réprimons
« ma volonté, mon affection, puisque aussi-bien

---

(1)   Axi com cell qui desija vianda
    Per apagar sa perillosa fam,
    E veu dos poms de fruyt en un bell ram
    E son desig egualment los demanda,
    Nol complira fins part haja legida
    Si que l'desig vers l'un fruyt se decant;
    Axi m'a pres does dones amant,
    Mas elegesch per haver d'amor vida.
      Si com la mar se plang greument e crida
    Com dos forts vents la baten egualment,
    Hu de Levant e l'altre de Ponent,
    E dura tant fins l'um vent la jequida
    Sa força gran per lo mas poderos :
    Dos grans dezigs han combatut ma pensa,
    Mas lo voler vers un seguir dispensa;
    Yo l'vos publich, amar dretament vos.

« je ne trouve point de langage pour dire ce que
« je trouve en vous. Tous mes discours, pour
« qui ne vous eût point vue, n'auraient pas de
« valeur; car ceux-là ne pourraient me prêter
« foi; et ceux qui voient, et qui, au lieu de
« vivre tout en vous, songeraient à me croire,
« combien leur âme serait misérable! » (1)

Dans les poésies de deuil (*obres de mort*), il
y a quelque chose de calme et de réfléchi, une
sorte de philosophie de douleur, qui n'est pas
peut-être toujours très juste, mais qui, même
alors, donne encore l'idée d'un sentiment profond.

« Ces mains qui jamais ne pardonnèrent, ont
« déjà rompu le fil auquel tenait votre vie; vous
« êtes sortie de ce monde selon que les destinées
« l'avaient ordonné en secret. Tout ce que je
« vois, cependant, tout ce que je sens augmente
« ma douleur, tout me rappelle à vous que j'ai
« tant aimée; mais si j'examine cette douleur
« avec attention, j'y trouverai qu'elle se façonne
« en une sorte de plaisir : elle durera donc, puis-

_____

(1) Leixant a part le stil dels trobados
     Qui per escalf trespasen veritat,
     E sostrahent mon voler affectat
     Perque nom trob dire l' que trobe en vos,
     Tot mon parlar als que no us havran vista
     Res noy valvra, car se noy donaran;
     E los vebents que dins vos no vevran
     En creyre mi lur alma sera triste.

« qu'elle a eu soi son soutien; car si elle n'est
« unie à quelque volupté, la douleur elle-même
« nous échappe.

« Dans un noble cœur l'amour ne finit point
« avec la mort; il ne finit que dans ceux que le
« vice seul a unis. L'amour estimé pour sa quan-
« tité n'a point l'assurance de la durée; l'amour
« dont la qualité est bonne ne se lasse jamais.
« Quand l'œil ne voit plus, quand les bras ne
« peuvent plus atteindre, on voit mourir le désir
« que les sens seuls ont fait naître : celui qui l'é-
« prouve ressent alors une douleur très aiguë;
« mais elle dure peu, et le passé nous l'atteste. De
« saints amans ne sont unis que par l'amour hon-
« nête; c'est de celui-là que je vous aime, et la
« mort ne peut me l'ôter. » (1)

---

(1)   Aquelles mans que james perdonaren
       Han ja romput lo fill tenint la vida
       De vos, qui son de aquest mon exida
       Segons los fats en secret ordenaren.
       Tot quant yo veig e sent dolor me torna
       Dant me recort de vos que tant amava.
       En ma dolor, si prim e bes cercava
       Si trobara que 'n delit se contorna.
       Donchs durara, puix té qui la sosting,
       Car sens delit dolor cresch nos retinga.
           En cor gentil amor per mort no passa,
       Mas en aquell qui sol lo vici tira;
       La quantitat d'amor durar no mira,
       La qualitat d'amor bona no 's lassa.
       Quant l'ull no ven e lo toch no pratica
       Mor lo voler que tot por el se guanya.

Peut-être cependant s'étonnera-t-on que celui qui mettait sa gloire à n'avoir aimé Thérèse que d'un amour honnête, élevât sur son salut des doutes qui sont incompatibles avec cette admiration de l'objet aimé qui le sanctifie toujours à nos yeux. Il lui dit, dans un de ses chants de mort :

« Cette affreuse douleur qu'aucune langue ne « peut exprimer, cette douleur de celui qui se « voit mourir, et ne sait point où il ira, qui ne « sait point si son Dieu le voudra garder pour « soi, ou voudra l'ensevelir dans les profondeurs « de l'enfer; cette douleur est celle que mon es- « prit ressent, ne sachant point ce que Dieu a « ordonné de vous; car votre mal, votre bien, « c'est à moi qu'ils sont donnés; ce qui vous sera « départi, c'est moi qui le souffrirai. » (1)

Au reste, quand une fois l'esprit est frappé de cette effrayante idée qui attache le salut ou la

---

Qui 'n tal pnnt es dolor sent molt estranya
Mas dura poch qui 'n passan testifica.
Amor honest los sancts amant fa colre
D'aquest vos am, et mort nol me pot tolre.

(1) La gran dolor que lengua no pot dir
Del qui s'veu mort e no sab hon ira.
No sab son Deu si per a si l'volra
O si n'infern lo volra sebellir.
Semblant dolor lo meu esperit sent,
No sabent que de vos Deus ha ordenat ;
Car vostre mal o be a mi es dat,
Del que havreu, yo n'saré soffireut.

damnation aux derniers momens de la vie, cette affreuse fatalité détruit pour jamais la confiance dans les vertus, et Ausias March pouvait, dans l'égarement de sa douleur, voir abandonnée aux ministres des vengeances célestes celle même qu'il avait toujours regardée comme un ange sur la terre. D'ailleurs il semble déterminé à partager son sort, même si elle est dévouée à une condamnation éternelle : « C'est par toi, lui dit-« il, que j'accomplirai pour jamais la joie ou la « tristesse; c'est de toi que dépend le lot que « Dieu voudra me donner. » (1)

Ce n'est pas seulement dans ces sombres pressentimens que l'amour d'Ausias March paraît religieux; dans toutes ses impressions on le voit uni à une piété peut-être exaltée, et il reçoit d'elle un caractère plus touchant. La mort de sa bien-aimée, loin d'affaiblir son sentiment, lui semble seulement y avoir mêlé quelque chose de plus religieux. « Ainsi que l'or, dit-il, quand on « le tire de la mine, se trouve mêlé à d'autres « métaux impurs; mais exposé au feu, l'alliage « se dissipe en fumée, il abandonne l'or pur qui « seul ne peut se corrompre : ainsi la mort a ter-« miné tout ce qu'il y avait de grossier dans mes « désirs; elle les a fixés sur la partie opposée à

---

(1)   Goig o tristor per tu he yo complir,
       En tu esta quant Deu me voira dar.

« celle que la mort a détruite dans ce monde, et
« le sentiment vertueux est resté seul et sans mé-
« lange (1). » Et tandis qu'il raisonne avec une
froideur apparente et une philosophie quelquefois subtile sur l'événement qui décide de sa vie.
la douleur renaît tout à coup avec violence, et
lui inspire des expressions bien autrement pas-
sionnées.

« O Dieu! pourquoi ce fiel amer ne suffit-il
« pas pour étouffer celui qui a vu périr son amie?
« Il ne désire autre chose que de souffrir une si
« douce mort; sa saveur serait agréable quand
« une telle passion l'aurait produite. Comment la
« miséricorde s'endort-elle dans une situation
« semblable? Comment ne fait-elle pas éclater ce
« cœur de chair? Ton pouvoir est-il donc bor-
« né, si, dans ce moment, on en voit le terme?
« Serait-il cruel, s'il méritait notre reconnais-
« sance? » (2)

---

(1)   Axi com l'or quant de la mena l'trahen
        Esta mesclat de altres metalls sutzens.
        E mes al foch en fum s'en va la liga
        Leysant l'or pur, no podent se corrompre,
        Axi la mort mon voler gros termena;
        Aquell fermat, en la part contra sembla
        D'aquella, que la mort al mon la tolta,
        L'honest voler en mi reman sen mezcla.

(2)   O den perque no romp la 'marga fel
        Aquell qui veu a son amich perir!
        Quant mes puix vols tan dolça mort soffrir,

Quoique plusieurs autres poètes de Valence
soient, dit-on, imprimés, je n'ai point trouvé
leurs œuvres séparément, et je ne les connais
guère que par les pièces de vers qu'on a insérées
dans les anciens *cancioneri* espagnols. On en
trouve de Vicent Ferradis, de Miquel Perez, de
Fenollar, de Castelvy, de Vinyoles, et ces échan-
tillons sont assez nombreux pour faire juger que
le goût ne s'était point perfectionné, et que,
tandis qu'Ausias March était animé par un sentiment vrai, les autres n'écrivaient plus qu'avec
de l'esprit, encore le plus souvent du faux esprit. Ainsi l'on a réimprimé dans tous les *cancioneri* un petit poëme de Vicent Ferradis sur le
nom de Jésus, où l'on prétendait trouver la plus
haute dévotion jointe à la plus belle poésie. On
en pourra juger par cette strophe sur l'anagramme du nom du Sauveur.

« Nom triomphateur, qui nous présente d'une
« manière visible toutes les circonstances de la
« crucifixion. L'H au milieu nous montre le
« grand Être déjà mort et traité avec indignité ;
« l'accent qui le surmonte est l'indication de sa
« substance divine. L'J et l'S à ses deux côtés

Gran sabor ha, puix se pren per tal zel.
Tu pietat com dorms en aquell cas?
Qnel cor de carn fer esclatar no sals?
No tens poder quen tal temps lo acabs
Qnal tant cruel qu' en tal cas not lloas

« nous représentent les deux larrons associés
« pour lui faire compagnie, et les deux points
« qui terminent l'anagramme des deux parts, dé-
« notent bien clairement les deux personnes qui
« soulagent son tourment, saint Jean et la Vierge
« Marie. » (1)

Dans bien peu de pièces des poètes de Valence,
j'ai retrouvé quelques restes de la naïveté et de
la sensibilité antiques. Il y en a peut-être dans
ces vers de Mossen Vinyoles :

« Sans vous, je tiens la paix pour ennemie,
« puisqu'en moi vous voulez voir un ennemi.
« Sans vous, je vais chercher ce triste abri de
« la solitude, qui n'est bon que pour un dé-
« laissé.........

« Où est-il donc ce jour, où est le point, où
« est l'heure où je perdis le bien de ma liberté?
« Où est donc le lacet qui m'a enchaîné? où est
« le mal qui cause mes larmes? où est le bien
« qui excite tous mes désirs? où est la trompe-

---

(1)   Nom trihumfal qeus presenta visible
      Del crucifix la bella circunstancia,
      En mig la *h* que nos letra legible
      L'inmens ja mort, tractat vilment y orrible.
      La title d'alt de divinal sustancia.
      La *j* y la *s* los ladres presenten
      A les dos parts per fer li companyia,
      Y pels costatz dos punts que s'aposenten,
      Denoten clar los dos que l'turment lenten
      Del redemptor. Johan y la Maria.

« rie cachée sous une si longue connaissance?
« où est ce grand amour, cette grande tendresse
« qui me font perdre l'espoir même de ce qu'il y
« a de plus certain ? » (1)

C'est presque par devoir que j'ai traduit, que
j'ai cité quelques unes de ces poésies amoureuses; des sentimens passionnés retentissent encore
dans ces mots d'une langue abandonnée : de tendres amours, de longues douleurs ont été con-
fiées à ces vers que la postérité n'accueille plus,
et ces vieilles poésies catalanes me semblent toujours des inscriptions sur des tombeaux.

De même qu'Ausias March est considéré par
les Catalans comme le Pétrarque de la langue
provençale, Jean Martorell, disent-ils, en est
le Boccace; c'est-à-dire que le premier il forma
la prose légère, qu'il lui donna de la souplesse
et du naturel, et qu'il la rendit propre à conter

---

(1)   Sens vos tinch yo la pau per enemiga,
    Paix me volen en tot per enemich
    Sens vos prench yo aquell cruel abrich .
    De soledat quels desamats abriga.
    . . . .
    On es lo jorn, on es lo punt y l'ora
    On yo perdy los bens de libertat?
    On es lo lac qu'axim me cativat?
    On es lo mal per qui ma lengua plora?
    On es lo be que m' fa tant desigar?
    On es l'engan de tanta conexença?
    On es lo grat amor y benvolença
    Que del pus cert me fa desesperar?

avec grâce. Son ouvrage jouit, même hors de
sa langue, d'une certaine réputation : c'est le
roman de Tirant-le-Blanc, que Cerventes cite
avec un si haut éloge dans la revue de la bibliothèque de Don Quichotte, qu'il nomme « un
« trésor de contentement, une mine de diver-
« tissemens, et, sous le rapport du style, le
« meilleur livre qui soit au monde. » Jean Martorell paraît l avoir publié vers 1435. Il fut un
des premiers livres qu'on mit sous presse dès
que l'art de l'imprimerie fut introduit en Espagne ; car la première édition catalane est de Valence, 1480, *in-folio;* il fut traduit dans toutes
les langues, et il se trouve en français dans presque toutes les bibliothéques.

Il est difficile de séparer un livre de chevalerie de toute sa classe, et de juger de son mérite
indépendamment de celui du genre. Martorell
venait après beaucoup d'autres romanciers.
après tous les romans de la Table ronde, et
tous ceux de Charlemagne. Il y a dans Tirant-
le-Blanc moins de féerie, moins de surnaturel
que dans ses prédécesseurs ; la conduite est plus
sage, la marche de l'histoire plus convenable:
et quoique le héros, du rang de simple chevalier, parvienne à l'empire de Constantinopie.
on peut suivre et comprendre son avancement
comme ses hauts faits. D'autre part peut-être y
a-t-il moins de poésie et une imagination moins

brillante que dans les Amadis, les Tristan et les
Lancelot. Martorell fait presque la transition
entre l'ancienne manière d'écrire les romans, et
la moderne. D'autres poètes, d'autres romanciers sont venus après lui : on nomme avec distinction, dans la langue catalane, un Mossen
Jaume Royg de Valence, qui écrivit un poëme
sur la coquetterie, et qui la traitait avec une
grande amertume : deux Jordi, un Febrer, historien de Valence ; enfin Vincent Garzias, rec-
teur de Balfogona, mort au commencement du
dix-septième siècle, et le dernier poète de Catalogne ou de Valence qui ait écrit en langue
provencale. La prospérité toujours croissante
des monarques d'Aragon avait été fatale à la
langue comme aux libertés de leurs sujets. Fer-
dinand-le-Catholique avait épousé Isabelle de
Castille, et cette princesse, en montant en 1474
sur le trône de Castille, l'avait en quelque sorte
fait partager à son époux. La monarchie castillane était plus puissante que l'aragonaise : la
capitale était plus brillante, les revenus plus
considérables. Les courtisans, ceux qui cou-
raient après la fortune, étaient attirés à Madrid ;
et toute la noblesse des divers royaumes d'Espagne se crut obligée d'apprendre le castillan.
Ces mêmes Catalans, ces mêmes Aragonais qui
avaient mis pendant si long-temps une si haute
importance à leur langue, qui, par une loi fon-

damentale, avaient exigé, dès le règne de Jacques Ier (1266-1276), qu'elle fût substituée au latin dans tous les actes publics, l'abandonnaient à présent, et la laissaient périr par des vues d'ambition personnelle. Ce fut de ces provinces mêmes que sortirent, sous les règnes de Charles-Quint et de Philippe, les Boscan, les Argensola, qui firent une révolution dans la poésie espagnole. Mais lorsque les Catalans se sentirent enfin accablés sous l'oppression de la maison d'Autriche, lorsqu'ils résolurent de secouer un joug odieux, lorsque, par le traité de Péronne, ils se donnèrent au roi de France, ils réclamèrent la restauration de leur ancienne et noble langue : ils voulurent qu'elle seule fût employée par le gouvernement et dans les actes publics. Ils regrettaient leur langage comme leurs lois, leur liberté, leur prospérité passée et leurs antiques vertus. Le plus puissant lien pour un peuple, celui qui se rattache à ses mœurs, à ses habitudes, à ses plus doux souvenirs, c'est la langue de ses pères. La plus grande humiliation à laquelle il puisse se voir soumis, c'est d'être forcé à l'oublier pour en apprendre une nouvelle.

Il y a, ce me semble, quelque chose de profondément triste dans la décadence et la destruction d'une belle langue, même pour ceux qui lui sont étrangers. Celle des troubadours, qu'on avait jugée long-temps si sonore, si harmo-

nieuse; cette langue qui avait réveillé l'enthousiasme, l'imagination et le génie dans tous les
pays de notre Europe, qui avait été entendue
avec admiration, non seulement en France, en
Italie et en Espagne, mais même dans les cours
d'Angleterre et d'Allemagne, ne retentit plus
aujourd'hui aux oreilles d'hommes dignes de
l'entendre. Elle est encore le langage du peuple
dans tout le midi de la France, mais partagée
en dialectes divers, en sorte que le Gascon, le
Provençal et le Languedocien ne croient plus
parler le même langage. Elle est la base du pié-
montais; elle est parlée en Espagne depuis Fi-
guières jusqu'au royaume de Murcie; elle est
aussi le langage de la Sardaigne et des îles Ba-
léares; mais, dans ces divers pays, tous les
hommes qui ont reçu quelque éducation l'abandonnent pour le castillan, l'italien, le français,
et ils rougissent presque de s'exprimer quelquefois comme les poètes qui ont fait la gloire de
leur patrie, et auxquels nous devons toute la
poésie moderne.

En terminant nos recherches sur la langue et
la littérature des troubadours, abstenons-nous
de les juger trop sévèrement, d'après le peu
d'impression, le peu de traces brillantes qu'ils
ont laissées dans notre mémoire; n'oublions
point que le siècle dans lequel ils ont vécu était
celui d'une ignorance et d'une barbarie univer-

selles. Nous n'avons pu, en les analysant, nous abstenir de les comparer sans cesse aux Français de Louis XIV, aux Italiens de Léon X, aux Anglais de la reine Anne, aux Allemands de nos jours; mais cette comparaison était toujours injuste. Autant les troubadours sont inférieurs aux rois de nos littératures modernes, autant ils sont supérieurs à tous ceux qui, de leur temps, chantaient des vers en France, en Italie, en Angleterre et en Allemagne. Une fatalité cruelle semble avoir poursuivi leur langue: elle a détruit les maisons souveraines qui la parlaient; elle a dispersé la noblesse qui devait s'en faire gloire; elle a ruiné le peuple, et l'a livré à des haines et des persécutions féroces. Le provençal, abandonné dans son pays natal par les hommes les plus capables de le cultiver, justement à l'époque où il commençait d'acquérir, à côté de ses poètes, des historiens, des critiques, des prosateurs distingués; repoussé dans un pays nouvellement conquis sur les Arabes, pressé entre l'orgueilleux Castillan et la mer, vint périr dans le royaume de Valence, à l'époque où les habitans de ces provinces, autrefois si libres et si fiers, perdirent leur liberté. La poésie, qui brilla seule jadis dans la barbarie universelle, qui, réunissant toutes les âmes honnêtes par le culte des sentimens élevés, fut pendant long-temps le lien commun de tous ces peuples divers, a perdu à nos yeux ce qui faisait autrefois son charme et sa puissance, depuis que nous sommes détrompés des espérances qu'elle avait fait naître. Ces chants variés, qui semblaient contenir le germe de tant de nobles ouvrages, et que cette attente faisait accueillir avec tant d'avidité, paraissent plus froids et plus tristes depuis qu'on sait qu'ils n'ont rien produit. Ainsi, l'aurore boréale brille sans échauffer la terre dans les longues nuits du Nord ; au milieu des ténèbres les plus épaisses, le ciel paraît tout à coup enflammé ; des rayons ardens, des gerbes de mille couleurs s'étendent du pôle presque jusqu'au milieu du ciel ; la nature sourit à cette magnificence inattendue ; mais la lumière boréale, comme la poésie des troubadours, n'a point de chaleur, et ne répand point de vie.

———

CHAPITRE VII.

Du Roman *Wallon*, ou langue d'Oïl. — *Romans de Chevalerie.*

Nous n'avons point dessein de traiter ici de la langue et de la littérature françaises; sur ce sujet, des ouvrages, les uns agréables, d'autres profonds, se trouvent entre les mains de tout le monde, et ce serait se charger d'une tâche bien inutile que de répéter, d'une manière abrégée et incomplète, une histoire littéraire et une critique déjà traitées avec tant de justesse et d'esprit par Marmontel, La Harpe et plusieurs autres. Mais la partie la plus ancienne de la littérature française peut presque être considérée pour nous comme étrangère; nos poètes, successeurs des trouvères, n'ont point accepté leur héritage, et la langue des douzième et treizième siècles est trop loin de la nôtre, pour que ses monumens soient connus de la plupart de mes lecteurs. D'ailleurs, il était presque impossible de parler des troubadours, sans dire aussi quelques mots des trouvères, et d'examiner l'origine et les progrès du roman provençal, sans faire connaître aussi le roman wallon.

Il n'est point nécessaire de remonter jusqu'au celtique, pour connaître la première origine de la littérature française; cette langue, oubliée depuis long-temps, n'a pu guère avoir d'influence sur le caractère de ceux dont les ancêtres l'ont parlée. Lorsque les Francs firent la conquête de la Gaule, il est probable que la langue celtique n'était plus en usage que dans quelques cantons de la Bretagne, où elle s'est conservée jusqu'à nos jours. Cette langue-mère, qui paraît avoir été commune à la France, à l'Espagne et aux îles Britanniques, a tellement disparu, qu'on ne peut aujourd'hui connaître son caractère propre, et que, quoiqu'on la regarde comme la mère commune du bas-breton, du gaélique des Écossais, et des dialectes des pays de Galles et de Cornouailles, on a de la peine à saisir l'analogie qui doit exister entre ces langues, et à faire voir leur dérivation. Dans toutes les provinces des Gaules, le latin avait pris la place du celtique, et il était devenu pour la masse du peuple une langue complétement maternelle. Les massacres qui avaient accompagné les guerres de Jules-César, l'esclavage des vaincus, et l'ambition de ceux des Gaulois qu'on avait admis au rang de citoyens romains, concoururent à changer les mœurs, l'esprit et le langage de toutes les provinces situées entre les Alpes, les Pyrénées et le Rhin : on en vit sortir de bons écrivains

latins, des maîtres distingués de rhétorique et
de grammaire; le peuple y prit goût aux spectacles latins, et de magnifiques théâtres ornè-
rent toutes les grandes villes; quatre cent cinquante ans de soumission aux Romains, unirent
enfin intimement les Gaulois aux habitans de
l'Italie.

Les Francs, qui parlaient la langue théotisque ou allemande, apportèrent un nouvel
idiôme dans les Gaules. Leur mélange parmi le
peuple corrompit bientôt le latin; l'ignorance
et la barbarie le corrompirent davantage encore, et les Gaulois, qui se disaient toujours
Romains, en croyant parler la langue romaine,
abandonnaient toutes les finesses de la syntaxe
pour se rapprocher de la simplicité et de la rudesse des Barbares. Ceux qui écrivaient s'effor-
caient encore de reproduire l'ancien langage latin; mais en parlant, tout le monde cédait à
l'usage, et retranchait successivement des mots
les lettres et les terminaisons qu'on regardait
comme oiseuses. De même aujourd'hui, nous
avons exclu de la prononciation française un
quart des lettres qui figurent encore dans la langue écrite. Au bout de quelque temps, on en
vint à distinguer par des noms le langage des
sujets *romains* d'avec celui des écrivains *latins,*
et on reconnut une langue *romane* et une langue
latine; mais la première, qui mit plusieurs siè-

cles à se former, n'eut point de nom tant que les conquérans conservèrent entre eux l'usage de la langue théotisque. Au commencement de la seconde race, l'allemand était encore la langue de Charlemagne et de sa cour; ce héros parlait, disent les historiens du temps, le langage de ses pères, *patrium sermonem*, et c'est une erreur étrange que celle de plusieurs écrivains français, qui prennent la langue *francisque* pour du vieux français. Mais tandis qu'on parlait le tudesque, qu'on l'employait pour les chants guerriers et historiques, on écrivait en latin, et le roman, encore tout-à-fait barbare, était le patois du peuple.

C'est cependant sous le règne de Charlemagne que la distance entre ces patois et le latin, contraignit l'Église à faire prêcher dans la langue populaire. Un concile tenu à Tours en 813, ordonna aux évêques de traduire leurs homélies dans les deux langues du peuple, le roman rustique et le théotisque. Ce décret fut renouvelé par le concile d'Arles en 851. Les sujets de Charlemagne étaient alors de deux races très différentes, les Germains, qui habitaient le long et au-delà du Rhin, et les Waelchs, qui se nommaient romains, et qui, dans tout le Midi, étaient sous la domination des Francs. Le nom de Waelchs, ou Wallons, qui leur était donné par les Allemands, était le même que celui de

Galli et Galatai, qui leur était donné par les Latins et les Grecs, et celui de Keltai, Celtes, qu'au
dire de César ils se donnaient eux-mêmes (1).
La langue qu'ils parlaient fut appelée d'après
eux, roman wallon, ou roman rustique; elle
était à peu près la même dans toute la France;
seulement, comme on allait au midi, on sentait qu'elle se rapprochait du latin, tandis que
plus au nord l'allemand y dominait. Dans le
partage fait en 842 entre les enfans de Louis-le-
Débonnaire, pour la première fois on fit usage,
dans un acte public, du langage du peuple,
parce que le peuple devait y intervenir en prê-
tant serment avec son roi. Le serment de Charles-
le-Chauve et celui de ses sujets, sont les deux
plus anciens monumens de la langue romane
qu'on ait conservés; ils sont aussi rapprochés du
provençal que de ce qu'on a nommé depuis roman wallon.

Mais le couronnement du roi d'Arles, Boson,
en 879, partagea la France romane en deux nations, qui demeurèrent quatre siècles rivales et
indépendantes. Ces provinces semblaient desti-

---

(1) Tous ces noms ne diffèrent en quelque sorte que par
la prononciation; mais les Bas-Bretons, restes des Celtes,
conservent dans leur langue un nom bien célèbre, d'autre
origine, qui peut-être était pour eux un titre d'honneur : ils
se nomment *Cimbri*.

nées à être toujours habitées par des races différentes. César avait remarqué que de son temps
les Aquitains différaient des Celtes par la langue,
les mœurs et les lois. Dans le pays des premiers
on vit s'établir les Visigoths et les Bourguignons ; dans le pays des seconds, les Francs ; et
la division des deux monarchies établies à la fin
de la dynastie carlovingienne, ne fit peut-être
que confirmer une division plus ancienne entre
les peuples. Leur langage, quoique formé des
mêmes élémens, s'éloigna toujours plus ; les peuples du Midi se nommèrent Romans provençaux, et ceux du Nord unirent au nom de Romans qu'ils prenaient, celui de Waelchs, ou
Wallons, que leur donnaient leurs voisins. On
nomma encore le provençal langue d'Oc, et le
Wallon langue d'Oïl ou d'Oui, selon le mot par
lequel l'affirmation était exprimée dans l'un et
dans l'autre dialecte ; de la même manière on
appelait alors l'italien langue de *si*, et l'allemand
langue de *ya*.

Une province de France, la Normandie, reçut dans son sein, au dixième siècle, un nouveau peuple du Nord, qui, sous la conduite de
Rollo ou Raoul-le-Danois, s'incorpora avec ses
anciens habitans. Ce mélange introduisit dans le
roman de nouveaux mots et de nouvelles cons-
tructions allemandes ; cependant l'esprit de vie
qu'apportèrent les conquérans dans cette pro-

vince, leurs bonnes lois, leur bonne administration, et la détermination que prirent les vainqueurs d'apprendre et de parler la langue des
vaincus, formèrent et policèrent plutôt le roman wallon en Normandie qu'en aucune autre
province de France. Rollo fut reconnu pour duc
en 912, et un siècle et demi plus tard, un de ses
successeurs, Guillaume-le-Conquérant, avait
tellement attaché son amour-propre et celui de
sa nation à la langue romane, qu'il l'introduisit
en Angleterre, et qu'il s'efforça de la substituer,
par des lois rigoureuses, au langage du peuple
vaincu, qui était presque celui de ses ancêtres.

Ce fut de Normandie, en effet, que sortirent
les premiers écrivains et les premiers poètes dont
puisse s'enorgueillir la langue française. Les lois
que Guillaume-le-Conquérant, mort en 1087,
donna à l'Angleterre, sont le plus ancien livre
écrit en roman wallon qui nous soit parvenu.
Après ce monument diplomatique, les deux premiers ouvrages de littérature qui indiquent un
commencement de culture de la langue d'Oui,
sont le Livre des Bretons ou Brut, histoire fabuleuse des premiers rois d'Angleterre, écrite en
vers en 1155, et le roman du Chevalier au Lion,
écrit à la même époque, tous deux en Normandie, ou par des Normands (1). On met au

_____

(1) Il y a plusieurs copies du roman du Brut; celle que

troisième rang le Rou des Normands, ou Livre de Raoul, composé par Gasse, en 1160, pour raconter l'établissement de ces peuples en Normandie. Ce fut à peu de distance de temps qu'on vit paraître dans la même langue les romans de chevalerie. Le premier de tous fut celui de Tristan de Léonois, écrit en prose vers 1190. Quelques années après, on écrivit ceux du Saint-Gréaal et de Lancelot, et ces romans sortaient également de la Normandie, ou de la cour des

---

j'ai parcourue est à la Bibliothéque du Roi, sous le n° 27, fond de Cangé. Elle commence par ces vers :

> Qui velt oïr, qui velt savoir
> De roi en roi et d'hoir en hoir
> Qui cil furent, et dont ils vinrent
> Qui Engleterre primes tinrent,
> Queus roi y a en ordre eu
> Qui ainçois et qui puis y fu,
> Maistre Gasse l'a translaté
> Qui en conte la vérité,
> Si que li livres la devisent.

Le romancier reprend ensuite son histoire de bien haut; il la commence :

> Por la veniance de Paris
> Qui de Gresse ravit Hélène.

Dans cette citation et les suivantes, je ne me suis point attaché scrupuleusement à l'orthographe ancienne; elle est essentielle pour l'étude de la langue, non pour connaître l'esprit de l'ancienne poésie : par le changement de quelques lettres, j'ai cru sauver au lecteur des difficultés inutiles.

rois d'Angleterre. Avant l'an 1200, un anonyme traduisit en français la vie de Charlemagne ; et, avant l'an 1213, Geoffroi de Ville-Hardouin écrivit aussi en français l'histoire de la conquête de Constantinople.

Parmi les livres écrits à cette époque, le poëme d'Alexandre est un de ceux qui ont joui de la plus haute réputation. Il paraît qu'il fut publié vers l'an 1210, sous le règne de Philippe-Auguste, et l'on y remarque plusieurs allusions flatteuses aux événemens de la cour de ce prince. Ce n'est point l'ouvrage d'un seul homme, mais une suite de romans et d'histoires merveilleuses, à laquelle tout au moins neuf poètes célèbres de cette époque ont travaillé. Les plus connus aujourd'hui sont Lambert li Cors (le Petit), Alexandre de Bernay, son continuateur, et Thomas de Kent. Alexandre, le seul peut-être des héros de la Grèce qui fût connu dans le moyen âge, y paraissait, non dans la pompe des anciens temps, mais dans celle de la chevalerie. Parmi les différentes parties de ce poëme, l'une est appelée *li Roumans de tote Chevalerie*, parce qu'Alexandre y paraît comme le plus grand et le plus noble des chevaliers ; une autre, le *Vœu du Paon*, parce que cet engagement chevaleresque est décrit comme déjà pratiqué à la cour du héros macédonien. La haute renommée de ce poëme, qui fut lu universellement et traduit en plusieurs langues, a fait porter son nom au vers alexandrin dans lequel il est écrit, et qui est devenu pour les Français le vers héroïque par excellence. (1)

Ainsi la langue romane wallonne acquit dans le douzième siècle une littérature : c'était au moins cent ans après la romane provençale ; et les guerres des Albigeois qui, à cette époque même, mêlèrent les habitans des deux parties de la France, contribuèrent peut-être à communiquer le goût de la poésie à celui des deux peuples qui était demeuré le plus long-temps

---

(1) Les poëmes précédens étaient en vers de huit syllabes, rimés deux par deux, avec la distinction de vers masculins et féminins, mais sans que le poète observât la règle, que nous suivons aujourd'hui, de les alterner. C'est dans ces mêmes vers de huit syllabes que sont écrits à peu près tous les fabliaux. L'alexandrin de douze syllabes, avec la césure au milieu, se partageait presque, à l'oreille, en deux vers égaux, et il le faisait d'une manière plus pénible encore et plus monotone qu'aujourd'hui, parce que le poète n'évitait point alors de laisser une syllabe muette au milieu du vers, après la césure. Les Italiens, dans leurs vers appelés *leonini*, et les Espagnols dans ceux de *arte mayor*, ont le même défaut et la même monotonie; on peut l'observer dans ce début du poëme d'Alexandre :

Qui vers de riche estoire veut entendre et oïr,
Pour prendre bon exemple de prouesse cueillir,
La vie d'Alexandre, si com je l'ai trovée
En plusieurs leus écrite et de boche contée. . . . etc.

barbare, et qui, seulement vers l'an 1220, eut
aussi une poésie lyrique, des chansons, des vire-
lais, des ballades et des sirventes. Ses conteurs
et ses poètes, traduisant le nom de troubadour
avec la désinence française, se firent appeler
Trouvères. (1)

Il semble qu'à la réserve d'une différence dans
la langue, les troubadours et les trouvères,
égaux à peu près en mérite, également instruits
ou ignorans, également appelés à vivre dans les
cours, et à y produire leurs inventions et leurs
poésies, également entremêlés avec les chevaliers, également enfin accompagnés de jongleurs
et de ménétriers, devaient se ressembler dans
toutes leurs productions; rien n'est plus différent cependant que les ouvrages de ces deux
classes d'hommes. Presque tout ce qui nous est
resté de la poésie des troubadours est lyrique:
presque tout ce qui nous est resté de celle des
trouvères est épique. Les Provençaux réclament, il est vrai, contre le jugement qu'on a
porté de leurs poètes, auxquels les partisans
des trouvères ont refusé tout esprit d'invention:
ils disent que dans plusieurs poëmes des troubadours (2) on voit l'énumération d'un grand

---

(1) Nous avons remarqué ailleurs, qu'en provençal *Trobaire* est le nominatif du mot *Trobadors*, devenu plus célèbre.

(2) Entre autres, dans les *Conseils au Jongleur*, de Giraud

nombre de nouvelles, de romans et de fables, qu'un jongleur devait savoir pour plaire dans les cours, et qui sont ou perdus, ou conservés seulement en langue d'Oil; ils ajoutent que, parmi les poésies des trouvères, plusieurs paraissent d'origine provençale, puisque le lieu de la scène est souvent en Provence, et ils supposent que les trouvères s'étaient contentés de traduire des romans et des fabliaux, dont ils n'étaient point les inventeurs. Mais ce serait un hasard bien étrange que celui qui aurait conservé presque uniquement les chants des Provençaux, et les contes des Français, si le génie des deux nations n'était pas, sous ce rapport, essentiellement opposé.

L'histoire de chaque troubadour a été écrite à plusieurs reprises; celles qui ont été publiées par Nostradamus, celles qui ont été rassemblées par M. de Sainte-Palaye, et reproduites par Millot, sont toutes romanesques; ce sont des amours avec de grandes dames, des souffrances, des hauts faits de chevalerie : les trouvères sont beaucoup plus obscurs; on sait à peine le nom de quelques uns d'entre eux ; on ne connaît presque rien de l'histoire des plus célèbres, ou,

---

de Calanson, dont nous avons donné l'extrait, et qui se rapportent à l'an 1210. *Voyez* Pappon, *Lettres sur les Troubadours*, p. 225 à 227.

si l'on en conserve quelques traits, ils n'ont rien de piquant ou d'aventureux.

Les trouvères nous ont laissé des romans de chevalerie et des fabliaux; les premiers sont le vrai titre de gloire des douzième et treizième siècles. Toute la chevalerie qui apparaît tout à coup dans ces romans, cet héroïsme d'honneur et d'amour, ce dévouement des plus forts aux plus faibles, cette noblesse, cette pureté de caractère, partout présentée pour modèle, et presque toujours triomphante des plus fortes épreuves; ce surnaturel si nouveau, si différent de ce qu'on avait vu et dans l'antiquité et dans les inventions des autres peuples, supposent une force, un brillant d'imagination que rien n'a préparé, que rien n'explique.

On se retourne de tous les côtés pour chercher les premiers inventeurs de l'esprit chevaleresque qui brille dans les romans du moyen âge, et l'on est toujours également confondu, quand on voit combien cet élan du génie était peu préparé. En vain chercherait-on dans les mœurs ou dans les fables des Germains l'origine de la chevalerie; ces peuples, quoiqu'ils respectassent les femmes, et qu'ils les admissent dans les conseils et le culte des dieux, avaient pour elles plus d'égards que de tendresse; la galanterie leur était inconnue, et leurs mœurs braves, loyales, mais rudes, laissaient peu prévoir un si sublime développement du sentiment et de l'héroïsme; leur imagination était sombre; les pouvoirs surnaturels auxquels la superstition les faisait croire étaient tous malfaisans. Le plus ancien poëme de l'Allemagne, celui des Nibelungen, dans la forme où nous l'avons aujourd'hui, est postérieur aux premiers romans français, et peut avoir été modifié par eux; cependant ses mœurs ne sont point celles de la chevalerie : l'amour y a peu de part aux actions; les guerriers y ont de tout autres intérêts, de tout autres passions que celles de la galanterie; les femmes paraissent peu, elles ne sont point l'objet d'un culte, et les hommes ne sont point adoucis et civilisés par leur union avec elles; tandis que les inventeurs de la chevalerie romanesque surent réunir, pour peindre des héros, les traits les plus brillans de toutes les nations avec lesquelles ils furent en contact, la loyauté allemande, la galanterie française, et la riche imagination des Arabes.

C'est chez ces derniers que d'autres ont été chercher la première origine de la chevalerie des romans. Au premier aspect, cette opinion paraît naturelle, et s'appuie sur beaucoup de faits. De très anciens romans représentent la chevalerie comme établie chez les Maures, autant que chez les chrétiens; ils mettent en scène des chevaliers maures; et tous les historiens, les

conteurs et les poètes d'Espagne, donnent aux
Maures des mœurs chevaleresques. Ainsi Ferragus, ou Fier-à-Bras, le plus brave, le plus
loyal des chevaliers maures, paraît déjà dans
toute sa gloire dans la Chronique de Turpin,
qui a précédé tous les romans de chevalerie. La
même chronique affirme (Ch. XX) que Charlemagne avait reçu l'ordre de chevalerie de Ga-
lafron Emir (*admirantus*), ou prince sarrasin de
Coleto en Provence. Ainsi Bernard de Carpio,
le plus ancien héros de l'Espagne chrétienne, ne
se signale à peu près que dans l'armée des Maures
par de hauts faits de chevalerie; ainsi l'Histoire
des Guerres civiles de Grenade n'est qu'un roman de chevalerie; et dans la Diane de Monte-
mayor, la seule aventure chevaleresque qui soit
mêlée à ce monde tout pastoral, est placée chez
les Maures; c'est celle d'Abindarraès, l'un des
Abencerrages de Grenade, et de la belle Xarifa.
Les anciennes romances espagnoles et le plus
ancien de leurs poëmes, celui du Cid, donnent
encore, dès le douzième siècle, les mêmes mœurs
aux Arabes; toute la partie de l'Espagne que les
Maures ont occupée est couverte de châteaux
forts sur toutes les hauteurs; chaque petit prince,
chaque seigneur, chaque cheik s'était rendu indépendant; il existait, en Espagne du moins, une
sorte de féodalité arabe, et un esprit de liberté qui
n'est pas, en général, celui de l'islamisme. Les

notions du point d'honneur, qui ont eu une si grande influence, non pas seulement sur la chevalerie, mais sur toute notre civilisation moderne, sont plus propres aux Arabes qu'aux peuples germains : c'est d'eux que nous est venue cette religion de la vengeance, cette appréciation si délicate des offenses et des affronts qui leur fait sacrifier leur vie et celle de toute leur famille pour laver une tache à leur honneur : qui fit, en 1568, révolter toute l'Alpuxarra de Grenade, et périr cinquante mille Maures, pour venger un coup de bâton donné par D. Juan de Mendoza à D. Juan de Malec, descendu des Aben-Humeya.

Le culte des femmes semble encore propre à ces peuples, dont le sang est échauffé par toute l'ardeur d'un soleil brûlant ; ils les aiment avec une passion, avec une fureur, dont la vie réelle chez nous, ni même les romans, ne donnent encore aucune idée : ils regardent leur demeure comme un sanctuaire, un mot qu'on prononce sur elles comme un blasphème, et tout l'honneur d'un homme comme étant entre les mains de celle qu'il aime. L'époque de la naissance de la chevalerie est celle précisément où la morale des Arabes était arrivée au plus haut terme de délicatesse et de raffinement, où la vertu était l'objet de leur enthousiasme, et où la pureté du langage et des pensées chez leurs écrivains, fait honte à la corruption des nôtres. Enfin,

de tous les peuples de l'Europe, les plus chevaleresques sont les Espagnols, et ce sont les
seuls qui aient été immédiatement à l'école des
Arabes.

Mais si la chevalerie est une invention arabe,
d'où vient qu'on n'en trouve pas plus de traces
dans leurs écrits? d'où vient que les premières
inventions romanesques ne nous sont pas venues
des Espagnols et des Provençaux? d'où vient
surtout que le lieu de la scène des premiers romans est placé loin d'eux, entre la France et
l'Angleterre, dans un pays sur lequel ils n'exerçaient aucune influence.

Les romans de chevalerie se divisent en trois
classes bien distinctes : ils s'attachent à trois
époques différentes dans la première moitié du
moyen âge, et ils représentent trois sociétés,
trois armées de héros fabuleux, qui n'ont point
eu de communication les uns avec les autres. La
naissance successive, et le caractère propre de
ces trois mythologies romantiques, est peut-être
ce qui doit jeter le plus de lumière sur la première invention de tout le genre.

La première classe des romans de chevalerie
a célébré les exploits d'Arthus, fils de Pandragon, le dernier roi breton qui défendit l'Angleterre contre l'invasion des Anglo-Saxons. C'est
à la cour de ce roi et de sa femme Genièvre que
se rattachent et l'enchanteur Merlin, et l'insti-

tution de la Table ronde, et tous les preux chevaliers Tristan de Léonois, Lancelot du Lac, etc.
La première origine de cette histoire se trouve
dans le roman du Brut, de maître Gasse, qui
porte, dans le texte même, la date de 1155.
Dans cette chronique fabuleuse se trouvent déjà
et le roi Arthus, et la Table ronde, et le prophète
Merlin (1); mais ce furent les romans postérieurs
qui achevèrent cette création, et qui firent de la
cour d'Arthus un monde vivant, dont tous les
personnages n'étaient pas moins connus que ne
le sont aujourd'hui ceux de la cour de Louis XIV.

---

(1) L'auteur du roman du Brut, qui cherche déjà à s'ap-
puyer sur l'autorité des plus anciennes histoires, ou plutôt
qui met en vers toutes les traditions, toutes les connaissances
historiques et poétiques qui circulaient encore dans son temps,
représente Arthus et ses douze pairs comme traitant avec
l'empereur des Romains.

> Artus fut assis à un dois,
> Environ lui contes et rois,
> Et sont doze hommes blancs venus,
> Bien atornés et bien vestus,
> Deux et deux en ces palais vindrent
> Et deux et deux les mains se tindrent.
> Douze estoient, et douze Romains;
> D'olive portent en lors mains,
> Petit pas ordinairement,
> Et vindrent moult avenamment.
> Parmi la sale trespassèrent,
> Al roi vindrent; le saluèrent,
> De Rome, se disant, venoient, etc.

Manusc. de la Biblioth. du Roi. Cangé 27.

Le roman de Merlin, fils du diable et d'une dame
bretonne qui vivait au temps du roi Vortiger,
fait connaître et les grandes guerres d'Uter et de
Pandragon contre les Saxons, et la naissance
d'Arthus, et sa jeunesse, et les prodiges par lesquels le prophète de la chevalerie a sanctionné
l'établissement de la Table ronde, et les prophéties qu'il a laissées après lui, auxquelles tous les
romanciers des temps postérieurs ont eu recours.
Le roman du Saint-Gréaal, écrit en vers dans le
douzième siècle, par Chrétien de Troyes, rattache la chevalerie bretonne à l'histoire sainte. La
coupe dans laquelle Notre-Seigneur fut abreuvé
pendant son supplice, porte chez les romanciers
le nom de Saint-Gréaal ; ils supposent qu'elle fut
apportée en Angleterre, et qu'elle fut conquise
par les chevaliers de la Table ronde, Lancelot
du Lac, Galaad son fils, Perceval-le-Galois, et
Boort, qui chacun ont aussi leur histoire (1). Le

---

(1) Le roman original du Saint-Gréaal se trouve à la Bibliothèque du Roi, sous le n° 7523. C'est un très gros volume
manuscrit, in-4°. à deux colonnes, qui contient lui seul l'histoire de presque toute la chevalerie de la Table ronde. Plus
tard, il fut traduit en prose, et on le trouve imprimé en
lettres gothiques, Paris, 1516, in-fol. Mais Chrétien de Troyes,
qui l'avait écrit en vers, peut à bon droit être compté parmi
les meilleurs poètes de ces premiers siècles de la langue ; il y
a eu même temps de l'harmonie dans ses vers, et de la sensibilité dans ses récits. Au commencement du roman, on voit

roi Arthus, messire Gaulvain son neveu, Perle-
vaux, neveu du roi pêcheur. Meliot de Logres,
Meliaus de Danemarck, sont tous des héros de
cette cour illustre; et les aventures de chacun
ont été racontées par divers romanciers avec le
même mélange de naïveté, de grandeur, de galanterie et de superstition. Le roman de Lancelot
du Lac fut commencé par Chrétien de Troyes,
mais continué, après la mort de celui-ci, par

une mère qui, après avoir perdu son mari et ses deux fils
aînés dans les combats, s'efforce de retenir le troisième loin
des armes et de la carrière de la gloire, de le garder à vue
dans un château solitaire, et de lui dérober jusqu'au nom des
chevaliers. Mais le jeune varlet, en visitant ses paysans qui
ensemençaient les terres, rencontre des guerriers et des dames
errantes; il est aussitôt saisi par la soif des aventures : il se
fait raconter, par sa mère, l'histoire de sa famille, et il part
à l'instant pour demander au roi de l'armer chevalier.

> Biaux fils, fait elle, diex vos doint
> Joie; plus que ne m'en remaint,
> Vous doint-il où que vous aillez. . . . .
> Quand li varlet fut éloigné
> Le giet d'une pierre menue,
> Se regarda, et vit chaüe
> Sa mère, au chief du pont arrière,
> Et fut pasmée en tel manière
> Comme s'el fut pasmée morte.

Dans un autre roman moins célèbre, de ce même Chrétien
de Troyes, on le voit exprimer avec beaucoup de naïveté la
persuasion que la France était parvenue, de son temps, à cette
même période de gloire et de science, qui avait autrefois

Godefroi de Ligny ; celui de Tristan, fils du roi
Méliadus de Léonois, le premier de tous qui ait
été écrit en prose, et le plus fréquemment cité
par les anciens auteurs, fut écrit en 1190 par un
trouvère dont on ignore le nom. (1)

Lorsqu'on examine cette nombreuse famille
de héros, et la scène sur laquelle ils sont placés,
on se confirme dans l'opinion que les Normands
ont été les vrais auteurs de ce nouvel univers

---

illustré Rome et la Grèce. C'est au commencement d'un roman
d'Alexandre, descendant du roi Arthur. *Biblioth. manusc.*
7498, 3.

> Ce nos ont nos livres appris
> Que Grèce eut de chevalerie
> Le premier loz, et de clergie (*savoir*);
> Puis vint chevalerie à Rome
> Et ja de clergie la some,
> Qui ore est en France venue,
> Dieu doint qu'elle y soit retenue
> Et que li leus li abellisse,
> Tant que ja de France ne isse
> L'onor qui s'y est arrêtée,
> Dont elle est prisée et dotée
> Mieux des Gréjois et des Romains.

(1) Dans l'édition de Paris, 1533, en petit *in-fol.*, on
trouve au premier chapitre : « Je Luce chevalier, seigneur
« du chasteau du Gast, voysin prochain de Salesbiere en An-
« gleterre, ay voulu rediger et mettre en volume l'histoire
« autentique des vertueux, nobles et glorieux faits du très
« vaillant et renommé chevalier Tristan, fils du puyssant roy
« Meliadus de Leonnoys. » Mais ce chevalier Luce est un
nouveau rédacteur, non l'auteur primitif du roman.

poétique. De tous les peuples de l'ancienne Europe, les Normands s'étaient montrés, dans les siècles qui précédèrent cette littérature, les plus aventureux et les plus intrépides. Leurs expéditions de Danemarck et de Norwège, sur toutes les côtes de France et d'Angleterre, dans des bateaux plats et ouverts, avec lesquels ils traversaient les mers les plus orageuses, ils remontaient les rivières, et ils venaient surprendre, au milieu de la paix, des peuples qui ne soupçonnaient pas leur existence, étonnent aujourd'hui et confondent l'imagination par leur hardiesse. D'autres Normands traversaient les déserts inconnus de la Russie; l'épée à la main, ils se frayaient une route au travers de peuples perfides et sanguinaires, et ils arrivaient à Constantinople, où ils formaient la garde des empereurs: au prix de leur sang ils achetaient la jouissance des fruits du Midi: le désir des figues est encore aujourd'hui, en Islande, le nom du désir le plus impétueux, de ce désir qui entraînait leurs pères dans de si étranges aventures. D'autres Normands se fixèrent dans cette Russie même que leurs compatriotes traversaient: leur courage indomptable, que la ruse secondait toujours, les y rendit bientôt puissans: ils y fondèrent la dynastie des Warag ou Warangiens, qui dura jusqu'à l'invasion des Tartares. Lorsqu'une puissante colonie de Normands se fut établie en

France, lorsqu'en donnant son nom à la Neustrie.
elle eut adopté la langue et les lois du peuple au
milieu duquel elle venait vivre, elle n'abandonna point cependant l'amour des expéditions
lointaines; et les conquêtes des Normands étonnent par leur hardiesse et par l'esprit aventureux qui dirigeait chaque individu. Dès le commencement du onzième siècle, quelques pèlerins
aventuriers, attirés dans le royaume de Naples
par la dévotion et la curiosité, conquirent successivement la Pouille, la Calabre et la Sicile. A
peine cinquante ans s'étaient écoulés depuis que
le premier d'entre eux avait appris la route de
ces pays lointains, lorsque Robert Guiscard vit
fuir devant lui, dans la même année, les deux
empereurs d'Orient et d'Occident. Au milieu du
onzième siècle (1066), un duc de Normandie
conquit l'Angleterre; au commencement du siècle suivant, un Normand (Boémond) fonda la
principauté d'Antioche, et les aventuriers du
Nord s'établirent jusqu'au centre de la Syrie.

Ce peuple si actif, si entreprenant, si intrépide, ne connaissait dans ses loisirs d'autre délassement que le plaisir d'écouter des récits d'aventures, de dangers et de batailles : il avait besoin
qu'on agitât sans cesse son imagination, en l'en-
tretenant du grand jeu de hasard de la vie humaine. Il aimait voir chaque héros errer seul.
combattre seul, parvenir à tout, seul, et par ses

propres forces, comme Guillaume Bras-de-Fer,
et Osmond, et Robert, et Roger, et Boémond,
avaient su faire, dans un temps frais encore dans
la mémoire des hommes; ils voulaient, avant
tout, de la bravoure; les autres vertus chevaleresques ne furent pas si tôt mises en honneur; et
la nation, dont un des héros avait pris lui-même
le surnom de Guiscard (le rusé ou le fourbe),
ne condamnait pas à beaucoup près la perfidie
aussi sévèrement que la lâcheté. Ainsi, tout au
commencement du roman de Lancelot, il est dit
que son père « avoit un sien voisin qui marchis-
« soit (confinoit) à lui par le Berry, lors appelé
« la terre déserte; ce voisin avoit nom Claudas :
« il étoit sire de Bourges et du pays environ.
« Claudas étoit roi, moult bon chevalier et saige,
« mais traître à merveille (1). » Ils mêlaient l'a-
mour à leurs récits; la poésie d'aucun peuple n'a
jamais pu s'en passer : mais cet amour n'avait
point encore ce caractère de constance, de pureté, de délicatesse qu'il reçut des romanciers
espagnols, et qui tient aux passions plus tendres
et plus ardentes en même temps des peuples du
Midi. Le surnaturel enfin n'était point parvenu
à ce degré d'élégance, auquel la connaissance
des fictions du Midi fit arriver les romanciers

---

(1) Premier chapitre du roman de Lancelot du Lac, f. 1,
Édition de Paris, en 3 vol. in-fol., 1533, en lettres gothiques.

postérieurs. Ce ne sont point encore des génies
qui disposent de toutes les merveilles des arts et
de la nature, qui créent avec un mot des palais
enchantés, où tout ce qui peut éblouir ou charmer les sens est réuni par les ordres des magi-
ciens; ce sont seulement des fées, espèce de
sorcières puissantes, et cependant dépendantes,
qui influent sur les destinées de l'homme, mais
qui ont souvent aussi besoin de sa protection.
Leur existence était un article de foi chez toutes
les nations septentrionales durant le paganisme;
c'étaient alors les prêtresses des sombres divinités des bois, leurs interprètes et leurs organes.
Le christianisme n'avait point appris aux Normands à nier leur pouvoir, mais seulement il
l'avait attribué à une autre origine. Le culte d'une
religion abandonnée était considéré comme de
la magie, et le pouvoir des fées était une modification de celui du diable. « En celui temps, dit
« l'auteur du roman de Lancelot (1), étoient ap-
« pelées fées toutes celles qui s'entremettoient
« d'enchantemens et de charmes; et moult en
« estoit pour lors, principalement en la Grande-
« Bretaigne; et savoient la force et la vertu des
« paroles, des pierres, des herbes, parquoi elles
« estoient tenues en jeunesse, en beauté et en
« grandes richesses : celle-ci avoit appris tout

---

(1) Première partie de Lancelot du Lac, fol. 6.

« ce qu'elle savoit de nygromancie de Merlin
« le prophète aux Anglois, qui sçut toute la
« sapience qui des diables peut descendre. Or fut
« le dit Merlin ung homme engendré en femme
« par ung diable, et fut appelé l'enfant sans
« père. »

Les héros de la chevalerie voyagent sans cesse
dans la France et la Petite-Bretagne, l'Angleterre, l'Écosse et l'Irlande ; beaucoup de royaumes sont nommés ; on voit paraître des rois de
Logres, de Léonois, de Cornouailles, et vingt
autres encore ; mais tous semblent renfermés
dans une assez étroite enceinte. Les provinces
de France où la scène est souvent transportée,
sont celles qui, aux onzième et douzième siècles,
appartenaient aux Anglais, ou étaient bien connues d'eux. On ne voit guère d'aventures de chevaliers dans toute cette moitié de la France où la
langue d'Oc était parlée, ni dans les pays situés
au-delà de Paris. Quelquefois les Romains sont
indiqués obscurément, comme si leur empire
subsistait encore ; mais les chevaliers ne passent
point en Italie, et il n'arrive point chez eux de
chevaliers italiens (1). L'Espagne ni les Maures
ne sont jamais mentionnés ; l'Allemagne et les

---

(1) « Durant ce temps estoient le roy de Cornouailles et
celui de Leonnois subjects au roi de Gaule. Cornouailles
rendoit au roy de Gaule cent jouvenceaux et cent damoy-

pays non maritimes du Nord sont de même laissés comme s'ils n'existaient pas; tout le reste de
l'univers enfin est ignoré. Les romanciers ajou-
taient seulement aux pays qu'ils connaissaient
par eux-mêmes, ceux que leur indiquait l'Écriture-Sainte : Joseph d'Arimathée passe avec facilité de Judée en Irlande, et l'on dirait que le
royaume de Babylone, d'où Tristan de Léonois
tirait son origine par sa mère, est le premier que
l'on trouve quand on a dépassé la frontière de
Bretagne. Le pays dans l'enceinte duquel les romanciers normands s'enferment, n'était point,
il est vrai, de leur temps, et n'avait jamais été
tel qu'ils le représentent. Des erreurs grossières
de chronologie empêchent de rattacher leurs fa-

---

selles, et cent chevaux de prix, et le roy de Leonnois autant.
Et tenoit le roy de Gaule de la seigneurie de Rome. Et sachez
que alors rendoient tribut à Rome toutes les terres du monde.
N'en Gaule n'avoit encore nul chrétien, ains estoient tous
payens. Le roy que adoncques estoit en Gaule, estoit Maro-
néus (*sans doute Marovéus*), que moult estoit prud'homme
de sa loi. Et après sa mort, vint saint Remy en France, que
convertit Clovis à la loi chrétienne. » (*Tristan de Leonnois,*
fol. 5.) Au reste, ce passage est tiré de l'édition de Paris, 1533,
et les plus anciennes éditions sont très modernes, comparées
aux manuscrits; on y reconnaît l'influence des siècles postérieurs. C'est dans les manuscrits conservés à la Bibliothèque
du Roi, qu'on retrouverait sans mélange l'esprit du douzième
siècle.

bles à aucune histoire : et l'état politique qu'ils
supposent n'a probablement jamais existé. Cependant ils semblent établir leurs fictions sur de
certaines notions positives : la géographie de leurs
romans n'est pas, à beaucoup près, si embrouillée
ou si fantastique que celle de l'Arioste : on pourrait presque la tracer sur la carte, et aucun des
voyages des héros ne serait absolument impossible, comme le sont la plupart de ceux de Roland,
de Renaud ou d'Astolphe. L'état politique même
et l'indépendance de tous ces petits princes de
l'Armorique a bien quelque fondement dans
l'histoire : on conserve une notion confuse d'une
ligue des peuples de l'Armorique, pour se défendre contre les Barbares, à l'époque de la chute
de l'empire d'Occident, qui coïnciderait bien
avec le règne d'Arthus et les derniers efforts des
Bretons pour se défendre contre les Saxons. (1)

---

(1) La ligue de l'Armorique, ou des provinces maritimes
situées entre l'embouchure de la Seine et celle de la Loire, se
forma sous le règne désastreux d'Honorius, vers 420, et dura
jusqu'à la soumission de ces mêmes provinces à Clovis, après
497. La longue lutte entre les Anglo-Saxons et les Bretons,
pour la possession de l'Angleterre, dura de 455 à 582. Arthus,
prince des Silures, et roi électif des Bretons, ne paraît avoir
commandé dans cette guerre qu'après Vortimer et Vortigern,
qui conduisirent long-temps les armées bretonnes à la victoire. Son règne doit donc être placé vers la fin du cinquième
siècle, et, s'il a existé, il fut contemporain de Clovis.

Le lieu de la scène dont on a fait choix pour
ces romans me paraît ne pas laisser de doute
sur leur première origine normande. Peut-être
demandera-t-on pourquoi les Normands ont
choisi tous leurs héros dans une race étrangère,
et pourquoi, s'ils ont été les inventeurs de la
chevalerie romanesque, ils ne l'ont pas ratta-
chée aux expéditions vraiment chevaleresques
de leurs propres grands hommes; mais nous
avons vu que quelqu'un l'avait tenté parmi eux,
et que le *Rou* ou *Raoul* des Normands avait été
écrit en même temps que le *Brut*, avec l'intention de relever la gloire du fondateur du duché
de Normandie, de ses ancêtres et de ses compagnons d'armes. Apparemment que ce second
roman fut composé avec moins de talent, il fit
moins d'impression sur la nation, et il ne trouva
pas d'imitateurs. Lorsqu'au contraire les romans
du Saint-Gréaal, de Merlin, de Tristan de Léonois, de Lancelot du Lac furent composés, le
cadre était donné pour tous les autres, les personnages déjà connus, et le romancier n'avait
plus qu'à varier la combinaison des aventures.
D'ailleurs les Normands, ennemis des Anglo-
Saxons qu'ils avaient subjugués, se regardaient
peut-être comme les vengeurs des Bretons, dont
ils voulaient rétablir la gloire, et ils trouvaient
dans les fables des Gallois, peuple qui paraît
avoir aimé avec passion la poésie et les récits

merveilleux, d'abondans matériaux, qu'ils n'a-
vaient plus qu'à mettre en œuvre.

Une seconde famille de romans chevaleresques, est celle des Amadis, dont on dispute avec
assez de fondement la propriété à la littérature
française. Ces romans sont placés à peu près
sur la même scène que ceux de la Table ronde ;
c'est encore l'Écosse, l'Angleterre, la Bretagne,
la France ; mais les lieux sont moins fixes, ils
n'ont plus aucune couleur locale, et leurs noms,
au lieu d'être pris des objets, semblent empruntés
de précédens livres de chevalerie. Les temps
sont absolument fabuleux ; le règne de Périon,
roi de France, de Languines, roi d'Écosse, de
Lisvard, roi de Bretagne, ne sauraient cadrer
avec aucun souvenir historique, et l'histoire des
Amadis ne se lie à aucune révolution, à aucun
grand événement. Amadis de Gaule, le premier
de ces romans, et le modèle de tous les autres,
est réclamé par les peuples au midi des Pyrénées,
comme l'ouvrage de Vasco Lobeira, Portugais,
qui vivait entre 1290 et 1325. Il faut convenir
cependant que si l'ouvrage est d'un Portugais,
on peut s'étonner qu'il en ait placé la scène en
France, et précisément dans le même pays illustré par les romans de la Table ronde ; qu'il
n'ait point conduit son héros en Espagne, qu'il
ne lui ait donné aucune relation avec les Maures,
dont les guerres étaient toujours le grand intérêt

de tous les Espagnols ; qu'enfin il n'ait différé de ses prédécesseurs que par plus de délicatesse dans les sentimens, plus de tendresse, et quelque chose de plus mystique dans l'amour. Si au contraire, comme les Français le prétendent, Amadis de Gaule fut seulement retravaillé par Lobeira, d'après un plus ancien roman français, il est étrange que celui-ci ne fût point lié aux romans de la Table ronde, et qu'il commençât une autre génération d'hommes et une fable toute nouvelle. (1)

On ne dispute point sur la continuation et les nombreuses imitations d'Amadis de Gaule. Tous ces romans-là, tels que Amadis de Grèce, et tous les Amadis, Florismart d'Hircanie, Galaor, Florestan, Esplandian, sont incontestablement espagnols d'origine, et ils en portent le caractère. L'enflure orientale y prend la place de l'antique naïveté du style ; l'imagination y devient plus extravagante, et cependant moins forte ; l'amour y est plus raffiné, la valeur y a plus de

---

(1) Je n'ai eu entre les mains que l'Amadis espagnol, imprimé à Séville, *in-fol.*, 1547 ; et l'Amadis français, que Nicolas de Herberay a traduit de l'espagnol, édition *in-fol.*, 1540. C'est parmi les manuscrits qu'il faudrait chercher, et les premiers récits en vers français, et l'ancien ouvrage de Vasco Lobeira, qu'on reconnaît à peine dans l'espagnol du seizième siècle.

rodomontades, la religion y occupe plus de place, et le fanatisme persécuteur s'y laisse déjà entrevoir. Ces compositions avaient tout le succès de la mode, au moment où Cervantes fit paraître son inimitable don Quichotte, et c'est à cette époque de la littérature espagnole que nous réservons d'en parler.

Mais la troisième famille des romans chevaleresques est toute française, quoique leur plus grande célébrité soit due au grand poète de l'Italie qui s'en est emparé ; c'est celle de la cour de Charlemagne et de ses paladins. L'histoire de Charlemagne, la plus éclatante du moyen âge, avait dû laisser aux siècles suivans un sentiment d'étonnement et d'admiration ; son long règne, sa prodigieuse activité, ses brillantes victoires, ses guerres avec les Sarrasins, les Saxons, les Lombards ; son influence sur l'Allemagne, l'Italie et l'Espagne, et le renouvellement de l'empire d'Occident, avaient rendu son nom populaire dans toute l'Europe, long-temps après qu'on avait perdu la mémoire des événemens qui l'avaient signalé. C'était, en effet, un héros propre à la chevalerie, un point brillant au milieu des ténèbres, auquel on pouvait attacher une création toute fantastique.

Il est difficile de fixer l'époque de cette création. Le plus ancien monument de l'histoire merveilleuse de Charlemagne est la chronique

pseudonyme de Turpin ou Tilpin, archevêque
de Reims. Tout le monde convient que le nom
du prélat, contemporain de Charlemagne, est
supposé; mais quelques savans ont prétendu
faire remonter cette imposture au dixième siècle (1); et comme la chronique est écrite en
latin, le plus ou moins de pureté du langage ne
peut servir à faire connaître l'époque à laquelle
elle fut composée. Les manuscrits les plus anciens que l'on conserve aux bibliothéques du
Roi et du Vatican, paraissent être du onzième
ou du douzième siècle; les traductions, les imitations, les continuations, ont commencé seulement avec le règne de Philippe-Auguste, que

---

(1) Quelques observations me font révoquer en doute cette
haute antiquité. Dans l'introduction, Turpin dit que son ami
Léoprand, à qui il adresse son livre, n'a pu trouver dans la
Chronique de Saint-Denis tous les détails qu'il cherchait sur
Charlemagne. Le livre est donc postérieur aux Chroniques
de Saint-Denis, qu'on regarde cependant comme commencées
sous le règne de Louis VII. Au chapitre 18, il est dit que
Charlemagne donna la terre de *Portugal* aux Danois et aux
Flamands (*Terram Portugallorum Danis et Flandris*); mais
le nom même du Portugal ne doit avoir commencé qu'avec
cette monarchie, dans le douzième siècle. La Chronique de
Turpin, divisée en trente-deux chapitres, ne forme que
25 pages *in-folio*, dans l'édition d'Echardt. *Germanicarum
rerum celebriores, vetustioresque Chronographi.* 1 vol. *in fol.*
Francfort, 1566.

ses courtisans voulaient flatter, en le comparant à Charlemagne.

C'est par son contenu qu'il faut chercher à connaître l'époque de cette chronique fabuleuse ; elle doit être empreinte de l'esprit de son temps ; et, en effet, ce qui frappe avant toute chose, et dans cette chronique, et dans tous les romans qui en sont nés, c'est l'enthousiasme des guerres saintes contre les infidèles, dont on ne voit aucune trace dans les romans de la Table ronde. Mais ce qui n'est guère moins remarquable, c'est une occupation des guerres d'Espagne, des Maures d'Espagne, de tout ce qui est espagnol, qui n'est point d'accord avec l'esprit de la première croisade, et qui a fait supposer que cette chronique était l'ouvrage d'un moine de Barcelonne. La chronique de l'archevêque Turpin contient seulement l'histoire de la dernière expédition de Charlemagne en Espagne, à laquelle il est invité miraculeusement par l'évêque Saint-Jacques de Galice ; ses victoires sur le roi maure Argoland, les combats singuliers du paladin Roland et de Ferragus, la mort de Roland à Roncevaux, et la vengeance de Charlemagne. Mais à peu près tous les héros que l'on voit briller ensuite avec tant d'éclat dans l'Arioste, y sont nommés et caractérisés, et c'est de là que les romanciers postérieurs ont emprunté le premier tissu de leurs fables.

S'il est vrai qu'on trouve des manuscrits de la chronique de Turpin écrits dès le onzième siècle, je rapporterais volontiers sa composition à l'époque où Alphonse VI, roi de Castille et de Léon, fit en 1085 la conquête de Tolède et de la Castille Nouvelle. Il fut suivi dans cette expédition glorieuse par un grand nombre de chevaliers français qui passèrent les Pyrénées pour combattre les infidèles auprès d'un grand roi, et pour voir le Cid, le héros du siècle. La guerre contre les Maures d'Espagne fut alors entreprise par un zèle religieux assez différent de celui qui, douze ans plus tard, alluma la première croisade. Il s'agissait de porter des secours à des frères, à des voisins, qui adoraient le même Dieu, et qui vengeaient des injures communes, dont le romancier semblait vouloir renouveler le souvenir; tandis que le but de la première croisade était de délivrer le saint Sépulcre, de recouvrer l'héritage de notre Seigneur, et de porter du secours à Dieu plutôt qu'aux hommes, comme l'exprimait un troubadour que nous avons déjà cité. Ce zèle pour le saint Sépulcre, cette dévotion tournée vers l'Orient, ne paraissent nullement dans la chronique de l'archevêque Turpin, qui cependant est animée par un ardent fanatisme, et qui est toute pleine de miracles.

Si cette chronique, dont l'Arioste invoque sans cesse le témoignage, et à laquelle il a donné une célébrité poétique, est antérieure aux premiers romans de la Table ronde, ceux de la cour de Charlemagne qui en ont été tirés sont de beaucoup postérieurs. La chronique de Turpin, quelque fabuleuse qu'elle soit, ne peut point elle-même être considérée comme un roman; ce sont alternativement des faits incroyables de guerre, et des miracles, de la superstition monacale pour le ciel, de la crédulité monacale pour les événemens de la terre. On y voit déjà quelques enchantemens; la redoutable épée de Roland, Durandal, ne peut porter de coups sans ouvrir de blessures; le corps tout entier de Ferragus est enchanté et invulnérable; le terrible cor de Roland, avec lequel il sonne à Roncevaux pour demander des secours, est entendu jusqu'à Saint-Jean-Pied-de-Port, où Charlemagne était avec son armée; mais le traître Ganelon empêche le monarque de porter du secours à son neveu. Roland, perdant toute espérance, veut briser lui-même son épée, pour qu'elle ne tombe pas entre les mains des infidèles, et ne se teigne jamais dans le sang des chrétiens : il frappe contre des arbres élevés, contre des rochers; mais rien ne résiste à la lame enchantée, conduite par un bras si puissant : les chênes sont renversés, les rochers volent en éclats, et Durandal est encore entière. Roland enfin l'enfonce presque jusqu'à la garde

dans une pierre dure, et la tournant avec violence, il la brise entre ses mains. Alors il sonne
encore du cor, non plus pour demander des secours, mais pour annoncer aux chrétiens sa dernière heure; et il le fait avec tant de force, que
ses veines éclatent, et qu'il meurt inondé de son
propre sang. Tout cela est assez poétique, et
indique une imagination brillante; mais pour
que ce fût un roman de chevalerie, il y faudrait
des femmes et de l'amour, et jamais il n'y est
question ni des unes ni de l'autre.

L'auteur de la Chronique de Turpin n'avait
point l'intention de briller aux yeux du public
par une invention heureuse, et d'amuser les oi-
sifs par des contes merveilleux qu'ils reconnaî-
traient pour tels; il présentait aux Français tous
ces faits étranges comme de l'histoire, et la lecture de légendes fabuleuses avait accoutumé à
croire de plus grandes merveilles encore; aussi
plusieurs de ces fables furent-elles reproduites
dans les anciennes Chroniques de Saint-Denis,
dont la rédaction fut commencée par l'ordre du
sage abbé Suger, ministre de Louis-le-Jeune
(1137-1180), quoique cet ouvrage fût composé
avec une bonne foi parfaite, et comme l'histoire
authentique du temps. Ainsi l'on y trouve, mais
plus en abrégé, presque les mêmes faits que dans
Turpin, sur Roland, et son duel avec Ferragus,
sur les douze pairs de France, la bataille de Ron-

cevaux, et les guerres de Charlemagne contre les Sarrasins. Ce portrait du monarque est également emprunté presque mot à mot de la Chronique de Turpin, chap. xx : « Homs fut de cors « fort, et de grant estature, et ne mie de trop « grant; sept piez avoit de long à la mesure de « ses piez; le chief avoit roont, les yeux grans et « gros, et si clers que quant il estoit courrouciés, « ils resplendissoient ainsi comme escarboucles; « le nez avoit grant et droit, et un petit hault au « milieu, brune chevelure, la face vermeille, « lie et haligre; de si grant force estoit, que il es-« tendoit trois fers de chevaux tous ensemble « légierement, et levoit un chevalier armé sur « sa paume de terre jusques amont. De joyeuse, « s'épée, coupoit un chevalier tout armé.... etc. »

Mais tous ces faits extraordinaires, qui passaient encore pour de l'histoire (1), entrèrent

---

(1) Souvent les anciens romanciers, lorsqu'ils entreprennent un récit de la cour de Charlemagne, prennent un ton plus élevé ; ce ne sont point des fables qu'ils veulent conter, c'est l'histoire nationale, c'est la gloire de leurs ancêtres qu'ils veulent célébrer, et ils ont droit alors à demander qu'on les écoute avec respect. Le roman de Gérard de Vienne, un des paladins de Charlemagne, commence ainsi : (*Manusc. de la Bibliothéque du Roi*, 7498, 3.)

Une chançon plait nos, que je vos die
De haut estoire, et de grand baronie;

dans le domaine des romans, lorsque toutes les croisades furent achevées, et qu'elles eurent fait connaître l'Orient, à la fin du treizième siècle et pendant le règne de Philippe-le-Hardi (1270-1285). Le roi d'armes de ce monarque, Adenez, écrivit en vers les romans de Berthe-au-grand-pied (mère de Charlemagne), d'Ogier-le-Danois, et de Cléomadis. Huon de Villeneuve écrivit celui de Renaud de Montauban; les quatre fils Aymon, Huon de Bordeaux, Doolin de Mayence, Morgant-le-Géant, Maugis, l'enchanteur chrétien, et beaucoup d'autres héros de cette cour illustre ont trouvé alors, ou depuis, des romanciers qui ont mis au grand jour tous les personnages, tous les événemens de cette période de gloire, dont le divin poëme de l'Arioste a consacré la mythologie.

Cependant la création de cette brillante chevalerie romanesque était accomplie dès la fin du treizième siècle; tout ce qui la caractérise se trouvait déjà dans les romans d'Adenez. Les

---

Meillor ne peut estre dite ne oie.
Ceste n'est pas d'orgueil et de follie,
De trahison ou de losengerie,
Mais du bar'nage que Jésus bénie,
Del plus très fier qui oncques fut en vie.
A Saint Denis à la maistre abbayie
Dedans un livre de grant anciennerie
Trovons écrit, etc.

chevaliers n'erraient plus, comme ceux de la
Table ronde, dans les sombres forêts d'un pays
à moitié sauvage, et qui semblait toujours couvert de brouillards et de frimas; l'univers entier se déroulait à leurs yeux; la Terre-Sainte
était le grand objet de leur pélerinage; mais par
elle ils entraient en communication avec les
grandes et riches contrées de l'Orient. Leur géographie était confuse comme toutes leurs connaissances; leurs voyages de l'Espagne au Ca-
thay, du Danemarck à Tunis, se faisaient, il est
vrai, avec une facilité, avec une rapidité plus
prodigieuse que les enchantemens de Maugis
ou de Morgane; mais ces voyages fantastiques
fournissaient aux romanciers les moyens d'orner
leurs récits des plus éclatantes couleurs. Toute
la mollesse et les parfums des pays les plus favo-
risés par la nature étaient à leur disposition;
toute la pompe et la magnificence de Damas, de
Bagdad et de Constantinople, pouvaient orner
le triomphe de leur héros; et une acquisition plus
précieuse encore, c'était l'imagination même des
peuples du Midi et de l'Orient; cette imagination si brillante, si variée, qui venait animer la
sombre mythologie du Nord. Les fées ne furent
plus de hideuses sorcières, objet de la haine et
de la crainte du peuple, mais les rivales ou les
alliées de ces enchanteurs qui disposaient, dans
l'Orient, de l'anneau de Salomon, et des génies

qui y sont attachés. A l'art de prolonger la vie, elles avaient joint celui d'augmenter ses jouissances; elles étaient en quelque sorte les prêtresses de la nature et de ses pompes. A leur voix, des palais magnifiques s'élevaient dans les déserts; des jardins enchantés, des bosquets parfumés d'orangers et de myrtes naissaient du milieu des sables, ou sur les écueils dans le sein des mers; l'or, les diamans, les perles, couvraient leurs vêtemens ou les lambris de leurs palais; et leur amour, loin d'être réputé sacrilége, était souvent la plus douce récompense des travaux du guerrier. C'est ainsi qu'Ogier-le-Danois, le vaillant paladin de Charlemagne, fut accueilli par la fée Morgane dans son château d'Avalon. Morgane, prenant une couronne d'or ornée de pierreries, et représentant des feuilles de laurier, des myrtes et des roses, dit au chevalier, qu'elle avait doué dès sa naissance avec cinq de ses sœurs, et que dès-lors elle avait choisi pour son favori « Régnez ici, et recevez cette « couronne en signe de l'autorité que vous pour- « rez toujours y exercer. » Ogier laissa poser sur sa tête cette couronne fatale à laquelle était attaché le don d'immortelle jeunesse, mais en même temps l'oubli de tout autre sentiment que l'amour de Morgane. Dès ce moment le héros ne se souvint plus de la cour de Charlemagne, ni de la gloire qu'il avait acquise en France, ni des couronnes de Danemarck, d'Angleterre, d'Acre, de Babylone et de Jérusalem, qu'il avait successivement portées, ni de tant de batailles qu'il avait livrées, ni de tant de géans qu'il avait vaincus. Il passa deux cents ans auprès de Morgane dans l'ivresse de l'amour, sans s'apercevoir de la fuite du temps; et lorsque sa couronne étant tombée par accident dans une fontaine, sa mémoire se fut réveillée, il crut Charlemagne encore vivant, et il demanda avec empressement des nouvelles des braves paladins ses compagnons d'armes (1). En lisant cette

---

(1) Morgane, qui avait recueilli Ogier sur le rocher d'aimant, où son vaisseau s'était attaché, lui avait d'abord rendu sa première jeunesse. « Lors s'approcha d'Ogier, et lui donna « un anneau qui portoit telle vertu que Ogier, qui étoit en- « viron de l'aage de cent ans, retourna en l'aage de trente « ans. » C'était ainsi qu'elle le préparait pour l'introduire dans l'assemblée « de la plus grande noblesse que vistes oncques. » Et en effet, le roi Arthus, et tous les pairs de l'ancienne chevalerie, étaient rassemblés depuis plus de trois cents ans dans ce séjour de délices, où le chevalier de Charlemagne était admis.

« Or quand Morgue approcha du château, ses fées vindrent « au-devant d'Ogier, chantant le plus mélodieusement qu'on « sauroit jamais ouïr; puis entra dedans la salle pour soi « deduyre totalement. Adonc vit plusieurs dames fées aor- « nées, et toutes couronnées de couronnes très somptueuse- « ment faites, moult riches; et long du jour chantoient, « dansoient, et menoient joyeuse vie, sans penser à quelque

élégante fiction, on reconnaît aisément qu'elle a été écrite après que les croisades eurent mêlé les peuples de l'Orient à ceux de l'Occident, et enrichi les Français de tous les trésors de l'imagination arabe.

« chose, fors prendre leurs mondains plaisirs. Et ainsi que
« Ogier il devisoit avec les dames, tantost arriva le roi Arthus.
« auquel Morgue la fée dit : Approchez-vous, monseigneur
« mon frère, et venez saluer la fleur de toute chevalerie,
« l'honneur de toute la noblesse de France, celui où bonté,
« loyauté, et toute vertu est enclose. C'est Ogier de Dane-
« marck, mon loyal ami et mon seul plaisir, auquel régit
« toute l'espérance de ma liesse. Adonc le roi vint embrasser
« Ogier très amiablement. Ogier, très noble chevalier, vous
« soyez le très bien venu, et regratie très grandement notre
« Seigneur de ce qu'il m'a envoyé un si très notable cheva-
« lier. Si le fit servir incontinent au siége de Machar, par
« grant honneur, dont il remercia le roi Arthus très gran-
« dement; puis Morgue la fée lui mit une couronne dessus
« son chef, moult riche et présieuse, si que nul vivant ne la
« sauroit priser nullement. Et avec ce qu'elle estoit riche, elle
« avoit en elle une vertu merveilleuse; car tout homme qui
« la portoit sur son chef, il oublioit tout deuil, mélancolie
« et tristesse, ne jamais ne lui souvenoit de pays ni de parens
« qu'il eust; car tant qu'elle fut sur son chef, n'eut pensement
« quelconque ne de la dame Clarice, ne de Guyon son frère,
« ne de son neveu Gautier, ne de créature qui fût en vie, car
« tout fut mis lors en oubli. » (*fol. G, 4ᵉ feuillet.* Roman
d'Ogier-le-Danois, imprimé en lettres gothiques, *in-12*, chez
Alain Lotrian et Denys Janot, sans nom de lieu ni année.)

CHAPITRE VIII.

Poésies diverses des Trouvères; Allégories, Fabliaux, Poésies lyriques, Mystères et Moralités.

Quoique la littérature française se soit complétement séparée de la littérature romantique, qu'elle ait adopté une autre législation, un autre esprit, un autre caractère, la littérature de la langue d'Oïl et des trouvères, qui fut celle de l'ancienne France, avait cependant la même origine que celle de tout le Midi; elle était née du même mélange des peuples du Nord avec les Romains; les mœurs et les opinions du moyen âge, la chevalerie et la féodalité lui donnaient leur caractère; non seulement elle appartenait à la même classe que celle des Provençaux, des Italiens et des Espagnols, elle a même eu sur ceux-ci l'influence la plus marquée. C'est chez les trouvères qu'il faut chercher l'origine des poëmes chevaleresques, des nouvelles et des contes, des allégories, et du théâtre de l'Europe méridionale. Aussi, quoique aucun de leurs ouvrages ne mérite une haute réputation, et ne

puisse être rangé parmi les chefs-d'œuvre de
l'esprit humain, tous sont dignes d'attention,
comme monumens de la marche des idées, et
comme premiers essais d'un goût qui depuis a
été perfectionné.

Rien n'est peut-être plus difficile à définir
que ce qui constitue la poésie : comme le propre
de cet art divin est de captiver l'âme tout entière, de la sortir de son assiette, de la transporter dans un monde meilleur, et de lui procurer les jouissances qui semblent réservées à
des êtres plus parfaits que nous, chacun ne voit
dans la poésie que ce qui est le plus en rapport
avec son être, que le développement de celle de
ses facultés à laquelle il attache le plus de prix,
ou qui lui procure les plus vives jouissances.
De là vient que les uns regardent l'imagination
comme l'essence de la poésie; d'autres, l'émotion; d'autres, la rêverie; d'autres, l'enthousiasme; d'autres, même l'esprit. Il me semble
que, si l'on veut s'entendre, il faut réserver le
nom de poésie à la forme que des hommes in-
spirés donnent aux divers développemens des
facultés humaines; appeler toujours poésie la
réunion de l'harmonie et de la peinture dans le
langage, et convenir que toutes les facultés peuvent, à leur tour, revêtir cette forme brillante,
ce langage tout ensemble mélodieux et figuré,

qui captive tous les sens à la fois, qui frappe les oreilles selon une cadence régulière, et qui représente aux yeux de l'esprit les merveilles de la création dont il compose des tableaux.

En réservant à la forme seule le nom de poésie, on comprendra mieux comment la poésie d'une nation diffère de celle d'une autre par l'essence, et comment chacune est en rapport seulement avec la faculté la plus éminemment développée chez la nation qui la cultive. Le caractère national s'est communiqué à la poésie. Pour les Provençaux, elle s'est trouvée presque tout entière dans l'expression de l'amour et de la galanterie; pour les Italiens, dans le jeu de l'imagination; pour les Anglais, dans la sensibilité; pour les Allemands, dans l'enthousiasme; pour les Espagnols, dans un certain orage de passion qui leur suggérait des images et des pensées gigantesques; pour les Portugais, dans une rêverie douce, mélancolique et champêtre. Toutes ces nations ne considéraient comme propres à la poésie que les sujets qui étaient en harmonie avec leur propre disposition; toutes s'accordent à regarder comme anti-poétique le caractère de la nation française; tandis que celle-ci, dès les temps les plus reculés, témoignant de l'éloignement pour les facultés les plus rêveuses de l'âme, s'est attachée de préférence à l'esprit, au raisonnement, et n'a développé, dans l'imagination même, que la faculté d'inventer. Ce goût d'une nation spirituelle et raisonneuse s'est accru avec les siècles. Les Français se sont attachés toujours plus exclusivement, dans leur poésie, au talent de la narration, à l'esprit et au raisonnement; ils sont devenus, de cette manière, si complétement étrangers à la poésie romantique, qu'ils se sont détachés de toutes les nations modernes pour se mettre sous la protection des anciens; non que ceux-ci se bornassent, comme eux, uniquement à l'esprit de conduite, aux convenances et au raisonnement, mais parce que les anciens avaient développé toutes les facultés humaines à la fois, et parce que les Français retrouvent dans les classiques, que toute l'Europe admire, les qualités auxquelles eux-mêmes attachent le plus de prix. Dès-lors la littérature moderne s'est partagée en deux factions si opposées, qu'elles ont cessé de pouvoir s'entendre l'une l'autre.

Mais avant que les Français eussent levé l'étendard d'Aristote, comme ils l'ont fait depuis un siècle et demi, lorsque la poésie n'était point encore un art pratiqué selon certaines règles, mais plutôt une inspiration, les ouvrages des trouvères différaient déjà de ceux des troubadours, sans qu'on songeât à les mettre en opposition les uns avec les autres. Au contraire, les poètes du Midi, ne soupçonnant rien d'hos-

tile dans une manière diverse, profitaient de la
variété, et s'enrichissaient des inventions des
peuples situés au nord de la Loire.

Les Français, en effet, avaient, par-dessus
tous les autres peuples modernes, l'esprit inventif. Les plaintes, les soupirs, le développement des sentimens passionnés, les fatiguaient
plus tôt que les autres peuples ; ils voulaient
quelque chose de plus réel, de plus substantiel,
pour captiver leur attention. Nous avons vu
que la riche et brillante invention des romans
de chevalerie naquit chez eux ; nous verrons
bientôt qu'ils furent encore les inventeurs des
fabliaux, ou contes pour rire ; qu'enfin ce furent
eux qui donnèrent plus de vie encore au talent
de conter, en mettant les récits sous les yeux,
et en créant le nouvel art dramatique, ou les
mystères. D'autre part, on vit paraître chez eux,
à la même époque, des ouvrages de longue haleine d'une autre nature encore, des poëmes
allégoriques, qui furent également imités par
tous les peuples romantiques, mais qui semblaient appartenir plus immédiatement au goût
français, et qui ont retrouvé jusqu'à nos jours
des imitateurs dans notre littérature. En effet,
l'allégorie satisfait en même temps, et le goût
national de conter, et le goût plus national encore de mettre de l'esprit, du raisonnement, et
un but moral dans toute poésie. Les Français

sont, entre les peuples, le seul qui, en poésie.
demande le pourquoi de chaque chose; de tous
les peuples, ils sont peut-être encore ceux qui
savent le mieux marcher à leur but : aussi veu-
lent-ils toujours en avoir un, tandis que les
autres regardent comme de l'essence des beaux-
arts de ne se proposer aucune chose, de s'abandonner à un essor intérieur et irréfléchi, et de
chercher la poésie dans la seule inspiration.

Le plus célèbre, et peut-être aussi le plus
ancien parmi ces poèmes allégoriques, est le
roman de la Rose, dont tout le monde connaît
le nom, dont bien peu de gens connaissent la
nature ou le but. Et d'abord il faut avertir que
le roman de la Rose n'est nullement un roman,
selon le sens que nous donnons aujourd'hui à
ce mot. A l'époque où il fut composé, le français était encore appelé langue romane, et tous
les ouvrages de longue haleine composés dans
cette langue étaient aussi nommés *romans*. Celui
de la Rose a vingt mille vers; il est vrai qu'il est
l'ouvrage de deux auteurs différens : le premier,
Guillaume de Lorris, a fait seulement les quatre
mille cent cinquante premiers vers; son continuateur, Jean de Meun, a fait le reste cinquante
ans plus tard.

Guillaume de Lorris se proposait de traiter
le même sujet qu'Ovide dans son Art d'aimer;
mais la différence entre les deux ouvrages peut

faire apprécier celle qui existait entre l'esprit des
deux siècles. Guillaume de Lorris ne s'adresse
point aux amans, il ne leur parle point d'après
ses sentimens ou son expérience, mais il raconte
un songe; et son éternelle vision, à laquelle
plusieurs nuits de suite auraient à peine pu
suffire, n'a point le caractère ou le mouvement
d'un songe réel. Une foule de personnages allégoriques se présentent à lui; tous les événemens
d'une longue passion sont changés par lui en des
êtres réels auxquels il donne des noms. C'est
dame *Oiseuse,* ou l'oisiveté, qui inspire la première à l'amant le désir de rechercher la rose
ou le prix de l'amour; ce sont *Male-bouche* et
Dangier qui l'écartent; *Félonie* et *Bassesse,*
Haine et *Avarice,* qui traversent sa poursuite;
tous les vices et toutes les vertus de l'humanité
sont à leur tour personnifiés et introduits sur la
scène; une allégorie est enchaînée à l'autre, et
l'imagination est promenée au milieu de ces êtres
fictifs auxquels elle ne réussit point à donner un
corps. Tout intérêt est nécessairement détruit
par cette conception fatigante : nous nous asso-
cierions plus volontiers aux sentimens et aux
actions du plus petit être humain que l'auteur
eût introduit dans son poëme, qu'à toutes ces
pensées, toutes ces abstractions qu'il nous représente sous les noms d'hommes et de femmes.
Cependant, au siècle où le roman de la Rose

parut, moins il intéressait comme récit, plus il
était admiré comme ouvrage d'esprit, comme
conception morale, comme philosophie revêtue
d'une fiction poétique. Le jeu d'esprit frappait
à chaque ligne ; le but de l'auteur était toujours
en vue ; et dès que la poésie était regardée par
les Français comme un moyen d'instruire agréablement, le roman de la Rose devait leur paraître
atteindre ce but, puisqu'ils y trouvaient une
instruction ingénieuse. Sous ce rapport même
d'instruction et de morale, nous le jugerions
différemment aujourd'hui ; nous ne permettrions
point que, pour prêcher la vertu, on peignît le
vice avec impudence, comme le fait souvent
Guillaume de Lorris ; nous ne souffririons point
son langage cynique, ni la manière insultante
dont lui, et plus encore son continuateur, Jean
de Meun, parlent des femmes ; nous serions
blessés de cette grossièreté, si opposée à l'idée
que nous nous faisons de l'amour et de la galanterie chevaleresques. Nos aïeux étaient sans
doute moins délicats que nous ; aucun livre n'a
eu un succès plus prodigieux que le roman de
la Rose : non seulement il fut admiré comme un
chef-d'œuvre d'esprit, d'invention, de philosophie pratique, on voulut aussi y voir ce que
l'auteur n'avait jamais songé à y mettre ; sous
la première allégorie, on en chercha une seconde. Ou prétendit que Lorris avait caché sous

cette forme poétique les plus hauts mystères de la théologie; on écrivit de doctes commentaires, qu'on trouve joints à l'édition de Paris (1531, *in-folio*), dans lesquels on donnait la clef de cette allégorie divine, et l'on rapportait à la grâce de Dieu et aux joies du ciel les passages les plus licencieux et les tableaux de l'amour terrestre. Il est vrai que cette adoration pour un livre souvent immoral excita enfin l'animadversion de quelques pères de l'Eglise. Jean Gerson, chancelier de l'Université de Paris, et l'un des plus accrédités parmi les pères du concile de Constance, écrivit un traité latin contre le roman de la Rose. Dès-lors plusieurs prédicateurs tonnèrent contre ce livre corrupteur, tandis que d'autres en citaient encore des passages dans la chaire, et entremêlaient les vers de Guillaume de Lorris aux textes de la sainte Écriture.

De même que le caractère national des Français se manifestait dans la forme allégorique que Guillaume de Lorris avait donnée à ce grand poëme didactique, il se faisait encore reconnaître dans le style que Lorris avait choisi. Conter nettement, clairement, avec une certaine naïveté, de la précision dans l'expression, de l'élégance, et un mélange d'idées spirituelles, paraissait dès-lors aux Français tenir à l'essence de la poésie; et encore aujourd'hui, ils considèrent comme poétiques des ouvrages où toutes les autres nations s'accordent à ne voir que de la prose rimée. Le roman de la Rose et toutes ses nombreuses imitations sont dans ce cas : le langage n'en est nullement figuré; il ne met rien sous les yeux; il ne part point de l'âme, et ne l'ébranle point; et si l'on rompt la mesure des vers, il sera impossible d'y reconnaître de la poésie. J'en citerai en note quelques exemples choisis parmi ce que ce livre contient de meilleur. (1)

---

(1) Voici comment est représentée l'origine de la royauté.

> Les homs la terre se partirent,
> Et au partir, bornes y mirent;
> Mais quand les bornes y mettoient,
> Maintes fois s'entrecombattoient,
> Et se tollurent ce qu'ils purent;
> Les plus forts les plus grands parts eurent....
> Lors, convint que l'on ordonnât
> Aucun qui les bornes gardât,
> Et qui les malfaiteurs tous prit,
> Et si bon droit aux plaintifs fit
> Que nul ne l'osât contredire;
> Lors s'assemblèrent pour l'élire....
> Un grand vilain entr'eux élurent,
> Le plus ossu de quant qu'ils furent,
> Le plus corsu, et le *greigneur* (*plus grand*),
> Et le firent prince et seigneur....
> Cil jura que droit leur tiendroit,
> Se chacun en droit soi lui livre
> Des biens dont il se puisse vivre....
> De là vint le commencement
> Aux rois et princes terriens
> Selon les livres anciens.

Guillaume de Lorris avait commencé le roman de la Rose dans la première moitié du treizième siècle; lui-même il mourut en 1260. Son continuateur, Jean de Meun, surnommé Clopinel, naquit seulement en 1280; en sorte que

----

Voici le portrait du Temps, qui a de la réputation, et qui a souvent été cité :

> Le Temps qui s'en va nuit et jour
> Sans repos prendre et sans séjour;
> Et qui de nous se part et emble
> Si secrètement qu'il nous semble
> Que maintenant soit en un point,
> Et il ne s'y arrète point;
> Ains ne *fine* (*cesse*) d'outre passer,
> Si tôt que ne sauriez penser
> Quel temps il est présentement :
> Car avant que le pensement
> Fust fini, si bien y pensez,
> Trois temps seroient déjà passés.

Voici le portrait de l'Amour, qui, dans un poëme fait tout entier à son honneur, devrait être le morceau le plus soigné :

> Le dieu d'amour, cil qui départ
> Amourettes à sa devise,
> C'est cil qui les amans attise,
> Cil qui abbat l'orgueil des braves,
> Cil fait les grands seigneurs esclaves,
> Et fait servir royne et princesse,
> Et repentir none et abbesse.

Le portrait de dame Beauté :

> Celle dame avoit nom Beauté,
> Qui point n'étoit noire ne brune.

la continuation du roman de la Rose est postérieure au grand poëme du Dante, qui est aussi
une vision. Mais Guillaume de Lorris est le véritable inventeur du genre, et les nombreuses
visions poétiques qui occupent tant de place dans

Mais aussi clère que la lune
Est envers les autres estoïles,
Qui semblent petites chandelles.
Tendre chair eut comme rosée;
Simple fut comme une épousée,
Et blanche comme fleur de lys.
Le *vis* (*visage*) eut bel, doux et *alys* (*poli*);
Re-estoit grèle et alignée,
Fardée n'estoit ne pignée,
Car elle n'avoit pas mestier
De soi farder et nettoyer;
Cheveux avoit blonds et si longs
Qu'ils lui battoient jusqu'aux talons;
Beaux avoit le nez et la bouche.
Moult grant douleur au cuer me touche
Quand de sa beauté me remembre
Pour la façon de chacun membre. . . .
Jeune fut et de grand faconde,
Saige, plaisante, gaie et *cointe* (*agréable*),
Gresle, gente, frisque et *accointe* (*adroite*).

Le titre même était en rimes :

Cy est le rommant de la Rose
Où tout art d'amour est enclose.
Histoires et autorités,
Et maints beaux propos usités.
Qui a été nouvellement
Corrigé suffisantement,
Et coté bien à l'avantaige
Com on voit en chacune paige.

les littératures modernes, sont toutes imitées du roman de la Rose.

Les premières imitations de ce poëme parurent en français, et portent comme lui le titre de romans. L'un de ces romans, qui acquit dans le temps le plus de célébrité, et dont on trouve le plus fréquemment des copies dans les bibliothéques, est celui des *Trois pélerinages*, composé par Guillaume de Guilleville, moine de Cìteaux, entre 133o et 1358. C'est encore un songe, et d'une longueur démesurée, car chaque pélerinage est un poëme de dix ou douze mille vers, formant un volume *in-quarto*. Le prémier est le Pélerinage de l'Homme, ou la Vie humaine; le second, le Pélerinage de l'Ame sortie du Corps, ou la Vie à venir; le troisième, le Pélerinage de Jésus-Christ, ou la Vie de notre Seigneur. Guilleville déclare dans ses vers qu'il a pris pour modèle le roman de la Rose; mais on connaît aisément aussi qu'il a imité le Dante, dont l'immortel poëme avait paru dans cet intervalle. Ainsi, dans ses visions chrétiennes, Guilleville prend pour guide le poète Ovide, comme le Dante avait pris Virgile pour guide dans l'empire des morts. Mais Virgile avait été vraiment le maître du Florentin; il lui avait inspiré le sentiment et l'enthousiasme de la poésie, tandis que Guilleville ne devait rien à Ovide, et qu'il ne s'approche jamais du guide qu'il prétend suivre.

Vers le même temps on vit paraître aussi la *Bible Guyot* (1), ouvrage de Hugues de Bercy, surnommé Gyot ; c'est une satire amère contre tous les états de la vie ; le livre de Mandevie, ou amendement de la vie ; le livre de Clergie, ou de toutes les sciences, et plusieurs autres encore, où de fatigantes allégories voilent à demi de non moins fatigantes leçons. On s'étonnerait de la patience de nos aïeux, qui dévoraient ces longs et fastidieux ouvrages, si l'on oubliait la condition d'un peuple qui n'a presque point de

---

(1) Voici de même un échantillon de ce poëme ; le titre de *Bible* qu'il porte répond seulement à celui de livre :

Contre les femmes.

Nulli ne pot oncqu' accomplir
Voloir de femme ; c'est folie
De cherchier lor estre et lor vie,
Quand li sages n'y voient goute....
Femme ne fut oncques vaincue
Ne apertement bien cognue :
Quand li œil pleure li cuer rit,
Peu pense à ce qu'elle nous dit,
Moult mue souvent son courage,
Et tost a déçu le plus sage.
Quand me *membre* (*souvient*) de Salomon,
De Costantin et de Samson
Que femmes inganièrent si,
Moult me *tuit* (*convient*) d'estre esbahi.

livres, et qui ne trouve au dehors de soi presque aucun moyen d'étendre et de renouveler ses idées. On conservait un seul ouvrage, un seul volume dans une maison patriarcale ; les jours où le temps était mauvais, on le lisait en cercle autour du feu, on le recommençait quand on l'avait fini, on s'exerçait l'esprit à en faire des applications, à en tirer tout ce qu'il contenait, plus même qu'il ne contenait ; aucune comparaison ne mettait à portée de le juger ; on le respectait comme la sagesse écrite, et on se réjouissait de le comprendre, comme si c'était dans l'auteur une grande condescendance que de s'humaniser quelquefois.

Nos ancêtres avaient, au reste, d'autres poésies, qui, si elles ne manifestaient pas un plus grand talent d'invention, plus de cette inspiration, de cette chaleur à laquelle les autres nations s'accordent à réserver l'épithète de poétique, étaient du moins plus amusantes. Ce sont les fabliaux, auxquels on a cherché, dans notre siècle, à faire de nouveau une brillante réputation, et qu'on a présentés comme un trésor d'invention, d'originalité, de naïveté et de gaieté, et que les autres nations n'ont pu égaler qu'en le pillant. Un nombre infini de ces anciens contes écrits en vers dans le douzième et le treizième siècle, est conservé à Paris dans les Bibliothèques du Roi. M. de Caylus en a rendu compte

à l'Académie des Inscriptions et Belles-Lettres,
dans des Mémoires spirituels; M. Grand d'Aussy
en a fait un choix qu'il a présenté au public avec
une toilette plus moderne ; enfin MM. Barbazan
et Méon en ont publié quatre gros volumes d'a-
près les originaux, et dans leur langage, souvent
aussi dans leur grossièreté primitive. Cette partie importante de la littérature du moyen âge
mérite d'être étudiée, comme servant à l'histoire des mœurs et de l'esprit du temps, et comme
montrant l'origine de plusieurs inventions spirituelles, dont des hommes d'un autre siècle, et
même d'autres nations, ont voulu s'honorer plus
tard. Mais ce genre de recherches n'est point
convenable pour tout le monde. Les notions de
délicatesse, de décence et de pudeur étaient
peu respectées dans le bon vieux temps; et les
trouvères, pour ranimer la gaieté des chevaliers
et des dames qui les recevaient à leur cour,
n'employaient souvent que le sel le plus grossier. L'impudence du langage leur tenait lieu
de plaisanterie, et les mœurs les plus dissolues
étaient presque les seules qu'ils se plussent à
peindre.

Les Français, considérant toujours l'élégance
et la facilité du style comme l'essence de la poésie, s'emparèrent de tous les contes galans, de
toutes les aventures, de toutes les anecdotes qui
pouvaient éveiller la curiosité ou exciter le rire:

ils les mirent en vers, et ils crurent ainsi devenir poètes; tandis que toutes les autres nations réservaient pour la prose les récits de tout genre. Un recueil de contes indiens, intitulé *Dolopathos, ou le Roi et les sept Sages*, après avoir été traduit en latin vers le dixième ou onzième siècle, devint la première richesse des trouvères. Les contes arabes, que les Maures avaient transmis aux Castillans, et ceux-ci aux Français, furent à leur tour versifiés; même les aventures romanesques des chevaliers et des troubadours provençaux devenaient pour les trouvères des sujets de contes; mais surtout les anecdotes des villes et des châteaux de France, les aventures des amans, les tours qu'ils jouaient aux maris jaloux et dupés, les galanteries des prêtres, et les débordemens des couvens, fournissaient aux conteurs une foule de récits bouffons. C'était là leur trésor commun. On sait rarement le nom du trouvère qui a versifié chaque anecdote; un autre la contait après lui en la changeant à sa guise; il ajoutait ou retranchait selon l'impression qu'il voulait faire sur ses auditeurs, et il faisait ainsi éprouver aux fabliaux plus anciens toutes les variations du langage. Il n'existait encore ni théâtre, ni jeux de cartes pour remplir le loisir des gens du monde; les longues soirées dans les cours et les châteaux, même dans les maisons privées, devaient être remplies par un amusement social, et les trouvères ou conteurs de fables étaient toujours accueillis avec un empressement proportionné au fonds d'anecdotes qu'ils apportaient pour la conversation. Tout leur était également bon; les mêmes hommes contaient devant les mêmes assemblées des anecdotes licencieuses, des légendes et des miracles: et, dans le recueil des anciens fabliaux, on trouve aussi placés à la suite les uns des autres des récits dans les genres les plus opposés. Les plus nombreux sont les contes proprement dits, ceux qui ont fourni des originaux à Boccace, à la reine de Navarre et à La Fontaine. Quelques uns de ces vieux fabliaux ont fait fortune; ils ont été reproduits successivement par tous ceux qui prétendaient au talent de conter, et ils ont passé de langue en langue, et d'âge en âge jusqu'à nos jours. Il y en a même qui ont été portés ensuite sur le théâtre, et qui ont donné ainsi un nouvel aliment à la gaieté française. Le fabliau du *Faucon* a produit l'opéra du *Magnifique*; celui du *Myre* (médecin) a produit *le Médecin malgré lui*; celui de *la Housse partie* a produit les comédies de *Conaxa* et des *Deux Gendres*. C'est encore dans les fabliaux qu'on trouve l'original du conte de *l'Ange et l'Ermite* de Parnell, ou du roman de *Zadig* de Voltaire, et du conte du *Renard*, que Goëthe a reproduit dans un long poëme, sous le nom de *Reinecke Fuchs*. *Le Castoyement d'un Père à son Fils* est un recueil de vingt-sept fabliaux liés entre eux pour former l'instruction qu'un père donne à son fils à son entrée dans le monde. *L'Ordène de chevalerie* est un récit naïf et assez piquant de la manière dont le sultan Saladin se fit armer chevalier par les croisés qu'il avait vaincus. On y trouve, sur l'ordre de chevalerie, sur les diverses cérémonies avec lesquelles on donnait au nouveau chevalier les diverses pièces de l'armure, et sur la signification de toutes ces pratiques, des détails authentiques et contemporains qu'on chercherait vainement ailleurs. Quelques fabliaux enfin se rapprochaient des romans de chevalerie; ils peignaient comme eux les mœurs héroïques de la partie la plus noble de la nation, et non les vices du peuple. Ce sont les seuls qui soient vraiment poétiques, les seuls où l'on trouve une imagination créatrice, des tableaux gracieux, des sentimens élevés, de la vie dans les personnages, et ce mélange de surnaturel qui séduit l'imagination. C'est dans un fabliau de cette classe, *le Lay de l'Oiselet* (t. III, p. 119), qu'on trouve ces jolis vers sur le rapport entre le culte de Dieu et celui de l'Amour.

> Et pour vérité vous record
> Dieu et Amour sont d'un accord :
> Dieu aime sens et honorance,
> Amour ne l'a pas en viltance;

> Dieu hait orgueil et fausseté,
> Et Amour aime loyauté;
> Dieu aime honneur et courtoisie,
> Et bonne Amour ne hait-il mie;
> Dieu écoute belle prière,
> Amour ne la met pas arrière, etc.

A la même classe appartient encore le lay d'Aristote, par Henri d'Andely (*Fabliaux*, tome III, page 96), dont on a fait le joli opéra d'*Aristote amoureux*. Dans le moyen âge, on donnait à toute l'antiquité une tournure chevaleresque; on ne pouvait guère comprendre des mœurs et une manière d'être différentes de ce qu'on était soi-même. D'ailleurs l'antiquité grecque n'était guère connue des Occidentaux que par l'entremise des Arabes, et le lay d'Aristote était probablement lui-même d'origine orientale; car ce philosophe, et Alexandre son disciple, étaient de tous les Grecs ceux que les Arabes se plaisaient le plus à célébrer.

Alexandre, nous raconte le poète, est arrêté par l'Amour au milieu de ses conquêtes; il ne songe plus qu'à donner des fêtes à sa belle, et à lui témoigner son ardeur. Tous ses barons, ses chevaliers et ses soldats, gémissent de son inaction:

> Dont il ne se repentoit mie,
> Car il avoit trouvé sa mie
> Si belle qu'on put souhaiter.
> N'avoit cure d'ailleurs plaider,

Fors qu'avec lui manoir et être.
Bien est Amour puissant et maître,
Quand du monde le plus puissant
Fait si humble et obéissant
Qu'il ne prend plus nul soin de lui,
Ains s'oublie tout pour autrui.

Personne n'avait osé témoigner à Alexandre le mécontentement de l'armée : son maître seul, Aristote, qui avait sur lui l'autorité que donnent les plus vastes connaissances et une sagesse profonde, reproche au vainqueur du monde de s'oublier pour l'amour, d'arrêter son armée dans l'inaction au milieu de ses conquêtes, et de mécontenter toute sa chevalerie. Alexandre, honteux de ces reproches, promet de s'éloigner de sa belle ; il demeure plusieurs jours sans la voir :

Mais il n'a pas le souvenir
Laissé ensemble avec la voie;
Qu'Amour lui ramembre et ravoie
Son clair visage, sa façon,
Où il n'a nule retraçon
De vilenie ni de mal;
Front poli, plus clair que cristal,
Beau corps, belle bouche, blond chef.
Ah, fait-il, comme à grand meschef
Veulent toutes gens que je vive!

Il ne peut plus résister, en effet, au désir de la voir ; il retourne auprès d'elle, et il excuse sa longue absence en lui contant les réprimandes

de son maître. La belle jure de s'en venger, et
de soumettre Aristote lui-même au pouvoir de
ses charmes. Elle va le joindre dans le jardin
où il étudie; elle emploie pour le séduire toutes
les ressources de la coquetterie. Le philosophe
se reproche en vain son âge et sa tête chenue,
et ses traits devenus noirs, pâles et maigres :
il sent qu'il a mal employé son étude, et que
tout ce qu'il sait ne le préserve point de l'a-
mour. Il demande merci à la dame, et se déclare son esclave. Elle ne le blâme point, mais
elle lui impose une pénitence, pour le punir
des conseils de rébellion qu'il a donnés à son
élève :

> Dit la Dame : Vous convient faire
> Pour moi un moult divers affaire,
> Si tant êtes d'amour surpris;
> Car un moult grand talent m'a pris
> De vous un petit chevaucher
> Dessus cette herbe, en ce verger :
> Et si veux, dit la Demoiselle,
> Qu'il ait sur vos dos une selle,
> Si serai plus honnêtement.

Le philosophe ne sait rien refuser à la belle
qu'il aime ; il se met à quatre pates, et se laisse
placer une selle sur le dos : la belle y monte, et
le conduit avec une guirlande de roses jusqu'au
pied de la tour où Alexandre l'attendait, et où

il est témoin du triomphe de l'amour *sur le tout meilleur clerc du monde.*

Mais le plus touchant de tous les fabliaux, et peut-être aussi le plus célèbre, est celui d'Aucassin et Nicolette (tome 1, pages 380 à 418), que M. Legrand a fait reparaître sous le titre des *Amours du bon vieux temps*, et qui a fourni ensuite le sujet d'un charmant opéra, tout resplendissant de chevalerie. Dans l'original, il est écrit alternativement en prose et en vers, quelquefois avec quelques lignes de musique. Le langage, en tout conforme à celui de Ville-Hardouin, paraît indiquer les premières années du treizième siècle et un auteur champenois. Cependant les Provençaux réclament la première invention d'un conte dont la scène est dans leur pays. Aucassin, fils du comte de Beaucaire, aime passionnément Nicolette, jeune fille dont la naissance est inconnue; son père ne veut point la lui accorder pour femme; cependant le comte de Valence, ennemi de Beaucaire, vient mettre le siége devant cette ville : elle est sur le point d'être prise, et le comte de Beaucaire sollicite en vain son fils de se mettre à la tête de ses défenseurs. Aucassin ne veut combattre qu'autant qu'on lui promettra Nicolette pour prix de sa valeur. Il arrache cette promesse à son père ; il sort des murs, et rentre bientôt victorieux. Mais dès que le sire de Beaucaire n'a plus de crainte, il fausse sa promesse; il s'indigne de l'idée d'une mésalliance pour son fils, et il fait enlever Nicolette.

> Nicolette est en prison mise,
> Dans une chambre à voûte grise.
> Bâtie par grand artifice,
> Et empeinte à la mosaïce.
> Contre la fenêtre marbrine
> S'en vint s'appuyer la mesquine :
> Chevelure blonde et poupine
> Avoit, et la rose au matin
> N'étoit si fraîche que son teint.
> Jamais plus belle on ne vit.
> Elle regarde par la grille,
> Et voit la rose épanouie,
> Et les oiseaux qui se dégoisent.
> Lors se plaint ainsi l'orpheline :
> Las, malheureuse que je suis!
> Et pourquoi suis-je en prison mise?
> Aucassin, damoiseau, mon sire,
> Je suis votre fidèle amie,
> Et de vous ne suis point haïe :
> Pour vous je suis en prison mise,
> En cette chambre à voûte grise.
> J'y traînerai ma triste vie
> Sans que jamais mon cœur varie,
> Car toujours serai-je sa mie. (1)

---

(1) J'ai choisi la version la plus rapprochée du langage actuel; mais dans les manuscrits imprimés par M. Méon, ces vers n'ont que sept syllabes, et commencent ainsi :

> Nicole est en prison mise
> En une canbre vautie

Je n'essaierai point de faire l'extrait de ce fabliau, que l'opéra d'*Aucassin et Nicolette* fait assez connaître. Nicolette, échappée de sa prison, va chercher un refuge chez le roi de Torreloro (Logodoro ou le Torri en Sardaigne), et ensuite à Carthage : sa naissance cependant est reconnue pour illustre ; elle revient en Provence sous un déguisement ; son amant la retrouve, et ils sont enfin heureux. Ces derniers événemens sont confus et mal enchaînés ; mais les vingt premières pages sont écrites avec une naïveté, une pureté et une grâce qui n'ont peut-être été égalées par aucun poète du bon vieux temps.

Les trouvères ont eu aussi quelques poètes lyriques. Quoique leur langue fût moins harmonieuse que celles du Midi, quoique leur imagination fût moins vive et leurs passions moins ardentes, ils n'ont pas absolument négligé un genre de composition qui faisait la gloire de leurs rivaux, et ils se sont étudiés à introduire dans la langue d'Oïl toutes les formes de versification que les troubadours avaient inventées

---

Ki faite est par grant devises,
Panturée à miramie.
A la fenêtre marbrine
La s'apoya la mescine ;
Elle avoit blonde la crigne
Et bien faite la sorcille, etc

pour la langue d'Oc. Mais la poésie lyrique fut surtout cultivée par les grands seigneurs; on n'a presque conservé d'autres chansons que celles des princes souverains. Thibaud III, comte de Champagne, qui vécut de 1201 à 1253, et qui monta en 1234 sur le trône de Navarre, est le plus célèbre entre les poètes français du moyen âge, non seulement par l'éclat de sa couronne, mais par ses liaisons vraies ou supposées avec Blanche de Castille, mère de Saint-Louis, et par l'influence qu'eurent ses amours romanesques sur les troubles du royaume. Les poésies du roi de Navarre sont d'une extrême difficulté à comprendre : les mots vieillis furent pendant long-temps considérés en France comme plus poétiques que les modernes, et la langue prosaïque se polissait et se perfectionnait, tandis que celle des vers demeurait toujours également obscure. D'ailleurs les poètes lyriques semblaient mettre plus d'importance aux sons, au croisement des rimes, à la rigoureuse observation de toutes les lois établies par les troubadours pour la construction de la strophe des chansons, des tensons et des sirventes, qu'au sens et aux sentimens qu'ils voulaient exprimer. Aussi les deux volumes de poésies du roi de Navarre qu'a publiés la Ravallière, sont-ils un monument curieux de la langue et des mœurs, mais jamais une lecture attrayante.

On nomme encore parmi les princes souverains qui marchèrent aux dernières croisades,
et dont on a conservé des vers, Thierry de Sois-
sons, de l'ancienne maison de Nesle, qui fut fait
prisonnier en Égypte à la bataille de Massoure;
le vidame de Chartres, de l'ancienne maison de
Vendôme; le comte de Bretagne Jean, fils de
Pierre de Dreux, dit Mauclerc; le seigneur Bernard de la Ferté; Gaces Brulés, chevalier et
gentilhomme champenois, ami du roi de Navarre; Raoul II de Coucy, tué en 1249, auprès
de Saint-Louis, à la bataille de Massoure. Son
grand-père, Raoul Ier de Coucy, le héros de la
tragédie de Gabrielle de Vergy, avait été tué en
Palestine en 1191. En général, les compagnons
de Saint-Louis, les valeureux chevaliers qui
l'accompagnèrent à la croisade, se plaisaient à entendre les trouvères conter dans leurs festins des
anecdotes piquantes, souvent licencieuses, et les
entretenir d'aventures étrangères; mais lorsqu'ils
s'essayaient eux-mêmes dans l'art des vers,
c'étaient leurs propres sentimens et leurs propres
passions qu'ils revêtaient d'une forme poétique.
Ils chantaient l'amour ou la guerre, et ils laissaient à des subalternes le soin de les raconter.
Pour donner quelque idée de ce genre de composition, je présenterai d'abord ici, non point sous
sa forme primitive, mais sous celle que M. de
Montcrif lui a donnée en la faisant reparaître,

une de ces chansons tendres et même langou-
reuses de Raoul de Coucy ; son lay de départie,
lorsqu'il suivit Saint-Louis à la croisade.

Que cruelle est ma départie,
Dame qui causez ma langueur !
Mon corps va servir son Seigneur,
Mon cœur reste en votre balie ;
Je vais soupirant en Syrie,
Et des Payens n'ai nulle peur.
Mais dure me sera la vie
Loin de l'objet de mon ardeur.

L'on nous dit et l'on nous sermonne
Que Dieu, notre bon Créateur,
Veut que, pour venger son honneur,
Tout dans ce monde on abandonne.
A sa volonté je m'adonne ;
Je n'ai plus ni château ni bien,
Mais que ma belle me soit bonne,
Et je n'aurai regret à rien.

Du moins dans cette étrange terre
Pourrai-je penser jour et nuit
A ma dame au charmant souris,
Sans craindre la gent mauparlière (*médisante*) :
Et pour ma volonté dernière,
Je lègue, et clairement le dis,
Mon cœur à celle qui m'est chère,
Mon âme au Dieu de paradis.

Parmi les chansons du châtelain de Coucy
conservées à la Bibliothéque du Roi, je ne sais si
j'ai retrouvé l'original de celle de M. de Montcrif.

Celle que je rapporte en note (1) est sur le même
sujet; elle a plusieurs des mêmes rimes, et n'est

---

(1) Suite du fonds de Cangé, *bb*, p. 90.

> Oimi, Amors, si dure départie
> Me convendra faire de la moillor
> Qui oncques fust amée ne servie.
> Dex me ramoint à lui por sa douçor (*)
> Si voirement que j'en part à dolor.
> Dex! qu'ai-je dit, je ne m'en part je mie;
> Se li cors va servir notre Seignor,
> Tout li miens cuers remaint en sa baillie. (**)

> Por li m'en vois sopirant en Surie,
> Que nul ne doit faillir son Creator;
> Qui li faudra à cest besoing d'ahie,
> Sachié de voir, faudra li à greignor, (***)
> Et saichiez bien, li grant et li minor,
> Que là doit-on faire chétive vie.
> Là se conquiert paradis et honor,
> Et pers et los, et l'amor de sa mie.

> Lonc tems avons esté prou paix oiseuze,
> Or partira qui acertes iert preu;
> Vescu avons à honte dolorenze,
> Dont tous li monz est iriez et honteus;
> Quant à nos tens est perdu li sains lens
> Où Dex por nos soffrit mort angoisseuse,
> Or ne nos doit retenir nule honeus
> D'aller vengier cette perte honteuse.

> Qui vuet avoir honre et vie envionse
> Se voist morir liez et banz et joianz,
> Car cele mort est douce et savoreuse
> Où conquis est paradis et honois;

(*) Que, par sa bonté, Dieu me ramène près d'elle.
(**) Tout mon cœur reste en sa puissance.
(***) Car nul ne doit manquer à son Créateur. Qui lui manquera dans son besoin
d'aide, sachez vraiment que Dieu lui manquera dans un plus grand.

cependant point traitée de même; une autre encore sur sa départie, commence avec beaucoup de sensibilité, mais sans avoir aucun rapport avec la première (1). Les chansons manuscrites de ces premiers poètes français, ne sont point réunies

---

Ne ja de mort n'en i morra i tous,
Ains vivront tuit en vie gloriouse,
Et saichiez bien, qui ne fust amorouz,
Moùt fust la voie et bele et delitouze. (*)

Tuit li clergie, et li home d'aaige,
Que de bienfaiz et d'aumosnes vivront,
Partiront tuit à cest pelerinaige;
Et les Dames qui chastes se tendront,
Et léauté portent à ces qui iront.
Et se les font per mal conseil folage,
Ha! les quelx gens mauvaises les feront?
Car tuit li bons iront en cet viage. (**)

Dex est assis en son haut héritage:
Or parra bien co cil le secorront,
Cui il geta de la prison ombrage,
Quant il fut mis en la croix que tuit ont.
Certes tuit cil sont honnis que n'i vont
S'ils n'ont pov'té, ou vieillesse ou malage.
Et cil qui jove, et sain, et riche sont
Ne porront pas demorer sans hontage.

(1) Une autre chanson du châtelain de Coucy commence ainsi:

S'oncques nuls homs por dure departie
Ot cuer dolant, je l'aurai por raison,

(*) Et sachez bien que pour qui n'est point amoureux, ce passage serait et beau et délectable.
(**) Et si, pour être mal conseillées, elles font quelque folie, que penser de ceux qui les séduiront? car tous les bons seront partis pour la croisade.

dans les volumes qui les contiennent; elles sont disséminées parmi plusieurs milliers d'autres pièces de vers, et après avoir feuilleté plusieurs volumes, on doit douter encore si on a tout vu.

Après cette race de héros (1), vinrent d'autres poëtes qui polirent la langue des trouvères, et qui, comme leurs prédécesseurs, confirmèrent

---

Oncques tortre (*tourterelle*) qui pert son compaignon
Ne remest jor de moi (*) plus esbahie.
Chacuns plore sa terre et son pays,
Quand il se part de ses coraux (*du cœur*) amis;
Mais nuls partir, saichiez, que que nuls die,
N'est dolorous, que d'ami et d'amie.

(1) Je ne sais quel intérêt attaché aux grands noms et aux souvenirs historiques, relève le prix des petits vers écrits par les héros de la croisade : on y cherche l'âme et la pensée intime de ces preux chevaliers. C'est mon excuse pour rapporter encore ici, sous leur forme plus moderne, quelques couplets de la troisième chanson du vidame de Chartres, de l'ancienne maison de Vendôme, dans lesquels il fait le portrait de sa belle.

Écoutez, nobles chevaliers,
Je vous tracerai volontiers
   L'image de ma belle.
Son nom jamais ne le saurez,
Mais si parfois la rencontrez,
Aisément la reconnoitrez
   A ce portrait fidèle.

Ses cheveux blonds comme fil d'or,
Ne sont ni trop longs ni trop cort,

(*) N'est jamais restée.

la prédilection de la nation pour les récits, pour
les allégories et pour l'esprit mis dans les vers
nous ne donnerons point d'extraits de leurs ou
vrages, parce que nous n'avons intention de
parler de la langue française que dans ses rapports avec la poésie romantique, et seulement
pour reconnaître quelle influence elle a exercée
sur les littératures du Midi. Au lieu donc de
nous occuper des poésies de l'historien Froissart,
du duc Charles d'Orléans, d'Alain Chartier, de
Villon et de Coquillart, qui ont contribué sans
doute à former la langue française, mais nulle-

Tous repliés en onde;
Sous son front blanc comme le lys,
Où l'on ne voit taches ni plis,
S'élèvent deux sourcils jolis,
Arcs triomphans du monde.

Ses yeux bleus, attrayans, rians,
Sont quelquefois fiers et poignans,
Clignotans par mesure;
Par l'amour même ils sont fendus,
De doux filets y sont tendus,
Et tombent cœurs gros et menus
Par si belle ouverture.

Voici le dernier couplet :

S'en savois plus, ne le dirois,
Car mon trop parler grèveroit
D'amor la confiance;
Si ne peut chevalier d'honnour
Manquer à Dame et à Seignour
Sans de Dieu mériter rigour
Et rude pénitence.

ment les autres langues du Midi, nous donnerons un regard à la naissance des mystères ou du
théâtre romantique, qui eut en France sa première origine, et qui servit à former ensuite
également les théâtres d'Espagne et d'Angleterre.

Il appartenait aux Français de découvrir les
premiers cette vie nouvelle qu'on pouvait donner aux ouvrages de l'esprit, par la représentation dramatique. Ils avaient défini la poésie et les
beaux-arts, en les nommant des arts d'imitation ;
tandis que les autres nations les considéraient
comme une effusion des sentimens du cœur :
ils avaient beaucoup plus cherché dans leurs récits, dans leurs romans, dans leurs fabliaux , à revêtir avec vérité le caractère d'autrui, qu'à se développer eux-mêmes. Ce furent eux encore qui,
dans le temps où le théâtre des anciens était complétement oublié, songèrent les premiers à mettre
sous les yeux de spectateurs rassemblés , ou les
grands événemens qui ont accompagné l'établissement de la religion chrétienne, ou les mystères
dont elle ordonne la croyance , ou même les
faits particuliers de la vie domestique qui pouvaient exciter à rire , après des contemplations
plus sérieuses. Avec le même genre de talent qui
leur servit à versifier une longue histoire dans le
genre héroïque, ou une anecdote dans le genre
bouffon, ils versifièrent encore des sujets de même

nature, dans un mètre tout semblable, mais en
faisant parler à son tour chaque interlocuteur;
et ils laissèrent, à ceux qui devaient réciter ces
poésies dialoguées, le soin de leur donner l'accent de la vérité, et le prestige du spectacle.

Les premiers qui éveillèrent l'attention du
peuple par ces compositions à plusieurs personnages, furent des pélerins revenant de la Terre-
Sainte, qui mettaient ainsi sous les yeux de leurs
compatriotes ce qu'ils avaient vu de leurs propres yeux, et que tout le monde désirait connaître. On croit que c'est dans le douzième, ou
tout au moins dans le treizième siècle, qu'on
vit les premières de ces représentations dramatiques, exécutées dans les carrefours. Mais ce
fut seulement à la fin du quatorzième siècle
qu'une compagnie de pélerins, qui avaient
solennisé, par un brillant spectacle, les noces
de Charles VI et d'Isabeau de Bavière, s'établit
à Paris d'une manière stable, et entreprit d'amuser le public par des représentations régulières.
On la nomma la Confrérie de la Passion, parce
que le plus célèbre de leurs spectacles devait représenter le Mystère de la Passion.

Ce mystère, le plus ancien de tous les ouvrages dramatiques, depuis le renouvellement
de la civilisation, comprend l'histoire entière
de notre Seigneur, depuis son baptême jusqu'à
sa mort. Il est trop long pour pouvoir être re-

présenté en un seul jour : aussi continuait-on
la représentation d'un jour à l'autre, et divisait-
on le mystère entier en un certain nombre de
journées, dont chacune comprenait le travail ou
la représentation d'un jour. Ce nom de journée
pour les divisions des pièces de théâtre, qui a
été abandonné en France avec les mystères, est
demeuré dans la langue espagnole, où l'on a
oublié son origine. Quatre-vingt-sept personnages paraissaient successivement dans le mystère de la Passion : parmi eux on voyait les trois
personnes de la Trinité, six anges ou archanges,
douze apôtres, six diables, Hérode avec toute
sa cour, et beaucoup de personnages de l'invention du poète. Des machines hardies paraissent
avoir été employées pour donner à la représentation toute la pompe qu'on réserve aujourd'hui
aux opéras ; plusieurs scènes paraissent avoir
été chantées ; il y a même des chœurs, et le
mélange des vers semble indiquer une connaissance assez exacte de l'harmonie du langage.
Quelques caractères sont bien tracés ; quelques
scènes ont de la grandeur, de la rapidité, ou un
effet tragique ; et quoique la pièce retombe souvent dans le langage le plus trivial et le plus traînant ; qu'on y voie enchaînées les scènes les plus
absurdes, on ne peut méconnaître un grand talent
dans la conception de ce terrible drame, qui de-
vançait tous les modèles, et qui, mettant sous

les yeux des chrétiens des événemens auxquels
se rattachaient alors toutes leurs pensées, devait
les ébranler bien plus fortement que ne le font
aujourd'hui les tragédies les plus artistement con-
duites.

Quelques vers, quelques citations ne suffisent
point pour donner une idée nette d'un ouvrage
aussi long et aussi varié; d'un ouvrage qui, imprimé en deux colonnes, forme un gros volume
in-folio, et excède lui seul en longueur la collection complète des œuvres de nos grands poëtes
tragiques. Cependant, puisque notre but est
toujours de faire juger le lecteur par lui-même,
puisque nous lui présenterons souvent des extraits de pièces non moins barbares, conservées
sur le théâtre espagnol, et qui ne sont que des
imitations du premier grand mystère français, il
est juste de rapporter au moins quelques vers de
cet étonnant ouvrage, et de produire successivement les différens styles, les différens talens
tragique et comique de l'auteur. On est étonné,
avant tout, de la clarté du langage, bien plus facile à entendre que celui des poëtes lyriques de
la même époque. On trouvait dès-lors, non seulement plus de naïveté, mais aussi plus de pompe
aux mots déjà vieillis : cependant cette pompe
était exclue d'une poésie qu'on voulait rendre
populaire. Celle des idées, celle du langage,
rapproche quelquefois le mystère de la Passion

d'un meilleur siècle. Ainsi, dans le conseil des Juifs, où plusieurs Pharisiens parlent à leur tour et trop longuement, Mardochée s'exprime ainsi :

Quant Messias, quant le Crist régnera,
Nous espérons qu'il nous gouvernera
En forte main, en union tranquille;
Couronne d'or sur son chef portera,
Gloire et richesse en sa maison aura,
Justice et paix régira sa famille.
Et si le fort le povre oppresse ou pille,
Si le tyran son franc vassal exille,
Quant Crist viendra tout sera mis en ordre.

Saint Jean fait un fort long sermon sur la scène, et la patience de nos pères ne s'explique à l'ouïe de ces longues déclamations, que parce qu'ils faisaient hommage à Dieu de leur ennui, bien persuadés que, dans ces mystères religieux, ce qui ne les faisait ni rire ni pleurer n'était pas perdu pour l'édification de leurs âmes. Mais la scène qui suit, où saint Jean est interrogé, est bien dialoguée.

ABYAS.

Sainct Prophète! il nous est escript
Que le Crist, pour nous racheter,
Se doit à nous manifester,
Et réduyre par sa doctrine
Le peuple en sa grâce divine.
Par quoi, veu les enseignemens,
Les haulx faits et les préchemens

Dont tu endoctrines tes proesmes;
Nous doultons que ce soit toy-mesmes
Qui montres tes belles vertus.

SAINT JEHAN.

Non suis; je ne suis pas Christus,
Mais desouls lui je m'humilie.

ELYACHIM.

D'où te vient doncques la folie
De toi tenir en ces déserts,
Tout nu? Dis nous de quoi tu sers,
Et quelle doctrine tu presches?

BANNANYAS.

On nous a dit que tu t'empesches
D'assembler peuples par ces bois
Pour venir escouter ta voix,
Comme d'un homme solemnel.
Es-tu donc maître en Israël?
Sçai-tu les lois et prophéties,
Qu'est-ce de toi?

NATHAN.

Tu nous publies
Que Messyas est jà venu;
Comme le sçai-tu? L'as-tu vu?
Est-ce toi?

SAINT JEHAN.

Ce ne suis-je mye.

NACHOR.

Et quel homme es-tu donc? Helye?
Te dis-tu Helyas?

SAINT JEHAN.

Non.

BANNANYAS.

Non ?

Qui es-tu donc ? quel est ton nom ?
Imaginer je ne le puis.
Tu es le Prophète !

SAINT JEHAN.

Non suis.

ELYACHIM.

Qni es-tu donc? Or te dénonce,
Afin que nous donnons réponse
Aux grans Princes de notre foi,
Qui nous ont transmis devers toi
Pour savoir qui tu es.

SAINT JEHAN.

Ego
Vox clamantis in deserto.
Je suis voix au désert criant,
Que chacun soit rectifiant
La voie du Sauveur du monde,
Qui vient pour notre coulpe immonde
Réparer sans doubte quelconque.

La conséquence de cette scène est la conversion de ceux mêmes à qui saint Jean a parlé ainsi. Ils lui demandent le baptême avec empressement. Cette cérémonie est suivie par le baptême de Jésus lui-même. Ici la versification est bien moins remarquable que les notes, qui nous transportent presque au temps de ces spectacles gothiques.

« Ici, est-il dit, entre Jésus dedans le fleuve « de Jourdain, tout nud ; et saint Jehan prend

« de l'eau à la main, et en jette sur le chef de
« Jésus :

SAINT JEHAN.

Sire, vous êtes baptizé.
Qui à votre haute noblesse
N'appartient ne à ma simplesse,
Si digne service de faire;
Toutefois mon Dieu débonnaire
Veuille suppléer le surplus.

« Ici sort Jésus du fleuve Jourdain, et se jette
« à genoux tout nud devant Paradis. Adonc
« parle Dieu le Père, et le Saint-Esprit descend
« en forme de colombe blanche sur le chef de
« Jésus, puis retorne en Paradis. Et est à no-
« ter que la loquence de Dieu le Père se doit pro-
« noncer intendiblement, et bien à traict, en
« trois voix; c'est assavoir ung hault dessus, une
« haulte contre, et une basse contre, bien accor-
« dées; et en cette harmonie se doit dire toute la
« clause qui s'ensuit : »

Hic est filius meus dilectus,
In quo michi bene complacui.
C'estui-ci est mon fils amé Jésus,
Que bien me plaist; ma plaisance est en lui.

Enfin, puisque le même mystère était le type
primitif de la comédie, aussi-bien que de la tragédie, il faut aussi rapporter quelques vers du
dialogue des diables; car ce sont eux qui, dans
la pièce, sont chargés de tous les rôles comi-

ques ; et leur empressement à se maltraiter mutuellement, ou, comme ils l'exprimaient, à se torchonner, faisait toujours beaucoup rire l'assemblée :

BERITH.

Je ne sçay qui est ce Jésus,
Mais je croy qu'en l'universel
N'en y a point encore ung tel ;
Qui que l'ait en terre conçu,
Je ne sçay d'où il est issu,
Ne quel grant dyable l'a presché ;
Mais il n'est vice ne péché
De quoi je le sçusse charger.

SATHAN.

Haro, tu me fais enrager,
Quand il faut que tels mots escoute.

BERITH.

Et pourquoi ?

SATHAN.

Pour ce que je doubte
Qu'en la fin j'en soie désert.
Laissons-le ici en ce désert,
Et nous en courons en enfer
Nous conseiller à Lucifer,
Sur les cas que je lui veulx dire.

BERITH.

Les dyables vous veulent conduire,
Sans avoir meilleur sauf conduit.

LUCIFER.

J'aperçoy Sathan et Berith,
Qui reviennent moult empéchés.

ASTAROTH.

Si vous voulez qu'ils soient torchés,
Vecy les instrumens tous prêts.

LUCIFER.

Ne te hâte pas de si près,
A frapper derrière et devant ;
Ouir faut leur rapport avant,
Sçavoir s'il nous porte dommage.

Mais quand les diables ont rendu compte à leur souverain de leurs observations, et de leurs vains efforts pour tenter Jésus, Astaroth se jette sur eux avec ses suppôts, et les reconduit des enfers sur la terre avec les étrivières.

L'exemple qu'avait donné l'auteur du grand Mystère de la Passion fut bientôt suivi par une foule de poètes, dont la plupart sont demeurés anonymes. Le Mystère de la Conception et la Naissance de notre Seigneur, et celui de sa Résurrection, sont parmi les plus anciens ; les légendes des Saints furent à leur tour dialoguées et préparées pour la représentation, et l'Ancien Testament passa aussi tout entier sur le théâtre. Comme dans un même mystère on voyait souvent la naissance, l'âge viril et la vieillesse d'un même personnage, on le faisait représenter successivement par des acteurs différens ; et l'on voit à la marge des mystères qui se sont conservés : *ici entre le second, puis le troisième, Israël ou Jacob.* D'ailleurs, dans des histoires moins

connues, les poètes prenaient plus de liberté
d'invention; ils entremêlaient aussi plus volontiers des scènes bouffonnes à des spectacles qui
devaient toujours être édifians; et lorsqu'ils
montraient le triomphe de leurs Saints sur les
tentations, et leur mépris pour les amorces de la
chair, ils le faisaient souvent avec un langage et
un spectacle qui devaient nuire beaucoup au
sérieux de ces tragédies sacrées.

Le théâtre, pour représenter les mystères, se
composait toujours d'un échafaud élevé, qui se
divisait en trois parties : le ciel, l'enfer, et le
monde au milieu. C'est dans cette partie moyenne,
qui représentait tantôt Jérusalem, tantôt la
patrie de quelque saint ou de quelque patriarche, qu'on voyait descendre des anges et monter
des diables, pour intervenir dans les actions humaines; mais l'on devait aussi pouvoir suivre,
dans la partie supérieure ou inférieure du théâtre, les conseils de la Divinité ou ceux de Lucifer. La pompe de ces représentations alla croissant pendant deux siècles qu'elles durèrent; et
comme on tirait aussi vanité de la longueur
même du spectacle, on composa quelques mystères qui ne pouvaient être représentés en moins
de quarante jours.

Les clercs de la Bazoche, qui formaient à Paris
une corporation, et qui étaient en possession de
régler les fêtes et les cérémonies publiques, vou-

lurent à leur tour entretenir le peuple par des spectacles; mais comme la Confrérie de la Passion avait obtenu, en 1402, un privilége du Roi, et qu'elle était la seule compagnie autorisée à représenter des mystères, la Bazoche, obligée de s'abstenir de ce genre de spectacle, en inventa un nouveau, qui en différait plus par le nom que par l'essence. Ce furent des moralités, qui quelquefois étaient également empruntées des histoires ou des paraboles de la Bible, comme celle de l'Enfant prodigue. Quelquefois c'étaient des compositions purement allégoriques, dans lesquelles Dieu et le Diable entraient sur la scène avec les vertus et les vices. Dans la moralité intitulée *le Bien advisé et le Mal advisé,* on vit figurer près de quarante personnages allégoriques, parmi lesquels on voyait les temps différens du verbe je règne : *Regno, Regnavi* et *Regnabo.* Dans la suite de ce livre, nous reverrons sur la scène espagnole, au temps de la plus grande gloire de Lope de Vega et de Calderon, des *autos sacramentales,* également allégoriques, qui sont évidemment de même nature que ces anciennes moralités.

C'est encore aux clercs de la Bazoche que l'on doit l'invention de la comédie proprement dite. Tandis que la Confrérie de la Passion se croyait obligée, par état, à ne présenter au public que des pièces édifiantes, les clercs de la Bazoche, qui ne se considéraient point comme des personnages ecclésiastiques, entremêlaient à leurs moralités des farces, dont l'unique but était de faire rire. Toute la gaieté et la vivacité du caractère français s'y développaient déjà, dans la représentation bouffonne d'aventures réelles qui avaient fait l'entretien de la ville. Elles étaient versifiées avec soin; et l'une de ces farces tout au moins, celle de l'avocat Pathelin, qui fut représentée pour la première fois en 1480, et qu'on attribue à un ecclésiastique nommé Pierre Blanchet de Poitiers, peut encore être considérée aujourd'hui comme un modèle de franche gaieté et de force comique. Aucune de ces farces n'avait obtenu un succès plus universel, aucune n'a conservé une plus haute célébrité; elle a été traduite en latin, en 1512, par Alexandre Connibert; elle fut imitée par le célèbre Reuchlin; et, retravaillée par Brueys, elle fut remise au théâtre en 1706, et y est restée jusqu'à nos jours.

C'est aussi sous le règne de Charles VI, et au commencement du quinzième siècle, qu'on vit naître une troisième compagnie comique, les *Enfans sans souci*, qui, conduits par leur chef, le *prince des sots*, entreprirent de faire rire les Français de leurs propres folies, et introduisirent la satire personnelle, et même la satire politique sur le théâtre.

Ainsi, tous les genres de représentation dramatique avaient été renouvelés en France; ils avaient tous été créés avec ce talent d'imitation qui semble propre à la nation française, avec cette souplesse qui lui fait revêtir à volonté des caractères nouveaux, et cette justesse de raisonnement qui la fait toujours marcher droit à son but, ou à l'effet qu'elle veut produire. Toutes ces inventions, qui ont constitué depuis, dans d'autres pays, le drame romantique, avaient précédé en France de plus d'un siècle les premiers commencemens du théâtre ou italien ou espagnol; elles avaient précédé de même de plus d'un siècle l'étude des anciens et l'imitation des classiques. A la fin du seizième siècle, une érudition nouvelle acquit sur la littérature française une influence plus immédiate; elle en changea l'esprit et les règles, mais sans altérer le caractère et le goût national, qui s'étaient manifestés dès les premières productions des trouvères. C'est là que commence l'histoire de la littérature française, et c'est là que nous l'abandonnerons. Mais pour faire connaître la littérature du Midi, la littérature que, d'après les langues romanes, on a nommée *romantique,* il était nécessaire d'accorder quelque attention à l'une des plus célèbres parmi les langues romanes, à celle dont les poètes ont manifesté le plus de fertilité d'invention. Si elle demeure fort en arrière sous le rapport de la sensibilité, de l'enthousiasme, de

la chaleur, de la profondeur et de la vérité des
sentimens, elle a précédé toutes les autres dans
toutes les espèces de créations. Nous allons suivre désormais l'histoire de la poésie italienne depuis ses commencemens jusqu'à nos jours ; mais
là, nous retrouverons l'école des trouvères dans
les majestueuses allégories du Dante, qui, en
dépassant de bien loin le roman de la Rose, l'a
cependant pris pour modèle. Nous retrouverons
encore les trouvères dans les Nouvelles de Boccace, qui, bien souvent, ne sont que d'anciens
fabliaux ; nous les retrouverons aussi dans les
poëmes de l'Arioste, et dans toutes les épopées
chevaleresques, auxquelles les romans d'Adenez
et de ses contemporains ont frayé la voie. Dans
la poésie espagnole, nous retrouverons au dix-
septième siècle les imitations des anciens mystères des trouvères ; Lope de Vega et Calderon nous rappelleront plus d'une fois la Confrérie
de la Passion. Chez les Portugais mêmes, l'auteur d'Amadis, Vasco Lobeira, nous paraîtra
formé à cette première école française. Ce n'est
donc pas sans raison que, dans l'histoire de la
littérature du Midi, nous nous sommes cru obligé à accorder quelque attention à la langue, à
l'esprit et aux poésies de nos ancêtres.

CHAPITRE IX.

Langue italienne ; le Dante.

LE provençal était déjà arrivé à son plus haut
degré de culture ; l'Espagne et le Portugal avaient
produit quelques poètes ; la langue d'Oïl était
cultivée dans le nord de la France, avant que
l'italien eût pris rang parmi les langues de l'Europe, et qu'on eût soupçonné la richesse et
l'harmonie d'un idiome né obscurément parmi
le peuple. Mais un grand poète naquit au treizième siècle dans cette langue auparavant négligée, et le génie d'un seul homme lui fit rapidement devancer toutes ses rivales.

Le duché lombard de Bénévent, qui comprenait la plus grande partie du royaume actuel
de Naples, avait conservé, sous des princes indépendans, au milieu des Grecs et des Sarrasins, un degré de civilisation qui, dans la première moitié du moyen âge, ne se rencontrait
point dans tout le reste de l'Italie ; les arts y flo-
rissaient, quelques sciences y étaient cultivées
avec soin, l'école de Salerne enseignait à l'Occident la médecine des Arabes, et le commerce
d'Amalfi apportait des connaissances aussi-bien

que des richesses aux habitans de ces fertiles contrées. Du huitième au dixième siècle, plusieurs hommes de talent avaient écrit l'histoire dans ces provinces, en latin, il est vrai, mais avec fidélité, avec vie et avec feu : quelques uns même avaient composé en hexamètres des poëmes historiques, qui indiquent plus de verve et de facilité qu'on n'en trouve dans aucun autre des poètes du même siècle. L'invasion des aventuriers normands, qui fondèrent un royaume en Appulie, n'y introduisit point un assez grand nombre d'étrangers pour changer la langue, et c'est sous leur domination que l'italien ou le sicilien prit, pour la première fois, de la consistance. Sous les deux Roger et les deux Guillaume, c'est-à-dire dans la première moitié du douzième siècle, la cour de Palerme étant devenue riche et voluptueuse, on y entendit, pour la première fois, retentir les chants des poëtes siciliens. C'est à la même époque qu'on vit les Arabes y acquérir un crédit et une influence qu'ils n'ont jamais exercés dans aucune autre cour chrétienne. Guillaume Ier fit garder son palais par des eunuques, comme les monarques de l'Orient, et ceux-ci étaient tous Musulmans. Il choisit parmi eux ses confidens, ses amis, quelquefois même ses ministres. Tous ceux qui cultivaient les arts, tous ceux qui contribuaient aux plaisirs de la vie, étaient Sarrasins : la moitié de l'île était

encore habitée par eux. Lorsqu'à la fin du douzième siècle, Frédéric II succéda aux monarques
normands, il transporta de puissantes colonies de
Sarrasins dans la Pouille et dans la Principauté :
il continua en même temps à les attacher à son
service et à sa cour : il en composa son armée,
et il choisit presque uniquement parmi eux les
gouverneurs de province, qu'il nommait justi-
ciers. Ainsi, au levant comme au couchant de
l'Europe, les Arabes se trouvèrent à portée de
communiquer aux peuples latins leurs arts, leurs
sciences et leur poésie.

L'influence des Arabes sur la première formation de la poésie italienne, qu'on nomma
d'abord sicilienne, résulte de l'histoire de Sicile
non moins évidemment que l'influence des mêmes
Arabes dans le comté de Barcelonne et la Castille
sur les premiers poètes provençaux et espagnols.
Le lâche roi Guillaume Ier, enfermé dans son
palais de Palerme avec ses eunuques musulmans,
tandis que son royaume était en feu, ne prêtait
l'oreille qu'à leurs chants dans les festins, au sein
de la volupté. Sa veuve, régente du royaume,
en abandonna l'administration au chef des eunuques, Gayto Petro, allié des Sarrasins d'A-
frique. Tout le commerce de Palerme était entre
les mains des Sarrasins ; tous les arts, tout ce qui
servait à la mollesse venait d'eux ; la nation se
conformait à leurs usages, et, dans les cérémo-

nies publiques, les femmes chrétiennes et musul-
manes chantaient ensemble au son des instrumens
que faisaient retentir leurs esclaves (1). Peut-on
douter cependant que les unes et les autres ne
chantassent dans leur langue maternelle, et que
les Italiennes qui, *d'une voix lamentable*, ré-
pondaient aux tambours de leurs femmes mo-
resques, n'eussent accommodé des paroles siciliennes sur les airs, la mesure et la coupe des
strophes des Africains ?

La langue latine s'était absolument séparée de
la langue vulgaire; les femmes ne l'apprenaient
plus, et pour leur plaire, pour leur parler d'a-
mour, il fallait adopter le langage auquel elles
donnaient des grâces, le soumettre à des règles,
et l'animer par cette sensibilité qu'une langue
morte et pédantesque ne pouvait plus admettre.
Il paraît, en effet, que toutes les compositions
des Siciliens, pendant un siècle et demi, ne
furent que des chants d'amour. On a conservé

---

(1) A la mort de Guillaume Iᵉʳ de Sicile, dit Hugo Fal-
candus, historien célèbre contemporain : « Per totum autem
« hoc triduum mulieres, nobilesque matronæ, *maxime sara-*
« *cenæ*, quibus ex morte Regis dolor non fictus obvenerat,
« saccis opertæ, passis crinibus, et die noctuque turmatim
« incedentes, ancillarum præeunte multitudine, totam civi-
« tatem ululatu complebant, ad pulsata tympana cantu
« flebili respondentes. » (*Muratori*, Script. rer. Italic., t. VII,
p. 3o3.)

avec soin ces premiers monumens de la poésie
italienne, et M. Ginguené les a analysés avec
autant d'esprit que d'érudition; nous renver-
rons à son ouvrage ceux qui désirent les connaître, comme tous ceux qui recherchent, sur
la poésie italienne, des informations plus complètes et plus de profondeur qu'on ne doit s'attendre à en trouver dans une histoire abrégée
de toutes les littératures du Midi.

Le mérite des chants d'amour est presque
toujours tout entier dans l'expression. L'esprit
qu'on mêlerait au sentiment le plus tendre semblerait le refroidir; toute invention semblerait
éloigner le poète ou l'amant de son but; on ne
lui demande presque que de répéter avec vérité, avec sensibilité, ce qui a été senti de tout
temps par tous ceux qui ont aimé. L'harmonie
du langage doit seule rendre celle du cœur. Les
premiers poètes siciliens et italiens ont presque
tous méconnu ces principes. L'exemple des
Arabes et celui des Provençaux les ont fait passer,
par la recherche, avant la naïveté; ils ont pris
tous leurs ornemens dans l'esprit le plus faux,
le plus maniéré. S'il y a peu d'agrément à traduire les meilleurs chants d'amour, il y en a
moins encore à relever les défauts des médio-
cres : aussi les poésies de Ciullo d'Alcamo, sicilien; celles de Frédéric II et de son chancelier
Pierre des Vignes, celles d'Oddo delle Colonne

et de Mazzo di Ricco, etc., n'ont-elles guère
d'intérêt qu'autant qu'elles servent à l'histoire
de la langue et de la versification.

La dernière avait été formée ou sur le modèle
de celle des Provençaux, ou, comme elle, sur
un modèle commun à toutes deux; les vers
étaient déterminés par l'accentuation, non par
la quantité, et liés ensemble par la rime. De
tous les pieds divers inventés par les anciens
pour combiner des syllabes différentes en quantité, on n'avait guère conservé l'usage que du
ïambe; le vers héroïque en comprenait cinq;
des vers plus courts se composaient de trois ou
de quatre. Ainsi le premier était de dix syllabes,
sans compter la muette, et la quatrième, la huitième et la dixième, ou la sixième et la dixième
étaient accentuées. Les rimes furent également
soumises aux règles que les Provençaux avaient
inventées, et les Italiens surent de même les en-
tremêler de manière à faire attendre les mêmes
désinences à de certaines époques du chant, et
lier l'ensemble de la composition, comme pour
la fixer mieux dans la mémoire; enfin le chant
fut divisé par strophes ou par couplets, de manière à faire sentir à l'oreille, non seulement le
charme musical de chaque vers, mais celui de
l'ensemble.

La langue que les Siciliens employèrent dans
leurs poésies n'était point le dialecte vulgaire,

tel qu'il s'était formé parmi le peuple de l'île, et tel qu'il s'est conservé jusqu'à ce jour dans des chansons siciliennes, à peine intelligibles pour les Italiens. La cour des rois de Sicile et de l'empereur lui avait déjà donné une forme plus élégante; une grammaire établie d'après l'usage s'était élevée au-dessus de cet usage, et l'avait soumis à des règles. On distinguait déjà une langue de la cour, la *lingua cortigiana*, et on la mettait au-dessus de tous les dialectes de l'Italie. Cette langue était devenue populaire en Toscane; et avant la fin du treizième siècle, plusieurs poètes de cette province, et même quelques prosateurs, lui donnèrent de la fixité, et la portèrent presque au point de perfection où elle est demeurée jusqu'à nos jours. Ricordano Malaspina, qui écrivait l'histoire de Florence en 1280, peut être considéré encore aujourd'hui comme égal au meilleur des auteurs vivans, pour la pureté du langage et pour l'élégance.

Cependant aucun poète n'avait encore remué fortement les âmes, aucun philosophe n'avait pénétré dans les profondeurs de la pensée et du sentiment, lorsque le plus grand des Italiens, le père de leur poésie, lorsque le Dante parut, et qu'il montra comment un puissant génie pouvait disposer ces matériaux grossiers encore, de manière à en construire un édifice imposant comme l'univers dont il était l'image. Au lieu de

chants d'amour adressés à une maîtresse imaginaire, au lieu de madrigaux froidement spirituels, de sonnets péniblement harmonieux, d'allégories fausses ou forcées, seuls modèles que le
Dante eût sous les yeux dans aucune langue moderne, il conçut dans son cerveau tout le monde
invisible, et il le dévoila aux yeux de ses lecteurs
étonnés.

Dans le siècle qui venait de s'écouler, quelques hommes avaient tourné toute l'énergie de
leur âme ardente vers les mystères de la religion. Saint François et saint Dominique avaient
créé une nouvelle milice religieuse, plus active,
plus fanatique que tous les ordres de moines qui
avaient existé auparavant; leurs prédications,
leur exemple, leurs sanglantes persécutions
avaient ranimé le zèle qui, pendant les siècles
précédens, paraissait sommeiller. La première
renaissance des lettres s'était cependant fait sentir
dans les études religieuses; elles avaient pris
quelque chose de scolastique qu'elles n'avaient
point auparavant; le ciel, le purgatoire, l'enfer,
étaient sans cesse présens à l'imagination de tous
les chrétiens; ils les voyaient par les yeux de la
foi, mais ils les voyaient cependant sous des formes matérielles, tant les docteurs s'étaient efforcés d'en rendre les images présentes par des
descriptions détaillées et des dissertations pres-

que scientifiques, sur la douleur de chaque tourment, la gloire de chaque récompense.

Dans la patrie même du Dante, on offrit, par
une effroyable représentation destinée à un jour
de fête, et dont sans doute les premiers essais de
son poëme avaient fait naître l'idée, tous les supplices de l'enfer sous les yeux du peuple. Le lit
de la rivière de l'Arno avait été destiné à figurer
le gouffre des enfers, et toute la variété de tourmens que l'imagination des moines avait inven-
tée; les fleuves de poix brûlante, les flammes,
les glaces, les serpens, tout fut mis en action sur
des personnages réels, dont les cris et les gémissemens rendaient l'illusion complète pour les
spectateurs. (1)

Le sujet que choisit le Dante pour son immortel poëme, lorsqu'il entreprit de chanter
le monde invisible, et les trois royaumes des
morts, l'enfer, le purgatoire et le paradis, était
donc, dans son siècle, le plus populaire de tous,
en même temps il était le plus profondément
religieux, le plus étroitement lié aux souvenirs
de patrie, de gloire, de parti, puisque tous les
morts illustres devaient à leur tour paraître sur
ce nouveau théâtre; enfin, par son immensité,

_____

(1) Le 1ᵉʳ mai 1304.

il était le plus hautement sublime que jamais l'esprit de l'homme ait conçu.

C'est à la fin du siècle, la semaine de Pâques de l'an 1300, que le Dante, égaré dans un désert près de Jérusalem, suppose qu'il est introduit dans l'empire des ombres ; Virgile s'offre à l'y conduire, Virgile, qui toujours avait été l'objet de l'admiration du Dante, le but de ses études, et qui, par son admirable description des enfers dans l'Énéide, semblait avoir acquis des droits à révéler les mystères de ces lieux sacrés. Les deux poètes arrivent au pied d'une porte, sur laquelle ces mots redoutables étaient écrits :

> Par moi l'on entre en la cité du crime,
>> Par moi l'on entre en l'affreuse douleur,
>> Par moi l'on entre en l'éternel abîme.
> Vois ! la justice animait mon auteur ;
>> Pour moi s'unit à la haute puissance
>> Le sage amour du divin Créateur.
> Rien de mortel n'a pu voir ma naissance ;
>> Rien n'a sur moi de pouvoir destructeur.
>> Vous qui passez, perdez toute espérance. (1)

Et cependant les deux poètes auxquels un ordre

---

(1) Inferno, Canto III, v. 1.

> Per me si va nella città dolente,
>> Per me si va nell' eterno dolore,
>> Per me si va tra la perduta gente.
> Giustizia, mosse l' mio alto fattore.

du Très-Haut avait fait ouvrir les portes de l'enfer, pénètrent dans cette redoutable enceinte. « Mais là, des soupirs, des pleurs, de profonds « sanglots, remplissaient l'air que n'éclairait au- « cune étoile; des voix étranges, d'horribles « idiomes, des paroles de douleur, des accens « de colère, des plaintes sourdes et aiguës, et le « battement des mains, retentissaient ensemble « dans cette atmosphère, dont le temps ne change « jamais les teintes, et se mêlaient comme le « sable qu'agite un tourbillon de vent. » Néanmoins ce n'était point encore là les méchans, mais ceux qui vécurent sans infamie comme sans vertus. « Ils sont mêlés à la foule méprisée des « anges qui ne furent point rebelles, qui ne fu- « rent point fidèles à Dieu, mais qui ne songèrent « qu'à eux-mêmes. Les cieux les chassèrent, « pour qu'ils ne ternissent pas leur beauté, et les « profondeurs de l'enfer ne voulurent pas les re- « cevoir, pour que les réprouvés n'en tirassent « pas quelque gloire. Le monde ne permet point « qu'il reste d'eux une renommée; la miséri- « corde comme la justice les dédaignent. Ne

---

Fece mi la divina potestate
La somma sapienza e 'l primo amore.
Dinanzi a me non fur cose create
Se non eterne, ed io eterno duro.
Lasciate ogni speranza, voi ch'entrate.

« parlons point d'eux, dit Virgile à Dante ; mais
« regarde et passe. »

En effet, les poètes traversent cette foule
ignoble ; ils parviennent sur la triste rive de
l'Achéron, où tous ceux qui meurent sous la
colère de Dieu se rassemblent de tous les pays
de la terre ; la justice divine hâte leur marche,
et la crainte les attire aussi vivement que ferait
le désir. Charon, dans sa nacelle, transporte les
âmes des réprouvés d'un bord à l'autre du triste
fleuve ; car le Dante, d'accord avec plusieurs
Pères de l'Église, adopte toutes les fables du
paganisme, comme ayant représenté les démons
sous les noms des dieux infernaux ; ainsi il réunit toutes les brillantes couleurs de la mythologie
grecque, toute la puissance des souvenirs poétiques aux terreurs du catholicisme. Michel-
Ange, en peignant le Jugement dernier, re-
présenta l'enfer du Dante ; aussi l'on voit dans
son tableau Charon transporter les âmes ; et,
comme on oublie qu'il est là le démon du fleuve,
et non l'un des dieux des enfers, on reproche au
peintre de la chapelle Sixtine un mélange des
deux religions, qui est cependant conforme aux
croyances de l'Eglise.

Les poètes entrant ensuite dans le gouffre des
enfers (1), arrivent aux demeures des sages et

_____

(1) Inferno, Canto IV.

des justes du paganisme, de tous ceux que le catholicisme condamne à des peines éternelles, pour être morts sans avoir pu recevoir le baptême. Leurs pleurs et leurs gémissemens ne sont point excités par des douleurs positives, mais par le regret éternel du bien qu'ils n'ont pas atteint. Leur demeure ressemble presque au pâle Élysée des poètes; c'est une image affaiblie de la vie, où les regrets tiennent la place de l'espérance. On sait que M. de Chateaubriand, après avoir voulu épargner les tourmens éternels aux justes du paganisme, en a ressenti du scrupule, et s'est lui-même reproché comme une faute, dans la troisième édition de ses *Martyrs*, un sentiment si pur, si doux et si conforme à la croyance en un Dieu de bonté.

Après les héros de l'antiquité, les premiers que le Dante rencontre en descendant dans le gouffre (1), sont ceux que l'amour entraîna dans la faute, et qui sont morts sans pouvoir se repentir; car la différence entre l'enfer et le purgatoire n'est point tracée par l'énormité de l'offense, mais par le hasard des derniers momens. Les premiers des réprouvés sont ceux qui sont traités avec le plus d'indulgence, et plus le Dante descend dans les profondeurs de l'enfer, plus il voit s'augmenter les supplices. « Ce premier sé-

---

(1) Inferno, Canto v.

« jour, dit-il, est muet de toute lumière; il mugit
« comme la mer en tourmente, lorsque des vents
« contraires s'y livrent leurs combats. L'ouragan
« de l'enfer y entraîne les esprits par sa violence;
« il les emporte en tourbillon, sans leur donner
« un instant de repos. » C'est au milieu de cette
foule malheureuse que le Dante reconnaît Françoise de Rimini, fille de Guido de Polenta, un
de ses protecteurs, qui, mariée à Lancelot Ma-
latesti, fut surprise en adultère avec Paul, son
beau-frère, et tuée par son mari. Cet épisode
est un de ceux dont la réputation a passé dans
toutes les langues: aucune cependant ne peut
rendre le charme et la parfaite harmonie de l'o-
riginal.

« Poète, lui dis-je, je parlerais volontiers à
« ces deux ombres qui vont ensemble, et que le
« vent porte si légèrement. — Lorsqu'elles s'ap-
« procheront, répondit-il, invoque-les au nom
« de cet amour qui les conduit, et sans doute
« elles viendront à toi. — Aussitôt que le vent
« les rapprocha de nous, j'élevai la voix : O
« âmes affligées ! m'écriai-je, venez nous parler,
« si un pouvoir supérieur ne le défend pas.
« Telles que des colombes appelées par leurs dé-
« sirs, viennent au travers des airs avec leurs
« ailes étendues et sans mouvement, portées par
« leur volonté vers le nid qu'elles chérissent,
« telles ces colombes sortirent de la foule où se

« trouvait Didon, traversant cette atmosphère
« funeste pour venir à nous, tant mon appel af-
« fectueux avait eu d'empire sur elles. — Oh !
« être gracieux et bienveillant, qui, respirant
« cet air épais et sombre, viens visiter des mal-
« heureux qui teignirent le monde de sang, si
« le roi de l'univers nous était favorable, nous
« implorerions sur toi sa paix, puisque tu as pi-
« tié de nos souffrances; du moins nous t'écou-
« terons, nous te parlerons autant qu'il te plaira
« de parler ou d'entendre, tandis que le vent se
« tait comme il fait à présent (1). La terre où je
« *fus* née repose sur les bords de la mer, là où
« le Pô descend pour donner la paix à ses ondes.
« L'amour, qui s'empare avec promptitude d'un
« cœur noble, toucha ce malheureux pour la
« beauté terrestre qui me fut enlevée, et d'une
« manière qui me fait encore rougir; l'amour,
« qui ne permet point à ce qu'on aime de ne pas

---

(1) Je sens qu'il ne faut pas multiplier les citations dans la
langue originale, surtout lorsqu'il est facile à tous les lecteurs
qui l'entendent, de se procurer le texte. Je ne rapporterai
donc qu'une partie de ce beau morceau. *Inf. Can.* IV, v. 73.

> Si tosto come l' vento a noi gli piega,
>   Muovo la voce : O anime affannate!
>   Venite a noi parlar, s'altri nol niega.
> Quali colombe dal disio chiamate,
>   Coll' ali alzate e ferme, al dolce nido
>   Vengon per aere, da voler portate;

« aimer à son tour, m'éprit si fortement du désir
« de lui plaire, que, comme tu le vois, ce désir
« ne m'abandonne point encore; l'amour nous
« conduisit tous deux à une même mort : l'abîme
« de Caïn attend celui qui éteignit notre vie. »
Après un silence, le Dante s'écrie : « Combien
« de douces pensées, combien de désirs condui-
« sirent ces malheureux à leur douloureux pas-
« sage! Françoise, tes tourmens me forcent à
« répandre des larmes; mais, dis-moi, au temps
« de tes soupirs les plus doux, comment et à
« quel signe l'amour a-t-il permis que tu recon-
« nusses ses désirs incertains? — Ah! reprit-
« elle, il n'est point de plus grande douleur que
« de se souvenir, dans la misère, d'une félicité
« passée, et ton maître le sait assez; mais si tu
« désires si fort connaître la première origine
« de notre amour, je parlerai sans cesse de pleu-
« rer. — Nous lisions un jour l'histoire de Lan-

Cotali uscir della schiera ov' è Dido,
   A noi venendo per l'aere maligno,
   Sì forte fu l'affettuoso grido.
O animal grazioso e benigno
   Che visitando vai per l'aere perso
   Noi che tingemmo il mondo di sanguigno,
Se fosse amico il Re dell' universo,
   Noi pregheremmo lui per la tua pace,
   Da ch'hai pietà del nostro mal perverso.
Di quel ch' udire e che parlar vi piace,
   Noi udiremo e parleremo a vui.
   Mentre che l'aura, come fa, si tace.

« celot, et comment Amour le surprit; nous
« étions seuls et sans aucune défiance : à plu-
« sieurs reprises cette lecture fit rencontrer nos
« yeux et pâlir notre visage; mais un passage
« seul triompha de nous. Quand nous lûmes que
« le doux sourire de Genièvre avait attiré les
« baisers d'un si noble amant, celui qui ne quit-
« tera jamais plus mes côtés prit tout en trem-
« blant un baiser sur ma bouche : le séducteur (1)
« fut le livre et celui qui l'écrivit; ce jour-là nous
« n'en lûmes pas davantage. — Tandis que l'un
« des esprits parlait ainsi, l'autre pleurait avec
« tant d'abondance, que la pitié me fit perdre
« l'usage de mes sens, et je tombai comme un
« corps privé de vie. »

Le Dante, dans le troisième cercle de l'enfer (2), car l'abîme, creusé comme un grand entonnoir, est divisé en sept cercles concentriques,
trouve ceux qui sont punis pour leur gourman-
dise. Étendus sur un limon fangeux, ils sont
exposés éternellement à une pluie glacée : l'un
d'eux le reconnaît, et lui donne des nouvelles de
plusieurs de ses concitoyens. Dans le quatrième,
il trouve les avares et les prodigues qui sont pu-

---

(1) Elle désigne le séducteur par le nom de Gallehault,
chevalier, ami de Lancelot, et amant d'une des dames de
Genièvre, qui favorisa leur amour.

(2) Inferno, Canto vi.

nis ensemble, et qui se font des reproches mutuels (1); les colériques sont ensevelis dans un
horrible bourbier (2); les hérésiarques sont placés dans l'enceinte de la ville de Pluton (3). Dans
une vaste campagne, des tombeaux s'élèvent de
place en place; chacun est entr'ouvert, et paraît ardent comme une fournaise; il en sort d'affreux hurlemens : au-dessus de chaque ouverture, un couvercle demeure suspendu. Comme
le Dante passe auprès de l'un de ces tombeaux,
il entend sortir cette voix (4) : « O Toscan ! qui
« traverses vivant la cité du feu, et qui parles
« un langage si élégant, qu'il te plaise t'arrêter
« ici quelque peu; ton accent te fait reconnaître
« pour un originaire de cette noble patrie, à la-
« quelle peut-être j'ai causé trop d'inquiétudes. »
L'homme qui parle ainsi du milieu des flammes,
est Farinata des Uberti, le chef des Gibelins de
Florence, le vainqueur des Guelfes à la bataille
de l'Arbia, et le sauveur de sa patrie, que les
Gibelins voulaient sacrifier à leur sûreté. Farinata est un de ces grands caractères dont le modèle ne se trouve que dans l'antiquité ou le
moyen âge; maître des événemens, maître des

---

(1) Inferno, Canto VII.
(2) *Ibid.* C. VIII.
(3) *Ibid.* C. IX.
(4) *Ibid.* C. X, v. 22.

hommes, il semble dominer jusqu'à la destinée,
et les tourmens de l'enfer n'arrivent point à trou-
bler son orgueilleuse indifférence. Il se peint
admirablement dans le discours que lui prête le
Dante : son seul intérêt est encore concentré
dans sa patrie et son parti, et l'exil des Gibelins
lui cause plus de douleur que le lit ardent sur
lequel il se couche.

Comme le Dante descend dans le septième
cercle (1), il voit un vaste fossé plein de sang,
dans lequel sont plongés les tyrans et les homi-
cides ; des centaures armés de traits en parcourent les bords, et forcent à s'y replonger les
malheureux qui veulent élever leurs têtes au-
dessus de cette fange sanglante. Plus loin, les
suicides sont changés en buissons épineux (2);
il ne leur reste d'humain que la souffrance et
la voix, mais toute faculté d'agir leur a été ôtée,
pour les punir de l'avoir une fois tournée contre
eux-mêmes. Dans une campagne de sable brûlant (3), et sans cesse exposée à une pluie de
feu, le Dante trouve des hommes qui, malgré
les vices honteux dont ils portaient la peine,
méritaient, sous d'autres rapports, son affection
ou son respect. Ce sont Brunetto Latino, qui

---

(1) Inferno, Canto xii.
(2) *Ibid.* C. xiii.
(3) *Ibid.* C. xiv.

avait été son maître dans la poésie et l'éloquence : Guido Guerra, Jacopo Rusticucci et Tegghiaio Aldobrandi, les plus vertueux, les plus désintéressés parmi les républicains de Florence dont la génération avait précédé la sienne. « Si « j'avais pu me préserver du feu, je me serais « jeté à leurs pieds, dit le Dante (1), et sans « doute Virgile me l'aurait permis. Je suis né « dans votre patrie, m'écriai-je ; dès long-temps « j'entendis répéter vos noms vénérables, et je « les ai accueillis dans mon cœur. » Il leur donne ensuite des nouvelles de Florence, et le premier intérêt des malheureux qui souffrent des tourmens éternels, est encore la prospérité de leur patrie.

Nous ne suivrons pas plus long-temps le poète de cercle en cercle, et d'un abîme dans un autre abîme ; il faut, pour faire supporter la description de ces hideux objets, toute la magie du style et de la versification ; il faut cette vigueur de talent pittoresque, qui met clairement sous les yeux un monde nouveau dont le poète est le créateur ; il faut l'intérêt qui naît des personnages, lorsque le Dante, devançant la justice divine, représente à ses concitoyens les mêmes hommes dont ils ont connu les vices, dont les crimes les ont fait souffrir, distribués dans toutes

_____

(1) Inferno, Canto XVI.

les loges de l'enfer, reconnaissant le poète florentin, et oubliant un moment leur supplice
pour s'occuper du souvenir de leurs compatriotes.

Comme le voyage du Dante n'est point une
action, comme il n'est soutenu par aucune passion, par aucun enthousiasme, on ne peut prendre un intérêt bien vif au héros, si même on peut
dire qu'il soit le héros de son poëme, plutôt que
le spectateur des objets que son imagination a
enchaînés. Cependant ce poëme n'est pas absolument dépourvu d'un intérêt de roman : on voit
le Dante avancer, sans secours, sans appui, au
milieu des réprouvés et des démons. Quoique la
volonté divine lui ait ouvert les portes de l'enfer,
et que Virgile soit le porteur des ordres du ciel,
les diables opposent souvent leur malice profonde aux lois de la destinée ; tantôt ils ferment
avec violence les portes de l'enfer devant lui,
tantôt ils accourent sur lui avec l'intention de le
déchirer, tantôt ils le trompent par des mensonges, et veulent l'égarer dans le labyrinthe infer-
nal. On se prête assez à sa fiction pour être ému
du danger continuel auquel il est exposé ; la vérité des descriptions, jointe à la profonde horreur des objets dépeints, porte souvent aussi
le trouble dans l'âme. Ainsi, dans le vingt-cin-
quième chant, le supplice des voleurs fait fris-
sonner ; d'horribles serpens remplissent le fond

de la vallée où ces malheureux errent épouvan-
tés; l'un deux, en présence du Dante, s'élance
sur Ange Brunelleschi, l'enveloppe tout entier
de son corps, répand son poison sur ses joues, et
bientôt les deux êtres se fondent en un seul, les
couleurs s'évanouissent, les membres perdent
leur forme, et lorsqu'ils se séparent de nouveau,
Brunelleschi est devenu serpent, et Cianfa, qui
l'avait blessé, recouvre la forme humaine. Un
instant après, un autre serpent blesse à la poi-
trine Buoso des Abbati, il retombe ensuite à
terre, étendu à ses pieds : Buoso fixe les yeux
sur lui, et ne peut parler; il chancelle, il bâille
comme si le sommeil ou la fièvre avaient détruit ses forces; il regarde le serpent, et le serpent le regarde; une épaisse fumée sort de la
blessure de l'un, de la bouche de l'autre, et ces
fumées se rencontrent; bientôt les deux natures se changent, des bras sortent du corps et
s'allongent dans le serpent; ils s'accourcissent et
disparaissent sous l'écaille dans l'homme; le premier se relève, le second tombe par terre, et les
réprouvés, qui ont échangé leur supplice, se séparent en se maudissant.

La conception générale de ce monde inconnu
que le Dante a dévoilé à nos yeux, est par elle-
même grande et sublime. L'existence de ces trois
royaumes des morts, où les souffrances tout au
moins étaient toutes physiques, et auxquels le

langage de l'Écriture et des saints Pères devait toujours s'appliquer à la lettre et sans figure, était, au temps du poète, un point de foi sur lequel l'Église n'admettait pas un doute; mais elle n'avait point fixé d'une manière précise les diverses demeures des esprits, et la séparation comme la proportion des supplices ou des récompenses, n'étaient point faciles à concevoir. L'empire des morts des poètes de l'antiquité est confus et presque incompréhensible : celui du Dante se présente avec un ordre, avec une grandeur, avec une régularité, qui saisissent l'imagination, et ne lui permettent plus, une fois qu'elle l'a conçu, de se le figurer autrement. Un gouffre horrible occupe l'intérieur de la terre; creusé comme un immense entonnoir, dont la pente, au lieu d'être uniforme, serait taillée par degrés, il aboutit enfin au centre même de la terre qu'occupe Lucifer, ce terrible empereur du royaume douloureux, qui, plongé jusqu'au milieu du corps dans la glace, et agitant sur un océan glacé six ailes gigantesques, exerce lui-même sur les réprouvés la vengeance du Dieu dont il est tout ensemble ministre et victime. Toute la foule des esprits de ténèbres qui embrassèrent son parti dans la rébellion contre l'Éternel, est de même employée dans les enfers à exercer sans relâche sa malignité sur les hommes, tout en partageant leur supplice. Une longue caverne ramène du centre de la terre à la clarté du jour; elle aboutit au pied d'une montagne placée sur l'hémisphère qui nous est opposé : sa forme est le relief de celle de l'enfer ; c'est un grand cône sur lequel des degrés forment les demeures séparées des âmes qui accomplissent en purgatoire la pénitence de leurs fautes vénielles : les anges en gardent les passages, et toutes les fois qu'ils permettent à une âme de s'élever vers le ciel, la montagne entière retentit des actions de grâces de tous les habitans du purgatoire. Au sommet est placé le paradis terrestre, qui fait comme la communication entre la terre et les cieux. Ceux-ci s'élèvent ensuite par une troisième spirale, de sphère en sphère jusqu'au trône du Très-Haut. Ainsi l'abîme et l'empirée sont conçus sur un même dessin, et l'univers des morts a reçu du génie du Dante cette symétrie variée, toujours semblable à soi-même et toujours nouvelle, qui semble le caractère propre des ouvrages du Créateur.

Le poëme du Dante est divisé en cent chants, chacun de cent trente ou cent quarante vers : le premier chant est une espèce d'introduction à tout l'ouvrage ; ensuite l'enfer, le purgatoire et le paradis occupent chacun trente-trois chants. Nous reviendrons ailleurs sur les supplices effrayans que le poëte contemple dans l'océan glacé que Lucifer balaie de ses ailes gigantes-

ques. Le Dante sort du gouffre en s'attachant au
corps même de ce monstre; il tourne autour du
centre de la terre vers lequel gravitent tous les
corps: et dès-lors, se renversant sur lui-même,
il s'élève où il avait paru descendre. Parvenu à
la lumière du jour sous l'hémisphère opposé au
nôtre, il voit une vaste mer entourer la montagne escarpée, autour de laquelle les âmes expient leurs fautes vénielles. Le Dante, après
s'être purifié sur son rivage, commence à monter
en spirale, sous la conduite de Virgile, qui ne le
quitte point. Il voit sur sa route les âmes des élus
purifiées par de longs et cruels supplices; mais
au milieu de leurs souffrances, il les voit animées
par une vive joie, depuis que leur foi s'est chan-
gée en certitude, car elles voient en quelque
sorte devant elles le ciel, où elles doivent parvenir un jour. Les anges qui gardent les diverses
enceintes de la montagne, ou qui, resplendissant de lumière, les traversent pour porter les
ordres du Très-Haut, ramènent partout, au milieu des tourmens temporaires, la magnificence
du ciel.

L'intérêt cependant diminue dans cette partie
du poëme; on n'a plus aucune idée de danger
pour le héros, qui est toujours en présence des
anges gardiens de ce lieu de purification; plus de
nouveauté dans les supplices, qui ne frappent
point l'imagination, après ceux qu'on a vus dans

les enfers ; l'intérèt mème des personnages semble diminuer : la vivacité de l'espérance qui les
anime les rend indifférens à leur existence ac-
tuelle, et émousse pour eux le souvenir de la
vie passée, en sorte qu'ils ne sont point assez
émus pour émouvoir fortement. Le poète, qui
s'aperçoit de cette froideur, veut ranimer l'intérèt par des discussions philosophiques ou théologiques : il y introduit successivement tout ce
qu'il a appris dans les écoles sur les questions les
plus subtiles de la métaphysique ; mais sa manière d'argumenter, qui dans le temps où il écrivait paraissait profonde, rebute souvent aujour-
d'hui qu'on ne met plus l'autorité des docteurs à
la place de la raison. D'ailleurs elle paraît toujours étrangère à la poésie, et l'on se fatigue de
longs discours qui interrompent la marche de
l'action.

De temps en temps, quelques uns de ceux que
rencontre le Dante réveillent l'intérèt ; ainsi, dès
son entrée dans le purgatoire, on est touché de
la tendre amitié du musicien Casella, qui veut
se jeter dans ses bras ; ainsi Manfred, fils naturel
de Frédéric, et le plus grand roi qu'aient eu les
Deux-Siciles, l'arrète dans le troisième chant.
Il charge le Dante d'aller trouver sa fille Constance, femme de Pierre III d'Aragon, et mère
de Frédéric, le vengeur des Siciliens ; il veut la
consoler sur son sort, et dissiper les doutes cruels

que le pape et les prêtres avaient fait naître. Non contens de le persécuter pendant sa vie, de souiller son nom par des imputations calomnieuses, et de le précipiter du trône, ils avaient encore prétendu prononcer sa damnation éternelle: ils avaient arraché son corps à la sépulture, et l'avaient abandonné sur les bords d'une rivière, comme celui d'un rebelle à l'Église et d'un excommunié; et cependant Dieu, dont la miséricorde ne se mesure point sur celle des hommes, l'avait accueilli, lui avait pardonné, et le destinait à une éternité bienheureuse; car les malédictions des prêtres, ni les effrayantes cérémonies de l'excommunication ne suffisent point pour détourner des pécheurs l'éternel amour. C'est ainsi que le poëme du Dante promettait, en quelque sorte, des nouvelles des pères à leurs fils, et ranimait l'espérance en racontant, comme d'après une vue certaine, le sort de l'homme après sa mort.

Le Dante, dans le sixième chant, nous montre, seule, altière et dédaigneuse, l'âme de Sordello, le troubadour de Mantoue, dont nous avons parlé dans le quatrième chapitre. La reconnaissance de Sordello et de Virgile amène une invective contre l'Italie, l'un des morceaux les plus éloquens du purgatoire. Mais, pour partager les sentimens de l'auteur, il faut se rappeler les orages politiques auxquels l'Italie était alors en proie, le long interrègne de l'empire, qui, au milieu du treizième siècle, avait rompu tous les liens entre les différens membres qui le composaient autrefois; l'ambition des papes, empressés de s'élever sur les ruines des anciens chefs de l'État; les passions turbulentes des citoyens, qui, pour satisfaire leurs haines privées, compromettaient sans cesse la liberté de leur patrie; enfin, la situation du Dante lui-même, exilé de Florence par le triomphe d'un parti ennemi, et contraint à demander du secours aux empereurs, qui commençaient à rétablir leur autorité en Allemagne, mais qui avaient à peine accordé à l'Italie quelques regards distraits.

« Italie asservie! s'écrie le poète, demeure
« des douleurs! vaisseau exposé sans pilote à la
« tempête! tandis que cette âme élevée (celle
« de Sordello) fut si prompte au doux nom de
« la patrie, à faire accueil à son concitoyen,
« chez toi les vivans ne peuvent demeurer sans
« guerre, même ceux qu'un même mur, un
« même fossé entoure de son enceinte. Regarde,
« malheureuse, autour de tes rivages, regarde
« dans ton sein si quelque part chez toi tu trou-
« veras la paix! Que t'a-t-il servi que Justi-
« nien te soumît de nouveau au frein? Aujour-
« d'hui son siége est vide, et sans lui tu serais
« couverte de moins de honte.... Oh! Albert
« d'Allemagne, toi qui abandonnes cette nation

« devenue indomptable et sauvage., tandis que
« tu devrais t'affermir sur tes arçons ! puisse
« un jugement sévère et juste frapper ton sang !
« qu'il soit nouveau, qu'il soit évident, et
« qu'il inspire à ton successeur, de la crainte !
« Cédant, ainsi que ton père, à ta cupidité, tu
« es demeuré loin de nous, et tu as souffert la
« désolation du jardin de l'empire. » Après avoir
reproché à l'empereur la discorde des chefs Gibelins, l'oppression de ses gentilshommes, et
la désolation de Rome ; après avoir demandé
compte à la Providence d'une anarchie qui semble contraire aux vues qu'elle avait annoncées.
il s'adresse, avec une amère ironie, à sa patrie
elle-même ; il lui reproche l'ambition universelle dans tous les états, l'inconstance qui lui
fait changer sans cesse ses lois, ses monnaies et
sa magistrature, et la parade qu'elle fait des
vertus qu'elle a cessé de pratiquer.

Dans le chant vingtième, et dans la cinquième
galerie du purgatoire, où les âmes font pénitence de leur avarice, le Dante rencontre Hugues
Capet, père du roi de ce nom ; et sa haine contre
les rois de France, qui avaient donné des secours à ses oppresseurs, et causé la ruine de son
parti, se manifeste dans le discours qu'il lui fait
tenir. « Je suis, lui dit Hugues, la première
« racine de l'arbre funeste qui a couvert la chré-
« tienté de son ombre, et qui l'empêche de por-

« ter de bons fruits...... On m'appelait Hugues
« Capet, et de moi sont sortis les Philippe et les
« Louis, qui, depuis peu, ont gouverné la
« France. Au temps où l'ancienne race des rois
« s'éteignit, à l'exception d'un seul qui se revêtit
« de bure, mon père était un boucher de Paris;
« cependant je saisis de mes mains les rênes du
« royaume, et telle fut ma valeur et celle de mes
« amis, que j'assurai la couronne sur la tête de
« mon fils, de qui sont sortis ces morts redou-
« tés. Jusqu'au temps où la riche dot de Pro-
« vence fit perdre toute honte à mon sang, il
« eut peu de mérite, mais il fit aussi peu de mal :
« c'est alors que commencèrent ses rapines pour
« lesquelles il réunit la force au mensonge. En-
« suite, par pénitence, il prit Ponthieu, la
« Normandie et la Gascogne. Charles descendit
« en Italie, et, par pénitence, il sacrifia Con-
« radin; par pénitence, il envoya Thomas
« d'Aquin dans le ciel. Je vois un temps qui
« s'approche où un autre Charles (de Valois,
« dit Sans-Terre) sortira de France, pour faire
« mieux connaître et soi-même et les siens; il
« arrive seul; il ne porte d'autres armes que
« celles du perfide Judas; mais elles lui suffisent
« pour la ruine de Florence. Cependant il ne
« gagne point de seigneurie, il n'acquiert que
« péché et que honte, et celle-ci s'aggrave par
« l'indifférence qu'il a pour elle. Et cet autre

« (Charles II de Naples), qui, pris sur ses vais-
« seaux, vient de recouvrer sa liberté, je le
« vois vendre sa fille, et en faire marché comme
« font les corsaires de leurs moindres esclaves.
« O avarice ! que ferais-tu de plus, puisque tu
« as réduit mon sang à ne plus s'épargner lui-
« même? Enfin, pour que le mal futur égale le
« passé, je vois les fleurs de lis entrer dans
« Anagni ; je vois le Christ fait prisonnier dans
« la personne de son vicaire (Boniface VIII):
« je le vois, objet de dérision pour la seconde
« fois, de nouveau abreuvé de fiel et de vi-
« naigre, et attaché à la croix entre deux bri-
« gands. »

Le purgatoire est, à plusieurs égards, une
image affaiblie de l'enfer, puisque les mêmes
crimes y sont punis par des châtimens de même
nature, mais qui seulement sont temporaires,
parce que la repentance du coupable a précédé
sa mort. Cependant le Dante y a introduit beaucoup moins de variété dans les offenses et dans
leur punition. Après avoir passé long-temps
avec ceux qui, pour avoir différé de se convertir, sont retenus en dehors de la porte du purgatoire, il suit l'ordre des sept péchés mortels.
Les orgueilleux sont accablés sous des poids
énormes ; les envieux, couverts de longs silices,
ont leurs paupières liées par un fil de fer ; les
colériques sont étouffés par la fumée ; les pares-

seux sont forcés de courir sans cesse ; les avares
ont le visage couché contre terre ; les gourmands
souffrent les tourmens de la faim et de la soif,
et ceux qui se sont abandonnés à l'incontinence
l'expient dans le feu. Le spectacle est donc plus
restreint, l'action est plus lente ; et comme le
Dante a voulu donner au purgatoire une longueur égale à celle des deux autres parties de
son poëme, la marche languit ; de vains discours, des visions et des songes remplissent les
chants, et font éprouver quelque impatience au
lecteur, qui voudrait arriver au terme de ce
mystérieux voyage.

Après avoir parcouru les sept galeries du
purgatoire, le Dante arrive au vingt-huitième
chant dans le paradis terrestre, qui est situé
sur le haut de la montagne. Il en fait une description pleine de grâces, mais qui seulement
se trouve trop souvent mêlée de dissertations
scolastiques. C'est dans ce paradis terrestre que
Béatrix, la femme qu'il avait aimée, descend
du ciel à sa rencontre : l'objet de son premier
amour est pour lui, en même temps, un ministre de grâce et l'organe de la sagesse divine ;
tous les sentimens les plus nobles, toutes les
pensées les plus élevées se rattachent au culte
de son cœur. Depuis que Béatrix ne vivait plus
pour lui que dans le ciel, elle ne se présentait
plus à son souvenir que comme une manifes-

tation de la bonté de Dieu : elle tient la première place dans son poëme ; c'est elle qui a
donné à Virgile l'ordre de le conduire ; c'est elle
qui lui a fait ouvrir les portes de l'enfer ; c'est
elle qui a aplani pour lui tous les obstacles : ses
ordres sont respectés dans les trois royaumes
des morts ; mais dans sa gloire, elle se confond
aux yeux de son amant avec la théologie, et
l'on peut être tenté quelquefois de la prendre
pour un personnage allégorique. Tandis qu'elle
arrive auprès de lui, tandis qu'il tremble en sa
présence par le pouvoir de son premier amour,
avant même de l'avoir reconnue, Virgile, qui
l'avait accompagné jusqu'en ces lieux, l'abandonne. Les discours de Béatrix, qui lui reproche ses premières fautes, et qui s'efforce de
purifier son cœur, ne sont peut-être pas dignes
de la situation. A mesure que le Dante approche
du ciel, il veut s'éloigner davantage du langage humain ; et par là il devient souvent si
obscur, que les beautés qu'il conserve encore
échappent à notre vue. Il veut aussi, pour rendre le langage du ciel, emprunter celui de
l'Église, et il mêle un si grand nombre de vers
et de cantiques latins à sa poésie, qu'on est sans
cesse arrêté par la différence de prosodie, de
son et de tournure de ces deux langues.

Enfin le Dante ne veut point employer des
machines humaines ou des pouvoirs humains

dans le ciel; il en résulte qu'il s'y élève, qu'il
y avance par la force seule de ses désirs, en
fixant l'orbite du soleil. On le comprend à peine ;
et tandis qu'on s'efforce de se rendre raison de
ses paroles énigmatiques, on ne saurait s'asso-
cier ou s'intéresser à lui. Dans l'enfer, il faisait
usage d'un surnaturel qui était en rapport avec
notre nature ; c'était l'excès des forces et l'excès
des maux que nous connaissons. En sortant du
purgatoire, et en entrant dans le ciel, le surnaturel qu'il nous présente ressemble à nos rêves
les plus vagues; il suppose des pouvoirs que
nous ne nous connaissons point; il ne rappelle
ni nos souvenirs ni nos habitudes; il n'est jamais
entièrement compris, et il nous fatigue nous-
mêmes de notre étonnement.

Les premières demeures des bienheureux sont
celles du ciel de la lune, celui des cieux qui se
meut le plus lentement, et qui est le plus éloigné de la gloire du Très-Haut. Il contient les
âmes de ceux qui avaient fait vœu de virginité
et de religion, et qui ont été forcés d'y renoncer. Mais quoique le Dante divise les bienheureux par classes, leur félicité toute de contemplation ne saurait admettre de degrés, puisqu'il
commence par faire dire à l'une des âmes :
« Frère, notre volonté est tranquille; notre
« vertu est la charité, qui ne nous fait vouloir
« que ce que nous avons, et qui ne désire rien

« au-delà. Si nous souhaitions nous élever plus
« haut, nos souhaits ne seraient plus d'accord
« avec la volonté de celui qui nous a fixés en
« ce lieu. » Cela peut être vrai ; mais de cette
indifférence des âmes résulte une froideur qui se
répand sur tout le reste du poëme. Les discussions théologiques nuisent davantage encore à
l'intérêt. Béatrix résout tous les doutes du Dante
sur le lien des âmes au corps, sur les vœux, sur
le libre arbitre, etc.; mais il est difficile de satisfaire nos esprits sur ces questions obscures,
même dans la prose la plus philosophique; tandis que la forme poétique et l'autorité de Béatrix, dont nous ne sommes pas toujours disposés
à reconnaître la mission divine, obscurcissent
davantage encore ce que nous n'arriverons jamais à bien comprendre.

Le poëme du paradis contient très peu de
descriptions; le peintre qui avait su faire des
tableaux si effrayans de l'enfer, n'a point essayé
de mettre le ciel sous nos yeux : on quitte l'orbite de la lune sans l'avoir connu ; on arrive
dans celui de Mercure sans le connaître davantage; mais dans chaque demeure nouvelle, le
poète représente quelque grand homme dont le
nom frappe la curiosité. Dans le second ciel, au
chant sixième, il trouve Justinien, qui se présente à lui, bien éloigné des faiblesses et des
vices que Procope nous a fait connaître dans

son Histoire secrète, et tel que les jurisconsultes, dans leur idolâtrie pour le père de leur science, se sont efforcés de le représenter.

Au troisième ciel, celui de Vénus (1), le Dante trouve Cunissa, sœur d'Eccelino de Romano, qui lui prédit les révolutions de la Marche trévisane. Au quatrième, ou du Soleil (2), saint Thomas d'Aquin et saint Bonaventure lui racontent la gloire de saint François et de saint Dominique. Au ciel de Mars (3), sont les âmes de ceux qui ont combattu pour la vraie foi. Il voit parmi eux Cacciaguida des Éliséi, son trisaïeul, qui avait été tué à la croisade. Cacciaguida lui raconte les grandeurs de sa propre race; il lui fait le tableau des mœurs austères de l'ancienne Florence, sous le règne de Conrad-le-Salique; il indique, en les caractérisant, les familles qui étaient déjà puissantes, celles qui sont tombées, celles qui se sont élevées depuis. Enfin, Cacciaguida prédit au Dante lui-même l'exil dont il était menacé : « Tu laisseras, lui « dit-il, tout ce que tu chéris le plus tendre- « ment; et c'est la première des douleurs qu'im- « pose l'exil; tu éprouveras combien est amer « le pain de l'étranger, et combien c'est suivre

---

(1) Parad. Canto VIII.

(2) *Ibid.* C. x.

(3) *Ibid.* C. XIII.

« un chemin pénible que de monter et de des-
« cendre l'escalier de ses hôtes; enfin le fardeau
« qui pesera le plus sur tes épaules, sera la com-
« pagnie mauvaise et insensée à laquelle tu seras
« associé. (1) » Cependant Cacciaguida encou-
rage le Dante à faire connaître au monde ce
qu'il a vu dans l'empire des morts, en s'élevant
au-dessus de la crainte d'offenser ceux dont il
dévoilerait la honte.

Dans le sixième ciel, ou de Jupiter, sont
récompensés ceux qui ont administré la justice
avec droiture; dans le septième, ou de Saturne,
ceux qui se sont voués à la vie contemplative
ou solitaire; dans le huitième, le Dante voit le
triomphe du Christ, suivi par la foule des bienheureux, et la vierge Marie elle-même; sa foi
est examinée et approuvée par saint Pierre,
son espérance par saint Jacques, sa charité par
saint Jean; Adam enfin lui apprend quel langage il parlait dans le paradis terrestre.

---

(1) Parad. Canto XVII, v. 55.

> Tu lascerai ogni cosa diletta
>   Più caramente : e questo è quello strale
>   Che l'arco dell'esilio pria saetta;
> Tu proverai si come sà di sale
>   Lo pane altrui, e come è duro calle
>   Lo scendere e l' salir per l'altrui scale:
> E quel che più ti graverà le spalle
>   Sarà la compagnia malvagia e scempia
>   Con la qual tu cadrai in questa valle.

Le poète s'élève ensuite à la neuvième sphère, où l'essence divine se manifeste à lui, voilée cependant par trois hiérarchies d'anges qui l'entourent; la vierge Marie, les saints de l'ancien et du nouveau Testament se montrent aussi à lui dans l'empirée ou dixième ciel. Tous ses doutes sont éclaircis par les saints ou par Dieu lui-même; et le poëme se termine par une contemplation de l'union des deux natures dans la Divinité.

Le mètre, dont le Dante fut probablement l'inventeur, et dans lequel tout son poëme est écrit, a reçu le nom de *rima terza;* il a depuis été consacré spécialement aux poésies philosophiques, aux satires, aux épîtres et aux allégories; mais il n'est pas moins propre aux poëmes épiques, puisque le récit, au lieu d'être interrompu, comme dans les octaves ou strophes des poètes italiens postérieurs, ou même dans les quatrains de la poésie française, est constamment lié par l'attente de la rime. Ce sont autant de couplets de trois vers, disposés de telle sorte que le vers du milieu de chaque couplet rime avec le premier et le troisième vers du couplet suivant. Cet enchaînement continuel fournit un singulier appui à la mémoire, puisque, quelque couplet que l'on choisisse dans le poëme, il rappelle le couplet précédent par deux de ses rimes, et le couplet suivant par une. Les vers

enchaînés de cette sorte sont endécasyllabes,
comme tous les vers héroïques italiens; ils se
divisent ou sont supposés se diviser en cinq
iambes, dont le dernier est suivi d'une brève.

Pour faire comprendre l'enchaînement de la
rima terza, j'ai essayé d'en donner un exemple
en français, en traduisant l'épisode d'Ugolin,
au trente-troisième chant de l'Enfer. Mais la
nécessité de trouver toujours, dans une langue
infiniment plus pauvre en rimes, trois vers
pour rimer sur la même désinence, et de les
placer à cette distance régulière et invariable:
la gêne nouvelle du retour alterne des rimes
féminines, qui n'existe point dans l'italien,
peut-être même une certaine habitude de la
langue française, qui se divise naturellement
par couplets, et qui semble repousser un enchaînement continuel, comme elle a interdit les
enjambemens, m'ont opposé des difficultés excessives, et que je crois presque insurmonta-
bles: aussi la magnificence du chant célèbre
que j'ai essayé de traduire, se fera-t-elle à peine
sentir sous les entraves que cette forme de versification m'a données. Le Dante, parvenu dans
le dernier cercle de l'enfer, voit les traîtres à
leur patrie enfermés dans une glace éternelle.
Deux têtes, proche l'une de l'autre, s'élevaient
au-dessus de la glace : l'une était celle du comte
Ugolin de la Ghérardesca, qui, par une suite

de trahisons, s'était emparé de la souveraineté
dans sa patrie; l'autre, celle de Roger des Ubal-
dini, archevêque de Pise, qui, par une conduite non moins criminelle, avait triomphé du
premier, l'avait fait arrêter avec ses quatre enfans ou petits-enfans, et l'avait fait mourir de
faim. Le Dante, qui ne les reconnaît point, voit
Ugolin ronger le crâne de Roger qui était placé
devant lui; il l'interroge sur les motifs de sa
haine : c'est là que commence le trente-troisième
chant.

Ce pécheur, soulevant une bouche altérée,
Essuya le sang noir dont il était trempé,
A la tête de mort qu'il avait dévorée.
　Si je dois raconter le sort qui m'a frappé,
Une horrible douleur occupe ma pensée,
Dit-il, mais ton espoir ne sera point trompé.
　Qu'importe ma douleur, si ma langue glacée,
Du traître que tu vois comble le déshonneur,
Ma langue se ranime, à sa honte empressée.
　Je ne te connais point, je ne sais quel bonheur
Te conduit tout vivant jusqu'au fond de l'abîme;
N'es-tu pas Florentin? vois, et frémis d'horreur!
　Mon nom est Ugolin, Roger est ma victime;
Dieu livre à mes fureurs le prélat des Pisans;
Sans doute tu connais et mon sort et son crime :
　Je mourus par son ordre avec tous mes enfans;
Déjà la renommée aura pu t'en instruire;
Mais elle n'a point dit quels furent mes tourmens.
　Écoute, et tu verras si Roger sut me nuire.

Dans la tour de la Faim, où je fus enfermé,
Où maint infortuné doit encor se détruire,

Le flambeau de la nuit plusieurs fois rallumé,
M'avait de plusieurs mois fait mesurer l'espace,
Quand d'un songe cruel mon cœur fut alarmé.

Vieux tyran des forêts, on me force à la chasse;
Cet homme, avec Gualande et Sismonde, et Lanfranc,
Changés en chiens cruels, se pressaient sur ma trace.

Je fuyais vers les monts l'ennemi de mon sang;
Mes jeunes louveteaux ne pouvaient plus me suivre,
Et ces chiens dévorans leur déchiraient le flanc.

De ce songe un réveil plus affreux me délivre;
Mes fils dans leur sommeil me demandaient du pain,
Un noir pressentiment paraissait les poursuivre.

Et toi, si, prévoyant mon funeste destin,
Tu t'abstiens, étranger, de répandre des larmes,
Aurais-tu dans ton cœur quelque chose d'humain?

Mes fils ne dormaient plus; mais de sombres alarmes
Avaient glacé leurs sens; le geôlier attendu
N'apportait point ce pain que nous trempions de larmes.

Tout à coup des verroux le bruit est entendu,
Notre fatale tour est pour jamais fermée:
Je regarde mes fils, et demeure éperdu.

Sur mes lèvres la voix meurt à demi formée;
Je ne pouvais pleurer: ils pleuraient, mes enfans!
Quelle haine par eux n'eût été désarmée?

Anselme, me serrant dans ses bras caressans,
S'écriait: Que crains-tu, qu'as-tu donc, ô mon père!
Je ne te connais plus sous tes traits pâlissans.

Cependant aucuns pleurs ne mouillaient ma paupière,
Je ne répondais point; je me tus tout un jour.
Quand un nouveau soleil éclaira l'hémisphère,

Quand son pâle rayon pénétra dans la tour,

Je lus tous mes tourmens sur ces quatre visages,
Et je rongeai mes poings, sans espoir de secour.

Mes fils, trompés sans doute à ces gestes sauvages,
D'une féroce faim me crurent consumé.
Mon père, dirent-ils, suspendez ces outrages!

Par vous, de votre sang notre corps fut formé,
Il est à vous, prenez, prolongez votre vie;
Puisse-t-il vous nourrir, ô père bien aimé!

Je me tus, notre force était anéantie;
Ce jour ni le suivant nous ne pûmes parler :
Que ne t'abîmais-tu, terre notre ennemie!

Déjà nous avions vu quatre soleils briller,
Lorsque Gaddo tomba renversé sur la terre.
Mon père, cria-t-il, ne peux-tu me sauver!

Il y mourut. Ainsi que tu vois ma misère,
Je les vis tous mourir, l'un sur l'autre entassés,
Et je demeurai seul, maudissant la lumière.

Trois jours, entre mes bras leurs corps furent pressés;
Aveuglé de douleur, les appelant encore,
Trois jours je réchauffai ces cadavres glacés,

Puis la faim triompha du deuil qui me dévore.

CHAPITRE X.

Influence du Dante sur son siècle; Pétrarque.

Peu de chefs-d'œuvre ont mieux manifesté la
force de l'esprit humain que le poëme du Dante :
complétement nouveau dans sa composition
comme dans ses parties, sans modèle dans aucune langue, il était le premier monument des
temps modernes, le premier grand ouvrage qu'on
eût osé composer dans aucune des littératures
nouvellement nées. Il était conforme aux règles
essentielles de l'art, à celles qui sont invariables :
l'unité de dessein, l'unité de marche; il portait
l'empreinte d'un génie puissant qui voit en
même temps le tout et ses parties, qui dispose
avec facilité des plus grandes masses, et qui est
assez fort pour observer la symétrie sans en ressentir jamais de gêne. A tout autre égard, le
poëme du Dante était en dehors des anciennes
règles de l'art poétique; il n'appartenait proprement à aucun genre, et le Dante ne pouvait
être jugé que par les lois qu'il s'était données.
Il avait appelé sa composition une *comédie*,
pour se mettre modestement au-dessous de Virgile, auquel il croyait le genre *tragique* réservé,

l'ignorance absolue de l'art dramatique, dont le
Dante ne connaissait probablement pas un seul
essai, l'avait induit dans cette erreur de noms
qui nous étonne aujourd'hui. Ses compatriotes
conservant le titre qu'il avait donné à son ouvrage, l'appellent encore la *divine Comédie;* un
nom qui ne ressemble à aucun autre doit être
conservé à un ouvrage sans égal.

La gloire du Dante, qui commença de son
vivant, et qui le plaça de bonne heure au-dessus
de tout ce que l'Italie avait de plus grand, contribua bien peu à son bonheur. Il était né à Florence en 1265, dans la famille noble et distinguée des Alighieri, qui était attachée au parti
guelfe. Amoureux dès sa première enfance de
Béatrix, fille de Folco des Portinari, il la perdit à l'âge de vingt-cinq ans. Il fut fidèle toute
sa vie au souvenir d'un amour qui déjà, pendant quinze années, avait favorisé tous les développemens de son âme, et qui s'était ainsi
associé à tous ses sentimens les plus nobles, à
tout ce qu'il trouvait d'élevé dans son propre
cœur. Il y avait probablement déjà dix ans que
Béatrix était morte, lorsque le Dante, commençant la composition d'un poëme qui l'occupa jusqu'à la fin de sa vie, assigna la première place,
dans ses vers, à la femme qu'il avait si tendre-
ment aimée. Des images divines et humaines se
réunissaient dans cet objet de son culte, et la

Béatrix du paradis paraît tour à tour comme la plus chérie des femmes, ou comme l'emblème de la sagesse divine. Ainsi le père de la poésie moderne, au lieu de traiter l'amour comme avaient fait les anciens, vit dans ce sentiment quelque chose de pur, d'élevé, de religieux, qui ennoblissait et sanctifiait l'âme : aucun de ceux qui se formèrent à son exemple ne rendit jamais à celle qu'il aima un hommage plus auguste et plus touchant. Cependant des convenances de famille engagèrent le Dante à se marier, en 1291, un an après la mort de Béatrix ; il épousa Gemma des Donati, dont le caractère opiniâtre et emporté empoisonna sa vie domestique. Il n'a jamais parlé d'elle dans ses ouvrages, quoiqu'il y fît entrer tout l'univers ; et c'est même sans doute par égard pour elle et pour sa famille, qu'il ne parle pas davantage de Corso Donati, chef du parti opposé au sien, et son plus dangereux ennemi. Dante Alighieri avait porté les armes pour sa patrie dans la bataille de Campaldino contre les Arétins, en 1289, et dans la campagne de 1290, contre les Pisans : c'était l'année qui suivit le supplice du comte Ugolin. Il entra ensuite dans la magistrature, à l'époque funeste pour sa patrie de la guerre civile entre les Blancs et les Noirs. Il fut accusé d'avoir favorisé les premiers dans le temps où il était membre du conseil suprême ; et lorsque Charles de Valois

père de Philippe **VI**, fut appelé à Florence pour
pacifier les deux partis, Dante fut condamné,
en 1302, à une amende ruineuse et à l'exil. Bientôt, par une seconde sentence d'un tribunal ré-
volutionnaire, lui et ses adhérens furent con-
damnés par contumace à être brûlés vifs. Dès-
lors le Dante fut obligé de demander asile à ceux
des princes gibelins de l'Italie qui voulaient bien
admettre d'anciens Guelfes persécutés dans leur
alliance, et lui-même il embrassa un parti contraire auparavant à ses opinions, mais auquel
l'exil et la souffrance le forçaient d'avoir recours.
Il vécut quelque temps chez le marquis Malaspina, dans la Lunigiane; chez le comte Boson, à
Gubbio; chez les deux frères de la Scala, seigneurs de Vérone; mais partout la hauteur de
son caractère, qui pliait d'autant moins qu'il
était plus accablé, et l'amertume de son esprit
qui se manifestait par des mots piquans, lui faisaient des ennemis. Ses tentatives pour rentrer
à Florence à main armée avec son parti, avaient
été sans succès: ses supplications au peuple
avaient été rejetées; l'espérance qu'il avait placée dans l'empereur Henri **VII** s'évanouit à la
mort de ce monarque. Il mourut enfin à Ra-
venne, le 14 septembre 1321, auprès de Guido
Novello de Polenta, seigneur de cette ville, qui
l'avait reçu en ami plutôt qu'en protecteur, et
qui, peu de temps auparavant, lui avait donné

une marque honorable de confiance, en le char-
geant d'une ambassade à Venise.

Mais lorsque le Dante mourut, l'Italie entière
sembla en porter le deuil; les copies de son
poëme se multiplièrent (1); de toutes parts on
entreprit de l'enrichir de commentaires. En
1350, l'archevêque et seigneur de Milan, Jean
Visconti, chargea six savans hommes, deux
théologiens, deux philosophes et deux anti-
quaires florentins, d'éclairer par leurs travaux
tout ce qui pouvait être demeuré obscur dans

---

(1) Un homme d'un grand talent, qui fait imprimer à
Londres une édition nouvelle de la divine Comédie (*), a
cherché à établir que le Dante ne publia point son poëme de
son vivant, et n'avait point dessein de le faire. Je ne doute
pas, en effet, qu'il n'ait continué, jusqu'à la fin de sa vie, à
le corriger, à y faire des additions et des changemens; je
ne doute pas qu'il n'ait tenu secrets les passages qui pouvaient
lui susciter plus d'ennemis. Mais les travaux d'un homme
illustre sont à moitié connus, quand même il ne les a point
encore livrés sans retour au public; et avant l'invention de
l'imprimerie, il n'y avait point de publicité complète. Nous
ne savons point ce que le Dante avait pu réciter de son
poëme à ses divers hôtes, quelles copies, ou quels fragmens
de copie il avait pu en donner. On peut voir, dans la correspondance de Voltaire, le bruit que faisait, long-temps
avant sa publication, un poëme qu'il avait de bonnes raisons
de cacher. Pourquoi le Dante aurait-il été plus mystérieux?

(*) *La Commedia di Dante Alighieri, illustrata da Ugo Foscolo. Londra. Guglielmo
Pickering.* 1825.

la divine Comédie. Deux chaires furent fon-
dées, l'une à Florence, en 1373 : l'autre à Bologne, pour expliquer le Dante à la jeunesse
studieuse. Deux hommes justement célèbres,
Boccace et Benvenuto d'Imola, furent chargés
de ce soin, et jamais peut-être homme n'acquit
sur la génération qui suivit la sienne, une autorité moins disputée, une influence plus immédiate.

Les commentaires qu'on nous a donnés sur
le Dante fournissent une nouvelle preuve de la
supériorité de ce grand homme : on y voit avec
étonnement ses admirateurs à gages, incapables
d'apprécier sa vraie grandeur. Le Dante lui-
même, dans son ouvrage latin, intitulé *de l'É-
loquence* ou *du Langage vulgaire*, semble ignorer
tout ce qu'il a fait pour la littérature italienne.
Il s'attache, ainsi que ses commentateurs, à sa
pureté, à sa correction. Cependant il n'est ni
pur, ni correct, mais il est créateur : on le voit
employer pour la rime un grand nombre de
mots barbares, qui ne reviennent point ailleurs
dans ses vers; mais lorsqu'il est ému, lorsqu'il
veut émouvoir, il trouve dans l'italien du treizième siècle une richesse d'expressions, une pureté, une grâce, qu'il a données le premier à la
langue, et qui sont restées après lui. Ses personnages marchent et respirent; ses tableaux
sont la nature elle-même; son langage parle tou

jours à l'imagination en même temps qu'à l'esprit, et il y a à peine une terzine qui ne pût se rendre avec le pinceau. Le grand savoir du Dante a aussi excité l'admiration de ses commentateurs: et, en effet, le poëte paraît avoir réuni toutes les connaissances qui ornaient son siècle : son livre en est le dépôt; il indique assez exactement jusqu'où était parvenue la science; il montre aussi combien elle avait encore de chemin à faire pour satisfaire l'esprit.

Si nous n'avions pas été précédés par M. Ginguené dans sa savante Histoire de la Littérature italienne, nous chercherions à faire rapidement connaître les poëtes contemporains du Dante: ceux qui le prirent pour modèle, et ceux qui suivirent la carrière déjà ouverte par les Provençaux. Je redoute moins de marcher sur ses traces lorsque j'ai à parler des grands modèles de la littérature, que j'ai lus moi-même, que j'ai étudiés avec amour, et que je juge d'après mon propre sentiment : ce sentiment est individuel, il est toujours nouveau pour chaque critique: mais pour tous ceux d'un rang secondaire, que je ne connais que par des fragmens, quelquefois par M. Ginguené lui-même, il serait insensé de ne pas renvoyer le lecteur à ce littérateur d'un goût si sûr et si élégant, d'une érudition si vaste et si consciencieuse, qui a fait de la littérature italienne le travail de toute sa vie, et dont l'ouvrage est entre les mains de tout le monde.

C'est donc par lui qu'on peut apprendre à connaître Jacopone de Todi (1), ce moine qui, par humilité, se fit passer pour fou; qui se plut à être insulté par les enfans, et poursuivi dans les rues; qui, persécuté par ses supérieurs, languit pendant de longues années dans un cachot, et qui, au milieu de cette misère, a composé des cantiques religieux où l'on trouve la verve de l'enthousiasme, mais souvent aussi des subtilités de sentiment mystique tout-à-fait inintelligibles. A la même époque appartient Francesco de Barberino (2), disciple de Brunetto Latini comme le Dante, et auteur d'un Traité de philosophie morale en vers, qu'il a intitulé, conformément à l'esprit recherché de son siècle, les Documens de l'Amour, i Documenti d'Amore. Cecco d'Ascoli était aussi contemporain du Dante (3), mais son ennemi. Son poëme en cinq livres, intitulé l'*Acerba*, ou plutôt, comme l'explique M. Ginguené, l'*Acervo*, le monceau, est un ramassis de toutes les sciences de son temps, astronomie, philosophie, religion; et il est bien moins remarquable par son propre mé-

_____

(1) Mort en 1306.
(2) 1264 à 1348.
(3) 1257 à 1327.

rite, que par la fin lamentable de l'auteur, brûlé vif à Florence, comme sorcier, en 1327, à l'âge de soixante et dix ans, après avoir été long-temps professeur d'astrologie judiciaire dans l'université de Bologne. Cino de Pistoia, de la maison Sinibaldi (1), qui fut ami du Dante, obtint en même temps deux réputations également brillantes; l'une, comme jurisconsulte, par son Commentaire sur les neuf premiers livres du Code; l'autre, comme poète, par ses vers d'amour pour la belle Selvaggia des Vergiolesi, que la mort lui ravit vers l'année 1307. Comme jurisconsulte, il fut le maître de Barthole, qui peut-être l'a surpassé, mais qui dut beaucoup à ses leçons; comme poète, il fut le modèle que Pétrarque se plut à imiter; et sous ce rapport, il lui nuisit peut-être autant par sa recherche et son affectation, qu'il l'instruisit par l'harmonie et la pureté de son style. Fazio des Uberti, petit-fils du grand Farinata, et qui, à cause de la haine des Florentins pour son aïeul, vécut et mourut en exil, se distingua également à cette époque par ses sonnets et ses chansons, et long-temps plus tard, par un poëme descriptif intitulé *Dettamondo*, dans lequel il s'était proposé d'imiter le Dante, et de faire connaître le monde réel, comme son devancier avait fait connaître

---

(1) Mort en 1337.

le monde des esprits; mais il s'en fallut de beaucoup que l'imitateur égalât son modèle.

Tous ces poètes, et beaucoup d'autres encore, dont les noms sont plus obscurs, se ressemblent par leur esprit subtil, leurs images incohérentes et leurs sentimens entortillés. L'esprit du siècle était gâté par la recherche, et l'on est étonné, à la première naissance d'une nation, de voir l'enflure et l'affectation précéder la naïveté et le naturel. Mais cette nation ne s'était pas formée elle-même, c'était un goût étranger qu'elle adoptait, avant d'être assez éclairée pour bien choisir. Les vers des troubadours provençaux étaient répandus d'un bout à l'autre de l'Italie; tous les poètes qui prétendaient à quelque distinction les avaient lus, les savaient par cœur; plusieurs s'étaient exercés eux-mêmes à en faire dans la même langue; et quoique les Italiens, si l'on en excepte les Siciliens, ne connussent guère eux-mêmes les Arabes, ils se trouvaient ainsi recevoir leurs leçons de la seconde main. Ces subtilités presque inintelligibles avec lesquelles ils traitaient l'amour, passaient pour les raffinemens du sentiment; ces combats, ces luttes toujours renaissantes entre le cœur et l'esprit, la raison et la passion, étaient regardées comme une application heureuse de la philosophie aux lettres. Ces douleurs que rien ne justifie, ces langueurs, cette mort d'amour, devenaient un langage con-

sacré auprès des dames, dont on n'aurait presque
pu s'écarter sans grossièreté ; et c'est ainsi qu'une
nature toute de convention, prit, dans la poésie, la place de celle que des hommes simples
et vrais auraient dû trouver au fond de leur
cœur. Mais au lieu de relever ces défauts dans
des poëtes peu connus, nous nous efforcerons
de saisir l'esprit du quatorzième siècle tout entier, dans le plus grand homme que ce siècle ait
produit en Italie, dans celui dont la réputation
a été la plus universelle, et dont l'influence a
été la plus marquée, non pas sur l'Italie seule,
mais sur la France, l'Espagne et le Portugal.
On comprend sans doute que c'est de l'amant
de Laure, de François Pétrarque que je veux
parler.

Pétrarque, fils d'un Florentin exilé comme
le Dante, naquit à Arezzo, dans la nuit du 19
au 20 juillet 1304, et mourut à Arqua près de
Padoue, le 18 juillet 1374. Il a été, pendant le
siècle dont sa vie occupe les trois quarts, le ré-
gulateur et le modèle de toute la littérature italienne. Passionné pour les lettres, l'histoire et la
poésie, admirateur enthousiaste de l'antiquité,
il imprima par ses discours, ses écrits, son
exemple, à tous ses contemporains, ce mouvement vers la recherche et l'étude des manuscrits
latins qui distingue si éminemment le quatorzième siècle, qui sauva les chefs-d'œuvre des

écrivains classiques, au moment où peut-être ils
allaient être anéantis, et qui changea, par ces
admirables modèles, toute la marche de l'esprit
humain. Pétrarque, tourmenté par la passion
qui a tant contribué à sa célébrité, voulant se
fuir lui-même, ou renouveler ses pensées par
une forte distraction, voyagea pendant presque
tout le cours de sa vie : il parcourut la France,
l'Allemagne, toutes les parties de l'Italie ; il vi-
sita l'Espagne, et dans une activité continuelle,
dirigée vers la recherche des monumens de l'antiquité, il se lia avec tous les savans, tous les
poètes, tous les philosophes, d'un bout de l'Europe à l'autre ; il les fit tous concourir à son but ;
il les occupa tous de l'objet de ses travaux, en
même temps qu'il dirigea les leurs, et sa correspondance devint le lien magique qui, pour la
première fois, unissait toute la république littéraire européenne. Le siècle où il vécut était celui des petits États ; aucun souverain n'avait élevé
encore une de ces puissances colossales dont l'autorité peut se faire craindre par des nations de
langues différentes ; au contraire, chaque contrée était divisée entre un grand nombre de souverainetés, et le monarque d'une petite ville
était sans pouvoir à trente lieues de distance,
était inconnu à cent lieues de chez lui. Mais plus
la puissance politique était restreinte, plus la
gloire littéraire s'étendait ; et Pétrarque, l'ami

d'Azzo de Corrège, prince de Parme; de Luchin
et de Galeaz Visconti, princes de Milan; de
François de Carrara, prince de Padoue, était
bien plus connu, bien plus respecté de l'Europe
entière que tous ces petits souverains. Cette
gloire universelle que ses hautes connaissances
lui avaient attiré, et qu'il rendit utile aux lettres,
fut aussi fréquemment employée dans une carrière politique. Aucun savant, aucun poète n'a
sans doute été chargé d'un si grand nombre d'am-
bassades auprès d'aussi grands potentats, tels
que l'empereur, le pape, le roi de France, le
sénat de Venise, et tous les princes de l'Italie;
et ce qui est bizarre, c'est que Pétrarque ne les
remplissait point comme appartenant à l'État qui
le chargeait de ses intérêts, mais à l'Europe entière; il recevait sa mission de sa gloire, et lorsqu'il traitait avec les princes, c'était presque
comme un arbitre dont chacun voulait ménager
le suffrage auprès de la postérité.

Les immenses travaux de Pétrarque pour la
littérature ancienne devraient être son plus beau
titre de gloire; c'est ainsi qu'ils furent appréciés
dans son siècle, c'est ainsi que lui-même les ju-
geait : cependant sa célébrité est bien plus fondée
aujourd'hui sur ses poésies lyriques italiennes
que sur ses volumineux ouvrages latins. Ce sont
ses poésies lyriques qui, imitées elles-mêmes des
Provençaux, de Cino de Pistoia, et des poètes

du commencement du siècle, ont servi à leur tour de modèle à tout ce que les peuples du Midi ont eu de poëtes distingués. Ce sont elles que je voudrais faire connaître à mes lecteurs; si du moins quelques unes des beautés qui tiennent essentiellement à l'harmonie et au coloris de la langue la plus musicale et la plus pittoresque, peuvent se conserver dans une traduction en prose.

Le genre lyrique est le premier qui soit cultivé dans chaque langue au renouvellement de toute littérature; c'est le plus essentiellement poétique; c'est le seul où le poëte s'abandonne sans but à ses impressions. Dans une épopée, le poëte pense à ses auditeurs; il veut leur rendre fidèlement le récit dont il se charge, et mettre sous leurs yeux des événemens dont l'émotion est déjà passée pour lui. Dans le drame, il sort absolument de lui-même, pour se transformer successivement dans les personnages nouveaux qu'il revêt l'un après l'autre; dans l'idylle, il peut bien exprimer ses sentimens, mais ce n'est plus comme lui-même; il les accommode à une nature de convention, à un genre de vie tout idéal. Mais le poëte lyrique ne veut point être un autre que lui-même, il exprime en son propre nom ses propres sentimens, il chante parce qu'il est ému, parce qu'il est inspiré. La poésie qui est adressée aux autres, qui est destinée à

persuader, emprunte ses ornemens de l'éloquence : celle qui n'est qu'une effusion du cœur.
une jouissance du sentiment qui se replie sur lui-
même, doit s'embellir par l'harmonie. La mesure
ordinaire du vers ne suffit point pour contenter
l'âme qui veut donner l'essor à ses sentimens, et
se complaire ensuite en elle-même en les con-
templant : il faut que les vers soient accompagnés
par la musique, ou par la régularité des strophes, qui est l'harmonie naturelle au langage.
Des vers qui se suivraient les uns les autres, sans
être enchaînés musicalement par la place qu'ils
occupent, ne paraîtraient point assez poétiques
pour rendre la disposition d'âme de celui qui
veut chanter ; il cherche de nouvelles règles dans
son oreille, dont l'observation rende le plaisir
musical plus complet.

L'ode, telle que la conçurent les anciens,
telle que plusieurs poètes allemands, italiens.
espagnols, portugais l'ont reproduite, est le plus
parfait modèle du genre lyrique ; les Français en
ont retenu la forme ; leur strophe est bien musicale ; la longueur indéterminée du poëme, et la
régularité de chaque couplet, admettent bien ce
mélange de liberté et de gêne que demande l'expression des mouvemens de l'âme. Le petit vers
français qui, sans qu'on s'en doute, est toujours
scandé, toujours composé de longues et de brèves
distribuées dans un ordre harmonique, fait bien

sur l'oreille, du moins lorsqu'il est manié par les
bons poètes, une impression mélodieuse ; mais
l'inspiration y manque. A la place de leurs sentimens, nos poètes ont chanté leurs réflexions,
et la philosophie s'est emparée du genre de vers
qui semblait devoir le moins l'admettre.

Les Italiens ne sont pas non plus demeurés
fidèles au vrai genre lyrique ; mais ils s'en sont
moins éloignés que nous. Il est étrange que Pétrarque, nourri essentiellement de la lecture
des anciens, et tout plein des poètes de Rome,
n'ait point essayé de donner des odes à la langue
italienne : négligeant les modèles qu'Horace avait
laissés, et dont il sentait cependant tout le prix,
il a renfermé toutes ses inspirations lyriques
dans deux mesures bien autrement étroites,
bien autrement gênées : le sonnet qu'il a emprunté des Siciliens, et la canzone des Provençaux. Ces deux formes de versification qu'il
a consacrées, et qui, jusqu'à nos jours, sont le
plus fréquemment usitées en Italie, ont soumis
son génie lui-même à leurs entraves, et ont
donné à son inspiration quelque chose de moins
naturel. Le sonnet surtout semble avoir eu sur
toute la poésie italienne une influence fatale.
L'inspiration lyrique doit être limitée dans sa
forme, mais non pas dans son étendue ; tandis
que ce lit de Procuste, comme l'a ingénieuse-
ment appelé un italien, réduit toutes les pen-

sées à une même longueur, celle de quatorze vers; si cette pensée est trop courte, il faut la tirailler cruellement pour l'étendre jusqu'à cette mesure commune; si elle est trop longue, il faut la tronquer barbarement pour l'y faire entrer. Surtout il faut toujours relever par des ornemens brillans la brièveté d'un si petit poëme; et comme les mouvemens chauds et passionnés demandent à être préparés, à être développés dans une pièce plus longue, les pensées ingénieuses ont pris, dans cette composition essentiellement lyrique, la place du sentiment; et le bel esprit, souvent le faux esprit, a dû en faire toute la parure.

On sait que le sonnet est composé de deux quatrains et de deux tercets, et que ce petit poëme, le plus souvent renfermé dans quatre rimes, n'en admet jamais plus de cinq. Les adeptes trouvent une grâce harmonieuse dans sa coupe régulière, dans ses deux quatrains, qui, sur des rimes semblables, exposent le sujet et préparent l'émotion; dans ses deux tercets qui, par un mouvement plus rapide, correspondent à l'attente excitée, complètent l'image, et satisfont l'émotion poétique. Le sonnet, essentiellement musical, essentiellement fondé sur l'harmonie des sons dont il porte le nom, agit sur l'âme beaucoup plus par les mots que par la pensée; la richesse, la plénitude des rimes font

une partie de sa grâce ; le retour des mêmes sons
fait une impression d'autant plus forte, qu'il est
plus répété et plus complet, et l'on est étonné
de se trouver ému, sans presque pouvoir dire
ce qui a contribué à vous émouvoir.

La nécessité de trouver beaucoup de mots qui
riment ensemble est une gêne beaucoup plus
grande en français qu'en italien, où presque
toutes les syllabes sont simples et formées de
peu de lettres ; en sorte que les mots présentent
un très grand nombre de désinences semblables.
Mais la régularité invariable dans la longueur
du sonnet et dans sa coupe, a fait régner une
monotonie inexprimable dans toutes ces compositions. Le corps du sonnet se remplit de quelques images brillantes ; le dernier vers amène
une épigramme, ou quelque sentence inattendue, ou enfin quelque opposition éclatante de
mots, qui étonne un moment l'esprit. C'est aux
sonnets peut-être que les Italiens doivent leurs
concetti, c'est-à-dire l'affectation d'esprit attachée aux mots plus qu'aux choses, et Pétrarque
avant les autres leur en a donné l'exemple.

D'autre part, la brièveté de ces poëmes a été
sans doute une raison pour que chacun d'eux
fût plus soigné. Dans une longue entreprise,
plusieurs morceaux qui forment une liaison
nécessaire entre les parties importantes, ont par
eux-mêmes peu d'intérêt ; le poète ne les a trai-

tés qu'avec distraction; il a compté presque sur
celle des lecteurs, et cette indulgence est souvent funeste à la langue et à la poésie; mais
Pétrarque n'envoyait point dans le monde quatorze vers détachés d'avec tous les autres, et
qui devaient par eux-mêmes se faire leur réputation, sans les avoir limés autant qu'il en était
capable, et les avoir jugés dignes de lui. Aussi
la langue italienne fit-elle des progrès infinis du
Dante à Pétrarque : elle se soumit à des règles
bien plus précises; une foule de mots dont le
son était barbare, furent rejetés; les expressions
nobles furent séparées des plus vulgaires, et les
dernières furent exclues sans retour des vers;
la poésie devint en même temps plus mélodieuse
et plus élégante; elle plut davantage au goût et
à l'oreille; mais elle perdit, du moins c'est le
sentiment qu'elle m'inspire, l'accent de la vérité.

Pétrarque lui-même, qui attachait toutes ses
espérances de gloire à ses compositions latines,
ne faisait pas grand cas de ses vers italiens; et
le premier sonnet qu'on trouve dans son canzonière, n'est pas seulement modeste; il exprime
un sentiment de honte assez étrange pour ce qui
a fait sa célébrité.

« O vous qui écoutez dans mes vers ces sou-
« pirs, dont je nourrissais mon cœur au temps
« des premières erreurs de ma jeunesse, quand
« j'étais en partie un autre homme que je ne

« suis aujourd'hui, si vous connaissez l'amour
« par votre expérience, j'espère trouver auprès
« de vous de la pitié, et plus que le pardon du
« style varié dans lequel je pleure et je parle,
« égaré entre de vaines espérances et une vaine
« douleur. Mais je sais bien à présent combien
« j'ai été long-temps la fable de tout le peuple ;
« et souvent aussi j'ai, au-dedans de moi, honte
« de moi-même ; la honte est le fruit de mes
« longues erreurs, et la repentance, et la science
« certaine que tout ce qui plaît au monde est
« un songe bien court. » (1)

On voit aisément que ce sonnet a été écrit

---

(1) Je n'insère ici des traductions que pour ceux qui n'entendent point l'italien ; quiconque peut lire Pétrarque dans
sa langue, ne doit le lire dans aucune autre.

Voi ch' ascoltate in rime sparse il suono
　Di quei sospiri, ond' io nodriva il core
　In sul mio primo giovenile errore,
　Quand' era in parte altr' huom da quel ch' i sono.

Del vario stile in ch' io piango e ragiono,
　Fra le vane speranze, e 'l van dolore,
　Ove sia chi per prova intenda amore,
　Spero trovar pietà non che perdono.

Ma ben veggi' hor, si come al popol tutto
　Favola fui gran tempo : onde sovente
　Di me medesmo meco mi vergogno.

E del mio vaneggiar vergogna è 'l frutto
　E 'l pentirsi, e 'l conoscer chiaramente
　Che quanto piace al mondo è breve sogno.

lorsque Pétrarque, approchant de la vieillesse, et s'abandonnant à des remords et à des terreurs religieuses, se reprochait la passion qui avait eu tant d'influence sur sa vie, qu'il avait nourrie avec une constance inébranlable pendant vingt et un ans, et dont le souvenir était demeuré sacré dans son cœur pendant de longues années encore, après qu'il en eut perdu l'objet. Ce remords était peu raisonnable; aucune flamme ne fut plus pure que celle dont Pétrarque brûla pour Laure. Le seul des poètes érotiques, on ne le voit jamais élever ses espérances ou ses désirs à rien de contraire aux devoirs d'une femme mariée. Laure l'était déjà, lorsque Pétrarque la vit pour la première, fois, le 6 avril 1327, dans l'église d'Avignon. Elle était fille d'Audibert de Noves, et femme de Hugues de Sade, tous deux d'Avignon : elle avait eu onze enfans lorsqu'elle mourut de la peste, le 6 avril 1348. Pétrarque, dans plus de trois cents sonnets, a chanté toutes les plus petites circonstances de cet amour, ses faveurs les plus précieuses, qui, après quinze ou vingt ans de liaison, furent tout au plus un mot d'amitié, un regard moins sévère, un instant de regret ou d'attendrissement lorsqu'il s'éloignait; une pâleur qui paraissait sur son visage, lorsqu'elle se croyait sur le point de perdre l'ami le plus fidèle ; mais ces marques d'un attachement si pur et si

réservé, qu'il avait conquis avec tant de peine,
étaient sans cesse réprimées par les rigueurs de
Laure, qui, tout en voulant le conserver, évitait de donner le moindre encouragement à son
amour. Jamais elle ne se présentait à lui qu'à
l'église, dans les assemblées brillantes de la cour
du pape, ou à la campagne, entourée des dames,
ses amies, au milieu desquelles Pétrarque la
représente toujours comme une reine. Elle dominait sur toutes par l'élégance de sa taille et
l'éclat de sa beauté. Il ne semble pas que dans
vingt ans de l'amour le plus tendre, il ait pu
lui parler une seule fois sans témoins : un tête-
à-tête aurait été une faveur que des milliers de
vers auraient célébrée ; et tandis qu'il a fait
quatre sonnets sur le bonheur inexprimable qu'il
avait eu de relever son gant (1), il ne nous aurait pas laissé ignorer un événement aussi fortuné
pour lui. Aucun poëte, dans aucune langue,
n'est plus parfaitement chaste, plus au-dessus
de tout reproche sous le rapport de l'honnêteté
et de la morale ; et ce mérite, dont il faut sans
doute savoir gré également à Pétrarque et à
Laure, est d'autant plus remarquable, que les
modèles que Pétrarque suivait, avaient été loin
de s'y élever. Les vers des troubadours et ceux
des trouvères étaient également licencieux ; la

------

(1) Sonnets 166 à 169.

cour d'Avignon où vivait Laure, cette Babylone occidentale, comme Pétrarque l'appelle
sans cesse, était excessivement corrompue; les
papes eux-mêmes, et surtout Clément V et Clément VI, y avaient donné l'exemple des mauvaises mœurs : Pétrarque enfin, dans ses rapports avec les autres femmes, n'était plus si réservé; mais il avait pour Laure un amour religieux, enthousiaste, tel que les mystiques le
conçoivent pour la Divinité, tel que Platon l'a-
vait supposé comme formant le lien entre les
belles âmes, et tel que, depuis Pétrarque, la
mode littéraire s'est plue à le représenter, lors
même qu'on le sentait le moins.

Pour faire goûter le charme des sonnets de
Pétrarque, il faudrait, comme l'a si bien fait
M. Ginguené, écrire l'histoire de son amour,
et, en renouvelant les émotions qu'il éprouvait,
placer dans chaque circonstance intéressante le
sonnet qui était l'expression de son sentiment.
Mais il faudrait bien plus encore goûter moi-
même ces poésies, et ressentir ce charme qui a
enchanté tous les peuples et toutes les générations, charme auquel, je l'avoue, je suis demeuré étranger. J'aurais voulu, pour comprendre l'amour de Pétrarque et m'y intéresser, que
les deux amans s'entendissent un peu, qu'ils se
connussent davantage, et que par là nous les
connussions mieux aussi; j'aurais voulu entre-

voir quelque impression sur le cœur de cette
amante si long-temps aimée, voir ses sentimens
comme son esprit se développer, et la confiance,
la pureté de l'amitié, remplacer une ardeur plus
tendre que la vertu refusait. Je suis fatigué de
ce voile toujours baissé, non pas seulement sur
la figure, mais sur l'esprit et sur le cœur de cette
femme, éternellement célébrée par des vers toujours semblables. Si le poète me l'avait fait voir
davantage, il se serait moins perdu dans des
exagérations que mon imagination ne peut point
suivre. J'aimerais mieux que la pensée, le sentiment, la passion, me rappelassent Laure, que
l'éternel jeu de mots de *lauro* (le laurier), ou
l'aura (l'air, le souffle du matin). Le premier
surtout revient sans cesse, non pas dans les poésies seulement, mais dans la vie entière de Pétrarque : on ne saurait dire si c'est de Laure ou du
laurier qu'il est amoureux, tant celui-ci lui donne
d'émotion toutes les fois qu'il le rencontre, tant
il en parle avec saisissement, tant il consacre de
vers à le chanter. Je ne suis pas moins fatigué
de ce cœur personnifié auquel Pétrarque s'adresse
sans cesse, qui parle, qui répond, qui dispute
avec lui, qui vole sur les lèvres, dans les yeux,
loin de lui : il est toujours absent; mais pendant
son exil je voudrais qu'on cessât une fois de parler de lui. Il résulte de ces jeux de mots, de ces

personnifications continuelles d'êtres qui n'ont
rien de personnel, qu'à mes yeux, du moins, Pétrarque est beaucoup moins poète que le Dante,
parce qu'il est beaucoup moins peintre. Il y a à
peine un de ses sonnets dont l'idée marquante
ne soit rebelle à la peinture, et n'échappe par
conséquent à l'imagination. La poésie est une
heureuse réunion des deux plus beaux arts; elle
est musique par les sons et peinture par les images : mais confondre ces deux objets qu'elle a en
vue, c'est également s'égarer, soit qu'on veuille
rendre un rapport de son par une image, comme
lorsqu'on met le laurier à la place de Laure,
soit qu'on veuille rendre une image par des sons,
lorsque, renonçant à l'harmonie des vers, on les
fait retentir des sons discordans de l'objet qu'on
veut peindre, et l'on fait siffler les serpens dont
on parle.

Cependant mettant de côté, autant qu'il dé-
pendra de moi, une prévention contre Pétrarque, dont je rougis, puisqu'elle est en opposition avec le goût universel, je traduirai quelques uns de ses sonnets, non pour les critiquer,
mais pour préparer seulement à les entendre en
italien ceux qui ne savent qu'imparfaitement
cette langue; pour qu'ils puissent les lire sans fatigue, et réunir cette belle harmonie des sons
à l'intelligence du sens; enfin pour qu'ils for-

ment eux-mêmes leur jugement sur les chefs-
d'œuvre d'un des hommes les plus célèbres des
temps modernes.

Sonnet XIVe. « Le vieillard aux cheveux blan-
« chis quitte les lieux chéris où il a accompli
« presque toute sa carrière; il se sépare de sa
« famille inquiète, qui voit avec tremblement
« s'éloigner un père adoré.

« Ensuite, dans les dernières journées de sa
« vie, soulevant ses membres accablés, il em-
« prunte des forces à sa généreuse volonté, tan-
« dis que le poids des années et la fatigue des
« chemins ont brisé son antique vigueur.

« Ses désirs le conduisent à Rome; il veut y
« voir l'image de celui qu'il espère bientôt re-
« trouver là haut dans le ciel.

« Ainsi, ô femme adorée ! je vais parfois cher-
« chant dans les autres l'image de cette beauté
« véritable, qui est en vous l'objet de tous mes
« désirs. »(1)

---

(1)   Movési 'l vecchiarel canuto e bianco
        Dal dolce loco ov' ha sua età fornita,
        E dalla famigliuola sbigottita
        Che vede il caro padre venir manco.

    Indi traendo poi l'antico fianco
        Per l'estreme giornate di sua vita,
        Quanto più può, col buon voler s'aita,
        Rotto dagli anni, e dal cammino stanco

Sonnet XVIIe. « On voit des animaux doués
« d'une vue si orgueilleuse, qu'ils peuvent sou-
« tenir l'éclat du soleil en le fixant; d'autres,
« que cette lumière éblouissante fait souffrir,
« attendent les ombres du crépuscule pour se
« montrer; d'autres encore, animés d'un désir
« insensé, espèrent trouver de la jouissance dans
« le feu parce qu'ils le voient briller; mais ils
« éprouvent seulement la vertu par laquelle il
« embrase. Hélas! c'est dans cette dernière classe
« que je dois être rangé. Je n'ai point tant de
« force que de soutenir l'éclat lumineux de cette
« femme; je n'ai point la sagesse de chercher un
« refuge dans les lieux ténébreux et les heures
« tardives : aussi mon destin me conduit-il à la
« voir sans cesse avec mes yeux blessés et remplis
« de larmes, encore que je sache que c'est suivre
« celle qui me consume. » (1)

E viene a Roma seguendo 'l desio,
    Per mirar la sembianza di colui
    Ch' ancor lassù nel ciel vedere spera.

Così lasso talor vo cercand' io
    Donna, quant' è possibile in altrui
    La desiata vostra forma vera.

(1)   Son animali al mondo di sì altera
    Vista, che 'ncontr' al sol per sì difende :
    Altri, però che 'l gran lume gli offende
    Non escon fuor se non verso la sera.

Ed altri col desio folle, che spera
    Gioir forse nel foco, perchè splende,

Le sonnet LXIX fut écrit lorsque le temps commençait déjà à flétrir la beauté de Laure, et que l'on s'étonnait de la constance de Pétrarque pour une femme qui n'excitait plus le ravissement de ceux qui la voyaient. J'ai essayé de le rendre par un sonnet français :

Ses blonds cheveux épars flottaient au gré du vent.
Des plus aimables nœuds ils couvraient son visage ;
Ses yeux, d'un feu divin, d'un soleil sans nuage
Lançaient les rayons d'or, qu'ils n'ont plus à présent.

Je ne sais quoi de tendre et de compâtissant
Paraissait me promettre un plus doux esclavage ;
Je crus voir le bonheur dans sa trompeuse image.
Mon cœur fut embrasé de ce feu ravissant.

Sa démarche légère, et noble avec mesure,
Semblait d'ange divin dans les airs balancé ;
Son accent tendre et doux me semblait cadencé.

Peut-être qu'aujourd'hui quelqu'autre, en sa figure,
Cherche ce qui n'est plus ; mais quand je suis blessé,
L'on peut détendre l'arc sans guérir ma blessure. (1)

Provan l'altra virtù, quella che 'ncende ;
Lasso il mio loco è 'n questa ultima schiera

Ch'i non son forte ad aspettar la luce
Di questa donna, e non sò fare schermi
Di luoghi tenebrosi, ò d'hore tarde.

Però con gli occhi lagrimosi e 'nfermi
Mio destino a vederla mi conduce :
E sò ben ch'io vò dietro a quel che m'arde

(1)   Erano i capei d'oro a l'aura sparsi.

Dans la seconde partie des poésies de Pétrarque, on a rangé celles qu'il écrivit après la mort de Laure. Nous avons dit qu'elle mourut en 1348. âgée de quarante et un ans, après avoir été vingt et un ans l'objet de l'amour de Pétrarque. Il était alors à Vérone : quelques unes des poésies qu'il écrivit sur cette perte semblent animées par un sentiment plus vrai, et excitent dans le lecteur une émotion plus vive; cependant, en général, il y a là bien de l'esprit pour tant de douleur.

Sonnet ccli. « Ces yeux dont j'ai parlé avec
« tant de ravissement, ces bras, ces mains, ces
« pieds et ce visage qui m'avaient enlevé à moi-
« même, et qui me donnaient tout ce que j'ai de
« distingué ; cette chevelure d'or pur et luisant,
« et ces éclairs d'un souris angélique qui de la terre

Che 'n mille dolci nodi gli avolgea :
E 'l vago lume oltra misura ardea
Di quei begli occhi, ch' or ne son sì scarsi;

E 'l viso di pietosi color farsi
Non sò se vero ò falso, mi parea :
I' che l'esca amorosa al petto avea,
Qual maraviglia, se di subit', arsi?

Non era l'andar suo cosa mortale,
Ma d'angelica forma, e le parole
Sonavan altro che pur voce humana.

Uno spirto celeste, un vivo sole
Fù quel ch'i vidi : e se non fosse or tale,
Piaga per allentar d'arco non sana.

« faisaient un paradis, ne sont plus désormais
« qu'un peu de poussière insensible : et je vis
« cependant ! mais je m'en afflige et je m'en in-
« digne. Privé de la lumière que j'ai tant chérie,
« je suis exposé, sur un vaisseau désarmé, à
« une redoutable tempête ; aussi mettrai-je ici
« un terme à mes chants amoureux : la source
« accoutumée de mon esprit est desséchée, et ma
« lyre ne répond plus qu'à des pleurs. » (1)

Pétrarque écrivit le sonnet CCLXXIX à son
retour à Vaucluse, où il ne devait plus retrouver Laure (2). « Je respire cet air, je revois ces

---

(1)   Gli occhi, di ch'io parlai sì caldamente,
       E le braccia, e le mani, e i piedi, e 'l viso
       Che m'havean sì da me stesso diviso,
       E fatto singular da l'altra gente;

       Le crespe chiome d'or puro lucente,
       E 'l lampeggiar del' angelico viso,
       Che solean far in terra un paradiso,
       Poca polvere son che nulla sente.

       Ed io pur vivo : onde mi doglio e sdegno,
       Rimaso senza 'l lume, ch'amai tanto,
       In gran fortune, e 'n disarmato legno

       Or sia qui fine al mio amoroso canto :
       Secca e la vena de l'usato ingegno,
       E la cetera mia rivolta in pianto.

(2)   Sento l'aura mia antica, e i dolci colli
       Veggio apparir, onde 'l bel lume nacque
       Che tenne gli occhi miei, mentr'al ciel piacque
       Bramosi e lieti, or li tien tristi e molli

       O caduche speranze, o pensier folli!

« douces collines où naquit la brillante lumière
« qui, autant que le ciel le permit, remplit mes
« yeux de joie et de désirs, et aujourd'hui de
« larmes et de tristesse. O fragiles espérances! ô
« folles pensées! ces gazons sont abandonnés,
« ces eaux sont troublées, et le nid qu'elle occu-
« pait, ce nid où j'aurais voulu vivre et mourir,
« il est froid et désert. J'avais espéré sur ces
« douces traces, j'avais espéré de ses beaux yeux
« qui ont consumé mon cœur, quelque repos
« après tant de fatigues, mais je n'ai servi qu'un
« maître cruel et avare; car j'ai brûlé tant qu'a
« existé l'objet de mes feux, et aujourd'hui je
« pleure ses cendres éparses. »

J'aurais beau rassembler de plus nombreuses
citations, elles ne sauraient faire connaître la
nature et l'esprit des sonnets de Pétrarque à
ceux qui ne lisent pas l'italien; et, comme
exemple, c'en est assez. L'autre forme qu'il a
donnée à ses compositions lyriques, celle des

Vedove l'herbe e torbide son l'acque;
E voto, e freddo 'l nido in ch'ella giacque,
Nel qual io vivo e morto giacer volli:

Sperando al fin da le soavi piante
E da begli occhi suoi, che 'l cor m'han arso
Riposo alcun da le fatiche tante,

Ho servito a signor crudele e scarso,
Ch'arsi quanto 'l mio foco hebbe davante.
Or vò piangendo il suo cenere sparso.

canzoni, est déjà connuc de nous, quoique nous n'ayons point de nom français pour la désigner, et que celui de *chansons*, qui en est venu, indique aujourd'hui tout autre chose. Nous avons déjà vu que, pour les troubadours et les trouvères, les chansons étaient de vraies odes divisées en strophes régulières, mais bien plus longues que celles des odes antiques. Les vers doublement variés par la mesure et par la rime, se croisent et s'entrelacent, selon une règle harmonique que le poète établit dans le premier couplet, et qu'il observe ensuite scrupuleusement dans tous les suivans. La *canzone* italienne diffère de la provençale, en ce qu'elle n'est point limitée à cinq strophes et un envoi, et en ce que les Italiens ont beaucoup plus rarement fait usage de ces vers très courts, qui donnent quelquefois un mouvement si vif à la poésie des Provençaux. Il y a, dans Pétrarque, des *canzoni* dont la strophe est de vingt vers. Une si longue période, dont l'harmonie n'est peut-être point assez sensible à l'oreille, a donné un caractère particulier aux *canzoni*, et a distingué l'ode romantique de l'ode classique. Les poètes modernes, au lieu de suivre l'inspiration rapide et passionnée du sentiment, se retournèrent davantage sur la même pensée, je ne dirai pas pour remplir leur strophe, ce n'est pas de cette manière mécanique que les vrais poètes travaillent, mais pour marcher du même pas qu'elle. Ils donnèrent davantage à la réflexion qui se replie sur elle-même, à l'esprit qui analyse tout, à l'imagination qui met tout sous les yeux; mais ils perdirent l'enthousiasme. La traduction d'une *canzone* de Pétrarque ne pourrait jamais être confondue avec la traduction d'une ode d'Horace; on est obligé de les ranger toutes deux dans le genre lyrique; mais on sent, en les comparant, que ce genre comprend en soi des espèces fort éloignées.

Les chansons ne sont pas, plus que les sonnets, susceptibles de traduction en prose. Je me crois cependant obligé de présenter ici tout au moins un échantillon d'un genre de poésie qui a tant contribué à la gloire de Pétrarque; et, pour l'entendre une fois dans un autre sujet que celui de ses amours, je choisirai quelques strophes dans la cinquième *canzone* : *O aspettata in ciel beata e bella,* dans laquelle il prêchait à son ami l'évêque de Lombez la croisade pour la délivrance des lieux saints. C'est, à mes yeux, le plus brillant et le plus enthousiaste de ses poëmes; c'est aussi celui qui se rapproche le plus de l'ode antique.

« Quiconque habite entre la Garonne et les « monts, entre le Rhône, le Rhin et les ondes sa- « lées, accompagnera les enseignes chrétiennes; « quiconque, des Pyrénées jusqu'au dernier ho- « rizon, estime la vraie valeur, laissera déserts

« l'Aragon et l'Espagne. La charité excite à cette
« haute entreprise l'Angleterre et toutes les îles
« que baigne l'Océan, entre la grande Ourse et
« les Colonnes d'Hercule, jusqu'aux derniers
« lieux où se fait entendre la doctrine du saint
« Hélicon : tous ces peuples divers d'habits, d'ar-
« mes et de langage. Quel amour si légitime et si
« haut, quels enfans, quelles femmes ne seraient
« pas abandonnés pour un si juste dessein !

    « Il est une partie du monde qui toujours est
« couverte de glace et de neige, loin de la route
« du soleil ; là, sous un jour nuageux et court,
« naît un peuple ennemi de la paix, et pour qui
« la mort n'est point une peine ; si, plus dévot
« qu'il n'a coutume de l'être, il joint son épée à
« la fureur des Allemands, on verra bientôt
« combien peu l'on doit craindre les Turcs, les
« Arabes, les Chaldéens, et tous ceux qui espè-
« rent dans les faux dieux, le long des bords de
« la mer Rouge. Ces peuples nus, timides et pa-
« resseux, qui jamais ne serrèrent le fer, mais
« qui confient aux vents les coups qu'ils veulent
« porter.

    . . . . « Souviens-toi de la téméraire har-
« diesse de Xerxès, qui, pour s'avancer sur nos
« rivages, outragea la mer par des ponts nou-
« veaux ; et tu verras toutes les femmes de Perse
« revêtues de sombres couleurs pour la mort de
« leurs maris, tandis que la mer de Salamine

« était teinte de sang. Ce n'est pas cette seule
« misérable ruine qui te promet la victoire sur les
« peuples impuissans de l'Orient; mais Marathon
« et le défilé immortel que Léonidas défendit
« avec peu de soldats, et mille autres encore
« dont tu as lu ou entendu le récit. Plie donc tes
« genoux, soumets ton âme à Dieu avec recon-
« naissance, puisqu'il a réservé tes années à tant
« de biens ! » (1)

---

(1)   Chiunque alberga tra Garona e 'l monte,
            E tra 'l Rodano el Reno e l'onde salse,
            L'ensegne christianissime accompagna:
            Et a cui mai di vero pregio calse
            Dal Pireneo a ultimo orizonte,
            Con Aragon lascera vota Ispagna;
            Inghilterra, con l'isole che bagna
            L'Oceano, intra 'l Carro e le Colonne,
            Infin là, dove sona
            Dottrina del santissimo Helicona,
            Varie di lingue e d'arme, e de le gonne,
            A l'alta impresa caritate sprona.
            Deh qual amor sì licito, ò sì degno
            Quai figli mai, quai donne
            Furon materia a sì giusto disdegno.

        Una parte del mondo è che si giace
            Mai sempre in ghiaccio ed in gelate nevi,
            Tutta lontana dal cammin del sole.
            Là sotto giorni nubilosi e brevi,
            Nemica naturalmente di pace,
            Nasce una gente a cui 'l morir non dole
            Questa, se più devota che non sole
            Col Tedesco furor la spada cigne,
            Turchi, Arabi e Chaldei
            Con tutti quei che speran ne gli Dei

Nous nous étendrons moins sur les poëmes allégoriques que Pétrarque a nommés *Triomphes*; ce n'est pas qu'on n'y trouve beaucoup d'imagination, et de cet art de peindre par lequel le poète place les objets sous les yeux du lecteur; mais dans ces compositions, Pétrarque avait évidemment pris le Dante pour modèle : c'est le même mètre, la même division en chants ou chapitres qui ne passent pas cent cinquante vers; ce sont aussi toujours des visions dans lesquelles le poète est moitié témoin, moitié acteur. Il assiste successivement au triomphe de l'Amour, de la Chasteté, de la Mort, de la Renommée, du Temps et de la Divinité. Mais la grande vision du Dante, soutenue dans un long poëme, devient presque une seconde nature; on y retrouve une action; on s'intéresse aux personnages, et on oublie l'allégorie. Pétrarque, au contraire, ne laisse jamais oublier son but, ni sa morale qu'il veut prêcher; l'on ne voit jamais que deux choses : la leçon destinée au lecteur et la vanité du poète, et on se refuse également à profiter de cette leçon et à flatter cette vanité.

Di quà dal mar che fà l'onde sanguigne
Quanto sian da prezzar conoscer dei :
Popolo ignudo, paventoso e lento,
Che ferro mai non strigne,
Ma tutti i colpi suoi commette al vento.

Les écrits latins auxquels Pétrarque avait cru attacher sa renommée, et qui sont douze ou quinze fois plus volumineux que ses écrits italiens, ne sont lus aujourd'hui que par les érudits. Un long poëme intitulé *l'Afrique*, qu'il avait composé sur les victoires du premier Scipion, et qui était attendu par son siècle comme un chef-d'œuvre digne d'égaler *l'Énéide*, est fatigant à l'oreille ; son style est enflé, le sujet dépourvu d'intérêt, et ennuyeux de manière à ne pouvoir être lu. De nombreuses épîtres en vers, qui ont presque toujours rapport aux événemens publics de son siècle, reçoivent quelque intérêt des circonstances au lieu de leur en prêter. Cependant l'imitation des anciens, la fidélité de la copie, qui, aux yeux de Pétrarque lui-même, faisait leur principal mérite, leur ôte pour nous tout l'accent de la vérité ; les invectives contre les Barbares qui asservissaient l'Italie sont si froides en même temps et si ampoulées, elles sont si dépourvues de toute couleur propre au temps ou au lieu, qu'on les croirait écrites par un rhéteur qui n'aurait jamais vu l'Italie, et qu'on les confondrait avec celles qu'une fureur poétique dictait au même Pétrarque contre les Gaulois qui assiégèrent le Capitole. Les livres philosophiques, parmi lesquels on en distingue un sur la Vie solitaire, un autre sur la Modération dans l'une et l'autre for-

tune, ne sont guère moins ampoulés. Les sentimens n'ont point de vérité ou de profondeur :
c'est une amplification sur un sujet donné; le
parti est pris sur la question principale, et l'auteur ne discute jamais les argumens pour chercher la vérité de bonne foi, mais pour résoudre
avec adresse toutes les difficultés, et pour faire
tout concourir au plan qu'il a adopté. Les lettres
enfin dont on a publié une collection volumi-
neuse, et qui cependant n'est point complète,
sont lues plus que tout le reste, parce qu'elles
nous éclairent sur un temps digne d'être bien
connu; mais il ne faut y chercher ni la familiarité de l'intimité, ni l'abandon d'un caractère
aimable; tout est compassé, tout est étudié,
tout est préparé pour l'effet, et quelquefois encore cet effet est manqué. Un Italien n'aurait
point écrit des lettres latines à ses amis, s'il
n'avait voulu que les entretenir des secrets de
son cœur; mais les lettres de Cicéron étaient
en latin, et Pétrarque voulait que les siennes
pussent leur être comparées. Il pense toujours
au public qui lira la lettre plus qu'à celui à qui
elle est adressée; et ce public, en effet, en était
souvent maître long-temps avant l'ami de Pétrarque. Le porteur d'une belle lettre savait
qu'il flatterait la vanité de l'écrivain en la communiquant; il en faisait des lectures publiques,
il en donnait des copies avant de la porter à sa

destination, et l'on voit, dans cette correspondance même, que plusieurs lettres se perdaient
par trop de gloire.

Je ne sais si le rôle élevé que remplit Pétrarque, et la considération européenne dont il
jouit pendant sa longue vie, sont plus glorieux
pour lui-même ou pour son siècle. Nous avons
vu, nous avons montré dans un autre ouvrage
encore les défauts de ce grand homme, une subtilité d'esprit qui l'éloignait souvent du sentiment pour l'entraîner dans le mauvais goût, et
une vanité qui lui fit accepter trop souvent l'a-
mitié de princes cruels et méprisables, dès qu'ils
condescendaient à le flatter. Mais en nous sépa-
rant de lui, fixons de nouveau nos regards sur
les grandes qualités qui le rendirent le premier
homme de son siècle : on trouvait en lui un amour
ardent de la science à laquelle il consacrait sa
vie, ses forces, toutes ses facultés ; un enthousiasme glorieux pour ce qu'il y a eu de grand et
de noble chez les anciens, dans la poésie, dans
l'éloquence, dans les lois et dans les mœurs. Cet
enthousiasme est le cachet des belles âmes; le
héros grandit à leurs yeux plus elles le contem-
plent, tandis qu'un esprit étroit et stérile ra-
baisse les grands hommes à son niveau, et les
soumet à sa propre mesure. Pétrarque ressen-
tait cet enthousiasme, non seulement pour les
hommes qui se sont distingués, mais pour les

choses qui sont grandes en elles-mêmes, pour
la religion, pour la philosophie, pour la patrie,
pour la liberté. Il fut l'ami et le protecteur du
malheureux Colas de Rienzo, auquel la république romaine dut, au milieu du quatorzième
siècle, sa renaissance et quelques mois de prospérité. Il sentit le prix des beaux-arts comme
celui de la poésie, et il contribua à faire connaître à Rome le trésor de ses monumens antiques, comme celui de ses manuscrits. Il porta
dans l'amour ce sentiment religieux avec lequel
il rendait un culte à toutes les empreintes de la
Divinité sur la terre, et il vit dans la femme
qu'il aimait un messager du ciel qui lui en révé-
lait la beauté. Il fit sentir à ses contemporains
tout le prix de la pureté dans l'expression d'un
amour qui, chez lui, était si modeste et si religieux ; il donna à ses compatriotes une langue
digne de rivaliser avec celles de la Grèce et de
Rome, dont il leur apprenait à connaître le
prix ; il assouplit cette langue, il l'orna, il lui
donna des règles, il la rendit propre à tout exprimer, et il changea, en quelque sorte, son
essence. Enfin, il répandit sur son siècle cet enthousiasme de la beauté antique, cette vénéra-
tion pour l'étude, qui en renouvelèrent le caractère, et qui déterminèrent celui de tous les
temps à venir. Ce fut en quelque sorte au nom
de l'Europe reconnaissante que Pétrarque fut

couronné au Capitole par le sénateur de Rome,
le 8 avril 1341 : et ce triomphe, le plus glorieux
qui eût encore été décerné à aucun homme,
n'était point disproportionné avec l'influence
que ce grand poète a exercée sur les races qui
lui ont succédé.

FIN DU TOME PREMIER.

TABLE ANALYTIQUE

DES MATIÈRES

CONTENUES DANS CE VOLUME.

CHAPITRE PREMIER.

Introduction, corruption de la Langue latine, formation des Langues romanes.

Les nations, dans la vigueur de la jennesse, n'ont aucun besoin de modèles étrangers; elles tirent tout d'elles-mêmes........................ *Page* 1

Il y a même alors du danger à leur présenter des modèles qu'elles suivent aveuglément............. 3

C'est le propre de l'énergie de vouloir se dompter, et l'imitation peut devenir la passion de peuples faits pour être créateurs........................ 4

Mais lorsque cette énergie est épuisée, l'étendue des connaissances peut seule assurer l'originalité..... 6

Dans ces connaissances, doivent être comprises les littératures étrangères, et leurs règles différentes des nôtres................................. 8

La littérature moderne est renfermée presque en entier dans deux classes, les langues romanes et les langues teutoniques............................ 10

Plan de cet ouvrage; secours trouvés dans d'autres histoires littéraires........................ 12

Langues romanes formées par le mélange des sujets de Rome, qui avaient adopté son langage, avec les conquérans teutoniques........................ 14

Manière diverse dont chaque peuple latin a contracté
les mots romans qu'il a conservés......... *Page* 15

Les langues teutoniques ont, à leur tour, emprunté
quelque chose du latin...................... 16

Mélange des deux grandes races d'hommes, leur haine
mutuelle retarda la formation d'un langage commun.. 17

Exemples, dans la naissance de la langue franque et
de la langue créole........................... 18

Pendant cinq siècles, le midi de l'Europe n'eut point
de langues nationales, et par conséquent point de
littérature................................... 19

Tous les hommes de lettres de cette époque étaient
forcés à écrire en latin....................... 21

Les chansons populaires elles-même étaient écrites en
latin barbare................................ 22

Chanson des soldats de Louis 11, empereur, composée
en 871....................................... 23

Chanson des soldats modénois, dans les guerres des
Hongrois, en 924............................. 26

Poésie des peuples du Nord portée dans le Midi; elle
y est oubliée au bout de quelques générations, avec
la langue allemande elle-même................. 29

Poëme des Nibelungen, sur la destruction des Bourguignons par Attila, composé dans le cinquième
siècle, mais écrit tel qu'il s'est conservé, seulement
au treizième................................. 31

Les Allemands abandonnent leur langue dans le Midi,
comme les nègres abandonnent la leur pour la
créole, même à Saint-Domingue, où ils dominent. 33

État désastreux de tout le midi de l'Europe, du cinquième au huitième siècle. La population et l'ordre
recommencent faiblement avec le règne de Charlemagne...................................... 34

Naissance des dialectes dans les villages, du huitième au dixième siècle...................... *Page* 35

L'anarchie resserre dans les villages l'esprit de corporation, et fait de tous les habitans une seule famille................................... *ibid.*

Les races se séparent tout-à-fait, et la frontière de chaque langue peut se tracer avec précision sur la carte..................................... 37

Tous les dialectes du Midi se rattachent à cinq langues romanes, du neuvième au douzième siècle....... 38

CHAPITRE II.

Littérature des Arabes.

Le plus grand éclat des lettres chez les Arabes, est contemporain de la plus grande barbarie des Latins. 39

Rapide développement de l'esprit des Arabes; ils atteignent au faîte de leur gloire en moins de deux siècles..................................... 41

Protection que les khalifes Abassides accordent aux lettres dès le milieu du huitième siècle.......... 44

Les Nestoriens, réfugiés à Gondisapor en Perse, communiquent les sciences grecques à tout l'Orient... *ibid.*

Aaroun-al-Raschild joint, dans toutes les mosquées, l'enseignement des lettres au culte.............. 45

Zèle d'Al-Mamoun pour les sciences; éclat qu'elles acquièrent pendant son règne (813 à 833)........ 46

Nombreuses institutions des Arabes pour les lettres; colléges, universités, bibliothèques............ 48

Ils cherchent, avant tout, à perfectionner l'instrument de la pensée; grammaire; rhétorique.......... 50

Éloquence du Koran, et des discours militaires des premiers khalifes....................... 51

Éloquence académique et de la chaire............ 52

Poésie arabe, cultivée même quand la nation était encore barbare....................... *Page* 53

Analyse du premier des sept poëmes suspendus à la Caaba par Amralkeisi...................... 55

Fragment du Schâh-Namah de Ferduzi, poëme persan. 56

La poésie orientale est presque toute lyrique ou didactique ; sa richesse et ses défauts............. 59

La poésie arabe est rimée, et les vers sont enchainés dans un certain ordre dans les ghazèles et les cassides ; la réunion des premières forme un divan, assez semblable au canzonière des peuples du Midi. 61

Les contes tiennent lieu, aux Arabes, de poésie épique et dramatique ; leurs conteurs................. 62

La féeric des contes arabes fut portée dans les fictions chevaleresques, mais elle y fut unie à un enthousiasme pour la guerre qu'on ne voit point dans les contes orientaux....................... 64

La supériorité des Arabes dans les sciences a influé, non seulement sur les sciences, mais sur la littérature des peuples latins....................... 66

Nombre considérable d'historiens arabes, de biographes, d'auteurs de dictionnaires.............. *ibid.*

La philosophie fut cultivée avec passion par les Arabes, mais ils s'y montrèrent plus subtils que profonds.. 68

Leur enthousiasme pour Aristote et pour la philosophie scolastique les a égarés................. 69

Zèle des Arabes pour les sciences naturelles ; voyages de leurs botanistes...................... 70

Application des sciences aux arts et à l'agriculture... 72

Nous devons aux Arabes le papier, la poudre, la boussole et les chiffres...................... 73

Les découvertes importées d'ailleurs, sont à peine consignées dans l'histoire, tandis que les inventions font une révolution....................... 74

Décadence et oppression de tous les pays où domine
l'islamisme ; la gloire des littérateurs arabes n'est
plus connue que de leurs ennemis......... *Page* 75

CHAPITRE III.

*Naissance de la Langue et de la Poésie Provençales ;
influence des Arabes sur le talent et le goût des Troubadours.*

LUSTRE éphémère de la langue et de la poésie provén-
çales.. 79
Les poésies provençales ne sont point imprimées, et les
manuscrits sont confus et fatigans à la lecture.... 80
Les vies des troubadours ont été écrites avec de grands
détails, mais d'une manière romanesque.... 82
La langue provençale prend naissance dans les pays
conquis sur les Romains par les Visigoths et les
Bourguignons............................... 85
Ces pays forment une souveraineté indépendante, de
879 à 1092................................. 86
L'union de la Provence au comté de Barcelonne y in-
troduit l'esprit poétique des Maures........... 87
Naissance de la chevalerie poétique, ou le monde
féodal idéalisé............................... 88
Opposition entre la féodalité qui existait en effet, et les
brillantes fictions chevaleresques.............. 89
Les troubadours répandent les maximes de la cheva-
lerie, plutôt que ses récits romanesques........ 93
Ces maximes, et le langage romanesque de l'amour,
semblent empruntés des Arabes.............. 95
Mélange des Arabes avec les chrétiens en Espagne, et
influence des premiers sur les seconds.......... 96
Les poètes et les savans passent des petites cours des

princes maures aux petites cours des princes chrétiens.................................... *Page* 99

Les Occidentaux empruntent des Arabes l'usage de la rime...................................... 101

Les nations du Midi donnent pour ornement à leurs vers, la ressemblance des voyelles, la rime, ou plutôt l'assonnance; celles du Nord, la répétition des consonnes, ou l'allitération.................. 104

La rime arabe, imitée par les Espagnols, et quelquefois par les Provençaux, unit ensemble tous les seconds vers de chaque distique; exemple provençal. *ibid.*

La rime arabe et provençale est souvent la répétition du mot entier : exemple tiré de Jauffred Rudel; précis des aventures de ce troubadour........... 106

Les troubadours varient infiniment le jeu des rimes et en usent en maîtres bien plus que les anciens poètes allemands................................... 109

Le vers provençal est fondé sur la prosodie, aussi-bien que sur la rime..............................*ibid.*

La distinction des syllabes, en accentuées et muettes, est substituée à celle des longues et des brèves.... 110

Syllabes dans chaque vers, dont la quantité ou l'accentuation est invariablement fixée............. 112

Exemples de cette prosodie adoptée par tous les peuples d'Europe, à la réserve des Français.......... 113

Liaison de la partie mécanique de la poésie avec les émotions de l'âme.......................... 117

La symétrie est unie à nos notions primitives sur la beauté, et la rime la fait sentir................. 118

Le mouvement régulier de l'accentuation est l'image des pulsations du cœur...................... 119

CHAPITRE IV.

*De l'État des Troubadours, et de leurs Poésies amoureuses
et guerrières.*

Souverains divers entre lesquels était partagée la
France méridionale..................... *Page* 121

Eux et leurs chevaliers apprennent tous des troubadours l'art de faire des vers.................. 122

Un mouvement poétique est imprimé à tout le Midi,
par l'expédition de 1083 pour la conquête de la
Nouvelle-Castille......................... 123

Par la prédication de la croisade à Clermont d'Auvergne, en 1095........................... 125

Par l'union des États d'Éléonore de Guienne à la couronne d'Angleterre, en 1151, et la rivalité des deux
royaumes qui en fut la suite.................. 126

La langue provençale, adoptée par toutes les cours
d'Europe à cette époque, était en effet plus flexible
et plus riche qu'aucune autre................. 127

Elle fut employée exclusivement à des chants d'amour
et à des chants de guerre.................... 129

Division générale de ces poésies en *chanzos* et en *sirventes;* structure harmonieuse des strophes....... 130

On est obligé de s'occuper plus de la vie des troubadours que de leur poésie.................... 131

Grand nombre d'aventures romanesques qu'on prête
à Sordello de Mantoue..................... 133

Aperçu sur les poésies de Sordello, sa tenson avec
Bertrand d'Alamanon...................... 135

Les tensons, ou luttes poétiques, étaient ordinairement improvisées devant les cours d'amour; origine
de ces tribunaux poétiques.................. 137

Les dames qui siégeaient dans les cours d'amour étaient aussi poètes. Chanson de *Clara d'Anduse*... *Page* 140

Les sirventes étaient des chansons consacrées à la politique, à la guerre ou à la satire. Sirvente guerrier de Guillaume de Saint-Gregory.............. 142

Les chants de guerre les plus brillans furent composés pour la croisade............................. 144

Tenson de Peyrols partant pour la croisade, et de l'Amour; vie de Peyrols...................... 145

Sirvente de Peyrols, revenant de la croisade, sur les désordres de la Terre-Sainte.................. 147

Richard Cœur-de-Lion, le héros du siècle et l'idole des troubadours, dans sa captivité, est plaint par eux tous.................................. 148

Sirvente de Richard durant sa captivité, avec l'original en deux langues......................... 151

Aventures de Bertrand de Born, sire de Hautefort, tour à tour rival et confident de Richard......... 153

Sirventes par lesquels ce Tyrtée du moyen âge excite ses alliés et ses soldats..................... 155

Amour de Bertrand de Born pour Hélène d'Angleterre, et pour Maenz de Montagnac............. 158

Apologie de Bertrand à cette dernière, avec l'original provençal........................... 159

Supplice que le Dante inflige à Bertrand de Born en enfer............................... 162

CHAPITRE V.

De quelques Troubadours plus célèbres.

Différence de rang entre les troubadours et les jongleurs ou ménestrels...................... 163

Giraud de Calanson, jongleur habile, laisse voir, dans un sirvente, à quel point son état était avili..... 164

Giraud Riquier et Pierre Vidal réclament, au contraire, contre la confusion des troubadours avec les
jongleurs...................................... *Page* 166

Plusieurs souverains, pendant ces trois siècles, se firent
gloire d'être troubadours...................... *ibid.*

Arnaud de Marveil, troubadour célébré par le Dante et
Pétrarque ; son histoire, ses amours, et caractère
de ses poésies, pleines de tendresse et de délicatesse....................................... 167

Rambaud de Vaqueiras, non moins distingué comme
guerrier que comme poète ; il fut un des conquérans de l'empire grec.......................... 170

Son récit des secours qu'il avait donnés à la comtesse
de Vintimille................................ 174

Pierre Vidal, l'un des plus fous parmi les amans ou
les chevaliers, et des plus sages parmi les poètes du
treizième siècle............................... 176

Dans ses fictions allégoriques, on reconnaît une mythologie orientale............................. 178

Arnaud Daniel, troubadour célébré par le Dante et
Pétrarque ; ce qui nous reste de lui ne soutient pas
sa réputation................................ 180

Amadieu des Escas. Ses conseils à une jeune demoiselle font connaître les mœurs privées et l'éducation
antique des nobles dames...................... 181

Autres conseils de lui à un jeune damoiseau........ 183

Pierre Cardinal, le satiriste de la langue provençale ;
plusieurs fragmens de ses satires en français et en
provençal................................... 185

Sa fable de la pluie en provençal................. 188

Giraud Riquier, de Narbonne : son épître au roi de
Castille sur l'avilissement des jongleurs.......... 190

Monotonie de la poésie provençale, qui, pendant trois
siècles, n'avait fait aucun progrès............... 194

L'association des jongleurs aux troubadours dégradait
ces derniers..................,.......... *Page* 197

L'ignorance des troubadours ôtait toute nourriture à
leur poésie................................... 199

Ils n'ont point su tirer parti de l'histoire de leur temps;
il n'est resté d'eux aucun essai dans le genre épique. 200

La religion n'échauffait point non plus leur imagination; elle ne se mêlait à leurs vers que d'une manière profane.............................. 201

L'imagination romanesque elle-même était peu développée chez eux........................... 203

La seule instruction enfin qui fût à leur portée gâtait
leur esprit ou leur goût.................... 204

CHAPITRE VI.

Guerre des Albigeois; derniers Poètes de la Langue proven-
çale en Languedoc et en Catalogne.

Une affreuse guerre civile dévasta, au treizième siècle,
le pays des troubadours..................... 206

Excessive corruption du clergé dans le midi de la
France; invectives des troubadours contre lui.... 207

La secte des Pauliciens, chassée de l'empire grec, s'introduit en Europe en même temps par la Bulgarie
et par l'Espagne........................... 209

Les Pauliciens prêchent la réforme dans le comté de
Toulouse et l'Albigeois.................... 210

Des missions sont envoyées par la cour de Rome, durant la seconde moitié du douzième siècle, pour
convertir le Haut-Languedoc................ 211

L'assassinat d'un missionnaire fanatique (15 janvier
1208) décide la croisade contre les Albigeois..... 212

Massacre de Béziers (22 juillet 1209), raconté en provençal par un historien du temps.............. 214

Noble résistance du vicomte de Béziers dans Carcassonne ; il périt enfin victime d'une trahison.. *Page* 216

Ambition et férocité de Simon de Montfort, qui reçoit
en fief les pays conquis........................ 217

Quelques troubadours s'unissent aux persécuteurs. Perfidie et cruauté de Fouquet, évêque de Toulouse.. 218

Pièce de vers du dominicain Isarn contre les hérétiques.. 220

La plupart des troubadours prennent parti contre les
croisés... 221

Depuis la croisade, la langue provençale est abandonnée par les Lombards, qui l'avaient d'abord
adoptée....................................... 224

Charles d'Anjou, nouveau souverain de Provence, entraîne ses sujets en Italie, et ses successeurs favo-
risent la culture de l'italien au préjudice du provençal.. 225

Ancien éclat et chute des cours d'amour de Provence... 226

Vains efforts de Jeanne, et, long-temps après, de
René, pour ranimer la poésie provençale........ 228

L'établissement des papes à Avignon est également funeste à la langue provençale.................... 230

Les magistrats de Toulouse veulent, au quatorzième
siècle, réveiller le goût de l'ancienne poésie...... 231

La puissance des villes avait succédé, dans ce siècle,
à celle des hauts-barons ; plus juste et mieux réglée,
elle est cependant moins favorable à la poésie.... *ibid.*

Origine des Jeux floraux de Toulouse, en 1323..... 233

La langue et la littérature provençales brillent de plus
d'éclat dans les États d'Aragon................. 236

Gloire et énergie des Catalans aux quatorzième et
quinzième siècles.............................. 237

Zèle pour les lettres du marquis D. Henri de Villena,

mort en 1434. Son Traité de Poétique, et son Académie de Tortose.......................... *Page* 238

Ausias March de Valence, mort vers 1450, regardé
comme le Pétrarque des Catalans............... 240

Caractère de ses poésies, qui se rapproche de l'esprit
français.................................. 241

Profonde douleur que lui cause la mort de Thérèse
de Mombo, et pureté de son amour............ 244

Doutes d'Ausias March sur le salut de sa maitresse;
caractère religieux et profond de ses *obres de mort.* 246

Poëtes valenciens conservés dans les *Cancioneros*, anagramme du nom de Jésus, par Vicent Ferradis.... 249

Progrès de la prose catalane, roman de Tiran-le-
Blanc, de Jean Martorell, 1435................ 251

Décadence de la langue provençale en Catalogne, depuis l'union de l'Aragon à la Castille, 1474...... 253

La langue provençale n'est plus aujourd'hui qu'un
patois, mais il est répandu dans de vastes contrées. 254

Malheur attaché à la littérature provençale, et aux
peuples qui l'ont cultivée.................... 255

CHAPITRE VII.

*Du Roman Wallon, ou Langue d'Oïl. —— Romans de
Chevalerie.*

La littérature des trouvères appartient à la littérature
du Midi, et à l'esprit romantique, quoique la nouvelle littérature française lui soit étrangère........ 258

Le celtique n'a eu aucune influence marquée sur la
langue d'Oïl; il avait été abandonné pour le latin,
pendant la longue domination des Romains....... 259

Les Gaulois, qui se disaient Romains, appelèrent la
langue parlée, *romane*; et la langue écrite, *latine.* 260

Les Francs joignirent à ce nom celui des Waelches ou
Wallons, le même que celui de Gaulois.... *Page* 261

Séparation de la France romane en deux nations, dont
les langues s'éloignent l'une de l'autre, lors de la
fondation du royaume d'Arles.................. 262

De nouveaux conquérans du Nord, établis en Neustrie, fixent le caractère du roman wallon, au
dixième siècle............................ 263

Premiers écrits dans cette langue; les lois de Guillaume-le-Conquérant (1066-1087), et le livre du
Brut (1155), histoire fabuleuse des rois d'Angleterre. 264

Poëme d'Alexandre, origine des vers alexandrins.... 266

Différences de caractères et d'aventures entre les trouvères et les troubadours...................... 268

Invention des romans de chevalerie, vrai titre de gloire
des trouvères............................. 270

La chevalerie n'est point une invention germanique,
quoiqu'elle ait emprunté quelque chose aux mœurs
des Germains............................. *ibid.*

Elle s'est bien plus enrichie encore par l'imagination
des Maures.............................. 271

Cependant, ce n'est point non plus une invention
arabe................................... 274

Première classe des romans de chevalerie; la cour du
roi Arthus.............................. *ibid.*

Talent poétique de Chrétien de Troyes, auteur du Saint-
Gréaal, et de plusieurs romans de cette classe.... 276

Le lieu de la scène de ces premiers romans indique que
leurs auteurs furent Normands................ 278

Esprit aventureux et romanesque des Normands..... 280

Leur goût et leur caractère se peignent dans les romans de chevalerie........................ 281

Leur croyance aux fées était un reste de leur ancienne
religion................................ 282

Les voyages des chevaliers de la Table ronde ne dé-
passent guère les pays connus par les Normands. *P.* 283

L'époque fabuleuse de ces chevaliers se rapporte à la
ligue de l'Armorique dans l'histoire............ 285

Seconde classe des romans de chevalerie, les Amadis;
les héros sont placés dans le même pays, mais ni
l'époque ni les mœurs n'ont plus rien de réel..... 287

Ces romans sont espagnols d'origine, et fort postérieurs. 288

Troisième classe des romans de chevalerie; cour de
Charlemagne............................... 289

Chronique pseudonyme de Turpin, qui paraît être la
première source de ces récits fabuleux......... *ibid.*

Elle semble avoir été écrite pour engager les Français
à prendre part aux guerres d'Espagne contre les
Maures.................................... 291

Dans les prodiges que raconte Turpin, les femmes et
l'amour ne jouent aucun rôle.................. 293

Plusieurs récits de Turpin sont copiés dans les grandes
chroniques de Saint-Denis.................... 294

Ils servirent ensuite de texte aux romans de chevalerie
de la fin du treizième siècle.................. 295

Heureux mélange de l'imagination arabe dans cette
troisième classe de romans................... 297

Belle fiction d'Ogier-le-Danois, et de la couronne que
lui donne la fée Morgane..................... 298

CHAPITRE VIII.

*Poésies diverses des Trouvères; Allégories, Fabliaux, Poésies
lyriques, Mystères et Moralités.*

Grande influence que les trouvères ont exercée sur
tout le Midi, par leurs inventions romanesques... 301

Divers systèmes nationaux sur ce qui constitue la
poésie..................................... 302

Les Français, s'éloignant de tous les autres peuples,
y recherchent surtout l'esprit, le but moral et l'invention.......................... *Page* 3o3

Leur école classique s'est mise en opposition avec
l'école romantique....................... 3o4

Mais l'esprit inventif des Français s'était déjà signalé
avant cette scission dans la littérature moderne... 3o5

Leurs poëmes allégoriques, imités depuis par tous les
peuples du Midi. Roman de la Rose............ 3o6

Fatigantes allégories de cet art d'aimer romantique.. 3o7

Succès prodigieux, puis condamnation de cet ouvrage. 3o8

Divers exemples du talent de conter ou de philoso-
pher dans le roman de la Rose................ 3ı0

Nombreuses imitations françaises du roman de la Rose. 3ı3

Seconde classe de la poésie des trouvères; fabliaux.. 3ı5

Origine de ces contes devenus la richesse commune
des trouvères.......................... 3ı6

Fabliaux qui ont fait fortune, et qui ont été reproduits
dans toutes les littératures.................. 3ı8

Le lay d'Aristote de Henri d'Andely............ 3ı0

Aucassin et Nicolette..................... 3ı3

Troisième classe de la poésie des trouvères; poésies
lyriques............................. 3ı5

Tous les poètes lyriques qui nous ont été conservés,
sont de grands seigneurs.................. 3ı6

Quelques chansons de Raoul de Coucy........... 3ı7

Quatrième classe de la poésie des trouvères; le théâtre
romantique............................ 333

Première origine des mystères................ 334

Le Mystère de la Passion.................... *ibid.*

Quelques scènes extraites de ce Mystère........... 337

Nombreuses imitations du Mystère de la Passion.... 342

Théâtre destiné à jouer les mystères............ 343

Moralités des clercs de la Bazoche.............. *ibid.*

Farce de l'Avocat Pathelin................. *Page* 344

Toute la littérature romantique s'enrichit de l'héritage
des trouvères............................... 347

CHAPITRE IX.

Langue italienne ; le Dante.

La langue italienne nait plus tard que les autres langues
du Midi................................... 348

Elle commence à se former à la cour des rois de Sicile. 349

Influence des Arabes sur la cour de Sicile.......... 350

La versification sicilienne se forme sur le modèle de la
provençale.............................. .. 351

La langue de la cour de Sicile devient populaire en
Toscane................................... 353

Le génie du Dante donne tout à coup à la langue italienne une grandeur imprévue.................. 354

Grands progrès qu'avait faits de son temps la théologie scolastique............................. 355

Le Dante entreprend de chanter les trois royaumes des
morts.................................... 356

Magnifique entrée de l'enfer................... 357

Demeure des sages et des justes du paganisme....... 359

Françoise de Rimini....................... 361

Supplices des réprouvés, croissant de cercle en cercle. 364

L'intérêt s'attache au Dante dans son voyage........ 367

Son admirable talent de peindre................ 368

La conception générale de ce monde invisible est
grande et sublime.......................... 369

Le purgatoire est le relief de l'enfer, et le paradis est
aussi tracé sur un même dessin................ 370

Passage du Dante au purgatoire................. 371

L'intérêt diminue dans cette seconde partie de son
poëme... 372

Grands personnages qui réveillent l'attention. Manfred de Sicile...................................*Page* 373
Sordello de Mantoue............................ 374
Belle invective contre l'Italie et contre les empereurs d'Allemagne................................ 375
Invective de Hugues Capet contre ses descendans... 376
Supplices proportionnés dans le purgatoire aux sept péchés mortels............................... 378
Paradis terrestre ; rencontre de Béatrix............ 379
Le Dante s'élève dans le ciel..................... 380
La cessation de tout désir dans les bienheureux, achève de refroidir le poëme......................... 381
Conseils et prophéties de Cacciaguida des Éliséi, un des ancêtres du Dante........................ 383
Invention et avantages de la *rima terza*, dans laquelle ce poëme est écrit........................... 385
Essai pour rendre le même enchaînement de vers en français dans l'histoire du comte Ugolin.......... 387

CHAPITRE X.

Influence du Dante sur son siècle ; Pétrarque.

Le Dante, dans le genre nouveau qu'il a créé, ne doit être jugé que par les règles qu'il s'est données.... 390
Précis de la vie du Dante........................ 391
Gloire du Dante à sa mort, et nombreux commentaires de sa *Divine comédie*..................... 394
Contemporains du Dante......................... 396
Esprit subtil, enflure et affectation des poètes de cette époque.................................... 399
Pétrarque devient le lien de toute la littérature européenne...................................... 400
Ses poésies lyriques sont bien moins importantes que l'esprit d'érudition qu'il a imprimé à son siècle.... 402

Pourquoi la poésie lyrique a besoin de plus d'harmonie et de plus de gêne................... *Page* 402

Les Italiens substituent à l'ode antique, le sonnet et la *canzone*................................ 405

Règles du sonnet, et leur influence sur l'esprit italien. 406

Les sonnets ont développé le goût des *concetti*....... 407

Ils ont contribué d'autre part à polir la langue et à perfectionner la versification................ *ibid.*

Pétrarque, loin de s'enorgueillir de ses poésies lyriques, semble en rougir..................... 408

Son long amour pour Laure, et pureté de cet amour. 410

Esprit recherché que Pétrarque met à la place du sentiment; défauts de ses poésies................ 413

Quelques exemples de ses sonnets pendant la vie de Laure............................... 415

Des sonnets qu'il fit pour elle, après sa mort........ 418

Seconde forme de compositions lyriques de Pétrarque, *canzoni*.............................. 420

Caractères différens de l'ode romantique, ou *canzone*, et de l'ode classique...................... 422

Poésies allégoriques de Pétrarque, intitulées *Triomphes*.................................. 425

Écrits latins de Pétrarque, auxquels il avait cru attacher sa réputation......................... 426

Sa correspondance............................ 427

Vraie grandeur de Pétrarque; son enthousiasme pour la beauté antique, qu'il communique à son siècle.. 428